横田順彌
明治小説コレクション
3

Novels set in the Meiji period
by Jun'ya Yokota

風の月光館
惜別の祝宴《うたげ》

横田順彌
日下三蔵［編］

柏書房

目次

装丁　芦澤泰偉
装画　影　山　徹

風の月光館

新・秘聞◉七幻想探偵譚

骨

1

「ほんとうですか、それ？」

〈太平洋〉編集部の本多《ほんだ》貞介《ていすけ》が、疑わしそうな表情でいった。

「ほんとうだ。いや、もちろん、俺は、その毛むくじゃらがアダムだとは思わんよ。しかし、あれは猿ではないし、作りものの皮をかぶっているのでもない。実際、原始人類としか思えんのだ」

〈実業少年〉主筆の石井研堂《いしいけんどう》が、力をこめていった。

ここは、日本橋本町にある博文館《はくぶんかん》三階の編集室。明治四十四年十月十六日。

　石井は、前日の日曜日、子供を連れて浅草《あさくさ》の演芸館で見てきた、西洋見せ物〔猿人アダム〕の話を、声を大にして、斜め向かいの席の本多に説明していた。

「でも、腕のいい細工師なら、それぐらいのことはやってのけますよ」

　本多は、あくまでも、信じられないという顔だ。

「赤猩々《オランウータン》あたりに、細工をするとか」

「いや、きみは実際を見ておらんから、そんな顔をしているのだよ。五尺二寸の大いたちとの類《たぐい》とは、わけがちがう」

　石井がいった。五尺二寸の大いたちというのは、江戸時代からあった、いんちき見せ物の代表だ。入口で、五尺二寸の大いたちを見せると呼び込むので、木戸銭を払って中に入ってみると、五尺二寸の板に、べったりと血が塗り付けてある。大きな板に血で大いたちという、まやかしなのだ。

「そうですか。でも、そういった類の見せ物は、あんまり信じない石井さんが、信じるなんて、やっぱり、米国からきたせいですかね」

本多がいった。

「俺は、そんな米国かぶれじゃないよ。それにだよ、ふつうの米国人の耶蘇《ヤソ》教信者なら、あんな馬鹿なことはいわんはずじゃないか。俺も耶蘇教のことは、よくは知らんけれども、耶蘇教の神様に作られたアダムとイブという人類の先祖は、エデンの園とかいうところで、裸で生活しておったわけだろう。それを蛇にそそのかされて禁断の木の実を喰《く》ったとかなんとか……。米国の雑誌かなにかで見たと思うが、そのふたりは、いまの人間と少しも変わらん、白い肌の美しい男女だった。ところが、昨日見た見せ物は、ほれ、あのジャバ猿人というのか、あれそっくりのやつで、それがアダムだというのだ。よく、耶蘇教の坊主が文句をいわんもんだと思ったくらいだよ」

石井が着物の袖《そで》から、ゴールデンバットの箱を取り出し、一本、口にくわえながらいった。

「見せ物ですからねえ、耶蘇教の連中も、本気で相手にしないのでしょう」

本多が笑った。

「とにかく、あれは、ほんものの猿人だよ」

「どこで、捕まえたかいっていましたか?」

「それが、また突飛な話だ。その男の親戚が、航時機というのを作って太古の世界から捕まえてきたのだと……。いや、これもあたりまえだが、俺は、信じてはおらんよ。しかし、どこから捕まえてきたか知らんが、あれが、たしかに猿人だということだけは、信ずるね」

石井がいい切った。

「現実主義の石井さんが、珍しいなあ」

本多がいった。

「そういわんで、きみ、見にいってみたまえよ。騙《だま》されたと思って」

そういって、石井は煙草の煙を、ふうと吐き出した。

「じゃ、いって見ますか」

本多は、それ以上は、さからおうともせず、ことばを止めた。

そこへ、〈冒険世界〉の主筆である押川春浪《おしかわしゅんろう》と助手の河岡潮風《かわおかちょうふう》が、声高にしゃべりながら入ってきた。

「じゃ、きみは、どうしようというのだ？」

春浪が、自分の席に向かいながらいった。

「断水《だんすい》さんあたりに、なにか書いてもらえないでしょうかね」

潮風がいう。平塚《ひらつか》断水は、〈冒険世界〉の寄稿家のひとりで、〈中央新聞〉の記者だった。

「断水君か。書いてもらえればいいが、いま新聞のほうが忙しいらしいぞ。二、三日前に飲んだ時、ぼやいておった。野球害毒論に時間を割きすぎて仕事が溜まってしまったんだそうだ」

春浪がいった。

「みんなそうでしたね。結局、朝日に振り回されてしまった」

潮風が、席に腰を降ろした。

「まったく、嵐のような一か月だったなあ」

春浪が、しみじみと思い返すようにいう。野球害毒論というのは、〈東京朝日新聞〉が行った野球否定キャンペーンで、これに対し、春浪ら〔天狗《てんぐ》倶楽部《クラブ》〕一派、〈東京日日《にちにち》新聞〉、〈読売新聞〉などが参加して、大論争が演じられたのだ。

結果的には、春浪たち〔天狗倶楽部〕の勝利の形で収拾はついたのだが、この事件で春浪の気持ちの中には、ひとつの大きな変化が生じていた。というのは、春浪は〈東京朝日新聞〉に対抗するために、野球がいかに素晴らしいスポーツであり、朝日の論調がまちがっているかを、〈冒険世界〉の三分の一のページを使って掲載しようとしたのだ。ところが、それを上司に止められてしまった。

大博文館といえども、朝日新聞社とはもめごとを起こしたくないというのが、その理由だった。春浪は、それが気に喰わなかった。宮仕えの身では、自分の思うことも書けないのかと、〈冒険世界〉の仕事に懐疑的になっていたのだ。

「潮風君。俺は、もしかしたら、博文館をやめることになるかもしれないよ」

春浪が、顔を潮風のほうに近づけ、周囲に聞こえないように、小さな声でいった。

「えっ、まさか！」

潮風が、声を押し殺していった。

「ほんとうだ。俺は〈冒険世界〉が好きだ。しかし、書きたいことを書けない雑誌は、やりたくないんだ」

「そんな。春浪さんがやめてしまったら、〈冒険世界〉はどうなるんです？」

「それは、きみがやればいい。阿武《あぶ》君だっていいだろう。……だが、このことは、まだ、だれにもいわんでくれ。それはともかく、とりあえずは、今度の号の穴埋めだな。まったく、阿武君は大事な時になると病気になる。どうしたものかね？」

「断水さんがだめとなると……」

「また、龍岳《りゅうがく》君になんとかしてもらうか」

「それも気の毒じゃないですか。龍岳君は、来月は連載の長篇と別名での記事を二本も頼んであるんですよ。これ以上は……」

潮風が、困ったような顔をした。鵜沢《うざわ》龍岳は、押川春浪が大きな期待をかけている、新進の科学小説家だ。

「なあに、こうなったら、もう一本ぐらい増えたって、たいしたちがいはあるまい。時子《ときこ》さんとの結婚資金稼ぎに、ちょうどいいんじゃないか」

春浪が笑った。

「えっ、龍岳君、いよいよ時子さんと？」

潮風が、目を丸くした。

「いや、それは知らんけれども、いずれ世帯《しょたい》は持つだろう」

春浪が、また笑う。

「なんだ、春浪さんは、かってに人の結婚を決めてしまうからなあ」

潮風が、ぽりぽりと頭をかいていった。

「よし、龍岳君に頼もう」

「題材は、どうするんですか？　小説ですか？」

「そうだなあ。いくら短いものでも、連載と合わせて小説二本はかわいそうだなあ」

春浪が、顎《あご》に手を当てた。

「春浪君。記事の題材かい？」

春浪と潮風のやりとりを、煙草の煙をぷかりぷかりとやりながら聞くともなしに聞いていた石井がいった。

「そうなんですよ。例によって、阿武君の病気が出ましてね。ふだんは、すこぶる元気なんだが、原稿の締切りが近づくと病気になるんです」

春浪がいった。

「きみと似たようなものじゃないか」

石井が茶化した。

「いやいや、ぼくは、ほんとうに病気なのです」

「ビール病かい？」

「いや、その……。しかし、阿武君のは、大いに怪しい」

春浪が、自分がいわれたことをごまかしながらいった。

「まあ、俺にいわせれば、五十歩百歩だな」

石井が笑った。

「それはひどいですよ、石井さん。ぼくを信じてください」

春浪がいった。

「ふだんから、信じられるような行動をしておれば、信じもするがね」

「していませんか？」

「しているかね？　胸に手を当てて、よく考えてみよう」

「ぷっ！」

本多と潮風が、同時に吹き出した。

「ほれ、みんなが笑っているではないか」

石井がいった。

「それは、石井さんが、ぼくをいじめるからですよ」

春浪がいった。さすがの春浪も年上の石井には、どうしても、一目《いちもく》置かざるを得ないようで、それ以上は、ことばを返さなかった。そして、机の上の敷《しき》島《しま》の箱に手を伸ばした。

「春浪君、冗談はともかくとして、おもしろい題材があるよ」

春浪の手元を見ながら、石井がいった。

「なんですか？」

春浪が、煙草を取り出す手を止めて、石井の顔を見る。

「いま、本多君と話しておったところだがね。浅草の演芸館に、ジャバ猿人のようなやつが出ておるんだ。俺の見るかぎり、あれは、ぜったい、本物の猿人だよ」

石井がいった。本多は、仕事をしながら、にやにやして、石井の話を聞いている。

「ジャバ猿人が、浅草に？　まがいものじゃないでしょうね？　実際は、虎髯《とらひげ》将軍とか」

春浪がいった。虎髯将軍というのは、年齢は十歳も下だが、春浪とはとくに仲のいい友人だ。本名を吉岡信敬《よしおかしんけい》といい、早稲田大学応援隊の隊長であり、彌次《やじ》将軍とも呼ばれる、顔中髯だらけのバンカラ名物学生だ。

「あははは。虎髯将軍はよかったね。しかし、さすがの吉岡君も、あれには勝てんな。いや、本多君も、信用してくれんのだが、俺はほんものだと信ずるね。作りもので、あんなに表情が出せるものじゃない。すごいものだったよ」

石井がいった。

「男ですか、女ですか？」

春浪が、煙草に火をつけながら質問した。

「男だ。米国人の男が首に鎖をつけて、見せているんだがね」

「米国人ですか。毛唐《けとう》は信用ならんからなあ。すぐに、突飛でいんちきなことを思いつくから」

春浪がいった。

「いやいや、そう決めつけてはいかんよ」

石井が、まじめな顔をした。

「でも、ぼくは、どうも米国人は好かんです。カリフォルニアの日本人排斥《はいせき》運動を見てくださいよ。ひどい話だ」

春浪がいった。

「あれは、よく知らんが、地方議員の人気取りかなにかだろう？　米国人全部が悪いわけじゃない。まあ、それはそれとしてだよ。その猿人は、きっと、記事になると思うがな」

「〈実業少年〉でやらないんですか？」

潮風がいった。

「やってもいいが、あれは、どちらかというと〈冒険世界〉向きだね」

石井がいった。

「そうですか？」

春浪がうなずいた。

「とにかく、取材してみないか。記事にならなくても、もともとじゃないか」

石井がいった。

「まあ、それはたしかに、そのとおりですね。いまは、藁《わら》にもすがりたい心境ですから」

春浪が答える。

「あれを、龍岳君に取材させて記事にしたら、ぜったい、おもしろいものになるよ。そうだ、にせものかほんものか、坪井正五郎《つぼいしょうごろう》博士か小金井良精《こがねいよしきよ》博士にでも、鑑定というのか、調べてもらえばいいじゃないか。待てよ、そうなると〈冒険世界〉ではなくて、もう少し、しっかりした雑誌のほうがいいかな」

石井がいった。

「ちょっと待ってくださいよ。それじゃ、〈冒険世界〉は、しっかりした雑誌じゃないみたいですね」

潮風が口を尖《とが》らせた。

「いや、これは失敬！　そういうつもりでいったんじゃないんだが」

石井が頭をかいた。

「その米国人は、その猿人をどこで捕まえたんですか？」

潮風が質問した。

「それがね。石井さんがいうには、その米国人の親戚の理学者が作った航時機で太古の世界にいって捕まえてきたというんだよ」

本多がいった。

「航時機で捕まえた？」

急に、春浪の顔が、しかめっ面になった。

「ウエルスの小説じゃあるまいし、航時機なんてものが……」

「いや、それは、俺がいってるんじゃないよ。その猿人を見せている米国人がいっておるのだ。だから、俺だって、そこまでは信用しておらん。その米国人は、客を呼び寄せるために、おもしろおかしく、そういっておるにちがいないのだよ。あるいは、まだ、これから先のことを考えて、ほんとうの居場所を教えないために、馬鹿げた説明をしているんだ。しかも、その男は、その猿人の名前がアダムだといっておるのだからね」

石井がいった。

「アダム。あのアダムとイブのアダムですか?」

潮風が質問した。

「そうだ。そのへんは、嘘《うそ》に決まっておる。が、猿人はほんものだ」

石井は、あくまでも猿人本物説にこだわっている。

「なんだか、よくわからない話ですね。春浪さん、この目で見てきましょうか?」

潮風がいった。

「石井さんのいわれるとおり、だめでもともとでしょ」

「そうだな。よし、潮風君、きみ、龍岳君と見てきてくれんか」

「わかりました。じゃ、連絡を取ります」

潮風が答えた。

「今夜はむりとしても、明日なら、なんとかなるでしょう。もっとも、明日は神嘗祭《かんなめさい》で学校が休みだから、混みそうですが」

「そうか、明日は学校が休みか。となると、時子さんも一緒ということになりそうだな」

春浪が笑った。

2

春浪の予想は、ぴったりと当たった。浅草行きは、龍岳と潮風、そして許嫁《いいなずけ》ではないが龍岳と親しくしている、警視庁本庁第一部刑事・黒石《くろいわ》四郎《しろう》の妹で、東京女子高等師範学校の学生・時子の三人になった。時子は紫矢飛白《やがすり》の着物に、この日はいつもの白ではなく緋色のリボンを大きく結んでいた。

三人は、雷門で電車を降りると、直接、演芸館のある六区のほうへは向かわず、せっかくきたのだからと観音様を参詣《さんけい》していくことにした。

人の波でごった返す仲見世《なかみせ》を通り抜け、浅草寺《せんそうじ》に入り、観音堂に上がってみると、厚い頑丈な戸が、四方に閉めてあった。時刻は一時少し過ぎ。なぜ、参詣人の多い神嘗祭の日に、昼間から戸が閉めてあるのか、理由がわからなかった。しかし、それでも参詣人は賽銭《さいせん》を箱に投げ入れ、拝んでいる。お参りする人は引きも切らない。

「祭日に、戸を閉めてしまうとは、没趣味だね」

龍岳がいった。

「まったくだよ。最近のお寺は現金で、胴欲だ」

潮風が、不機嫌にいった。

「でも、せっかくですから……」

時子は、がま口を出すと、いくばくかの賽銭を投げ、戸の閉まっている観音堂に向かって両手を合わせた。龍岳と潮風も、しかたなく、それにしたがった。

参詣をすませると三人は西側の階段を降りて、右に曲がった。と、天幕のようなものがあって、大勢の人が集まっている。

「なんだろう。居合抜きでもやっているのだろうか?」

潮風がいった。

「喧嘩《けんか》ではなさそうだね。わざわざ、大幕を張ってあるのか、喧嘩もするまいから」

龍岳が冗談をいいながら近づいていくと、天幕伝道と書いた高張提灯《たかはりぢょうちん》がふたつ吊《つ》るしてあった。

「耶蘇教でしょうか?」

時子がいった。が、それはキリスト教の伝道ではなかった。何宗かはわからないが、金襴《きんらん》の袈裟《けさ》をかけた僧侶が、説教をしている。演説口調の説教だったが、天幕内のロハ台には、七、八十人の人がいて、説教を聞いているようだった。

その天幕の前を通り抜け、瓢箪池《ひょうたんいけ》の瓜生《うりゅう》女史の銅像のところに出てくると、活動写真館が軒を接し、幟《のぼり》を並べて、まるでお祭りのような騒ぎだ。軒数かいえば、活動写真が一番多いが、常磐座《ときわざ》などの芝居小屋や木馬館などもある。それぞれの小屋の前では小楽隊が、プーカプーカドンガラガンと、これでもかこれでもかという調子で、音楽を演奏している。

あたりには、風船玉や電気菓子や、さまざまなものを売る店が立ち並び、商人たちは、のみ取り眼《まなこ》で客を呼んでいる。

ここへくると、もう大人も子供もなく、盛装した若奥さまが人波にゆられながら、活動写真の絵看板に見惚《みほ》れているし、美髯《びぜん》を蓄えた紳士が、木馬にまたがって子供と一緒におもしろがっている。汁粉を口のまわりにつけたまま、次はなにをして遊ぼうかと、あたりを見回す小僧もいる。

三人の目指すのは、おたがいに競争しあっている青木玉乗り一座の共盛館と、江川玉乗り一座の大盛館の間あたりにある清遊館という芝居小屋だった。

入口に〔米国渡来・猿人アダム〕と大きな看板が立てかけてあった。看板には、狒々《ひひ》とも人間ともつかない怪物のような動物が、ばんざいみたいなかっこうをした絵が書いてある。この小屋は、ふだんは芝居をやるのだが、ここ一週間ほどは、この見せ物をやっているのだ。

「いくらだい?」

龍岳が木戸番にたずねた。

「へい、四銭ずつです」

鉢巻きをした老人の木戸番が答えた。龍岳が金を払う。中に入ると、今度は下足番がいて、これに一銭ずつを払い、桟敷《さじき》にあがってみると、ほとんど満員の状況だった。ちょうど、休憩時間だったらしく、正面の深紅の幕は降りていた。

三人が場所を探していると、煎餅《せんべい》のような汚い薄い座蒲団《ざぶとん》を持った、顔を白く塗りたてた少女が、一枚二銭五厘ですがいかがですかという。今度は潮風が金を支払い三人は座蒲団を受け取り、舞台から三間ほど離れた、それでも中央に席を確保した。

「すごい人だね」

龍岳が潮風にいった。

「〔猿人アダム〕っていったって、たいていの人はなんだかわからないだろうけど、あの絵看板が効いているんじゃないのかね」

潮風が笑う。

「ほんとうに、あの絵と同じものが出てくるのかしら？」

時子が、待ちどおしそうにいった。そのことばが終わるか終わらないかのうちに、深紅の引き幕の後ろから、楽隊の音が響きはじめた。なんという曲かわからないが、意外に静かな曲だった。なんとなく、神秘さを感じさせる曲だ。

「なかなか、演出がうまいじゃないか」

龍岳がいった。やがて音楽が終わると、観客がいっせいに拍手をした。

「トザイ、トーザイ！」

小屋の中に、響きのいい声が渡った。

「ただいまより、みなさまがたにお見せいたしまするは、米国はミスター・ジョンソン氏が、はるばる船でサンフランシスコより連れきたりました、猿人アダムでございます。ゆっくり、ご鑑賞ください。なお、アダムは猿人の下等動物にて、あまりお客さまが大きな声を出されますと、おどろきまするゆえ、なるべく、お静かに、ご観覧願います。では、ミスター・ジョンソン氏、どうぞ！」

司会の姿は、幕の蔭《かげ》で見えなかったが、ミスターに氏をつけているのを聞いて、時子がくすっと笑った。が、他の客は、司会が静かにしろといったのを、きちんと守り、館内は水を打ったように静かになった。深紅の引き幕が、ゆっくりと左右に分かれた。

「おおっ！」

幕が開かれた瞬間、館内に、なんともいえないどよめきが起こった。それもそのはずだった。舞台の中央に、フロックコートにシルクハットの六尺豊かな大男の白人が立っており、その隣りに五尺あるかないかの猿人がいた。鎖が首に巻かれ、その鎖の先を白人――ミスター・ジョンソンが握っていた。

猿人は、背は小さいが、がっしりした体格で、全身が、長さ一寸ぐらいある赤茶色の剛毛に覆われている。むろん裸だ。顔は猩々や狒々とは、明らかに異なっていて、人間に似てはいるが、おでこが広く、鼻は大あぐらをかき、唇が厚い。顔の色は黒灰で、人間ともいいきれなかった。それは、石井のことばどおり男だった。龍岳は、米国の図鑑で見た、ジャバ猿人そっくりだと思った。

猿人は、もう自分が見せ物になるのには慣れきっているようで、観客のおどろきの声を聞いても、なんの反応もせず、しきりにからだのあちこちを手でかいていた。時折、足も器用に使う。ノミでもついているのかもしれなかった。とても、作りものの猿人の皮を人間がかぶっているようには見えない。

「なるほど、石井さんがいったとおり、ジャバ猿人の想像図、そのままだね」

潮風も龍岳と同じことを思ったらしく、小声で龍岳にいった。

「まちがいなく、ほんものでしてよね」

時子がいう。

「うむ。あの動きは、中に人が入っているようには見えないですね」

龍岳が答えた。

「淑女、紳士のみなさん。わたし、アメリカはサンフランシスコよりきましたミスター・ジョンソンいいます。そして、ここにいるのが、ミスター猿人アダムです。表の看板見た人、あの絵、うそと思った人、いたかもしれません。でも、このとおり、ほんとうでした。これ、おどろいたでしょう」

ジョンソンが、たどたどしいが、はっきりと意味のわかる日本語でいった。それに、対応して、観客がざわざわとざわめいた。

「あんた、日本語うまいね」

前のほうの、髯の紳士がいった。

「はい。ロスアンゼルス、サクラメント、サンフランシスコの日本人街で、興行していましたから、少し、しゃべれます」

ジョンソンが答えた。

「なに、それだけしゃべれれば、たいしたものだ」

紳士がいった。

「それは、ジャバ猿人なのですか?」

一番前の列にいた眼鏡の男が質問した。どこの学校かわからないが学生帽をかぶっているから、学生だろう。

「そのとおりです。これは、わたしはジャバ猿人だと思います」

ジョンソンが答えた。

「どこで捕まえたのですか?」

学生がふたたび質問した。

「これ、あなたが信じるか信じないか、わたし知らない。でも、わたし、ほんとうのことをいいます。わたしの親戚に、サイエンティスト、すなわち、科学者の博士がいます。この人、大天才です。そして、タイムマシンを発明しました」

「なんでえ、そのタイムなんとかってえのは?」

今度は、龍岳たちの後ろから声がかかった。龍岳が振り向いた。三十代と思える職人ふうの男だった。

「タイムマシン。日本語では時間機械、または航時機といいます。つまり、時間を旅する機械です」

「時間を旅する機械?」

男が聞き返した。

「そうです。けれど、人間は旅行できません。機械だけが旅をします。そして、太古——百万年前の世界から、この猿人連れてきました」

場所が場所であったら、この説明にはヒヤヒヤだのノーノーだのと弥次《やじ》が飛ぶか、嘲笑が湧き起こったにちがいない。けれど、ここでは、それは起こらなかった。観客みんなが、真剣に聞いているのだ。目の前に、いるはずのない人間の祖先であろう猿人を見せられている以上、観客には航時機も否定できないのだ。

ジョンソンは、フロックコートのポケットから、林檎《りんご》を取り出して、猿人に与えた。猿人は、林檎を見ると、にっと歯をむき出して、相好を崩した。黄色い、汚れた、全体的に尖った歯だった。そして、林檎を手に取ると、すぐさま、がぶりとかぶりついた。観客が、その様を見て笑った。

「これは、航時機については、疑問があるにしても、見せ物にするようなことじゃないよ。あれがジャバ猿人なら、もっと本格的に学術調査をしなくちゃいけない」

　龍岳が潮風にいった。

「まったくだね。そのあたりは、どうなっているのだろう?」

　潮風も首をかしげる。

「日本の人類学者や考古学者は、この事実を知っているのだろうか。それとも、はなからいかさまと思って気にもかけていないのだろうか」

　龍岳がいった。その時、三人の右手のハンチング帽をかぶった中年の、商人らしき男が発言した。

「なんで、アダムという名前なんです?」

「それは、この猿人が、自分でアダムといったからです。しかし、個人の名前ではなく、種族の名前かもしれません」

　ジョンソンが答えた。

「そいつは、しゃべれるのか?」

「いくつかのことばわかります。そして、自分の名前は、何度もアダムといいました」

「あの耶蘇教の、アダムとイブのアダムなんですか?」

　さいぜんの学生が、ふたたび質問した。

「それは、わたし、わかりません。けれども、わたし、キリスト教のアダムとイブの話、この猿人たちのことが、元になっていると思います」

　ジョンソンが、大きく両手を広げ、肩をすくめた。

「でも、アメリカでは、わたし、ほんとうのアダムはこれだというと、宗教関係者、みな怒りました。それで、わたし、日本にきて、アダムを見せています」

「そりゃそうだろうね。耶蘇教で人間のはじめと教えているアダムがジャバ猿人では、話の辻褄《つじつま》が合わないばかりか、宗教としての、ありがたみがなくなってしまうものな」

　潮風が、にやりと笑っていった。

「神学者たちは、いまだにダーウィンの進化論を否定しているくらいだもの」

龍岳もいった。

「明日にでも、丘浅次郎《おかあさじろう》博士を連れてこようか？」

潮風がいった。丘は高等師範で教鞭《きょうべん》を執っている進化論学者だ。

「くるかね」

龍岳がいった。

「きてもらうのさ。むりにでも。これが、ほんとうにほんもののジャバ猿人だとしたら、大変な問題だよ。たしか、丘博士は石井さんと面識があったはずだから、むりにでも引っ張ってくることは可能だろう」

潮風は、顔を紅潮させている。そして、続けた。

「もし、これが、まぎれもないジャバ猿人ならば、航時機の話だって、まんざら嘘とは思えないよ」

「あのジョンソンという人は、どういう人なのでしょう」

時子がいった。

「とにかく、これが終わったら、少し話をしてみたいですね」

龍岳がいった。

「米国の人類学者は、そのアダムを本気で研究しようとはしないのですか？」

潮風が、あぐらをかいたまま、背伸びするようにして、ジョンソンに質問した。猿人は、まだ、ぼりぼりと林檎を食べている。

「したい学者たくさんいます。でも、わたし貧しい。アダムを学者に渡してもお金もらえません。わたし、お金ほしいです」

ジョンソンがいった。

「正直な男だね。でも、どこに生きていたにしろ、あれがほんものの猿人なら、それを見せて金もうけをしようなどという話どころじゃない」

龍岳がいった。その時だった。

「この毛唐の、まやかし男が！　その毛むくじゃらが、アダムだと！　ふざけるなよ‼」

龍岳たちの背後から、怒声が響いた。と同時に短銃の音が、パンパンと五、六発館内に響き渡った。

「わあっ‼」

「キャーッ‼」

悲鳴とともに、舞台のジョンソンが、胸を押さえて、くずれるように床に倒れた。猿人のからだもぐらりと揺れた。猿人の眉間《みけん》の真ん中に短銃の弾丸が命中していた。食べかけの林檎が、ごろんと舞台に転がった。ジョンソンの手から鎖が離れた。猿人は仰向けに大きな音を立ててひっくり返った。

「時子さん、危ない。伏せて！」

龍岳がいった。時子がいわれたとおりに、からだを低くする。

あちらこちらで悲鳴があがり続けている。とくに婦人の甲高《かんだか》い悲鳴が響いた。人々は、短銃に驚いて、出口のほうに逃げ出そうとする。裏方らしき男が出てきて、あわてて幕を引いた。短銃を撃った男は、若い学生ふうの男で、荒い息をしながら、勝ち誇ったように、その場につっ立っている。

「医者を呼べ、医者を‼　警察もだ‼」

潮風が叫んだ。

「ざまをみろ、キリスト教を冒瀆《ぼうとく》しやがって」

短銃を持った男が、舞台を見つめて呟《つぶや》くようにいった。

3

まだ、新しい建物独特の匂いが残っている。ここは、日比谷堀端の新警視庁の第一応接室。警視庁が八重洲《やえす》から、この場所に移転してきたのは、三月のことだった。もう八か月もたっていたが、建物の匂いは新しい。

以前の警視庁の応接室は、警視庁というせいもあるのか、なんだか取調べ室を思わせたが、新しい応接室は、壁の色もクリーム色と明るく、長椅子も深々としていて、博文館の応接室と比較しても、決して、ひけを取らないような感じのよさだった。

テーブルをはさんでドアに近いほうに、龍岳、潮風、時子。反対側に時子の兄の黒岩四郎が座っていた。四人の前に、コーヒーカップが置かれている。

「じゃ、ジョンソン氏は、なにひとつ、いい残すことなく即死ですか」

潮風がいった。潮風たちは、事件の直後、小屋の若い衆たちに外に追い出されてしまったため、詳しいことはわからなかったのだ。

「うん。病院に運ばれた時は、すでに息絶えていた。芝居小屋の連中にも、なにも話はしていないそうだ。持物もほとんどなく、着るもののほかには、旅券と預金通帳が出てきただけらしい」

黒岩が説明した。

「そうですか。で、犯人の学生は耶蘇教信者でありながら、なぜ、短銃などを……」

龍岳がいった。

「それなんだがね。あの男は某大学の予科の学生なんだが、耶蘇教の伝道師の話を聞いて信者になったのだそうだ。ところが、これが、すっかりのめりこみ、いささか度を越えた信者になってしまってね。しかし、まあ、そこまではよかったんだが、浅草に〔猿人アダム〕という見せ物が出ているというので、早速、見にいったところ、きみたちの見たとおりだ。あの毛むくじゃらの猿人がアダムだといわれ、それでは耶蘇教の教義に矛盾するというので、なにがなんでも、あの米国人と猿人を殺してしまおうと、短銃を手に入れて、出直してきたというわけなんだよ。短銃は、父親が地方都市の有力者で、そのつてで渡世人から手に入れたといっている」

黒岩が、コーヒーカップに手を伸ばしながらいった。

「ですけど、耶蘇教の教義には、汝《なんじ》殺すなかれというのがあるんじゃないですの？」

時子がいった。

「うむ。たしかに、ありましたね」

潮風がいった。

「そこが、こんなことをいうと、ほんとうの耶蘇教信者に叱《しか》られるかもしれんが、日本人の耶蘇教のでたらめなところさ。それだけ信じていながら、気に入らなければ、有無をいわさず、短銃で撃ってしまうというんだから」

「馬鹿な男だ。耶蘇教を冒瀆しているのは、自分のほうなのに」

龍岳がいった。

「どちらにしても、頭のよくない男だな。それがわかるくらいなら、最初から殺人など計画はしないよ」

黒岩がいった。

「ジョンソン氏は、なにもいい残さなかったといいますが、身元は判明したのですか？」

潮風が質問した。

「それは、まだわからない。ただ、芝居小屋の主の話などを聞くと、米国でも見せ物のようなことをやっていたが、食いつめて日本にやってきたらしいんだ。大使館に照会してみたが、向こうでの住所なども、はっきりしない」

「親戚の博士の航時機の発明云々《うんぬん》の話は……」

龍岳がいった。

「大使館の職員は、聞いたことがないといっている。やはり話をおもしろくするための、でっちあげだろうといっていたよ。米国では、宇宙空間を飛ぶ船を発明したとか、殺人光線ができたとかいう、いかさま話は山のようにあるらしい。とにかく、ジョンソンという男は、あんまりというか、ほとんど、信用のおける人間ではなかったようだ」

黒岩がいった。

「でも、猿人アダムは……」

時子がいった。

「大使館では、あれは大猿の変種だといっていた」

「いや、あれは猿じゃありませんよ」

龍岳が、首を横に振った。

「うん。俺も死体を見たよ。ただの猿とは思えなかったが、米国は広いから、あんなやつもいるんじゃないのかね？」

「いえ、黒岩さんのおことばですけれど、あれは、そんなにかんたんに片づけていい代物《しろもの》じゃありません。学術的な調査を必要とする動物です」

潮風が、きっぱりといった。

「あの猿人は、法医学教室では解剖しないのですか？」

時子がたずねた。

「しているよ。ジョンソンと一緒にね。鑑定人のほかに、丘博士と坪井博士が、話をきいて駆けつけてきた。潮風君が丘博士に連絡したのだろう？」

「はい」

潮風が答えた。

「解剖のほうは、いままさに、やっている最中だ」

黒岩が説明した。

「そうですか。丘博士と坪井博士が立ち会えば、きっと、なにかわかります。それにしても、あの猿人は、生きている状態で、博士たちに会わせたかったなあ。博士たちは、あの猿人の話を、ぜんぜん知らなかったのかな」

潮風が、いかにも残念そうな表情をした。

「ふたりとも、まさか、浅草の演芸館に、あんなものが出ているとは思わなかったそうだ」

黒岩がいった。

「おふたりは、あの動物は、なんだといっておられましたか？」

龍岳が質問した。

「なにもいわなかったが、ひと目見るなり、ふたりで顔を見合せ、愕然《がくぜん》とした様子ではあったね」

「やっぱり、ただの猿の大きいのではないのですわ」

時子がいった。

「ジョンソンの馬鹿野郎め。はした金のために、貴重な猿人を殺してしまって」

潮風がいった。

「そのうえ、自分まで死んでしまっては、なにもわからないじゃないか。米国には、まだ、あんな猿人の住んでいる秘密境があるのだろうか？」

龍岳がいった。

「もし、そんな場所があるのなら、探検隊を組織して調べにいかなければだめだ」

潮風がいった。

「その時は、わたしも連れていってくださいね」

時子がいった。

「こら、時子。お前は、どさくさにまぎれて、そんなところに、すぐ口をはさむ」

黒岩が、時子の顔をにらんだ。

「でも、お兄さま。いまの時代に百万年も前のジャバ猿人が生きていたら、これは、たいへんな科学上の発見でしてよ」

時子が抗弁した。

「そのくらいのことは、お前に説明されなくてもわかっている。が、それと、お前が探検についていくというのは、まったく別の問題だ！」

黒岩が、なかなか御しきれない妹に、強い口調でいった。

「でも、わたし、探検にいきます」

時子がいい返した。

「まあまあ、ふたりとも待ってください。実際、そんな秘密境があるのかどうかもわからないのですし、われわれが探検にいくと決まったわけでもありませんん。まるで夢のような、たとえの話なのですから、喧嘩はしないでください」

潮風が、いささか困ったというような口調でいった。

「いや、喧嘩をしているわけじゃないがね……」

黒岩が潮風のことばに、照れ臭そうに頭をかいた。

「ごめんなさい。お兄さま」

他人の前でいいすぎたと思ったのか、時子が、すなおに謝った。龍岳は、こんな時子の、すがすがしい態度が好きだった。

「はははは。潮風君たちに、お恥ずかしいところを見せてしまったね」

黒岩が笑った。時子と黒岩は両親を早くに亡くした。それ以後、ずっとふたり暮らしで、実際には、その仲は見ていて気持ちがいいほどにいいのだ。

「しかし、潮風君。もし、米国のどこかに、あんな猿人がたくさん住んでいる秘密境があるとしたらだよ、あの山師のジョンソンのことだ。アダムひとりを捕まえてくるのではなく、もっと、たくさん、少なくともイブという雌も一緒に捕まえて、アダムとイブで、対《つい》にして売り出すと思わないかい？」

龍岳がいった。

「なるほどね。その可能性は大だね。それがアダムひとりというのは……」

潮風がいった。

「航時機の話も、まんざら、嘘ではないかもしれないということですか？」

時子がいった。

「ちょっと、信じがたいことではあるけれどもね」

龍岳がいった。

「ぜったいにないとは、いいきれないな。発明王のエジンソンなんか、不可能と思われたものを、次々と発明しているのだし」

「ウエルスの『時間旅行機《タイムマシン》』のようなものができればね」

「それ、どういうお話ですの」

時子が質問する。

「英国の科学者が、航時機を発明して、八十万年後の世界に旅行するという話ですよ。近く、黒岩涙香《るいこう》さんが翻訳するというような話も聞きましたが」

潮風がいった。

「そのお話は、未来にいくのですね。あのジョンソン氏がいっていた航時機というのは、過去を旅行するものなのでしょ」

時子がいった。

「まあ、舞台では、そういってたね。しかも、人間は、乗っていかれないと」

龍岳がいった。

「だが、なんだか、人間が乗っていかれないというところなど、真実味があるね。わざわざ、観客に航時機を説明するのに、作り話ならば、そんなことをいう必要があるのだろうか。自分が乗って、捕まえてきたといってもいいはずだろう」

潮風が、軽く首をひねった。

「すると、潮風君は、あの航時機の話は真実だと？」

龍岳がいった。

「いや、日本一の科学小説家に、そう問われると、ぼくも自信はないがね」

潮風が、肩をすくめた。

「なんにしても、あのジョンソン氏が死んでしまったのは、最悪だよ。生きていれば、いろいろ聞き出すこともできたのに」

龍岳が、ふうっとため息をついた。

「それで黒岩さん。解剖の結果は、いつごろ出るのですか？」

潮風が質問した。

「さあ。死にかたそのものは、とくに不審のあるものではないから、解剖は、それほど時間がかかるとは思えないね。問題は、あの猿人を、丘博士たちが、どう判断するかではないかな。そのへんのことになると、俺にも、よくわからんのだ。もともと、この事件は俺の担当ではないのに、時子にいわれて首を突っ込んだのだから、あんまり、ああしてくれ、こうしてくれと、こちらから指図はできんしね」

黒岩が、小さく笑った。

「ねえ、お兄さま、なんとか、わたしたちを解剖室に入れてもらえませんこと？」

時子がいって、龍岳と潮風の顔を見た。

「いや、いまもいったとおり、俺の担当ではないのだから、いくら妹や、その友人だといっても、それはできんよ」

黒岩が、首を左右に振った。

「だめですか。残念だわ」

時子がくやしそうな顔をする。

「とにかく、解剖結果が出るまで待つ以外ないですね」

龍岳がいった。

4

「さあ、どうぞというほどのものはありませんけれど、遠慮なくめしあがってください」

春浪の妻・亀子《かめこ》がいった。午後七時半。牛込区矢来町《やらいちょう》の押川春浪の客間。警視庁で猿人の解剖鑑定結果を待っていた龍岳たちだったが、いつまでも報告はこなかった。

それで、潮風は博文館にもどり、龍岳と時子はミルクホールで少し時間を潰して博文館の春浪に電話をかけた。その結果、春浪は、それでは待っていても、あてにはならないから、とりあえず、自分の家にこいというのだった。

また春浪は警視庁の黒岩と電話で話をし、鑑定結果が出たら、黒岩にも春浪の家にきてもらおうということで話がついた。

「あら、おいしそうな秋刀魚《さんま》」

時子がお膳《ぜん》の上の料理を見ていった。

「なんだ、そんな下魚をお客さんに出すのか」

昆布の佃煮《つくだに》で、日本酒をちびりちびりとやっている春浪が、亀子の顔を見ていった。

「とんでもないですよ、春浪さん。秋刀魚のどこが下魚なんです。これは、うまいんですよ。ぼくは、大好物です」

龍岳がいった。

「わたしも大好きです。今年ははじめてですわ」

時子が、笑顔でいった。

「そうか。それならいいが、俺は鯛《たい》でも買ってこいといったのに」

春浪がいった。

「わたしも鯛を買おうと思ったんですよ。そしたら魚新さんが、今日の秋刀魚は、旬で鯛よりおいしいから、だまされたと思って買ってごらんなさいというから買ってきたの」

亀子は春浪の文句には、慣れきっているという口調で、龍岳たちにいった。

「ほんとうに、おいしそうですね。脂がじゅうじゅうしている」

龍岳がいった。

「どうぞ、焼き立てのうちに食べてください。よろしければ、まだ追加して焼きますからね。それから、大根が尻尾のほうで、少し辛《から》いかも」

亀子がいった。

「どうして、辛くないところを用意しておかないんだ。お客さんに」

春浪が、またいった。いささか酔いが回っているようだ。このごろの春浪は、酔いの回るのが早いなと、龍岳は思った。

「春浪さん、ぼくたちはお客じゃありませんし、いくら大根が辛いといっても、唐辛子を食べるわけじゃないんですから、あんまり奥さんに、小言をおっしゃらないでください。突然、うかがって、食事までいただいているのに」

龍岳がいった。春浪が、本気で文句をいっているのではないことは龍岳にもわかってはいたが、ここは亀子夫人の援護をする必要がある。

「いいんですよ、龍岳さん。この人のことは、ほっておいてくださいな。助け舟を出していただかなくても。この人のことは、ほっておいてください。とにかく、わたしや清《きよし》さんのいうことは少しも聞かずに、こうして、結局、お酒はやめないし、なんやかやと文句ばっかりいって……。もう、相手にしないことにしてるんです」

亀子が、横目で春浪のほうを見、茶碗《ちゃわん》にご飯をよそりながらいった。春浪は、そういわれると、聞こえないふりをしているのか、なにもいわなかった。

清というのは、現在は東北へ鉱山事業のために出張している春浪の五歳下の弟だ。

「今日は神嘗祭なので、お赤飯にしたんですよ。ごま塩はここに置きましてよ」

そういいながら、亀子が茶碗を龍岳と時子の前に置いた。

「いただきます!」

龍岳が茶碗と箸《はし》を手に取った。

「じゃ、遠慮なく」

時子も箸を取る。

「おいしい」

秋刀魚を口に運んだ。時子がいった。

「あら、それは、よかったわ。作ったかいがあったもの」

亀子がうれしそうに笑った。

「もっとも、秋刀魚は焼くだけですけれどね」

「いや、その焼きかたがむずかしいんです。ぼくが焼くと、いつも炭みたいになっちゃうんですよ。さすがは奥さんです」

龍岳がいった。

「あらら、今日の龍岳さんは、一杯やっているみたいね」

「いやあ、さっき、ミルクホールでミルクを飲んだんですが、それに酔ったかな」

龍岳が笑った。

「秋刀魚談義か。秋だなあ。……それはそれとして、なんだね、龍岳君。その猿人の話を聞くと、そのまま一篇の科学小説ができそうじゃないか」

春浪が笑った。そして、猪口《ちょこ》に残っていた酒をぐっと飲み込んだ。

「航時機だって、夢物語のようだが、作ってできないことはないかもしれんしな。ウエルスの『時間旅行機』など、実にそれらしく書いてある」

「さっきもお聞きしましたけれど、『時間旅行機』という小説は、おもしろそうなのですね。わたし、知りませんでした」

時子がいった。

「意外だったたな。時子さんは、てっきり知っていると思っていましたよ。たしか、ぼくの下宿に原書があるはずだから、読んでみますか?」

龍岳がいった。

「でも、わたしに読めるかしら?」

時子が、ちょっと尻込みするようにいった。

「なに、それほど、難しい英語ではないよ。時子さんなら、読めるさ。それに教科書とちがって、物語がおもしろいからね」

春浪がいった。

「じゃ、読んでみます」

時子が、にっこり笑って答えた。

「わからないところは、龍岳君に聞けばいいんだ」

「いや、ぼくも英語は、あまり得意とはいえないんですが……。ウエルスだけは、科学小説家の大先輩として、ひととおりは読んでおきませんとね」

「ベルネは、ほとんど翻訳されたからいいがね」

春浪がいった。

「ジョージ・グリフィスの『破天荒《はてんこう》』を黒岩先生が訳してくださったのは、うれしかったですわ」

時子がいった。

「うむ。あれは、俺も知らない話だったよ。しかし、黒岩さんの訳は、あいかわらずうまいねえ」

春浪がうなずく。グリフィスは、H・G・ウエルズほど有名ではなかったが、イギリスの著名な科学小説家だった。その代表作ともいうべき宇宙小説

『空中新婚旅行』を黒岩涙香が翻訳して、〈萬《よろず》朝《ちょう》報《ほう》〉に連載し、前年、『破天荒』と題して単行本にまとめていた。時子は、それを読んでいたのだ。

黒岩四郎が、春浪の家にやってきたのは、午後八時を回っていた。龍岳と時子も、もう、食事をすませ、ぶどうをつまんでいるところだった。

「どうも、遅くなりました」

客間に通された黒岩が、春浪におじぎをした。

「やあ、久しぶりだね、黒岩君。今夜は申しわけなかったね。むりに、わが家に呼びつけてしまって。まあ、座ってくれたまえ。駆けつけ三杯というが、とにかく一杯いこう」

春浪は、黒岩を龍岳の隣りに座らせた。そして、新しい猪口を渡し、徳利《とっくり》の酒をついだ。

「はっ、じゃ、一杯だけ」

黒岩は、猪口につがれた酒に、ちょっとだけ口をつけて、テーブルの上に置いた。

「お兄さま、わたしたち、お夕飯までごちそうになりましたの」

時子がいった。

「それは、どうも、かえって、ご迷惑をかけて」

黒岩がいった。

「なに、そんなごちそうをしたわけじゃないよ」

春浪が、顔の前で手を左右に振った。そこへ、亀子が入ってきた。

「黒岩さんも、お食事、まだなのでしょう?」

「あ、はい」

「じゃ、いま、用意しますわ」

「奥さん、どうぞ、おかまいなく」

「いえ、いま時子さんたちにも食べていただいたんですけれど、別にごちそうじゃないんです。秋刀魚なんですよ。どうぞ、ご遠慮なく。いまから焼きますから、少し、待ってくださいね」

亀子がいった。

「はい。それじゃ、遠慮なく」

黒岩が頭を下げた。

「で、黒岩君、どうだった?」

亀子が部屋を出ていくと、待ちかまえていたように春浪が質問した。

「それが、春浪さん。あれは、丘博士と坪井博士の話によると、やはり猿ではないというのです。まちがいなく、人間の先祖というべき猿人だそうです」

黒岩がいった。

「やっぱり、そうでしたか⁉」

龍岳が、目を輝かせた。

「ジャバ猿人ですか？」

「骨格など、ジャバ猿人のものと比較してみなければわからないということだが、あるいは、それより古いかもしれないそうだ。少なくとも、ネアンダタール洞窟の原始人よりは古いという。博士たちは興奮していたよ」

黒岩が説明した。

「とすると、殺されたジョンソンという男が、いったい、どこから、あれを連れてきたのかが問題になりますね」

龍岳がいった。

「やはり航時機の話を信じるべきなのでしょうか？」

時子がいった。

「それについては、博士たちも専門ではないし、わからないといっていたが、なんにしても、あの猿人は、百万年も二百万年も前に亡びた人類の先祖だといっていた」

黒岩が、龍岳と時子の顔を見ていった。

「ジョンソンが生きていればなあ」

龍岳が残念そうな表情をする。

「博士たちも、しきりに、それをいっていたよ」

黒岩がいった。

「それと、あの猿人が、自分の名をアダムといったということに、ふたりの博士は異常に興味を示していた」

「猿人が、言語を持っていたということにですか？」

龍岳がたずねた。

「それもあるが、あの猿人を解剖してみたところ、非常に奇妙なことがわかったのだ」

黒岩がいった。

「ほう」

それまで、黙っていた春浪が口をはさんだ。

「なんだね、それは？」

「なんでも、耶蘇教の聖書には、神が自分の姿に似せて、泥から人類を作ったのだと書いてあるそうですね。そうして、作られたのがアダムだと」

黒岩がいった。

「そうだよ」

父親が元キリスト教界の大物で、自らも洗礼を受けている春浪が答えた。

「けれど、アダムひとりでは労働力が足りないので、神はアダムの肋骨《ろっこつ》を一本取って、それに肉付けをして女のイブを作った」

黒岩が続けた。

「そのとおりだ」

春浪がうなずく。

「その話は、旧約聖書の一番初めの創世記の項に出ている。よく知っているね」

「丘博士に、お聞きしました。……ところで」

黒岩がいった。

「あの猿人アダムなんですが」

「うん」

「鑑定人が解剖をしてみたところ、怪我の跡や傷があるわけでもないのに、右の肋骨が一本足りないんです」

黒岩が、三人の顔を見ていった。

「なんですって!?」

思わず龍岳が、黒岩の顔を見つめた。

「どういうことなんだね、それは？」

春浪も、手にしていた猪口をテーブルの上に置いて質問した。

「ぼくには、まったく、わかりません。博士たちは、その猿人が先天的に肋骨の一本足りない奇形だったのだろうといっていましたが」

黒岩がいった。

「さて、それは、ほんとうに奇形なのだろうか？」

春浪がいう。

「もし、奇形でないとしたら……」

時子がいった。

「その猿人は、事実、聖書に描かれたアダムだということになるのですか？」

龍岳が、額にしわを寄せた。

「というより、その猿人アダムが伝説化というのかなんというのか、聖書の元になったということだろう」

春浪がいった。

「あの猿人の一族がアダムといい、かれらの男は遺伝的に、みんな肋骨が一本欠けていると考えるべきかもしれません」

龍岳がいった。

「なるほど。龍岳君の考えに、俺は反対ではないよ。聖書の話は、日本の神話と同じで元々作り話なのだから、ほんとうのアダムが猿人であることは、少しもふしぎではないだろう。進化論が、それを証明している。肋骨の足りない猿人の種族がいたとしても、それほど、おどろくことではないと思う。それよりも、その猿人が、たしかに百万年も二百万年も前の人類の祖先の動物だとしたら、問題は、やはり、そのジョンソンなる男が、どこから連れてきたかということだ……」

春浪が、しきりに顎をさすりながらいった。

「春浪さんは、航時機を信じますか？」

龍岳がいった。

「いや、わからん。アダムのことも肋骨のことも航時機のことも、なにもわからんとしか、俺には答えようがない」

春浪が、徳利から猪口に酒をつぎながら、ふうっとため息をついた。

「すべての謎解きは、これからだな……」

恩

1

「やあ、諸君。おじゃまします!!」

　編集室の入口で、大きな声がした。室内中に響き渡る声だったので、執務中の全員が、その声のほうに目をやった。型の崩れた角帽、木綿の紺飛白《こんがすり》に五つ紋を羽織り、インクのついた袴《はかま》の腰には、インク壺をぶら下げた髯《ひげ》もじゃ顔の男が立っていた。明治四十四年十一月二十日の午後三時過ぎのことだ。

　それは、博文館《はくぶんかん》編集室の、だれもが知っている顔だった。学生でありながら、雑誌〈冒険世界〉の臨時記者として、頻繁《ひんぱん》に編集室に顔を出している、早稲田大学応援隊隊長の吉岡信敬《よしおかしんけい》だ。

　ただ、いつもの信敬とは、かなり服装がちがっていた。いつもなら、てかてかに光った学生服姿なのだが、羽織《はお》袴というのは、応援の時以外では珍しい。さらに、信敬が腰にインク壺をぶら下げているのなど、信敬ともっとも親しい友人のひとりである〈冒険世界〉主筆の押川春浪《おしかわしゅんろう》ですら、これまで見たことがなかった。

「どうしたんだい、信敬君。そのかっこうは？」

　室内に入ってきた信敬に、まず疑問をぶつけたのは、編集室長の巌谷《いわや》小波《さざなみ》だった。

「はあ。今日、簿記と英語の試験がありましてね。今度、赤点を取ると落第しかねんのです。そこで、心機一転、服装を変えて試験に臨んだわけです」

　信敬が、珍しく照れたような顔をしていった。

「ほう。信敬君でも、落第を気にしてげんをかついだわけか」

　巌谷がいった。

「ええ。なにしろ、すでに一昨年、一度、落第していますから二度目となりますとね。さすがに親に顔向けができません」

　信敬が、頭をごしごしかいた。信敬は早稲田中学時代にも、二度落第をしている。

「そういえば、信敬君は、ずいぶん長いこと学生をやっておるね」

〈実業少年〉編集長の石井研堂《いしいけんどう》が、笑った。

「やりたくてやっているわけではないのですが……」

「そうか。ぼくは、また、てっきり大隈《おおくま》伯が信敬君の得業《とくぎょう》を引き止めておるのだと思っていたよ」

　石井のことばに、編集室内に爆笑が起こった。

「いじめんでくださいよ、石井さん」

　信敬が額にしわを寄せていいながら、〈冒険世界〉編集部の押川春浪の席のほうに歩いていく。

「はははは、信敬君。柄《がら》にもないことをするから、みんなに、あれこれいわれるんだよ」

　にやにやしながら、巌谷や石井の話を聞いていた春浪がいった。

「しかしですね。ぼくの友人が、やはり昨年、落第しかかった時、服装を変えて試験を受けたところ、みごと及第したんですよ。それで、その友人に、この着物を借り受けたんです」

　信敬が、昨夜来、降り続いている雨で、ほんのちょっと濡《ぬ》れた着物の肩に手をやりながらいった。

「それで、結果は、どうだったね？」

「発表は来週ですが、全然、できんかったです」

「なんだ、じゃ、ご利益《りやく》なしじゃないか」

「そうですねえ。しかし、ぼくは頭は、そう悪くはないと思うのですが……」

「自分でいってりゃ、世話ないよ」

　春浪が笑い、室内に、また爆笑が沸いた。

「ところで信敬君、今日はなんの用かね？　急ぎの原稿もなかったはずだが、わざわざ、その羽織姿を、見せにきたわけでもあるまい」

「もちろんです。実は春浪さんに、お願いがありまして」

　信敬が、声を落としていった。

「お願い？」

「ええ。春浪さんは、元応援隊員で昨年、得業した坂本は知っておりますね」

　信敬が、席を空《あ》けている〈冒険世界〉助手の河岡《かわおか》潮風《ちょうふう》の椅子に座りながらいった。

「ああ、あんまり話したことはないが、〈中央新聞〉に入った、応援隊らしからぬ、もの静かな男だろ」

「そうです。その坂本のお袋さんが、不治の病にかかりましてね」

「肺病か？」

「ええ。もっとも、坂本は軽い肺炎だと説明しているそうですが」

「それは、気の毒にな」

「それで、坂本はあちこちの医者に診察してもらったのはもちろん、何人もの加持祈禱師《かじきとうし》を訪ねたところ、ある山伏《やまぶし》がいうには、肺病には猫の肉を新嘗祭《にいなめさい》の日に喰《く》うと効くといったんだそうです」

「猫の肉？」

　春浪が顔をしかめた。

「ええ、猫の肉です」

　信敬が答えた。

「猫の肉が、肺病に効くなどと、聞いたこともないぞ」

「ぼくもですよ。ところが、坂本は藁《わら》にもすがる思いで、その山伏のことばを真に受けて、ぜひ、お袋さんに、オシャマス鍋を喰わせたいというのです」

　オシャマス鍋というのは、猫じゃ猫じゃとおっしゃいますなという俗謡から洒落《しゃれ》た、猫鍋料理のことだ。

「オシャマス鍋か、俺も若いころは、よくやったがな。あれは、キジトラ猫が一番うまいんだ。……まあ、それはそれとして、いくら坂本君が喰わしたいといっても、猫の肉は、お袋さんが喰わんだろう？」

　春浪が顔をしかめた。

「そうなんですよ。猫の肉どころか、そのお袋さんは肉類は、まったく、だめなんだそうです。それで春浪さんに、お願いなんです」

信敬が、まじめな顔をした。

「なにをしろというんだね？」

春浪が質問する。

「坂本のお袋さんに、オシャマス鍋を喰うように説得してもらいたいんです」

「なに？　なんで、俺が、そんなことを説得しなくちゃいかんのだ？」

「それなんですがね。お袋さんは、坂本が、いくらすすめても猫の肉など食べるのは嫌だというんだそうです」

「当然だ」

春浪が、うなずいた。

「ところが、春浪さんが若いころ、犬や猫の肉を喰ったことを話したところ、少し態度を変えたというのです」

「なぜ？」

「坂本のお袋さんは、春浪さんの作品の愛読者でしてね」

「愛読者はうれしいが、それだけで、俺のいうことを聞くというのかい？」

春浪が、机の上の敷島《しきしま》の箱を引き寄せながらいった。

「それだけじゃないんです。坂本のやつは、春浪さんが、猫や犬の肉を盛んに喰ったので、すっかり、からだがじょうぶになったといっていると説明したんだそうです」

「おいおい、ずいぶん、むちゃなことをいってくれるな」

「ぼくがいったんじゃないんですよ。坂本が、そういったんです。そうしたら、お袋さんが、あの春浪先生がそうならと、少しばかり、その気になってきたそうで、あと、ひと押しだから春浪さんから直接、お袋さんにすすめてくれないかというわけです」

信敬がいった。

「しかし、それは、そのお袋さんを騙《だま》すことになるじゃないか？」

春浪が、煙草の煙を、ふうっと吐き出しながら、困惑の表情をした。

「猫の肉が肺病に効くわけはないのだから」

「そこを、人助けだと思って、やってもらえませんか。坂本も、その話を全面的に信じているわけじゃないんですが、最後の親孝行にできることは、なんでもしてやりたいという気持ちなんです」

信敬の顔は真剣だった。

「その気持ちは、わかるがね」

春浪がうなずく。

「やってやりたまえよ。イット・イズ・エ・ドッグの春浪君じゃないか」

ふたりの話に耳を傾けていた石井が、口をはさんだ。

「いや、あれとこれとは、別ですよ」

春浪が苦笑した。イット・イズ・エ・ドッグとは、春浪が東北学院に在籍していた時にやった犬肉事件だ。生理学の授業のために解剖した犬の肉を、春浪たちバンカラ党が、ストーブで煮て喰っていたところ、アメリカ人の英語の教師に、それはなんだと質問され、春浪が「イット・イズ・エ・ドッグ」と胸を張って答えたのだ。

驚き、怒った教師は、犬肉を窓から外に投げ捨て、それがきっかけとなって、学校中が大騒ぎになった。春浪と親しい人間なら、だれでも知っている有名な事件だ。

「お願いします、春浪さん。頼みますよ」

信敬が、両手を合わせていった。

「そういわれても、気が乗らんなあ」

春浪が渋い顔をした。

「そこを、なんとか。段取りは、ぼくら応援隊でやりますから、坂本のお袋さんに、ひと口食べてみなさいといってくれれば……」

信敬がいった。

「考えさせてくれ。ほんとうに薬になるのなら、よろこんでやるのに、やぶさかではないんだがね」

春浪が、煙草の火を灰皿の中で、もみ消した。

「わかりました。じゃ、考えてください。新嘗祭までには、まだ三日もありますから」

信敬が、ぺこりと頭を下げた。

「うん。だが、あまり期待せんでくれよ」

春浪がいった。

「わかりました」

信敬が答える。

「しかし、肺病の特効薬というものは、作れんものなのかね。正岡《まさおか》さんも、肺病だったなあ」

春浪が、文筆家の先輩として、数度、会ったことのある正岡子規《しき》のことを思い出したらしく、遠くをながめるような目でいった。

「〔天狗倶楽部《てんぐクラブ》〕にはドクトルは、おりませんからなあ」

信敬がいった。そして、椅子から立ちあがった。

「じゃ、春浪さん、ぼくは、これで」

「なんだ、もう、帰るのか?」

「はあ、明日、もう一科目、漢文の試験がありますので」

「勉強か? こりゃ、信敬君。かなり本気でおるね」

石井がいった。

「そりゃ、本気ですよ。さっきもいいましたように、これ以上は、落第はできんですからね」

信敬がいった。

「どうも、諸君、おじゃましました!」

「いい結果が出るのを期待しておるよ」

春浪がいった。

「ありがとうございます」

信敬は、ちらりと春浪のほうを振り返ると、すたすたと編集室を出ていった。

「それにしても、無責任なことをいう山伏もいるもんだね」

部屋を出ていく信敬の後ろ姿を見ながら、石井が春浪にいった。

「まったくです。なんの根拠があって、新嘗祭に猫肉を喰うんですか」

春浪が怒ったような声を出す。

「いくら、病は気からとはいっても、猫の肉で肺病は治らんだろうね」

石井が苦笑した。

「きみ、お袋さんを説得するよりも、その坂本とかいう男を説得してみたらどうだい」

「そうですねえ。ですが、それで、結局、そのお袋さんが死んでしまったとしてですよ。あの時、ぼくが、猫肉はやめろといったから、死んでしまったとでもいわれたら、馬鹿を見るのは、ぼくですからね」

「それはあるな。いまは、母親を助けたい一心だから、逆恨みされんともかぎらんね」

「といって、猫肉もすすめたくないですなあ。そりゃ、たしかに、ぼくも学生時代は、猫肉も犬も蛇も喰いましたがね」

春浪が、ため息をついた。その時、編集室のドアが開いて、春浪の後輩に当たる科学小説家の鵜沢龍《うざわりゅう》岳《がく》が入ってきた。信敬とはちがって、軽く室内に会《え》釈《しゃく》をすると、まっすぐ春浪のところにやってくる。

「やあ、龍岳君」

石井がいった。

「どうも、研堂先生。だいじなお話中ですか?」

龍岳が、春浪と石井の顔を見ていった。

「いやいや、猫肉の話だ」

石井が笑う。

「猫肉?」

「そうだ。いま、そこらで信敬君に会わなかったかい?」

春浪がいった。

「いいえ。気がつきませんでしたが」

「そうか。なに、信敬君が難問を持ち込んできてね」

「どうしたんですか?」

「オシャマス鍋を、病気の婦人に食べさせる手伝いをしろというんだよ。まいったね」

春浪が、また、煙草に手を伸ばしていった。

「オシャマス鍋をですか?」

「きみ、喰ったことあるか?」

「ええ。学生時代、二度ほど。ですが、猫の肉とわかっていると、あまり、いい気持ちはしませんでした」

龍岳が答えた。

「化けて出ると思ってか?」

石井が、まぜかえす。

「いや、そうは思いませんが、猫というのは、やはり、愛玩動物で、喰うもんじゃありませんよ」

「そうだな。俺も学生時代に喰ったことがあるが、いま考えると後味がよくない」

石井がいった。

「さて、どうしたものかなあ」

春浪が龍岳と石井の会話をよそに、腕組みをし憂鬱そうにいった。それは、信敬に猫鍋をすすめてくれといわれたのだけが原因ではなかった。実は春浪は、数日前から博文館をやめる決心をしていた。

八月から九月にかけて、マスコミ戦争となった〔天狗倶楽部〕対〈東京朝日新聞〉の野球害毒論論争が原因だった。野球害毒論を主張する〈東京朝日新聞〉に激怒した野球擁護《ようご》派の春浪が、〈冒険世界〉の三分一を費やして反論を書くといったのを、編集局長の坪谷《つぼや》水哉《すいさい》が、〈東京朝日新聞〉との喧嘩《けんか》は困ると制止したのが、その理由だった。

坪谷の説得に応じ、書いた原稿は破り捨ててしまった春浪だったが、自己を主張できず、長いものには巻かれろ的発言をする上司には、がまんができないでいた。おもしろくなさは、日に日につのり、この日、春浪は辞表を懐《ふところ》にしていたのだった。

それを、坪谷局長に渡すタイミングを見計らっているところに、信敬がオシャマス鍋の話を持ってきたというわけだった。

「ふうっ」

春浪は、大きなため息をついて、龍岳の顔を見た。

2

「あれ、その猫、どうしたんですか?」

牛込区原町の、警視庁本庁第一部刑事・黒岩《くろいわ》四郎《しろう》の家に、一歩足を踏み入れた鵜沢龍岳が、四郎の妹で、東京女子高等師範学校に通っている時子《ときこ》の抱いているキジトラの子猫を見て、目を丸くした。かわいい顔をした猫だった。右の前脚に包帯が巻かれている。

「今日、学校にいきがけに拾ってよ。ドブに落ちて脚を怪我して、ぶるぶる震えていたので、通りすぎられなくて。雨は降っているし、あのまま放っておいたら、死んでしまうと思ったから。……どうぞ、お上がりください」

時子がいった。

「はい。黒岩さんは、もう、お帰りですか？」

龍岳が、傘立てに番傘を入れ、上がり框《かまち》に足をかけながらいった。

「ええ。今日は帰りが早かったんです」

時子がいった。

「ここんところ、警視庁もひまでね」

龍岳たちの会話が聞こえたのだろう。居間のほうから、黒岩の声がした。

「でも、警視庁がひまなのは、事件がなくていいということじゃないですか。どうも、おじゃまします」

時子に続いて、居間に入っていった龍岳が、丹前《たんぜん》姿で火鉢の前に座っている黒岩にいった。

「そうだね。たまには刑事にも、休みがなくちゃな。さあ、座りたまえ」

黒岩が、火鉢の向かいに、すでに用意してあった来客用の座蒲団《ざぶとん》を目で示していった。

「失礼します」

龍岳が、座蒲団の上にあぐらをかいた。

「折入って、時子に頼みがあるそうだが、俺のほうにも、きみに頼みがあるんだ」

黒岩がいった。顔が笑っている。

「なんでしょうか？」

龍岳が、ちょっと予想がつかないという表情で質問した。

「いや、前に、きみに講師としてきてもらったぼくの部の講演会なんだがね。いままでの中で、きみの『小説と犯罪』というのが、すこぶる評判がよかったので、ぜひ、もう一度、頼みたいと思ってね」

黒岩がいった。講演会というのは、警視庁本庁第一部が、一か月に一度、警視庁内外部から講師を招き、独自に開いている勉強会だった。この勉強会に、龍岳は二月に招かれて探偵小説の話をしたのだ。

「評判がいいのは、うれしいですけれど、もう、なにも話すことはないですよ」

「そんなことをいわずに、頼むよ。内容はなんでもいい。はじめのうちは、犯罪に関係のある題材に限定しておったのだが、近頃は、どんな話でもいいことになった。たとえば、文士としてのきみの苦労話のようなものでもいいんだ。太田部長も、ぜひにといっている。やってくれんかな」

黒岩が、手の平を火鉢にあぶりながらいった。

「そうですか。わかりました。それじゃ、なにか、しゃべらせていただきます」

龍岳が答えた。

「やってくれるか。いや、ありがとう。今度は、前よりも、少し多く講演料を出すことができるかもしれん」

黒岩が頭を下げた。

「いや、前と同じで結構ですよ」

龍岳がいった。そこへ、時子が、お盆にお茶を載せてやってきた。その足元に、例のキジトラ子猫が、まとわりついている。子猫は、少し、包帯をした右前脚をひきずっていた。

「これこれ、危なくってよ」

時子が、猫にやさしい声でいった。

「もう、すっかり馴れていますね」

龍岳がいった。

「ええ。わたしから、離れないんです」

時子が、うれしそうに答える。

「学校にいるあいだは、どうしたんです?」

龍岳が質問した。

「最初は、そっと抱っこして、教室につれていったのですけれど、先生に見つかってしまい、帰りまで小使さんに預かってもらっていました」

時子が、笑って答えた。

「名前はつけたんですか?」

「よくある名前ですけど、タマにしました」

「おれは、そいつは雄だし、キジトラだからトラにしろといったんだが、時子はタマのほうがいいそうだ」

黒岩が、子猫の頭をなでながら微笑した。

「タマのほうが、かわいくってよね」

時子が、龍岳にいう。

「そうですね。どちらでも、いいんじゃないですか」

龍岳が答えた。

「いいえ。トラなんて名前にしたら、強そうだけれど、乱暴な猫になってしまうわ」

時子が、首を横に振った。

「名前で性格が決まるのか?」

黒岩がいった。

「ええ」

「そうか。とすると、時子という名前は、おてんばな名前なのかね」

「まあ、お兄さま!」

時子が黒岩の顔をにらんだ。

「時子でこれだものな。虎子とでもつけていたら、いまごろ、おれなど喰い殺されていたかもしれん。あっはははは」

黒岩が、いかにも愉快そうに笑った。

「もう、わたし、お兄さまのめんどう、なにも見ませんことよ」

時子は、ぷっと頬をふくらませると、台所に入っていった。子猫のタマは、今度は時子についていかず、龍岳の袴の上に登ってきた。

「しかし、かわいい猫ですね」

龍岳が、手でタマをあやしながらいった。

「ねっ、かわいいでしょう」

時子が、まるで自分のことを褒められたようにうれしそうな顔をして、台所から龍岳のほうを見ていった。

「それで龍岳さん、折入っての話ってなんですの?」

「そう、あらたまったことじゃないんですが、明後日、信敬君の友だちのために、鍋料理を作ってもらいたいんです。場所は荒川ですが」

「荒川土手で鍋をやるのか? なんだい、そりゃ?」

時子より先に、黒岩が口を開いた。

「いや、土手で作るんじゃありません。家の中ですよ。家が荒川にあるんです。実は、信敬君の応援隊の友人で坂本という男がいるのですが、そのお袋さんが肺病になってしまいましてね……」

龍岳が、春浪から聞いた話の一部始終を説明した。

「しかし、それなら、猫肉でなけりゃ、いけないいんだろ」

説明を聞いた、黒岩がいった。

「ほんとうは、そうなんですが、春浪さんは猫肉など喰わせられんといいましてね」

「あたりまえですわ。こんなに、かわいい猫を」

時子が、タマを抱きしめて、怒ったような声を出した。

「猫の肉を食べるなんて、野蛮もいいところでしてよ。ひどいことをいう山伏!」

「それで、実際には牛肉を用意して、猫肉と偽って、牛鍋を食べさせようという計画なのです」

龍岳がいった。

「なるほど。それなら、話はわかる」

黒岩がうなずいた。

「で、時子さんに料理をしてもらえないかと、春浪さんからの頼みなのです」

龍岳がいった。

「でも、わたし、牛鍋ならいいですけれど、それをオシャマス鍋だなんて、嘘《うそ》をついて作るのは……」

時子が、困惑の表情をした。

「みんな、そうなんですよ。ぼくも春浪さんに、同席しろといわれたんですが、いくら牛鍋でも、それをオシャマス鍋と偽るのはね、気分よくないですよ。でも、人助けだからと、春浪さんも研堂さんも、そういわれるのでね……」

「ふーむ。変な話にかかわってしまったものだね。だが、春浪さんの頼みじゃ、嫌ともいえんなあ」

黒岩が、時子の顔を見た。

「どうしましょう、お兄さま」

時子も困った表情だ。

「気は進まないでしょうが、やってくれませんか。猫の肉を牛肉だというよりは、いいでしょう」

龍岳がいった。

「それはそうですけれど……」

時子が口ごもる。

「それに、春浪さんと相談したんですが、その坂本君や信敬君には、牛肉を猫の肉だと思わせておく。けれども、そのお母さんには、猫の肉ではなく牛肉だと説明することにしたんです」

龍岳がいった。

「でも、さっきの話では、そのお母さんも猫の肉でないと効目がないと知っているわけだろう?」

黒岩がいった。

「そうなんですが、実は牛肉でも効目はあることがわかったということにしようと決めたんです」

「そうか。そうすると、ほんとうに猫の肉だと騙されているのは、信敬君と坂本君だけということになるわけか!」

「ええ」

龍岳がうなずいた。

「そして、そのふたりも、お母さんには、牛肉だとすすめるわけです」

「ああ、そうか。なんだか話が、ややこしいが、とにかく時子の料理するのは牛肉で、そのお母さんが喰うのも牛肉なわけだな。それなら、問題ないんじゃないか」

黒岩がいった。

「牛肉を、わざわざ猫肉ですというよりはいいですわね」

時子がいった。

「だったら、ひとつ、料理してやっては、どうだ。俺もオシャマス鍋で肺病が治るとは、とうてい思わんが、それで坂本君という青年が、親孝行をしたとなっとくするなら、たしかに人助けだと思うよ」

黒岩が時子の顔を見る。

「わかりました。春浪先生のお頼みでは、お断りできないし、悪いことをするわけじゃありませんものね。やってみますわ」

時子がいった。

「やあ、よかった。これで春浪さんも、ほっとすると思います」

龍岳が、うれしそうな声を出した。

「わたしも、ほっとしてよ。最初に、お話を聞いた時は、ほんとうに猫の料理を作らなければいけないのかと思ったわ」

時子も、やっと笑顔を取りもどしていった。タマは時子の膝《ひざ》の上で、丸くなって寝ている。

「時子さん、この猫、ずっと飼うのですか?」

龍岳が質問した。

「お兄さまも、飼ってもいいとおっしゃるし、そのつもりですけれど、あまり人に馴れているので、もしかしたら、どこかの家の飼い猫かもしれないと思っているんです。それが心配で」

時子が、ちょっと淋《さび》しそうな顔をした。

「そうだとしたら、あんまり情が移らないうちに、飼い主を探してやらないといけないでしょう。飼い主も心配しているでしょうし」

「明日にでも、それを拾ったあたりの店屋かなにかで聞いてみたらどうだ。お前のいうとおり、情が移ってからだと、手放しにくくなるからね」

黒岩がいった。

「ええ。そうしてみますわ」

時子も、すなおにうなずいた。

「それで、もし、そいつが、飼い猫だったら、また、どこからかもらえばいいじゃないか」

黒岩がいった。

「でも、このタマちゃんより、かわいい猫がいるかしら?」

「おやおや、もう、すっかり情が移ってしまっているね」

黒岩が苦笑した。

「だけど、これを見たら、とてもオシャマス鍋にはできませんね」

「もちろんでしてよ。このタマちゃんじゃなくたって、猫鍋なんて」

時子が、さいぜんと同じように、きつい声を出した。

「黒岩さん。その、いいかげんなことをいう山伏だかなんだかを、罰することはできんのですか?」

龍岳がいった。

「そうだなあ。いっているのは、いいかげんなことにちがいないが、喰わせなければ、どうするとゆすったり、たかったりしているわけでもないしね。罰するのは、むずかしいだろうなあ」

黒岩が答えた。

「だけど、坂本君は、その山伏に、なにがしかのお布施だか祈禱料だかを払ったわけでしょう」

「それはそうだが、そうなると、神社仏閣で売っている、おみくじだって、当たるか当たらんかわからん、いいかげんなことを書いているわけだし……」

「そうか。でも、中には、ほんとうに山伏のことばを信じて、オシャマス鍋を作ってしまう人も出てくるでしょうね」

龍岳がいった。

「あり得るね」

黒岩がいった。

「罪な男だな。しかし、そういう人間は死んだら、地獄行きですよ」

「ほう。科学小説家のきみが、地獄や極楽を信じているのかい？」

「いや、信じているわけではないですけど、そんな、いいかげんなことをいって殺生をさせる人間を極楽なんかにいかせるのは、悔しいじゃないですか」

「それはそうだな」

黒岩がいった時、柱の時計が午後九時を打った。

「やっ、もうこんな時間だ。帰らないと」

龍岳がいった。

「今夜は、泊まっていけばいいじゃないか」

黒岩がいった。

「いや、今夜は、どうしても、やってしまわなければならない仕事がありますので」

龍岳が、火鉢の前から立ち上がった。

「あら、お帰りですのね。てっきり、泊まっていかれると思って、そのつもりでいましたのに」

時子が、隠そうともせず、なんとも、がっかりした表情をした。

「すみません。この次は、泊まらせてもらいますので」

龍岳が、時子に向かって、軽く頭を下げた。

「にゃあ～」

目を覚ましたタマが、龍岳の顔を見上げて、甘えるように鳴いた。

3

〈カフェー・プランタン〉は、京橋区日吉町の、徳《とく》富蘇峰《とみそほう》が〈国民新聞〉を発行している民友社《みんゆうしゃ》の前にあった。銀座名物煉瓦《れんが》長屋のひとつを改造したもので、店の表の大きなパレットにCafé Printempsと、フランス語で書かれた看板が出ていた。

「プランタンなんてフランス語で、ハイカラだわ」

時子が、看板や店構えに視線をやりながら、一歩前を歩いていた龍岳にいった。偽オシャマス鍋会をやった三日後の午後六時。

「店内は、もっとハイカラな感じがしますよ」

龍岳がいい、店の扉を押した。時子が、あとに続く。店内には、もうかなりの客が入っており、煙草の煙がよどんでいた。白いカバーのかかった丸テーブルがいくつも並び、秋田木工の曲木《まげき》椅子に、客たちが腰を降ろしていた。客は男ばかりではなく、数人の女性の姿も見うけられる。

アーチ型の持ち送りのある奥の間仕切りの白い壁には、さまざま風景画がかけてあり、なにもかかっていない壁には一面に、署名、似顔絵などの落書きがしてあった。店に出入りする文士や画家たちが、酔って、いたずら書きしたものだ。時子の目には、それらの落書きは、気が利いているようには見えなかったが、これがプランタンの名物でもあった。

ふたりは店内に入ると、押川春浪の姿を探した。春浪は信敬と坂本と三人で、先に店にきているはずだった。

「いませんね」

龍岳がいった時、和服の上に白いエプロンをつけ、その幅広い紐《ひも》を背中でリボンのように結んでいる女給のひとりが、ふたりのほうに歩み寄ってきた。

「どなたかを、お探しですか?」

「押川春浪さんは、まだこられていませんか?」

龍岳がいった。

「ああ、春浪先生でしたら、あちらでございます」

女給が、店の一番奥の南側、風雅なステンドグラスの前のテーブルを指さした。煙草の煙でもやっとした、そのテーブルに三人の男が陣取っていた。春浪たちだった。

「あっ、どうもありがとう」

龍岳は女給に礼をいうと、春浪たちのいるテーブルに近づいた。三人はビールを飲みながら、楽しそうに談笑していたが、龍岳と時子がそばに寄っていくと、信敬が、それを見つけた。

「やあ、きたね。おふたりさん」

その声に、春浪と坂本も顔を上げる。

「待っていたんだ。ささ、座りたまえ」

春浪がいった。

「はい」

龍岳が答えて、空いている椅子に腰を降ろす。時子も、それに従った。

「先日は、ありがとうございました」

坂本が、椅子から腰を浮かして、時子に挨拶《あいさつ》した。

「とんでもないことでございます。なんの、お役にもたてませんで」

時子が、ことばを返した。

「いいえ。お袋が、とてもよろこんでおりました」

「そうですよ、時子さん。われわれ男ばかりだったら、オシャマス鍋を、あんな牛肉のように、うまく料理はできんですよ」

信敬が笑顔でいった。信敬たちが食べたのは、正真正銘の牛鍋なのだから、牛肉の味がするのは当然だったが、信敬と坂本は、猫肉だと信じて疑っていないのだ。

「まあ、一杯といいたいところだが、龍岳君は酒はやらんし、時子さんも酒というわけにもいかんでしょうな。コーヒーにドーナッツとでもいくかい？」

まだ、あまり酔いの回っていないらしい春浪が、ふたりの顔を見ていった。

「はい」

時子が答えた。龍岳もうなずく。

「そうか。おーい、姐《ねえ》さん、注文だ！」

春浪が、客の去った近くのテーブルの上を片づけている女給に声をかけた。

「はーい。ただいま」

女給が返事をし、すぐに春浪たちのところにやってきた。

「コーヒーをふたつに、ドーナッツをふたつ。それから、ビールをもう二本追加だ」

春浪がいった。

「ぼくも、ドーナッツをもらおう。ドーナッツ三つにしてくれ」

信敬がいった。

「承知しました。少し、お待ちを」

女給は、にこやかな笑顔で答えると、テーブルを離れていった。

「飲めぬきみたちを、こんな場所に呼び出して、すまんかったね。しかし、時子さんは、たまには、こんな場所も珍しくていいでしょう」

春浪がいった。

「はい。ここのお店の前は、何度も通ったことがありますけど、中に入るのははじめてですから。とても、ハイカラなのでおどろきました。それに、楽しい雰囲気ですね」

時子がいった。

「そういってもらえると、ありがたい。なに、今夜は坂本君が、先日の礼に、ごちそうしてくれるというので、それなら、ぼくや信敬君よりも、まず第一に時子さんだというのでね」

春浪が、気分よさそうにいった。

「ありがとうございます。それで、お母さまのご容体は、いかがですか?」

時子が坂本に質問した。

「それなんですがね、奇蹟が起きたんですよ」

手にしていたビールのグラスをテーブルに置きながら、坂本が紅潮した表情でいった。

「奇蹟?」

横から口をはさんだのは、龍岳だった。

「そうなんだ。あの晩、きみたちが帰ってから、お袋は、鍋を喰ったことよりも、春浪さんをはじめとして、久しぶりに、たくさんの人が家にきてくれて楽しかったと、すこぶる機嫌がよかったんだ。それで、ぼくも親孝行ができたとよろこんでいたんだが、昨日、大学病院にいってレントゲン写真を撮ってもらったら、なんと病巣が、二週間前に診《み》た時と比べて半分以下の大きさになっているというんだ。で、なにをしたかと医者が、ぼくを物陰に呼んで聞くから、オシャマス鍋を喰ったといったんだが」

坂本が説明した。

「医者はなんと?」

龍岳がたずねた。

「猫肉で肺病が治るなど、あるわけはないと首を横に振った。しかし、現実に、病巣は小さくなっているのだから、奇蹟だというんだよ」

「ほかには、なにもしていないのかい?」

「なにもしていない。医者からもらっている薬を飲んでいるだけだよ。ただし、この薬は、それまでは、さっぱり効果がなかったがね」

「これは、やはり、猫肉が効いたとしか思えんなあ」

信敬がいった。

「だが、あの猫肉は……」

龍岳がいいかけ、はっとして、途中でことばを止めた。

「春浪さんの話じゃ、キジトラだそうだね。キジトラは肺病に効くんだよ。こいつは、学会で発表するべきじゃないかね」

信敬が、冗談半分にいった。そこへ、女給が、注文した品物を運んできた。

「とにかく、そういうわけで、坂本君のお袋さんは、非常に元気だそうだ」

春浪が、肉の話をあいまいにしようと思ったらしく、会話に割り込んだ。

「そうですか。でも、なんにしても、元気になられたのは、よかった」

龍岳がいった。

「ありがとう。いや、実際のことをいうとね。ぼくも山伏には、ああいわれたものの、猫など喰ったら、たたりがあるんじゃないかと不安だったんだよ。そうしたら、たたりどころか奇蹟じゃないか。猫には気の毒なことをしたけれど、感謝しているんだ」

　坂本が、春浪につがれたビールを、うまそうに飲む。

「ついでだから、夢の猫の話もしてやりたまえよ。龍岳君の小説の種《たね》にでもなるかもしれんから」

　信敬が、坂本を促した。

「夢の猫ですか？」

　時子が、坂本に質問した。

「ええ。さっき春浪さんと信敬君には話したんですがね。あなたたちがきてくれた翌晩のことです。お袋が妙なことをいうんですよ。その晩は、ぼくは徹夜仕事で、家にもどれなかったのですが、帰ってきたら、お袋が昨晩夜中に、家に猫が入ってきたというんです。しかも、キジトラ猫の大きいのがです。で、ぼくは、一瞬、オシャマス鍋にした猫が化けて出たんじゃないかと思ったんですが、話を聞いてみると、そうじゃないんです」

「どうしたんだい？」

　龍岳が、少し、からだを乗り出した。

「その大きなキジトラ猫は、障子の破れ目から、お袋の寝ている部屋に入ってくると、しばらく、お袋の顔をじっと見ていたけれども、やがて、蒲団の中にもぐり込んでこようとする。お袋は猫は嫌いじゃないから、好きなようにさせておいたところ、お袋のからだの右脇、ちょうど、患部のあるあたりに手をかけるようにして寝てしまったという。で、お袋は人なつっこい、ふしぎな猫だと、からだをなでてやっていたが、そのうち、自分も眠ってしまった。朝になって、目を覚ましたら、もう猫の姿はなかったというんだ。それで、ぼくは、それは夢を見たんだといったんだけれど、お袋は、ぜったい夢ではないといいはってね」

　坂本が苦笑いをした。

「その猫、それまでにも、お母さまは、ご覧になったことはあるのですか？」

　時子がいった。

「いいえ。はじめて見る、大きなキジトラ猫で、喧嘩でもしたのか右耳の先が、少し、ちぎれていたといっておりました。でも、たしかに、お袋の寝ていた部屋の障子には破れ目はありますが、家の中に猫の入ってこられるような穴なんかないんですよ」

「どうだい、龍岳君。小説の種になりそうな話だろう。それで坂本のお袋さんは、その猫が病気の患部に手を当ててくれたら、すごく気持ちがよくて、病気が治るような気がしたというんだそうだ」

信敬がいった。

「そうすると、お袋さんの病気は、猫鍋で治ったのではなくて、その猫が治してくれたということになるのかね」

龍岳がいった。

「お袋は、食べた肉が猫だとは知らないから、そういっている」

「おかしな話ですわね」

時子も、コーヒーカップに手を伸ばしながら、ふしぎそうな顔をした。

「おかしいですよ。だって、ふつうの怪談話なら、お袋さんには牛肉といっていたにしろ、その肉を喰った人のところに、恨んで化けて出るところを、恨むどころか、逆に病気を治しに出てくる奇特な猫の話なんて聞いたことがない。それに、化けて出るにしても、筋からいけば、坂本のお袋さんのところではなく、捕まえて肉にした春浪さんのところに、先に出てくるはずじゃないか」

酒に弱い信敬が、ややろれつのまわらなくなった口調で、演説するようにいった。

「だから、ぼくは、それは夢だというんですがね。お袋は、自分は、まだ夢と現実が、ごっちゃになるほどもうろくはしていないと怒りましてね。あの猫が、病気を治してくれたと、よろこんでいるんです」

坂本がいった。

「それで、坂本君。お袋さんの病気は、完治しそうなのかね?」

坂本の説明を、目をつぶって聞いていた春浪がいった。

「はい。医者は、これなら、まちがいなく治るだろうといっております」

坂本が答えた。

「そうか」

春浪がいった。それから、意を決したという表情をし、話を続けた。

「じゃ、ほんとうのことを、いってしまおう。俺は、もう、がまんできん。実はな、坂本君。あの新嘗祭の晩に、時子さんが料理したのはキジトラ猫の肉ではない。牛肉だ。俺が、信敬君やきみに嘘《うそ》をついて、猫肉と称して牛肉を持っていったのだよ。いくら山伏のお告げかしれんが、猫の肉など喰わせるわけにはいかんと思ってな」

春浪がいい、ビールをぐっとあおった。

「えっ⁉ それは、ほんとうですか、春浪さん!」

坂本が、びっくりした表情で、春浪の顔を見た。信敬も、唖然《あぜん》とした顔で、春浪を見る。

「ほんとうだ。きみたちを騙して悪かったが、これは龍岳君も時子さんも知っていることだ」

春浪がいった。

「それで、猫の肉は応援隊で用意するといったのを、春浪さんが自分のほうで持ってくるといったのですね」

信敬がいった。

「その通りだ」

春浪がうなずいた。

「ということは、この話は、どういうことになるのです」

坂本が、右手の指を髪の毛の中に突っ込んで、額にしわを寄せた。

「俺にも、わからん。考えられるのは、牛肉が肺病に効いたということだ」

春浪がいった。

「そんな話も、聞いたことないですよ」

信敬がいう。

「坂本さん、嘘をついて申しわけありませんでした」

時子が、すまなそうにいった。

「いや、時子さんに、謝ってもらうことはありません。たとえ、あれが猫肉ではなかったにしても、お袋の病気が治りつつあるのは事実なんですから。それに、さっきもいったように、ぼくも猫を殺したということで、気がとがめていたのですから、話を聞いて、なにか胸のつかえが取れました。ただ、わからないのは、お袋のいうキジトラ猫です」

坂本が、三人の顔を見回しながら、なんとも釈然としないという表情でいった。

「夢でないとすると、ほんとうに、その猫がお袋を治してくれたのだろうか。どんな理由で……」

4

「……そうか。春浪さんが、博文館をやめるのか」

黒岩四郎が、猪口《ちょこ》の酒を、ちょっぴりすすって、呟《つぶや》くようにいった。

「それで、〈冒険世界〉の主筆を阿武《あぶ》君に引き継げと……」

「そういうことです。で、どうしたもんじゃろうかと。〔天狗倶楽部〕の仲間は、みんな、わしが〈武侠《ぶきょう》世界〉のほうへいくものと思っているようじゃし、実際、わしもいきたいのです。しかし、春浪さんが〈冒険世界〉をやってくれというのでは、逆らうわけにもいかんと思いましてね。それで、黒岩さんなら、客観的に物が見えると思って」

阿武天風《てんぷう》が、黒岩の顔を見つめていった。天風が黒岩の家に、ひとりでやってきたのは、この晩がはじめてのことだった。

「さて、ぼくには、春浪さんと阿武君の、心の繋《つな》がりが、どれほどのものかもわからないので、なんともいいようがないが、強《し》いて意見をいえというのなら、ここは春浪さんのことばに従ってあげては、どうだろう。話を聞けば、春浪さんは、また、その〈武侠世界〉とかいう新しい雑誌をやるとはいえ、無念の思いで博文館をやめるわけだろう。そこで、きみなら自分の後を継いで、〈冒険世界〉を任せられると思って頼んだのだから、それを断ったら、さらに気持ちが傷つくような気がするんだが」

黒岩がいった。

「やはり、黒岩さんも、そう思われますか」

「うん。そう、思う」

「わかりました。では、わしは〈冒険世界〉をやることにします。〔天狗倶楽部〕の仲間は批難するかもしれんが、わしには、春浪さんが大切じゃから」

天風が、火鉢の火を見つめていった。

「やあ、黒岩さんには迷惑だったでしょうが、やはり訪ねてきて、よかった」

それまでの迷いが、ふっ切れたのか、天風の顔が明るくなった。

「こんな程度で役にたつのなら、いつでもきてくれたまえ。そうと話が決まれば、酒もぐっとうまくなるだろう。ぼくは、明日も出勤だから、そうは飲めんが、きみはかまわんのだろう。買い置きが一升ほどあるはずだから、気持ちよく飲みたまえ」

黒岩が、徳利《とっくり》を取って、天風の猪口に酒をついだ。

「恐縮です。いただきます」

天風が軽く会釈した。

「ところで、阿武君。すまんが、少しだけ、手酌《てじゃく》でやっててくれ。ぼくは、ちょっと、家の回りを見てくる」

黒岩が火鉢の陰に置いてあった探見電灯を手にして立ち上がった。

「こんな時間に、なにを見にいくのですか？」

天風が、黒岩の手の探見電灯を見て、けげんそうな表情をした。

「猫だよ。時子が五、六日前に、子猫を拾ってきたのだが、さっき、ぼくが帰宅して、勝手口を開けたとたんに、外に飛び出してしまってね。きみが、くる前にも探していたんだが、どうにも姿が見えんのだ。時子が帰ってくるまでに、連れもどしておかんと、なにをいわれるかわからんのでね。拾ってきた翌日にも、一度、外に出てしまったんだが、その時は、三十分ほどで自分のほうからもどってきた。が、今夜は帰ってこないのだ」

黒岩が、ちょっと困ったような口調でいった。

「猫ですか。わしが、ここへくる時、親子らしい猫が二匹歩いておりましたが……」

天風がいった。

「どのあたりを？　小さいのはキジトラだったかい？」

黒岩が、たたみかけるようにいった。

「あの四つ角の医者の家の前あたりです。なんといいましたっけ？」

「青山医院のところか！」

「ええ、その青山医院のところです。色は暗くて、わからんでした」

「ひょっとすると、親猫が迎えにきたのかもしれんな。ちょっと、見てくる」

「でも、三十分も前の話ですよ」

「わかってはいるが、時子が、それはかわいがっていたのでね」

黒岩は、そういうと、走るように、勝手口から、外に飛び出していった。

「わしも、探しましょうか？」

天風が腰を浮かしかけた時には、もう黒岩の姿は見えなかった。

黒岩は十分ほどで、もどってきた。猫は連れていなかった。

「もう、外は寒いね。このかっこうでは、寒くて、いつまでも探していられん」

黒岩が、火鉢に手をかざした。

「猫は見つかりませんでしたか？」

天風がいった。

「うん。青山医院のあたりを探してみたんだが」

「生きた動物じゃから、同じ場所にいつまでもいると思えませんね」

「まいったなあ。時子に、なんといえばいいかな」

「そういえば。時子さんは、どちらに？」

「龍岳君と一緒に、プランタンにいっておる。もう、そろそろ帰るころだろう」

「プランタンって、あのカフェー・プランタンですか？」

「うん。春浪さんや信敬君たちと、会っているんだ」

「ほう」

天風が、首をひねった時、玄関の錠が開く音がして、続いて女性の声がした。

「ただいま」

時子の声だった。

「噂《うわさ》をすれば、なんとやらだな。帰ってきた。さて、弱ったぞ」

黒岩は、苦虫を潰したような顔で、玄関に出ていった。

「ただいま帰りました。お客さまですか？」

落ちつかない態度で、玄関に出てきた黒岩に時子が、たたきに並んでいる靴を見て質問した。

「う、うん。阿武天風君が、ちょっと、相談ごとにきてね」

黒岩がいった。

「今晩は。天風さんが、おいでなのですか？」

龍岳が黒岩に会釈をしながらいった。

「ああ、一杯やりながら、話をしていたところだよ。外は寒かっただろう。さあ、上がって」

「はい。では、失礼します」

龍岳が、時子に続いて、下駄を脱いだ。

「今晩は。おじゃましております」

時子たちが居間に入ると、火鉢の前の天風がおじぎをした。

「今晩は。お久しぶりですわね、天風先生」

時子がいった。

「黒岩さんの家で、お会いするとは思いませんでしたね」

龍岳がいった。

「ははは、わしもだよ」

天風がいった。

「お兄さま、タマちゃんは？」

龍岳と天風が、挨拶ともいえない挨拶をしているあいだに、部屋のそこここを見回してた時子が黒岩にたずねた。

「それがな、すまん、時子。俺が、家に帰ってきて、勝手口の戸を開けたとたんに、外に飛び出してしまったのだ」

黒岩が、おそるおそるという調子でいった。

「えっ⁉　それで、もどってこないのですか⁉」

時子が、びっくりした顔で、一瞬、絶句した。

「ずいぶん、探したんだが……」

「つい、いましがたも、黒岩さんは、外に探しにいっておられたんですよ」

天風が、黒岩のことばを引き継いで、助け船を出した。

「阿武君が、家にくる時、青山医院のところで、親子連れらしい猫が、二匹歩いているのを見たというのでね。でも、姿は見当たらなかった」

黒岩が、首を横に振った。

「わたし、探してきます！」

時子が、卓袱台《ちゃぶだい》の上の探見電灯を手に取ろうとした。

「まあ、時子さん、落ちついて。探すのは、ぼくも手伝うけれど、相手は猫なのだから、闇雲《やみくも》に探しても見つからないでしょう」

龍岳がいった。

「じゃ、どうしたら？」

時子が、いまにも泣き出しそうな顔をした。

「またたびはありませんか。猫捕りは猫を捕まえる時、またたびを焚《た》いて集めるのだそうですよ。またたびの煙の匂いにつられて、そこいら中から猫が集まってくるそうですから」

龍岳がいった。

「またたびは買ってありません」

時子が答えた。

「そうですか。じゃ、ぼくが買ってこよう。たしか、商店街のところに薬屋がありましたね」

龍岳がいった。

「あるにはあるが、この時間では閉まっているだろう」

黒岩がいった。

「なに、まだ九時半です。戸を開けてもらいますよ」

「すまんな、龍岳君。じゃ、そうしてくれるか」

「はい。お安い、ご用です」

龍岳は、そう答えると、歩きだそうとした。その時だった。

「にゃあ〜」

玄関のほうで、かすかに猫の鳴き声が聞こえた。

「タマちゃんだわ!!」

時子が、龍岳の横をすり抜けて、廊下を走っていった。そのあとを龍岳たちも追う。玄関の引き戸の、すりガラスの向こうに、猫の姿が見えた。小さなキジトラ猫で、戸の桟《さん》を爪でがりがりと引っ掻いている。

「タマちゃん!」

時子が、足袋《たび》のまま、たたきに飛び降り、声をかけた。

「みゃあ〜」

猫が返事をするように鳴いた。

「やっぱりタマちゃんでしてよ」

時子が、叫ぶようにいいながら、戸の錠をはずす。そして、間髪《かんはつ》を入れず、戸を開けた。

「にゃん!」

小さなキジトラ猫が、玄関に飛び込んできて、時子の足に、からだをこすりつけた。タマにちがいなかった。

「よかった。タマちゃん、どこにいっていたの」

時子がタマを抱きあげ、龍岳たちのほうを見て、にっこり笑った。

「帰ってきたのか。よかった」

黒岩が、ほんとうに、ほっとしたという表情でいった。

「よかったですね、時子さん」

龍岳も天風も顔を見合わせた。その時、時子がびっくりしたような声を出した。

「あら、もう一匹、猫がいる!」

「どこに?」

黒岩が、玄関の外を覗《のぞ》いた。なるほど、玄関に続く、一番手前の飛び石の上に、タマの三倍もあろうかという大きな猫が、四本の脚を、きちんと揃えて龍岳たちのほうを見て、座っていた。タマとよく似たシマ模様のキジトラ猫だった。

時子は、上がり框に立っている黒岩の手にタマを渡すと、敷居をまたいで、その大きなキジトラ猫に、静かに近づいた。が、猫は逃げようとはせず、時子の顔を見ている。時子は、猫の前にしゃがみこんだ。

「あなた、タマちゃんの母親？」

時子が、猫に優しい声をかけた。猫が尻尾を振った。

「タマちゃんに、そっくりね」

「にゃあ〜」

猫が鳴いた。時子は、その大きな猫の頭を、そっとなでた。猫がうれしそうに、目を細める。

「これは、どう見ても親子ですな」

天風がいった。

「野良猫が飼い猫かしらんが、親がタマに会いにきたんだよ」

黒岩がいった。

「猫でも、親子の情愛は深いものですね」

龍岳がいった。

「ああ、むしろ、人間よりも愛情は細やかかもしれんよ」

黒岩がいった。

「時子、親子二匹を飼うわけにもいかんだろうが、とりあえず、その猫も家に入れてやったらどうだ？」

「ええ。……あら？」

「どうしました？」

龍岳がいった。

「この猫、右の耳の先が、ちぎれています」

「えっ？」

今度は、龍岳が、おどろいたような声を出した。

「大きなキジトラで、右耳の先がちぎれているというと……」

「猫岳山《ねこたけやま》にいって修行してきたのかな」

天風が笑った。

「あの猫と同じ……」

時子が、天風の冗談には答えずにいった。

「なんの話だい？」

坂本の母親の体験を知らない黒岩が、けげんそうな口調でいった。

「あとで説明しますわ。とにかく、お家にお入り」

時子が、猫にいった。が、猫は玄関には入ってこようとせず、また二、三度、大きく尻尾を振ると、黒岩に抱かれているタマのほうに目をやり、くるっと後ろを向いて、門扉《もんぴ》のほうに歩きはじめた。

「にゃあ」

タマが鳴いた。するとキジトラ猫は立ち止まり、ちらっと、後ろを振りかえったが、また、なにごともなかったように歩き出し、門扉をくぐって道路に出ていった。やがて、その姿は夜の闇に吸い込まれた。

「また、いつでも遊びにおいで。今度は、ごちそうしてやるから」

時子がいって、立ち上がった。

「そうだ、お前も腹が空《す》いているのだろう。牛乳でも飲むか」

黒岩が、タマに話しかけながら、居間に向かった。天風も、その後をいく。時子が、玄関に入ってきて、戸の鍵をかけた。

「いまのキジトラ猫、坂本君のお袋さんの病気を治したのと同じ猫だろうか」

龍岳が、時子にいった。が、時子はなにも答えなかった。

「猫の恩返しという話が書けそうだな……」

龍岳が、ぼそりといった。

福

1

「今度の創刊号は、〈冒険世界〉の時を上回る痛快なものにしようと思っておるのだが、きみには、少し、滑稽な短篇を書いてもらいたいと思っている」

押川春浪《おしかわしゅんろう》が、応接室の真新しいソファに腰を深く落としながら、向かいの席の鵜沢龍岳《うざわりゅうがく》にいった。ここは小石川《こいしかわ》区三軒町の武侠《ぶきょう》世界編集所。明治四十四年十二月九日のことだった。

〈東京朝日新聞〉との野球害毒論論争の際、〈冒険世界〉の三分の一のページを使って、野球擁護《ようご》の大反論を書くと主張、いや、現実に大論文を書いた春浪は、その掲載を上司である編集局長の坪谷《つぼや》水哉《すいさい》に差し止められた。野球擁護派の意見が正しいのは、世間のおおかたの見るところだから、〈冒険世界〉に、それほどの大論文を載せる必要はないというのだ。

もちろん、理由は、それだけではなかった。博文《はくぶん》館《かん》も大出版社ではあるが、たとえ、今回のキャンペーンには問題があるにしろ、大新聞社である〈東京朝日新聞〉とはもめごとを起こしたくないというのが上層部の本音だったのだ。

しかし、冒険小説の執筆と同時に、野球の振興・発展に力を注いでいる春浪は、これになっとくできなかった。そこで、〈冒険世界〉を、有力な寄稿家であり友人の阿武《あぶ》天風《てんぷう》と助手の河岡潮風《かわおかちょうふう》に託し、自らは博文館を退社して、〈武侠世界〉という新雑誌を創刊することになった。

といっても、春浪はしばらくは仕事を休んで休養を取るつもりでいたのだが、春浪が博文館をやめることを知った興文社という中堅出版社の社長・鹿島光太郎が、小杉未醒《こすぎみせい》を仲介して自分の会社に誘ったのだ。それも、興文社は馬喰町《ばくろちょう》にあるのだが、春浪のために、小石川に別に編集所を設け、自分は編集には、いっさい口は出さず、発行は春浪、製作費用を出す替わりに、発売を興文社が引き受けるという条件だった。

これは、決して、悪い条件ではなかった。春浪は、親しい友人たちの集まりである〔天狗倶楽部《てんぐクラブ》〕のメンバーに相談した。みんなは、口をそろえて、新雑誌を創刊しようといった。それで春浪も、みんなが、そういうならと意を決め〈武侠世界〉という雑誌を急遽、明治四十五年の新年号創刊という形で刊行することになったのだ。

鹿島が用意してくれた編集所は、小石川三軒町の閑静な住宅街にあった。元士族の屋敷だったというで広大なもので、土地は千坪もある。その中に、最近できた瀟洒《しょうしゃ》な洋館があり、そこを編集部とした。

社員は主筆の春浪をはじめ、〔天狗倶楽部〕のメンバーで、元・早稲田大学庭球部主将の針重敬喜《はりしげけいき》、同じく早稲田野球部の第五代主将を務めた飛田忠順《とびたただより》、やはり〔天狗倶楽部〕メンバーで〈冒険世界〉時代からの寄稿家の平塚断水《ひらつかだんすい》、それに興文社のほうから藤井白雲《ふじいはくうん》と柳沼沢介《やぎぬまさわすけ》がやってきた。

規模では博文館の編集部とは比べものにならないが、一冊の雑誌にかかわる人数としては、〈冒険世界〉より多いくらいだった。表紙と挿絵には、これも春浪に追随して〈冒険世界〉を離れた小杉未醒が、腕を揮《ふる》ってくれることになった。近く、小杉の親友の画家・倉田白羊《くらたはくよう》も参加することが決まっている。

「滑稽物って、どんなのを書くのですか?」

いままで、その手の作品を書いたことのない鵜沢龍岳が、春浪の顔を見た。

「そうだなあ。俺も、なにも考えてはおらんが、赤と白の幔幕《まんまく》を張り、松竹梅で飾った高大原《たかまがはら》に八百万《やおよろず》の神様が集まって、一千歳を迎えた鶴と一万歳の亀が祝言《しゅうげん》をあげるのを祝うなんてのは、どうだ? 正月向きで、めでたくていいじゃないか」

　春浪が吸っていた煙草を、灰皿の中で、もみ消しながら、口から出まかせをいった。

「それは、たしかに、めでたい話ですけど、どうやって小説にするんです?」

　龍岳が、顔をしかめた。

「それは、きみが書くんだ。好きなようにやってくれ。枚数は二十枚、いや三十枚でいこう。十五日が締切りだ」

「でも、ぼくは、いままで滑稽小説なんて書いたことがないから……」

「だから、やってみるのさ。作家は幅広く、いろいろなものを書いたほうがいい。俺だって、むかし〈写真画報〉に落語を書いたことがあるんだ。やれば、できるよ」

　春浪は、気軽に笑顔でいう。

「困ったなあ」

　龍岳が、頭をかいた。

「なにも困ることはない。きみなら書けるよ」

「しかし、鶴と亀が祝言をあげるといったって……」

「できる、できる」

　春浪は龍岳に向かっていい、隣りの編集室に怒鳴った。

「おーい。柳沼君。茶をくれんか!」

「はい」

　柳沼の返事がした。ほとんど時間を置かずに、坊主頭の柳沼が、手に急須《きゅうす》を持って、応接室に入ってきた。そして、ふたりの湯呑《ゆの》み茶碗《ぢゃわん》に茶を注いでからいった。

「少し、寒いですね。火鉢に炭を足しましょう」

「ああ、頼むよ」

　その時、部屋の扉がノックされた。

「ほい。どうぞ!」

　春浪がいった。扉が開いて、入ってきたのは、藤井だった。その後ろにコートに帽子姿の巌谷《いわや》小波《さざなみ》がいた。

「春浪さん、巌谷先生が……」

　藤井のことばが終わらないうちに、春浪がソファから立ち上がった。

「これは、巖谷さん、なにごとです⁉」

「なあに、きみの新しい職場が、どんなところか偵察にきたのさ。なにしろ、今度、きみがはじめる〈武俠世界〉は、わが〈冒険世界〉のライバル雑誌だからね」

巖谷が、笑った。

「いや、そんなことはないですよ」

春浪が、ちょっと困った表情でいった。巖谷は春浪にとって大恩人だった。処女作の『海底軍艦』を世に出してくれたのも巖谷だったし、春浪を博文館に迎えてくれたのも巖谷だ。巖谷なくしては、いまの春浪はないといっても過言ではない。

その巖谷は、春浪が博文館をやめるといった時、坪谷局長と一緒に、なんとか思いとどまるように説得した。しかし、一度、こうと決めたら、後に引かない性格の春浪は、巖谷のことばを振り切って博文館をやめてしまったのだ。

「巖谷先生、帽子とコートを……」

「やあ、すまんね」

藤井が、巖谷から帽子とコートを受け取ると、部屋の隅の洋服掛けに掛けた。

「まあ、こちらに、どうぞ」

春浪が、巖谷にソファの上席を示した。

「ごぶさたしております」

龍岳が立ち上がって、おじぎをした。

「元気そうだね、龍岳君。春浪君のほうにばっかりくっついてないで、博文館のほうにも書いてくれよ」

巖谷が、ソファに座りながら笑顔でいった。

「はい。よろこんで。げんに、いま〈中学世界〉のほうから、注文を受けています」

龍岳がいった。

「ああ、そうか。ならいいんだ。きみたちとは、特別、喧嘩《けんか》別れしたわけじゃないから、これからも、おたがい仕事は手伝い合おうよ」

「はあ、ありがたい、おことばです」

春浪がいい、炭火を強くしている柳沼にいった。

「お茶を、もうひとつ頼むよ」

「はい」

柳沼がうなずく。

「なに、かまわんでくれ」

「柳沼と申します。よろしく、おねがいします」

柳沼が、巌谷に頭を下げた。

「こちらこそ、よろしく」

巌谷も、軽く会釈《えしゃく》する。

「それで巌谷さん、ご用件は？　まさか、ほんとうに偵察にきたわけでもないんでしょう」

春浪がいった。

「うん。実は、きみに相談があってね」

「相談ですか？」

「うん」

「あの、ぼく、席をはずしましょうか」

龍岳がいった。

「いやいや、別にかまわんよ。一緒に聞いてくれたまえ」

巌谷がいった。

「そうですか。じゃ、聞かせていただきます」


「ふたりとも、ぼくが久留島《くるしま》君たちと〔お伽《とぎ》倶楽部〕をやっているのは、知っているね」

巌谷がいった。久留島武彦は、巌谷と同じ博文館の社員で、お伽話作家だった。このふたりが中心になって、お伽話を普及するための全国組織〔お伽倶楽部〕というのを作って活動しているのだ。

「ええ」

春浪が答えた。

「その〔お伽倶楽部〕の京都の会の会員で、中島小夜子《なかじまさよこ》という、若い婦人がおったんだ。この婦人が昨年、結婚をしてね。ひょんな縁というか、旦那《だんな》も〔お伽倶楽部〕の会員で、意気投合してということろだ。旦那は静岡県の浜松市で駄菓子屋さんをやっておって、その後添《のちぞ》いに入った。駄菓子屋といっても、その旦那は、長いこと東京にいて、株の相場で大成功した資産家でね。女中や下男を置く身分なんだよ。親が死んだので、数年前に浜松にもどったが、子供が好きで、道楽で駄菓子屋をやっておるのだ。子供好きというところから、〔お伽倶楽部〕の浜松の会の副支部長をやってくれておるような人だ。それで、京都の女性と会員同士の文通が縁となって、一緒になった。ところが、この婦人が困っておる」

巌谷がいった。柳沼が、お盆に載せてきたお茶を、巌谷の前に置いた。

「困っている?」

春浪が、聞き返した。

「うん。この店の旦那には、先妻の子供がふたりおったのだが、これが幸い、すぐに後添いの奥さんに慣れて、非常にうまくやっておった。子供たちが、母さん、母さんと慣れてくれると、うれしそうな手紙を送ってきたことも何度かある。それで、ぼくもよろこんでいたのだが、その長女、たしか十七歳といったかな。その長女が、四か月ほど前に、突然、姿を消してしまったそうだ」

「どういうことです?」

「それが、わからんので困っておる。いまもいったように、その奥さんと長女は、うまくいっていた。いなくなった、その日も、もめごとがあったとか、そういうのではない。子供ふたりと下男、女中を連れて、浜名湖に遊山《ゆさん》にいったそうなのだ。で、みんな楽しく遊んでおったが、ちょっと、奥さんたちが目を離したあいだに、姿が消えてしまったというんだよ。誤って湖に落ちたのではないかと大騒ぎになって、地元の警察や消防団が出て捜したが、いつまでたっても死体は見つからん」

巌谷が、ふうっと、ため息をついて、茶をすすった。

「それで、神隠しにあったのなんのと、あれこれ噂《うわさ》が立った。やがて、後妻とうまくいかなくて家出をしただの、ひどいのになると、その奥さんが、娘を嫌って殺してしまっただのと、近所の者が囁《ささや》くようになる。幸い、旦那というのができた人で、なにか理由のあることだから、心配するなといってはくれるのだが、自分としては、いても立ってもいられない。どうしたものかと悩み抜いているところへ、つい一週間ばかり前、突然、その娘から手紙がきた。ところが、その文面が妙だ。自分はぶじで、ほんとうに満足した楽しい生活をしているから捜さないでくれと書いてあったというのだ。しかし、その手紙の封筒には切手が貼ってない」

「ふーむ。それは、やはり、表面の上では、その奥さんと仲良くやっていたが、実際には娘が、後妻に慣れることができず、出奔したということじゃないのですか。手紙は、居場所がわかるとまずいので、だれかに頼んで、直接、家の郵便受けに入れさせた」

春浪がいった。

「ぼくも、そう考えたんだがね。その娘が、心の中で、新しい母親に慣れないでいたのなら、手紙の宛て先は父親とするだろうと思うのだが、母親宛てだったというのだ。そこが妙だ」

巖谷がいった。

「その母親や父親も知らない、好きな男がいて、一緒に暮らしてでもいるということなのですかね」

春浪が、着物の袂《たもと》から、煙草の箱を出した。

「いや、それもなさそうなのだ。父親は、まれに見る物わかりのよい男で、常々、好きな男がいるのなら、自由結婚でかまわんから、連れてきなさいといっていたという。けれど、その娘には、まだ、そんな男はいなかったらしい」

「なるほど」

「家には、資産もある。親は物わかりがいい。だから、家を出た理由が、皆目、わからない。それで、もしかしたら、東京に出てきていないだろうかというのだ。そういわれても、ぼくにも、わからん。どうにもならんよ。東京にきているとしても、どこにいるのか、見当もつかん。それで、春浪君なら警視庁の刑事とも親しいし、これまでにも、あれこれ、ふしぎな事件を解決しておるから、なんとかならんかと、きみのところに、きてみたわけだ。相談というのは、そのことだ」

巖谷が、春浪の顔を見つめていった。

「いや、ぼくも、奇妙な事件には、何度もぶつかってはいますが、解決したことはないですよ。しかし、そういうことでしたら、とにかく、黒岩《くろいわ》君に相談してみましょう。その家では、静岡県警に捜索願いは出してあるのでしょうね」

春浪がいった。

「それは、手紙には書いてなかったが、おそらく、やっているだろう」

「だとすれば、警視庁とも連絡は、すぐ取れる。東京にきているなら、その娘は浜松弁をしゃべるはずだから、どこにいても、捜しやすいでしょう。わかりました。ぼくは、なにもできませんが、黒岩君に頼みますよ」

「そうか、すまんな。その婦人にも旦那にも、『お伽倶楽部』では、ずいぶん世話になっておるので、ぼくとしても、できるだけ協力してやりたいのだ」

巌谷が、うれしそうにいった。

2

警視庁本庁第一部刑事・黒岩四郎《しろう》が、火鉢に手をかざしながら、柱の時計を見た。針は七時半をさしている。

「遅いな」

黒岩が心配そうにいった。牛込区原町の黒岩の家。

「冬は暗くなるのが早いですからね」

鵜沢龍岳が、もう雨戸はしまっていたが、縁側のほうに顔を向けていった。この日は、黒岩は特別休暇で休みだった。そこへ夕方、龍岳が、春浪の頼みを伝えかたがた遊びにきたのだった。黒岩の妹の時子《とき》《こ》は、留守だった。龍岳がくると知っていれば、出かけなかったのだろうが、龍岳は突然、黒岩の家を訪れたので、知らなかったのだ。

「電話では七時半には、もどるといったのだが」

黒岩がいった。

「黒岩さん。いま七時半になったばかりじゃないですか。五分や十分、遅れることだってありますよ」

龍岳がいった。

「まあ、そうだな」

黒岩が、本心からなっとくしたかしないかはわからないが、とりあえず、うなずいた。

「しかし、今度の春浪さんの雑誌、うまくいきそうで、よかったじゃないか」

「ええ。なんか〈冒険世界〉より、おもしろくなりそうですよ。〈武俠世界〉は、〔天狗倶楽部〕の雑誌みたいな感じですね。ただ、気の毒なのは天風さんと潮風君です」

「でも、春浪さんに頼まれたんじゃしかたないだろう。ほかのみんなも怒ることはない」

黒岩が、炭を火箸《ひばし》でつっ突いていった。

「ただ、ふたりとも、ひとことも、それを口にしないんです。だから、恩知らずだと怒っている人たちが、たくさんいて」

龍岳が、卓袱台《ちゃぶだい》の上の茶をすすっていった。〈冒険世界〉を春浪がやめると、それまで〈冒険世界〉に寄稿していた〔天狗倶楽部〕のメンバーは博文館とは手を切り、こぞって〈武俠世界〉のほうに移った。だが、天風と潮風は、春浪に頼まれて〈冒険世界〉を引き継ぐことになった。

けれど、ふたりは、春浪に頼まれて〈冒険世界〉に留まるのだということを口にしなかった。ほんとうは、ふたりとも、春浪と行動を共にしたかったのだ。しかし、春浪は自分が創刊し、育てあげた〈冒険世界〉を、まったくの知らない人間の手には渡したくなかった。そこで、気の置けない友人である阿武天風に後を任せ、春浪時代から編集助手を務めている河岡潮風を補佐に頼んだ。

だが、それを知らない、ほかのメンバーは気にいらなかった。なぜ、ふたりは、それまで世話になった春浪についてこないのかというのだ。潮風から真相を聞かされていた龍岳と、天風に相談を受けた黒岩は理由を知っていたが、〔天狗倶楽部〕のほかのメンバーには、ぜったい話さないでくれという。それが天風や潮風の生きかたであり美学でもあった。そういわれては、龍岳も黒岩も怒っている人々に説明するわけにはいかない。

「時がきて、わかるのを待つしかないか」

黒岩がいった。

「それしかないでしょうね」

龍岳が答えた。その時、玄関の鈴がなり、錠を開ける音がした。黒岩の家では、最近、鈴をつけたのだ。

「やあ、帰ってきましたね」

龍岳がいって、立ち上がった。

「きみは座っていたまえ。お客さんなんだから」

あきらかに、心配による緊張から解かれた黒岩が、安堵の表情で立ち上がった。

「ぼくは、客じゃないですよ」

龍岳がいい、黒岩の後ろについて、廊下に出た。曲がり角のところで、黒岩と時子が顔を合わせた。

「遅かったじゃないか」

黒岩がいった。

「ごめんなさい、お兄さま。お食事をいただいて帰ろうとしたら、尚子さんが、新年のかるた会の練習をしましょうというものですから。でも、そこまで、尚子さんの家の爺《じい》やさんに送ってもらいましたの」

時子が、すまなさそうにいった。

「そうか。ならいいが、心配しておったのだぞ。龍岳君もきておるし、早く帰ってこんかと思っていたのだ」

「えっ、龍岳さんが！」

時子の顔が、輝いた。

「今晩は。おじゃましています」

龍岳が、黒岩の背後から顔を出した。

「今晩は。それなら、早く帰ってくるのだった！」

時子が、弾むような声でいう。

「まったく、げんきんなやつだな」

黒岩は苦笑して、居間にもどった。

「お兄さまたちは、お食事は済んだのでしょ」

時子がいう。

「ああ、天丼《てんどん》を取ったよ。今度できた〔吉野庵〕とかいう店、なかなか、うまかった。なあ、龍岳君」

黒岩がいった。

「ええ。うまかったです」

龍岳が答えた。

「それで、お前のほうは、どうだった？」

「はい。とっても楽しかったですわ。尚子さんのお母さまに、豚肉のお刺身の作りかたを教えていただきました。肉を大切りにして深鍋に入れて水を注いで、火にかけるんです。それで杉箸が通るくらいにゆでて、一晩、生醤油《きじょうゆ》につけておくと、もう食べられるんですのよ。それで、このお肉を……」

「おいおい、料理の作りかたを、俺たちにしても、わからんよ」

黒岩がいった。

「あら、ほんとうですわ。わたしったら、とても、おいしかったものですから……」

時子が、口に手を当てて、ふふっと笑った。黒岩と龍岳も笑う。

「そいつを、今度、作ってくれ」

「ええ、明日にでも、やってみようと思います」

「そいつは、いいね。龍岳君、明日も家にこんかね」

「あら、龍岳さんは、まだ、だめですわ。明日のがうまくできたら、今度、お呼びします」

時子がいった。

「すると、明日は俺で味を試すのか」

「ええ。龍岳さんには、失敗作は食べさせられませんもの」

時子が、すまし顔でいった。

「なんと、ひどい妹だ」

黒岩が、また笑った。ほんとうに、仲のいい兄妹だ。ひとりっ子の龍岳には、ふたりのやりとりがうらやましく思えた。

「それから、お兄さま。わたし、とってもいいことを、教えていただきました」

「なんだい？　いいことって？」

黒岩が質問する。

「お正月の初夢の晩に、枕の下に敷いて寝る七福神の絵の描きかたを、尚子さんのお祖父《じい》さまに、教えていただきましたの。墨一色でひと筆書きでできますのよ」

「へえ。それはいいなあ。ぼくにも、教えてくれませんか。このごろ、ぼくのところには、ちっとも福が寄ってくれないから、来年はぜひ、七福神にきてもらおうと思っているんです」

龍岳が冗談をいった。

「はい。わたしも、もう少し練習して、じょうずになったら、お教えしますわ」

「七福神か。俺のところにもきてもらいたいね。その絵を五、六枚重ねて敷いてみるか。お前も、いい結婚相手が見つかるように、うまく描けよ」

「また、お兄さまったら」

時子が、からかわれて、頰をふくらませた。けれど、すぐに笑顔にもどっていった。

「お蜜柑《みかん》でも出しましょうか？」

「うん。そうしてくれ。さっき、探したんだが、見つからなかった」

「はい」

時子が、立ち上がって、台所に入っていく。

「それで、黒岩さん。話はもどりますが、その行方不明の少女は、見つかるでしょうか？」

龍岳がいった。

「うむ。東京にきていれば、捜せるとは思うが、東京も広いからねえ。ただ、きみもいう通り、浜松弁を使う女性となると、珍しいから捜しやすいだろう。だが、俺は、どうも、その娘は東京には、おらんような気がするね」

黒岩がいった。

「なぜですか？」

「切手の貼ってない手紙を郵便受けに入れたということは、もっと、近くにいるんじゃないか」

「でも、友人にでも頼んで入れてもらったとか」

「それだよ。東京には、そんな親しい友人はおるまい。かりに、友人がいたとしてもだよ、わざわざ、浜松まで手紙を出しにいってくれるような親友は、そうはおらんはずだ。そういう親友がおるくらいなら、親も見当がつくだろう」

黒岩が腕を組んだ。

「なるほど。そうすると、意外に家の近くに潜んでいると考えられますか」

龍岳がいった。

「俺は、そう思うが、なんともいえんなあ。俺の見当も、めったに当たらんからね。ははは」

黒岩が小さく、笑った。

「なんの、お話ですの？」

時子が、籐《とう》で編んだ果物入れに、蜜柑を山盛りにして、台所から出てきていった。

「浜松での話なんだが、若い娘さんが、理由もなく出奔してしまって、行方がわからんのだそうだ。心配しないで、捜さないでくれという手紙はきたというのだがね」

黒岩が、かんたんに話を説明した。

「悪い男にでも捕まって、むりやり、手紙を書かされたということはありませんこと?」

時子が、黒岩の隣りに座りながらいった。

「うん。俺も、それを心配している」

黒岩がいった。

「とにかく、明日、その母親から直接、話を聞かないことには、なんともいえませんね。巖谷さんも、詳しいことは、わかっていないようだし」

龍岳がいった。

「そうだな。で、明日は何時に、出かけるのだったっけ?」

黒岩がいった。

「午前八時に新橋ステーションに集まり、八時半発の神戸行きに乗るということでどうでしょう」

「そうか。それなら昼過ぎには着けるかな」

「お兄さま、わたしもいっていいでしょう?」

時子が、口をはさんだ。

「いかん、いかん。お前は関係のないことだ。学校もあるだろう」

黒岩がいった。

「あら、明日は日曜日でしてよ」

時子がいった。

「黒岩さん、口をはさんで恐縮ですが、若い女性の考えは、時子さんのような人のほうが、理解しやすいかもしれませんよ」

龍岳がいった。

「ねえ、そうでしてよね、龍岳さん」

時子が、龍岳のことばに、うれしそうな表情をした。

「ふむ。それは一理あるな。よし、では、後で春浪さんに電話してみよう。よけいな人間がついていって、先方の奥さんが嫌がらんとも、かぎらんからな」

黒岩がいった。

「ぜったい、春浪先生は、いいといってくれましてよ」

時子がいった。

「かってに決めちゃ、いかんぞ。春浪さんが、いいといった時は連れていくが、だめだといったら、あきらめるんだぞ」

「はい」

時子は、すなおにうなずいた。だが、龍岳も春浪は、時子が一緒に訪問することを拒まないだろうと思った。

「ほんとうに、かどわかしやなんかじゃなければいいんだがな」

黒岩がいって、蜜柑に手を伸ばした。

「あっ、お兄さま。おもしろいことを教えてあげますわ。ほんとうは、林檎《りんご》とか梨《なし》の皮でやるんですけれど……」

時子が、そういい、自分も蜜柑を一個、手に取り、その皮を林檎の皮をむくように器用に、帯状にむきはじめた。

「なんだ、そのむきかたは?」

黒岩が質問した。

「この皮を、こうむいて、肩越しに、軽く後ろに投げるんです。そして、落ちた時の形が、ローマ字のなにに見えるかで占うんです」

時子が説明した。

「なにを、占うんだ?」

「結婚する相手です。いい、こうするの」

時子は、そういって、むき終えた蜜柑の皮を、ぽんと自分の肩越しに畳の上に投げた。そして、すぐに振り向いて、その皮を見た。それは、Sの字型になっていた。

「やっぱり」

時子がいった。

「なにが、やっぱりだ?」

黒岩がたずねる。

「Sの字になっているでしょ。これは、結婚相手の女の人の名前の頭文字なんです。お兄さまのはSになったから、やっぱり、白鳥雪枝《しらとりゆきえ》さんだわ」

時子がいった。

「こら、馬鹿！　つまらんことをいうな」

黒岩が、あわてて、畳の上の蜜柑の皮を手の中で、もみくちゃにした。白鳥雪枝というのは、黒岩が半年ほど前、ある事件を通して、心を惹かれるようになった女性だった。まだ、婚約こそしていないが、結婚するのは時間の問題の女性だ。

「学校で、そんな遊びが流行《はや》っているのですか？」

龍岳が質問した。

「いいえ、学校ではありませんけど、尚子さんに教えていただいたの」

時子が答えた。

「つまらんことを、教わってきおって。よし、じゃ、今度は俺が、お前のを占ってやろう」

黒岩が、そういって、蜜柑の皮をむきだした。

「いやよ、お兄さま。よけいなことはしないで！」

時子がいって、黒岩の手から、蜜柑をもぎ取ろうとした。が、黒岩は離さない。

「先に、よけいなことをしたのは、お前のほうだぞ」

黒岩は時子のことばを無視して、皮をむきだした。

「だめよ、だめよ。お兄さま！」

「いや、占ってやる」

「まあまあ、おふたりとも」

龍岳が、笑いながらいった。

3

土屋泰治《つちやたいじ》の商う駄菓子店〔はまな屋〕は、浜松駅から、西に向かって徒歩で十分ぐらいの浜松市伝馬町にあった。近くには警察署や郵便局の官舎もある浜松の心臓部だ。また、この界隈は浜松の花柳界の中心をなしていて、周囲には、貸し座敷、芸妓置屋、料理屋、芝居小屋、寄席《よせ》、髪結《かみゆ》いなどが軒を連ねていた。

しかし、昼間は、ごく静かな町で、龍岳、黒岩、時子たちの歩く足音が、やけに大きく響くほどだ。どこからともなく、三味線のおさらいの音色が聞こえてくる。すれちがう人も、ほとんど、いなかった。伝馬は、もともと宿場町だが、まだ、どこかに、そのおもかげを残した、雑踏の東京とは、まるで雰囲気のちがう町だった。

けれど、さすがに日曜日のことでもあり、「はまな屋」の店先には、子供たちが群がっていた。駄菓子屋の店先は、東京も浜松も変わりない。塗りのはげた長さ一尺五、六寸の長方形の菓子箱が十個も並べられ、それらの中には、ハッカ菓子だのかりんとう、水羊羹《みずようかん》などが入っている。並んでいる菓子類も、東京と変わらないようだった。

店の前に三人が足を止めた時、十歳ぐらいのふたりの子供が、なにやら、やりあっていた。

「なにをこきゃがる、そんなこときゃがるとオトッチャにいいつけるぞ」

「ばかやろう、うそっこき！」

地方ことば丸出しのいいあいが、なぜか龍岳の気持ちをなごませた。黒岩も時子も、微笑している。

その子供たちを、手際よくさばいているのは、六十前後と見える、着物姿に前垂れをつけた老婦人だった。

「こら、喧嘩《けんか》するじゃねえ。で、源ちゃんは、なに買うだ」

「おばあさ、五厘で、なに買える？」

源ちゃんと呼ばれた子供が、逆に老婦人に質問した。

「アメ玉でもハッカでも、なんなら、もんずきでもやるかね」

もんずきというのは、各種の商品の当たる籤《くじ》だ。

「おばあさ、まだ一等は当たらんら？」

「まだ一等も二等も当たらんよ」

「じゃ、おらあ、もんずきをやるだあ」

少年は五厘玉を、老婦人に渡すと、おもむろに、小さく赤くひねった紙の籤に手を伸ばした。そこまで見届けたところで、時子が、老婦人に声をかけた。

「ごめんください」

「はい。なんだね？」

老婦人が、店に大人が三人も入ってきたので、びっくりしたような声でいった。店先に群がっていた子供たちも、おどろいた表情で、時子たちの顔を見上げる。

「土屋泰治さんのお宅は、こちらでしょうか？」

「はい。そんだけど、ここは店だけで、住んでるとこは、あっちだよ」

老婦人は、雇われ人らしく、そういいながら子供たちをかき分けて、店の外にでると、そこから三軒ばかりの先の大きな屋敷を指で示した。

「ああ、そうですか。どうも、ありがとうございました」

時子がいった。

「あんたら、東京の人だら？」

老婦人が、三人を交互に見ていった。

「ええ。警視庁のものです」

黒岩が答えた。とたんに、老婦人の顔色が変わった。浜松の子供たちには、警視庁ということばは聞き慣れないらしく、別にあわてた様子もしなかった。

「もんずきは、博打《ばくち》だで、子供にさせちゃいかんと知っておったが……」

「いや、ぼくたちは、土屋さんのお嬢さんの件できたんです」

黒岩が、笑顔でいった。

「そうかね。どうか、これは、ご内密に」

老婦人は、あわてて、もんずきの箱を、奥の菓子箱の陰にかくした。

「あはは、どうぞ、気にしないでください。ぼくも小さい時は、もんずきをやったもんですよ」

黒岩がいった。

「はい。どうも、ありがとうございます。ありがとうございます」

老婦人は、頭をぺこぺこと下げる。三人は笑いながら、老婦人に示された屋敷に向かった。土屋泰治の屋敷は、このあたりでは、群を抜いた立派な家だった。大理石の門がまえに定紋付の鉄柵をしつらえてある。

破風《はふ》造りの玄関は外から見えにくいように、大きな蘇鉄《そてつ》を植え込み、内庭には芝生が植えられていた。

その植え込みを、女中とおぼしき、若い女性が箒《ほうき》を持って、掃除していた。

「ごめんください。東京から巌谷さんの代理できた黒岩と申しますが」

黒岩が、鉄柵の外から女中らしい女性に声をかけた。

「あっ、へい。黒岩さんどすなあ。ちょっと待っておくれやす」

女性は、そう答えると、箒を、その場に置き、小走りに玄関に入っていった。女性のことばは、さいぜんの老婦人のとはちがって、京ことばだった。夫人が京都から連れてきたものだろう。

「立派な家ですねえ」

龍岳がいった。

「うむ。資産家とは聞いていたが」

黒岩が答えた。

「成金的な趣味がなくていいですわね」

三人が、そんな会話をしているところに、水色のリボンを蝶に結んで飴色の鬢櫛《びんぐし》、錦紗《きんしゃ》のお召しの薄綿入れ、クリーム色の京華織りの丸帯の女性が足早に出てきた。年齢は二十二、三歳だろうか、時子と同じぐらいに見える。色の白い細面の女性だった。

女学生といっても通りそうな若さだったが、着ているものは、若奥さまのそれだった。旧姓・中島小夜子、現・土屋夫人にちがいなかった。

「よう、おいでくださいました。小夜子でございます」

小夜子が深くおじぎをし、鉄柵の閂《かんぬき》をはずした。小夜子も、美しい京ことばだった。

「さあ、さ。どうぞ中へ、お入りやす」

「はい。失礼します」

黒岩がいった。龍岳と時子も、頭を下げる。

通された部屋は、日本間で雲繝縁《うんげんべり》の青畳、床の間には中国のものらしい山水画の掛け軸、雉《きじ》の剥製《はくせい》が飾られていた。黒檀《こくたん》のテーブルを囲んで、友禅縮緬《ゆうぜんちりめん》の厚蒲団《あつぶとん》が五枚敷かれている。小夜子は、躊躇《ちゅうちょ》する黒岩たちを上座に座らせた。

「それでは、失礼して……」

三人が座ったところに、部屋に入ってきたのは、四十年配の髭《ひげ》を八の字に立てた恰幅のいい男性だった。この家の主人・土屋泰治だ。焦茶色の無双袖《むそうそで》、薄花色の兵児帯《へこおび》を締めている。

「どうも、遠いところを、わざわざ、足を運んでいただいて」

土屋がいった。こちらは小夜子とちがい、長いこと東京にいたというだけあって、はっきりした東京弁だ。

「いいえ、とんでもありません。事件となれば、刑事は、どこにでも飛んでまいります。申し遅れました。わたしは警視庁第一部の黒岩四郎と申します。こっちにいるのは……」

黒岩が龍岳と時子を紹介し、土屋と小夜子も、それぞれに自己紹介をした。紋切り型の挨拶《あいさつ》があり、それが終わると、黒岩が本題を切り出した。

「それで、お嬢さんの居場所は、まだ、まったく知れないのですか?」

「へえ。八方、手を尽くして捜しているのどすけど」

小夜子がいった。

「巌谷さんに宛てられた手紙によると、東京に出てきているかもしれないということでしたが、それには、なにか根拠でも?」

「とくにおへんのどすけど、晶子は優しい気持ちの娘どして、以前から、世の中には不幸なお人が多過ぎる。もっと、よおけのお人を幸せにしてあげたい。それで、救世軍や赤十字のような慈善事業の仕事をしたいと申しておりましたもんですから」

「なるほど。それにしても、ご両親とも、お嬢さんが、そういう仕事をすることに反対ではなかったわけでしょう」

黒岩がいった。

「反対どころか、わたしは大賛成でした。巌谷先生の［お伽倶楽部］は慈善事業ではありませんが、子供を楽しませ、希望を与える仕事です。わたしと家内とは、それが縁で結ばれました。ですから、わたしも、そういうことに力を入れるのはいいことだと、常日頃、娘に話しておったのです」

土屋がいった。

「自分の夫を褒めるのは、恥ずかしゅうございますが、この人は、それは、よく物のわかった人でして、自由結婚もええ、仕事がしたいんなら、好きな仕事をしたらええ、宗教でもなんでも、自分の好きなものを選んだらええという考えどすさかいに……。やはり、娘は後添いに入った、わたしにがまんしていたんでしょうか」

小夜子が、沈痛な表情で、土屋の顔を見た。

「そんなことは断じてない。前の家内が死んで、これと一緒になる時も、娘たちとは、心を割って話をしました。実際、娘たちが少しでも嫌なら再婚はしないと説明しましたところ、ふたりとも、小夜子おばさんならと、賛成してくれたのです。わたしたちが、一緒になってからも、三人は、ほんとうの母子のように、仲良くやってくれました。晶子がこれと、性格が合わなかったなどということはありません」

土屋が、断固たる口調でいった。そして、懐《ふところ》から、一通の手紙を出して、黒岩に渡した。

「それを、ご覧ください。宛名は小夜子になっておりますし、心配をかけてすまないとも書いてあります」

「じゃ、ちょっと失礼して、読ませていただきます」

黒岩は、そういって、便箋を封筒から取り出した。

巌谷のいっていた手紙のようで、封筒に切手は貼られてなかった。便箋は三枚で、そこには、きれいなペン字で、いま、とても満足な生活をしているから安心して、捜さないでほしいということが、切々と書いてあった。黒岩は、それを読み終えると龍岳に渡した。

「この手紙を読むかぎり、お嬢さんと奥さんが、うまくいっていないというようには、見えませんね」

黒岩が、うなずいた。

「悪い男にでも騙《だま》されて、むりに書かされた手紙とも考えられないなあ」

龍岳が、はじめて口を開いた。

「わたしたちも、それを一番心配しておるのですが、そのようには思えんでしょう。わたしは、晶子が、やりたいということなら、なんでもやらせてきましたし、これからも、そうするつもりでおります。ただ、わからんのは、なぜ、捜さないでくれというのか。お嬢さん、あなたなら、どんな場合が考えられますか？」

土屋が、ふうっと大きく、ため息をついて、時子を見た。

「わかりませんわ。こんな、物わかりのいい、ご両親がいらっしゃるのに……」

時子が答えた。

「まあ、本人が、楽しくやっているというのだから、それならそれで、いいとは思うのですが」

土屋がいった。ほんとうに、この人物は、進歩的な考えをする人間のようだ。愛娘が行方不明になっているのに、ここまで鷹揚《おうよう》な対応は、ふつうの親には、かんたんにできるものではない。

「お嬢さんは、慈善事業にたずさわりたいといっておられたといいますが、趣味のようなものは、なにか、お持ちでしたか？」

龍岳が質問した。

「へえ。和楽が好きで、琴、三味線、それにおなごには珍しいんどすが、楽琵琶《がくびわ》をやっておりました」

小夜子がいった。

「中でも琵琶が一番、好きなようでした」

土屋もいう。

「楽琵琶というのは、どんな琵琶ですか。ぼくは琵琶というと、薩摩《さつま》と筑前《ちくぜん》しか知りませんが」

龍岳が質問した。

「雅楽を演奏する時の琵琶でございます。浜名湖に遊山にまいりました時も、その琵琶を持っていったくらいでございます」

小夜子がいった。

時子がいった。

「琵琶を？」

「なにか思いあたらはるんですか？」

小夜子が、身を乗り出すようにしていった。

「いいえ。なにもありませんが、琵琶を弾くというのは、どちらに住んでいるにしろ、手がかりにはなると思うのです」

「そうだね。しかも女性で、琵琶を弾くとなれば、珍しいからね」

龍岳がいった。

「ご主人、もちろん、当地の警察には、捜索願いは出しているのでしょうね?」

黒岩がいった。

「はい。それは、行方知れずになると、すぐに出しました」

「そうですか。それでは、帰りに県警に寄っていきましょう。とりあえず、警視庁と連携で調べてみることにします」

「お願いします。家に帰るのがいやなら、帰らないでもいいのです。ただ、どこにいるのかだけは、知っておきたい。自分の娘ですからな」

土屋が、はじめて、ちょっと目をうるませた。

「うちがいけへんかったんどす。浜名湖にいった時、もうちょっと、注意してさえいたら……」

小夜子も、着物の袖裏で、涙をぬぐった。


「いや、それは、おまえのせいじゃないよ。晶子が、その気なら、いつだって家を出ていくことはできたのだから」

土屋が小夜子をなぐさめた。

「浜名湖では、お嬢さんに変わったそぶりはありませんでしたか?」

龍岳がたずねた。

「下の娘の話では、わたしらが茶店で休んでいる時、弁天島のところで、肥えた恵比須《えべっ》さんのような顔の釣り人と話したはったらしいんどすが……」

小夜子がいった。

「その男が、なにか関係ありますかね」

龍岳がいった。

「わからんが、そのあたりは、こちらの警察でも調べておるだろう。とにかく、全力で捜してみましょう。いまのところ、どうしていいかわかりませんが、たしかに琵琶というのは、大きな手がかりになりそうです」

黒岩がいった。そして、続けた。

「そうだ。お嬢さんの写真を一枚、拝借したいのですが」

4

あたりには、紅白の幔幕が張られ、松竹梅をはじめ、藤の花、百合の花、その他、龍岳が名前を知らない、美しい花々が、咲き乱れていた。酒樽や数知れない祝いの品が、ところ狭しと置かれている。

式場の両側には、いずれも輝く衣装で着飾った八百万の神々が陣取り、正面中央の段の上には、紋付きの羽織袴《はおりはかま》の亀に、高島田に角隠《つのかく》し、金襴緞子《きんらんどんす》の着物の鶴が並んでいる。神主が祝詞《のりと》をあげ、三三九度の杯が交わされると、神々のあいだから、いっせいに拍手が起こった。

その時、東の空から、なにやら赤い物体が、式場のほうへ飛んでくるのが見えた。なぜか、仲人《なこうど》役をやっているのは、龍岳と時子だった。龍岳が、赤い物体に目をやる。それは、おごそかというよりも、調子のいい明るい音楽を奏でている。琵琶の音だった。その物体は船の形をしていた。大きな帆が見える。丸に宝という文字が見える。宝船だ。

「おお、宝船じゃ」

神々たちが、ざわめいた。宝船は、静かに結婚式場の前の広場に着陸する。龍岳が、呆気《あっけ》に取られて、その様子を見ていると、ひとりの神が近づいてきて、耳元で囁《ささや》いた。

「これ、お仲人殿。七福神をお出迎えなされ」

「あっ、はい」

龍岳は、あわてて、段から降り、宝船に近づいた。船には、金銀珊瑚《さんご》をはじめとして、あらゆる宝物が積載されている。龍岳が近寄っていくと、まず、船を降りてきたのは、打ち出の小槌《こづち》を持った大黒《だいこく》さまだった。次が長い釣竿と大きな鯛《たい》を抱えた恵比須《えびす》さま。その次が、天女のような白いインドふうの着物の弁天《べんてん》さまだった。手には、やはり白い琵琶を抱いている。

その顔を見た龍岳は、思わず息を飲んだ。なんと、その弁天さまの顔は、あの浜松で行方知れずになった土屋晶子という少女の写真の顔に瓜《うり》ふたつだったからだ。龍岳の後についてきた時子も、目を丸くしている。

「あ、晶子さん!」

時子が、おどろきの声をあげた。弁天さまが、小さく、うなずいた。

「じゃあ……」

そこで、龍岳は、自分の声で目を覚ました。

夢だったのだ。

傷《いた》んだ雨戸から、太陽の光が、部屋に射し込んでいた。そこは、豊玉《とよたま》郡渋谷《しぶや》町の龍岳の下宿の部屋だった。柱の時計に目をやる。時刻は十一時半を、少し回ったところだった。

「春浪さんが、妙な話をするから……」

蒲団の上に半身を起こした龍岳は、十二月の寒気に、小さく身を震わせて、呟《つぶや》くようにった。いつもなら、目を覚ましても、しばらくは、蒲団の中で、ごそごそやっている龍岳だったが、奇妙な夢に、すっかり目が醒《さ》めてしまい、すぐに起きあがると、着物を着替え雨戸を開けた。

窓の下で庭の土いじりをしていた、下宿の主の杉本フクが、龍岳のほうを見上げた。

「鵜沢さん、お目覚めかい?」

「あっ、おばさん。おはようございます」

「昨晩は、帰りが遅かったようだけど、それにしちゃ、早く起きられたね」

フクが笑顔でいった。

「ええ。でも六時間ぐらい寝ていますから」

龍岳が答えた。

「ごはん用意してあるよ。どれ、おみおつけを温めようかね」

「ああ、いいですよ。自分でやりますから」

「なに、あたしも、ひと休みしようと思っていたところなのさ」

フクは、そういうと玄関のほうに歩いていく。龍岳は、顔を洗うために階段を降りていった。

食事は生卵に目刺し、油揚げのみそ汁だった。フクが卓袱台の向かい側に座って、湯呑み茶碗に茶を注いでくれた。いつもの朝食時――いや昼食というべきか――と同じ光景だ。なにしろ、龍岳の生活は夜昼が逆転しているので、どれが朝でどれが昼だか、はっきりしない。

「春浪さんの、今度の雑誌は、どうなの？」

フクが、自分もお茶をすすりながらいった。

「ええ。おもしろそうな雑誌になりそうですよ。〈武侠世界〉といううんですがね」

「〈武侠世界〉。勇ましい名前だね。鵜沢さんも書くんだろ？」

「ええ。ところが、これが難物で、そのおかげで、変な夢を見て、目を覚ましちゃったんですよ」

龍岳が、ごはんのお替わりをしながら、夢の話をした。

「あら、まあ。それは、変な夢じゃなくて、とっても、おめでたい夢じゃないの。そんな、おめでたい夢は、めったに見られるものじゃないわよ。まるで初夢だね」

話を聞いたフクが、感心したようにいった。

「鵜沢さんのところには、ひと足先に、お正月がきてしまったんだよ」

「そうですね。ふつう、初夢というのは、正月の二日の夜に見るんですからね」

「来年のことをいうと鬼が笑うっていうけど、来年の初夢を、十二月に見ちゃったら、どうなるのかしらね」

フクがおもしろそうに、声を出さずに笑った。

「いいことがある徴候かもしれませんね。今度出す本が、たくさん売れる印かな」

龍岳も笑った。

「だったら、万々歳《ばんばんざい》じゃないの」

「ええ。きっと、そうですよ」

龍岳は、そういいながら、ふと、あの弁天さまの顔を思い出した。

「そういえば、弁天さまって琵琶を持っているんでしたよね」

「そうよ。あたしも詳しくは知らないけれど、持ってたみたいね。どうかしたの？」

「いえ、なんでもないんです」

龍岳がいった。龍岳は、フクに行方知れずになった娘のことまでは説明する気はなかった。

「今日は出かけるの？」

「はい。小石川の、その新しい雑誌の編集所へ。黒岩刑事にも用事がありますし」

「そう。でも、晩ごはんは、家で食べるんでしょ」

「そのつもりです」

「じゃ、用意しとくからね」

「お願いします」

龍岳がいった。


龍岳が、〈武侠世界〉の編集所に着いたのは、一時半だった。室内には、春浪と針重のふたりしかいなかった。

「あまり、手がかりはなかったようだね」

龍岳が編集室に入っていくと、春浪がいった。春浪は前夜、黒岩から浜松での調査の結果を電話で聞いていた。

「ええ。巌谷さんがいわれたように、家出の動機が見つかりませんでね。唯一、慈善事業に関わりたいといっていたということぐらいですか。あとは、琵琶を弾くのが好きだといっていましたが……」

「ふむ。琵琶ね」

春浪が、顎《あご》に手を当てた。

「ところで春浪さん。例のおめでたい滑稽小説ですけれど」

龍岳が、空き机から椅子を引っ張ってきていった。

「おお、もう、できたか？」

「まさか、まだですよ。それより、春浪さんが、このあいだ、口から出まかせをいったでしょ。高天原で鶴と亀が祝言をあげるって……」

「うん」

「それが、ぼくの頭の中に、こびりついていましてね。昨晩、ほんとうに、春浪さんの話にそっくりの夢を見ましたよ。ぼくと時子さんが仲人で、鶴と亀が八百万の神々の前で結婚式をあげているんです」

「なに、それは、ほんとうか？」

春浪が、ちょっと、いぶかしげな表情をした。

「ほんとです。そこに宝船が現れて、弁天さまが出てきたんですが、それが、例の行方不明の少女でしてね。春浪さんの話と昨日の浜松行きが、ごっちゃになってるんですよ」

龍岳がいった。

「ふしぎな話もあるもんだなあ。俺も、きみと、まったく同じ夢を見たぞ。弁天さままでは気がつかなかったが、宝船が出てきた」

春浪が、机の上の敷島《しきしま》を一本取り出して、マッチで火をつけた。

「ほんとうですか」

今度、首をかしげたのは龍岳だった。

「ほんとうだよ。めでたい夢だが、初夢にしては早すぎると思ったんだ」

春浪が、煙草の煙を吐きながらいった。

「じゃ、春浪さんも、口から出まかせにいったのが、気になっていたんですね」

「いや、俺は、自分で書くんじゃないから気にはしてなかったがね」

「無責任だなあ」

龍岳が、頭をかいた。

「しかし、夢に見たということは、どこか頭の隅に残っておったのだろうな。それにしても、同じ夢を見るとは、おもしろいね。まあ、悪い夢じゃないからいいだろう。きっと、それを小説に書けという神さまのお告げだ」

春浪が笑った。

「ごめんください」

その時、編集室の向こう側で、若い女性の声がした。龍岳には、それが時子であることが、すぐに判った。

「どうぞ」

春浪の隣りの机で仕事をしていた針重が、扉に向かっていった。

「失礼します」

時子が、ドアを開けて入ってきた。時子は、学校の帰りらしく、紫矢飛白《やがすり》の着物にオリーブ色の袴をはき、頭には白いリボンをつけていた。

「やあ、時子さん。久しぶりですな。ここが、すぐにわかりましたか？」

春浪がいった。時子が、この武俠世界編集所を訪ねてくるのは、この日が初めてだったのだ。

「はい。大きなお屋敷なので、すぐに」

時子が笑顔で答えた。

「それなら、よかった」

春浪がいう。

「針重君、そこの椅子を、こっちへ持ってきてくれ」

「ああ、いいですよ。ぼくがやります」

龍岳が立ち上がって、柳沼の椅子を引っ張ってくる。

「すみません」

時子が、龍岳に軽く会釈して、椅子に腰をかけた。

「コーヒーでも入れましょうか？」

針重がいった。

「そうだな。仕事中、悪いね」

春浪がいった。

「いいえ、美人がこられたので、コーヒーぐらいは出さなくては」

針重が、笑いながらいう。

「どこにいっても、美人は得だね」

春浪が、時子の顔を見ていった。

「まあ、先生、いやですわ。針重先生も」

「なに、美人を美人といって、どこが悪いものですか。なあ、龍岳君」

針重がいった。

「針重君！」

龍岳が、針重をにらみつけた。もっとも針重と龍岳は、年齢も一歳しかちがわず、仲のいいテニス仲間だったから、どちらの言動も、本気ではなかった。

「龍岳君、夢に出てきた弁天さまと、時子さんと、どっちが美人だったかね」

春浪も茶々を入れる。が、そのことばに反応したのは、龍岳ではなく時子のほうだった。

「春浪先生、なんですの？　その夢の弁天さまって？」

「いや、それがね、奇妙な話さ。おれと龍岳君が、昨晩、同じ夢を見てね……」

春浪が、かんたんに、夢の話を説明した。

「まあ、そんなことがあるかしら」

話を聞いた時子が、目を丸くした。

「というと？」

龍岳が質問した。

「わたしも、その同じ夢を見ましたわ。兄もです。それで、よほど、昨日の浜松行きが、気になっていたんだと、朝、しゃべっていたところなんです。龍岳さん、その弁天さまのお顔、あの写真の土屋晶子さんじゃなくって!?」

時子がいった。

「そうなんだよ。あの晶子さんだった」

龍岳がいった。

「わたしにも、そう見えたし、兄もそういっていました」

時子が龍岳と春浪の顔を見た。

「四人が、同じ夢を見たのか？　しかも、その弁天様の顔が、失踪した少女の顔と同じ……」

春浪が眉根にしわを寄せた。

「これは、どう解釈すればいいんだ？」

「その晶子とかいう少女が、弁天さまになったというのか」

「たしかに、宝船は人々に幸せを与える伝説だ。慈善事業といいえばいえるし、弁天さまは琵琶も弾く……」

龍岳がいった。

「晶子さんが、浜名湖でしゃべっていたのは、恵比須さまに似た人といってましたわね。その人が晶子さんを、弁天さまに……」

時子がいった。

「しかし、小説なら、いざ知らず……」

龍岳が、真剣な表情で、そういった時、春浪の机の上の電話のベルが鳴った。

「もしもし、武侠世界社ですが」

春浪が受話器を取って耳に当てていった。

「ああ、春浪君か。博文館の巌谷だが。昨日は、さっそく、黒岩君たちが浜松にいってくれたそうで、すまなかったね。ところで、いましがた、浜松の土屋さんから電話があってね。昨晩、夫婦そろって、おかしな夢を見たというんだよ」

巖谷がいった。

「宝船の夢ですか。弁天さまが、失踪した娘さんだという……」

春浪がいった。

「なんだ、もう、そちらにも連絡が入っておったのか？」

「いえ、そうじゃありませんが……」

春浪が、事情を説明した。ふたりの電話は五分ほど続いて終わった。

受話器を架台に掛けた春浪が、五、六秒、間をあけていった。

「巖谷さんからだ。浜松の土屋氏夫婦も、昨晩、われわれと同じ夢を見たという」

「それじゃ、晶子さんは、ほんとうに宝船の弁天さまになって……」

時子が、いわくいいがたい顔をした。

「現実に、そんなことが、あり得ると思うかね」

春浪が静かな口調でいった。返事をするものはなかった。

「めでたいことには、ちがいなかろうと思うが、それにしてもなあ……」

奇

1

「あれ、こんなところに、お寺があったかい？」

大森停車場《ステーション》も間近の大井村の、まわりに人家のない畑のまん中に、ぽつんと赤い、お堂が建っていた。

「ああ、あのお寺、知っていてよ。四、五年前に高輪泉岳寺《せんがくじ》の隣りから、引っ越してきたお寺。龍岳《りゅうがく》さん、知らなくって？」

きれいな風通《ふうつう》に更紗《さらさ》を重ね、その上に、お納戸地《なんどじ》紋綸子《もんりんず》の被布を羽織り、白毛のショールをかけた黒岩時子《くろいわときこ》がいった。

「ああ、そういえば、芝の大仏《おおぼとけ》が引っ越したといっていたのは、ここのことか」

なっとくした表情で、鵜沢《うざわ》龍岳が答えた。この日の時子は、いつになく、お洒落《しゃれ》をしていたが、あまり着るものには頓着しない龍岳も、ふだんより、ずっと、すっきりした服装だった。大島の羽織《はおり》と対《つい》の着物に、焦茶の羽二重《はぶたえ》絞りの兵児帯《へこおび》を締め、紺足袋《こんたび》に鼠《ねずみ》色の中折れ帽をかぶっている。

「えーと、なんといったかしら……。そう如来寺《にょらいじ》」

時子が、説明を続ける。

「寄って、拝んでいこうか」

龍岳がいった。

「お参りは、目黒のお不動さまですませたのだから、早く、梅を見たいわ」

時子が答えた。

「それもそうだね。じゃ、八景園《はっけいえん》へ」

ふたりは八景坂を下って、大森停車場のほうに歩き出した。

明治四十五年二月十八日は、晴天ではなかったが、そう寒さも厳しくなく、観梅には、うってつけの天気だった。日曜日だから、どこかに梅を見にいきましょうと誘ったのは時子のほうだった。

龍岳は、相変わらず仕事に追われていたが、時子の誘いとあっては断れない。それでは久しぶりに、目黒不動をお参りし、その足で大森の八景園まで歩いて見ようということになったのだ。

坂を下ると、もう、そこは大森停車場で、八景園は停車場に隣接している。南郊の一勝地といわれるだけあって、美しい庭園だった。芝生の丘があり、梅の木は百数十本、その間に松もあり、また赤い実をつけた南天の木が、一万株もある。その赤が梅の花と、彩りを競って、美しさを増していた。

規模としては、水戸の常磐《ときわ》公園を十分の一にしたぐらいのものでしかないが、田を隔てて、品川湾を見渡す眺望は、ほかの梅園には見られず、八景園特有の景観だった。

午前十一時、時間がまだ少し早いのか、梅見の客は、それほど多くはなかった。徐々に、増えてくるのにちがいない。花は八分咲きだが、これだけの本数があると、なんともいえない芳香があたりに漂っていて、吸い込む息が気持ちいい。

「あら、絵を描いている人がいますわ」

時子が、三間ほど離れた枝ぶりのいい梅の木の下で、三脚に腰を降ろし、花を見上げるように筆を手にしている男性に目をやっていった。黒木綿の紋付羽織。茶の襟巻《えりま》きをして、鳥打ち帽をかぶっている。

「いってみましょうか」

時子が、そういって歩き出した。龍岳は、うんとうなずいて続いた。キャンバスには、まだ下描き程度しか描かれていなかった。だが、そのタッチは、絵には素人《しろうと》の龍岳が見ても、なみなみならぬものが感じられる。本物の画家のようだ。

龍岳たちの近づいた気配を感じたのか、絵を描いていた人が、ちょっと筆を止めた。

「おじゃまをしましたか?」

龍岳が、肩ごしに声をかけた。

「いや」

絵描きは、そういって、龍岳のほうを振り向いた。

そして、びっくりしたような声を出した。

「や、龍岳君か⁉」

「えっ！」

名前を呼ばれて、驚いたのは龍岳だった。

「あら、未醒《みせい》先生！」

先に絵描きの正体に気づいたのは、時子のほうだった。それは〔天狗倶楽部《てんぐクラブ》〕のメンバーで〈武俠世《ぶきょう》界〉の表紙や挿絵を担当している新進画家の小杉《こすぎ》未醒だったのだ。

「ははは、時子さんも一緒か。俺も龍岳君が、ひとりで観梅などと風流なことをするわけはないと思ったのだ」

未醒が笑った。

「やあ、未醒さん。会うなり、ひどいなあ」

龍岳が、頭をかいた。

「なにがひどいものか。時子さんが気がつくまで、俺ともわからんかったくせに」

未醒が笑顔でいった。

「だって、まさか未醒さんが、こんなところで絵を描いているとは思わないし、珍しく鳥打ち帽などかぶっているから」

龍岳がいった。

「ああ、この帽子は、春浪《しゅんろう》君が、いいのがあったと上野で買ってきてくれたんだ。俺には、似合わんかね？」

「いいえ。よく、お似合いでしてよ」

時子がいった。

「時子さんも、〔天狗倶楽部〕の連中にもまれて、うまくなりましたな」

未醒が笑う。

「あら、お世辞じゃありませんことよ」

時子がいった。

「そうか。それは、ありがたい。美人に褒められると、ことさらにうれしいね。しかし、時子さんも、今日はおめかしだね。龍岳君も大島だし。なにか、あったのかい？」

「いいえ。特別には。でも、たまには、なりにも、お金をかけてみようかと思いましてね。時子さんに見立ててもらいました」

龍岳も、笑いながらいった。

「これは、ごちそうさま。だが、そうだよ。きみは、いま春浪君をもしのぐ売れっ子作家なのだから、たまには、きちんとせんとな。いつもとはいわんから、時子さんと一緒の時ぐらいはな。それにしても、馬《ま》子《ご》にも衣装とはよくいったものだ。はっははは！」

未醒が、大きな声で笑ったので、近くを歩いていた人が、三人のほうに目をやった。

「馬子にも衣装は、ひどいですよ」

「それにひきかえ、時子さんはなにを着ても、よく似合う。俺は、どう考えても、時子さんは龍岳君には、もったいないと思うんだが」

未醒が、龍岳の抗議を無視していった。

「また、未醒さん！」

龍岳がいった。

「怒るな、怒るな。冗談でいっておるのではない」

「じゃ、本気じゃないですか！」

「うふっ」

時子が笑った。

「いま、きたところかい？」

未醒が、龍岳をからかうのをやめて質問した。

「はい。目黒のお不動さんをお参りして、こっちにきました」

「それは、くたびれただろう。いや、ふたり連れなら、疲れもせんか」

未醒が、またからかった。

「疲れましたよ。もう、へとへとです」

龍岳が、わざとらしくいう。

「そうか。情ない男だな。時子さん、こんな軟弱な男と交際するのはやめて、もっと、しっかりした男に乗換えたらどうです。たとえば、ぼくなんかどうです？」

「あら、未醒先生には、すてきな奥さまがおいでですわ」

時子がいった。

「なに、奥さんは、何人いても困らない。はははは」

未醒が、また笑った。

「そんなことおっしゃると、奥さまに、いいつけますよ」

時子が笑う。

「いや、それはかんべんだ。前の尻《しり》の痣《あざ》が消えておらんのに、また痣ができる」

未醒が肩をすくめた。

「今度の文展《ぶんてん》の絵ですか?」

龍岳が質問した。

「いや、まだ、わからんよ。うまく描ければ、どうにかしようとは思っているが、〈武侠世界〉の表紙にはならんな」

未醒が答えた。

「第二号の表紙は、怖い絵でしたわ」

時子がいった。

「ああ、あれね。あの時は、少々腹の立つことがあり、心が鬼になっておったので、鬼を描いてみた。ちょうど、節分でもあったしな」

「でも、いかにも〈武侠世界〉らしくて、よかったですよ」

「うん。春浪君の新規まき直しだからな。俺も力を入れんと……。興文社の社長を口説いたのは俺だから、ここで〈武侠世界〉がこけてしまったら、俺も春浪君も立場がなくなる。阿武天風《あぶてんぷう》君には申しわけないが、〈冒険世界〉には負けられん。村上濁浪《むらかみだくろう》君の〈探検世界〉も、ついに力尽きてしまったし、〈武侠世界〉ががんばらねばね」

未醒が、まじめな口調でいった。野球害毒論問題で博文館をやめた押川《おしかわ》春浪に興文社を紹介し〈武侠世界〉を発刊させたのは未醒だった。〈探検世界〉は、〈冒険世界〉や〈武侠世界〉の先行の青少年向き冒険、探検雑誌だったが、前年の九月に健闘むなしく終刊となっていた。

「きみたちの顔を見たら、腹が減ったなあ。ここではロシヤパンも売りにこんし、茶店でだんごでも喰《く》わんか」

未醒は、庭園の左手の奥にある茶店のほうに、目をやった。

「いいですね。喰いましょう」

龍岳が答えた。

「よし、では、いってみるか。こんなところじゃ、味は期待できんがね」

そういうと、未醒は革の鞄《かばん》の中から白い布を取り出して、描きかけのキャンバスの上にかけただけで、歩きだそうとした。

「絵の具やなんかは、このままでいいんですか?」

龍岳がいった。

「いいだろう。盗んでいく者もおるまい。しかし、いい香だね。桜もいいが梅もいい」

未醒が、気持ちよさそうにいった。

茶店は、十間ほど離れたところにあった。小さな建物で、赤い毛氈《もうせん》をかけた縁台のような椅子が四つ五つ並んでいる。まだ、客は数えるほどしかいなかった。

「おでんもあるのか?」

壁に貼られた品書きの紙を見た、未醒がいった。

「おでんで一杯やるか」

未醒は、大の酒好きなのだ。それから、思い出したように、つけ加えた。

「ああ、そうか。龍岳君は一滴もいけんのだったね」

「はあ。ぼくは、草だんごをもらいます」

「わたしも」

時子がいった。

「おい、おやじ」

未醒が、店の奥の店主らしい初老の男性に声をかけた。

「へい。なんに、いたしましょう」

前垂れの主が、お盆の上のお茶を、三人の前に置きながら愛想笑いをした。

「草だんごを二皿と、おでんを一皿、それに酒だ。酒は甘口か辛口か?」

未醒がたずねた。

「へい。渦巻正宗という辛口の地酒でございます」

主が答えた。

「なんだか、目が回りそうな酒だな。まあいい。そいつを二本」

「へい。かしこまりました」

主は、奥に入っていく。

未醒がいった。

「龍岳君、だいぶ、忙しいようだね?」

「はい。これも春浪さんや未醒さんの、おかげです」

「なに、俺は、なにもしとらんが、せっかくの小説に、へたな挿絵を描いているだけだ」

「とんでもない。未醒さんの挿絵のおかげで、物語が引き立つんです」

「そうかい。そういってもらえると、うれしいね。ところで、時子さん、例の不可解な事件は、どうなりました?」

未醒が、時子に話しかけた。

「不可解な事件と申しますと?」

時子がいった。

「あれ、黒岩さんは、話をしていなかったのかな。このごろ、掏摸《スリ》がやたらに指を骨折したり、ひどいのになると、ちぎれてしまうという」

そこまでいった時、店の主が、注文の品を運んできた。

「お待ちどおさまです」

「まるで、わけのわからん事件でね。まあ掏摸の指が折れても困る人間はおらんが、どうして、そんなことが起こるのか? 昨日、黒岩さんが、武俠世界社のほうへこられて、頭を抱えていた。春浪さんをたずねてきたんだが、留守でね。今夜、春浪さんの家にいくようなことをいっておったよ」

未醒が、徳利《とっくり》の酒をぐい飲みに注ぎながらいった。

「あっ、先生。わたしがお酌《しゃく》いたします」

時子がいった。

「いい、いい。せっかくの梅見にきて、ぼくの酒の酌などしたら興醒《きょうざ》めだ。それより、時子さん、龍岳君。きみたちもだんごを喰いたまえよ」

「はい。それで、兄は春浪先生に、なにを頼みに?」

「さあ。それは知らんな。頼みごとかどうかも、わからんし……」

末醒がいった。

「わたしたちも、今夜、春浪先生の家に、いってみましょうか」

「そうだね。でも、仕事のじゃまになってはいけないからなあ」

龍岳がいった。

「じゃ、わたし、あとで警視庁に電話して聞いてみてよ。兄と春浪先生なら、いいというに決まっているわ」

時子が、かってに決めていった。

「まあ、きみたちなら、文句はいわんだろう」

末醒が、うまそうに酒を飲みながらいう。

「末醒先生は、おいでになりませんの？」

「うん。ぼくは、ちょっと仕事があってね」

「そうですか。春浪先生の家をお訪ねするのは久しぶりだから、きてもかまわんといってくれるといいのだけれど」

龍岳がいった。

「だいじょうぶよ。わたしが兄を口説きます」

時子が、自信たっぷりの口調でいった。

「ははははは。時子さんには、だれもかないませんからな」

末醒が、いかにも、おもしろそうにいった。

2

押川春浪が、火鉢の中の灰を火箸《ひばし》でかきまわした。

「それでは、ただの心臓麻痺ではないのかね？」

「解剖した鑑定人も、そうとしか考えられないといっています。けれど毒を盛られたとか、そういう気配は、まったくないというのです」

警視庁本庁第一部刑事の黒岩四郎《しろう》がいった。

「なら、いいじゃないか」

春浪がいった。

「はあ、それはそうなのですが、死んだ男と、一応の容疑者の関係が関係ですから。なにか、トリックがあるのではないかと思ったのです」

黒岩が説明する。

「でも、その時、そのご婦人は、部屋には、おいでにならなかったのでしょう？」

　春浪の妻・亀子《かめこ》が、黒岩の空《から》になった猪口《ちょこ》に、酒を注ぎながらたずねた。

「あっ、恐縮です」

　黒岩は、軽く頭を下げ、話を続けた。

「いなかったどころか、さきほども申しましたように、その時、水戸の親戚にいっているのです。これは、何人も証人がおります」

「じゃ、犯人ということは……」

「あり得ません。ただし、本人が直接、手をくだしたのではなくとも、だれかが殺人を頼まれたということは考えられます。それに、いくら、急用ができたとはいえ、その日に、元の亭主を家に呼んでおき、自分は朝一番の汽車で水戸にいってしまうというのは、どうにも不自然ですよ。電話ひとつすれば、中止することができたわけですから」

　黒岩が、猪口の酒を、ぐいとあおった。時刻は午後七時三十分。牛込矢来町《やらいちょう》の春浪の家。

「だが、その時、その家には数人の植木屋が、垣根の修理に入っていたそうじゃないか。きみは植木屋の中に犯人はいないという。とすれば、だれか実行犯人がいれば、植木屋の目につかんはずもなかろう。元亭主は居間で倒れていたわけだから、殺人だとしたら、家の中に潜んでいたことになる。発見者は植木屋の親方で、警察に知らせたといったね。それでは、犯人は逃げる間もないよ」

　春浪が、昆布の佃煮《つくだに》に手を伸ばしながらいった。

「すると、ぼくの考えすぎになるのでしょうか？」

　黒岩がいう。

「俺は、そう思うね。たしかに、その婦人は、その元亭主に復讐をしても、おかしくはないほど、ひどい目に遇わされている。それが先入観になっているんじゃないかな」

　三人が話題にしているのは、三日前に日暮里《にっぽり》で起こった、ある事件のことだった。杉森久乃助という男が、別れた妻の家で死んでいるのを発見されたが、ちょっと妙なところがあった。

　その日、杉森は別れた妻に家に呼ばれていたのだが、元妻は水戸にでかけてしまい、ほかにはだれもおらず、植木屋だけが、庭に入っていたのだ。杉森が家を訪ねると、植木屋は、玄関の錠を渡し部屋に上がってくれといった。

もちろん、植木屋は、その家の主である、元の妻に頼まれたことをしただけだったが、それで杉森は部屋に上がった。そして、三時間ほどして、植木屋の親方が、昼の弁当を使うために、茶をもらおうと家に入ってみると、杉森が居間で死んでいたというわけなのだ。

その間に、家に何者かが入った気配もない。冬のこととて、ガラス窓は、全部閉まっていたし、勝手口の鍵も内側からかかっていた。玄関は開いていたが、植木屋が垣根を直していたので、出入りしたものがあれば、すぐにわかる。いわば密室状態の中で、杉森は死んでいたのだ。

しかも、この杉森は、離縁になる前、かなり妻を虐待していた。くっつきあいで結婚したのだが、なにかというと、殴る、蹴るの暴行を働き、酒が入ると、さらに、それがひどくなり、そのために、妻は七か月の胎児を流産してしまったのだ。離縁の原因は、それだった。

「春浪さん、浅草を中心にして、この一、二か月、やたらに掏摸が指を怪我するという事件を、ごぞんじですか？」

黒岩がいった。

「うん。だれだったかな。〈中央新聞〉の断水《だんすい》君から聞いたような気がするね。なんでも、人ごみで掏摸を働こうとしている人間が、いきなり悲鳴をあげるので調べてみると、指が折れていたり、切断されていたりという事件だろう」

春浪がいった。

「そうです。それが、どうしても、だれがやっているのか、わからないのです。実際に指を折られたというか、指の折れた掏摸に話を聞くと、狙った相手の財布に手を触れたとたんに、突然、指の骨が折れたと証言しています。やられた全員が全員、そうなのですよ」

「それは、また奇妙な話ですね。どういうことなのでございましょう」

亀子がいった。

「さあ、われわれのほうでも、さっぱり、わからないのです」

黒岩が亀子に向かって答えた。

「ですから、いま、掏摸連中は、仕事をするのに、ひやひやもので、脅えていますよ。大親分の仕立屋《したてや》銀次《ぎんじ》が懲役七年の刑をいいわたされて、監獄行きになったのだけでも、かれらには大事件だったのに、ここにきて、肝心の指を折られたり切断されたりしたんではね」

「それは、そうだろうなあ。まあ、掏摸から足を洗う機会ではあるかもしれんが……。だが黒岩君。そのことと、日暮里の事件が、どうつながるのかね？」

春浪が、猪口の酒を、ぐいっと飲んでいった。

「実は、その杉森という男、鳶職《とび》とは名ばかりで、実際の仕事は掏摸の親玉のひとりだったのです。銀次ほどの大物ではありませんが、それでも子分を十人も持った……」

黒岩がいった。

「すると杉森の死と、その一連の掏摸の指折られ事件と関係があるというのかい？」

春浪が質問した。

「それは、わかりません。ただ、今度、その親分は死んだわけですが、やはり、犯人の見当が皆目つかないところは、そっくりですから」

「なるほど」

「しかも、調べて見ると、その指を折られたり、切断された掏摸のほとんどが、その杉森の手下なんですよ」

「ほう。そいつは、なにかありそうだな」

春浪が、うなずいた時、玄関のほうで、うれしそうな犬の鳴き声がした。わんわんではなく、くんくんという声に近い鳴き声だ。

「時子さんたちが、きたかな。信敬《しんけい》君だと、ペスは、ああいう鳴きかたはせんのだよ」

春浪が笑った。

「ごめんください！」

玄関の引き戸が開く音がして、男の声がした。龍岳の声だった。

「やはり、龍岳さんたちですわ」

亀子がいった。

「ほい、上がってきたまえ‼」

春浪が、大きな声を出した。亀子が、急ぎ足で廊下に出ていく。龍岳と時子は、すぐに客間に入ってきた。

「おじゃまします、春浪さん、黒岩さん」

「こんばんは、春浪先生」

ふたりが、部屋の入口で挨拶《あいさつ》した。

「まあ、堅苦しい挨拶はなしだ。さあ、ふたりとも、座って」

春浪がいった。

「はい」

龍岳と時子が、同時に答えて、春浪に手で示されたテーブルの前に、ならんで座った。床の間には、いつもの、春浪自ら筆を取った、一気貫天《いっきかんてん》の文字ではない。墨絵の達磨《だるま》の掛け軸がかかっていた。いつもの、春浪自ら筆を取った、

「達磨ですか？」

掛け軸に目を止めた龍岳がいった。

「天風君が、〈武俠世界〉創刊の祝いにくれたんだ。武蔵《むさし》の筆だというが、どうかね。落款《らっかん》はあるが、怪しいものだ」

春浪がいった。

「あら、あなた、そんなことをいったら、阿武さんに失礼ですわ」

亀子がいった。

「なに、いいんだよ。天風君も、武蔵の真筆にしては、安すぎたと笑っていた。天風君の懇意にしている骨董屋の親爺《おやじ》が、ぜったい、本物だというので、買ったといっていたがね。まあ、贋物《にせもの》にしても、よくできている。未醒君が、なかなか、うまいと感心していたから、ほんものかもしれんな」

春浪が、にこにこしながらいう。

「天風君も、いいやつだよ。事情を知らん、〔天狗倶楽部〕の連中から冷たくされながら、ちゃんと、

こうして、俺に祝いをくれるんだから。ところで、梅のほうは、どうだったね？」

「はあ。陽気もいいし、久しぶりにいい気分でした」

龍岳が答えた。

「すまんね、龍岳君。忙しい時に、時子が誘ったのだろう」

黒岩が龍岳と時子の顔を、見比べていった。

「いえ。そんなことはありません。時子さんに誘ってでももらわなければ、梅など見ることはありませんから」

龍岳がいった。

「そう。われわれ、冒険小説や科学小説作家は、硯友社《けんゆうしゃ》などの連中とはちがうからなあ。外になど出なくても、小説は書けてしまう」

春浪が笑った。

「まあ、それならいいが、あまり、龍岳君の仕事のじゃまをしてはいかんぞ」

黒岩が、兄らしく、時子をたしなめた。

「はい。お兄さま」

時子が、素直に答えた。そして、続けた。

「お兄さま、ふしぎな事件が、おありなんですってね？」

「さっそく、これですから、困ったものです。お前は刑事でも探偵でもないんだぞ。今日は、ほんとうに、梅を見にいったのか？『ジゴマ』でも見ておったのではないのか？」

黒岩が苦笑した。『ジゴマ』というのは、前年の秋から圧倒的な人気を博している、悪漢が主人公のフランス製の活動写真だ。

「うむ。だが、その事件が、殺人だとしたら、たしかに、ジゴマも顔負けの事件だな。となると、ポーリン探偵役は黒岩君ということになるか」

春浪が、笑った。

「しかし、実際、なんにも手がかりがないのかい？」

「それが、ないこともないのです。指をやられた掏摸たちの何人かが、近くに中年の女がいたような気がするというのです。それで、歳《とし》かっこうを聞いてみると、杉森の元の妻のお政《まさ》、いまは平岡政子といっていますが、その政子という婦人に、よく似ていましたて……」

黒岩がいった。

「ほう。では、やはり、この事件は掏摸事件と関係あるのか」

「でも、その婦人が政子さんだったとしても、掏摸に指一本触れるでなく、骨を折ったり、切断するなどということが……。また、杉森にしても、だれもいない部屋で殺されるというのは、なんとも説明がつきません」

「なんだかの雑誌に、浜口熊嶽《ゆうがく》とかいう、怪しげな山伏《やまぶし》が、念力で人を殺すことができると書いておったが、まさに、そうなると、念力でもなければ、そんなことはできんな」

春浪が、ため息をついた。

「また、念力婦人ですか?」

龍岳がいった。

「いや、想像だよ。結局、御船千鶴子《みふねちづこ》も長尾郁子《ながおいくこ》も、ほんとうの念力婦人かどうかは、わからなかったのだし……」

春浪がいった。

「その政子という女性も、腹を蹴られて、流産までさせられたというのだから、杉森にうらみはあるのは、まちがいないが……」

「なにか、割切れないところがありましてね」

黒岩が、腕組みをした。

「しかし、杉森は、その家では、お茶一杯飲んでいないのだろう」

春浪がいった。

「ええ。ですが、なんで、杉森が、お政さんの家にいったのかも、わかっていないのです。ふつう、そんな、乱暴狼藉《ろうぜき》をして離縁になった女性の家に、のこのこでかけていきますかね?」

「離縁といっても、夫人のほうから縁を切られたわけだから、杉森のほうに、その気が残っていれば、誘いかたによってはいかないこともないでしょう」

「そうか。だとしたら、なんといって呼び出したのか。また、なんで、呼んでおいて、自分は水戸にいってしまったのか。家の中はよく調べたのかい？」

「はい。ひととおりのことは。ですが、死因が心臓発作で、外傷があるわけでもないですから、調べるといっても、調べようもないんです」

黒岩が説明した。

「たしかに、そうだな。その婦人を、少し追いかけてみるか」

春浪がいった。

「そうですねえ。手がかりは、その女性だけですからね」

黒岩がいう。

「お話を最初から聞いていないので、よくわかりませんが、その女性を調べる役目、ぼくがやりましょうか？」

龍岳が、口をはさんだ。

「うむ」

黒岩が、うなった。

「やってもらっては、どうだ、黒岩君。殺人事件かどうかもわからんものを、きみが動くわけにもいかんのだろう」

春浪がいった。

「はあ。それは、龍岳君にやってもらえば、助かることは助かりますが……」

黒岩が時子の顔を見ていった。

「まあ、いいじゃないか。今度の事件は、それほど危険そうでもないのだから」

春浪がいう。

「そうですねえ。いいかい、時子。この仕事は、俺が龍岳君に頼むのだからな。お前に、頼むのではないから勘違いせんでくれよ」

黒岩がいった。

「ええ、わかっていてよ、お兄さま」

時子が笑顔で答えた。

3

下谷《したや》の山伏町の貧民窟《ひんみんくつ》は、表通りから見ると、さほどでもなかったが、三尺から四尺幅の路地に入ると、それは、ひどいものだった。東京の真ん中に、藁《わら》屋根の倒れそうな家が累々として軒《のき》を連ねている など、想像しがたいが、現実に藁屋根の家が、ずらっとならんでいる。その横には、藁屋根の家よりも、まだ小さく汚い長屋も、いくつもあった。

この貧民窟の話は聞いていたが、はじめて、そこに足を踏み込んだ龍岳と時子は、さすがに、その異様な町並みの光景に、顔を見合せずにはいられなかった。貧民窟の住人たちは、それでも昼間は仕事に出ている者が多いらしく、あまり人影は見えなかったが、子供や老人たちは、一見して、よそ者とわかるふたりを家々の入口や、電信柱の蔭《かげ》から、鋭い眼光で眺めていた。

ふたりが訪ねる先は、死んだ杉森久之助の子分のひとりで、浅草で一か月ほど前に、指を折られた、通称、ノンベの伸吉《しんきち》こと町田《まちだ》伸吉の家だった。

「なめくじ長屋の二軒目というから、ここだな」

龍岳が、黒岩からもらった地図と、まわりの町並みを見比べていった。半ば傾きかけた長屋の二軒目に、〔古足袋商　伸屋〕と書かれた、ペンキのはがれかかった看板がかかっていた。間口は一間ぐらいしかない。もちろん、暖簾《のれん》などはかかっていない。

「ごめんください。町田伸吉さんのお宅は、こちらですか?」

龍岳が、家の中を覗《のぞ》き込んでいった。ぷーんと、なんともいえない、嫌な臭《にお》いがする。ひどい家だった。薄暗く、床と柱は木でできているが、内部はほとんどボール紙と筵《むしろ》だ。広さは四畳半ひと間で、その三畳ぶんにだけ、すり切れかかり、醤油《しょうゆ》で煮しめたような色の畳が敷いてある。残りの一畳半ぶんは板の間になっていた。

隣りの家との境は、ボール紙で、右隣りの家など、すき間から、中がのぞけた。古足袋商と看板はかかっていたが、部屋の中には足袋など、どこにも置いていなかった。

「だれでえ?」

薄暗い部屋でも、とくに暗い奥で、入口のほうに背を向け、煎餅蒲団《せんべいぶとん》にくるまった男が、寝返りをうちながら、低いだみ声を出した。

「鵜沢龍岳というものです。警視庁の黒岩刑事の代理できました」

龍岳がいった。

「なに、警視庁……」

男は、警視庁ということばを聞くと、ぎくりとしたようすで、蒲団の上に起きあがって、あぐらをかいた。すごい恰好だった。白飛白《しろがすり》の単衣の下に袷《あわせ》の着物を着て、上に、ところどころから綿のはみ出した綿入れを着ている。

「ほんとうに、警視庁の旦那《だんな》の代理できたんだろうな」

男が、じろりと龍岳をにらみつけるように見た。髪の毛はぐしゃぐしゃ、髭《ひげ》も十日間ぐらいは剃っていないようだった。

「ええ。これが紹介状です」

龍岳が、懐《ふところ》から、警視庁の名前入りの便箋に、龍岳を代理に調べにいかせると、黒岩が一筆し、印鑑を押した書きつけを取り出して渡した。男は、右手でそれを受け取ったが、人差し指と中指に、包帯ともいえない汚れ切った布きれが巻きつけてあった。

「わかった。上がってくれ」

男がいった。

「あなたが、町田伸吉さんですか」

龍岳がたずねた。

「おうよ。伸吉さんてほど、立派なもんじゃねえがな」

男が答えた。

「時子さん、ここの家だった」

龍岳が、表で待っている時子に、声をかけた。

「はい」

時子が、龍岳の隣りに歩いてくる。

「なんでえ、女連れか？」

伸吉が、けげんそうな表情をした。

「黒岩刑事の妹さんですよ」

龍岳がいった。

「そうか。別嬪《べっぴん》さんだね。あの旦那の妹さんか。まあ、上がってくんねえ。ただし、座蒲団なんてものはねえよ。茶も出ねえ」

仲吉がいった。

「そんなことは、いいですが、お聞きしたいことがありましてね」

龍岳がいった。

「そのまえに、これを兄が」

時子が、五合入りの焼酎《しょうちゅう》の瓶を、仲吉のほうに差し出した。

「こいつを、黒岩の旦那が？」

仲吉の目の色が変わり、声が優しくなった。

「はい。これを機会に、まじめな仕事をしろといっておりました」

時子がいった。

「するよ、するよ。見てくれ、この指。折れた骨がひと月たっても、まだ治らねえ。もう掏摸はむりだ。それにしても、黒岩の旦那は、いい人だなあ」

仲吉が、渡された焼酎の瓶を抱えて、さするようにしていった。

「黒岩さんが、仲吉さんを訪ねれば、親切な人だから協力してくれるっていっていましたよ」

龍岳がいった。そして、下駄《げた》を脱いで板の間にあぐらをかいた。時子も、隣りに座る。畳の上よりは、いくらか清潔そうだった。

「で、なにを協力しろってんだい？」

「その指を折られた時のことを、詳しく説明してくれませんか？」

「もう、警察でしたよ」

「それは、わかっていますが、もう一度、願います」

「いいよ。ありゃ、先月の十六日のことだ。俺が仲見世《なかみせ》で、若けえ女の縫い目破りをやろうとした時のことよ。縫い目破りってのの、わかるかい。着物の袂《たもと》の糸をほどいて、がま口を盗るやつよ。せこい仕事さ。こいつをやろうとして、店を覗いてる女の袖《そで》に手をやったとたん、いきなり、人差し指と中指が、ばきって音たてて折れちまった。痛えの痛くねえの、思わず、俺としたことが悲鳴をあげちまってね」

仲吉が説明した。

「相手が、指をねじりあげたとか、そういうんじゃないんですか？」

龍岳がいった。

「とんでもねえ。これっぽっちも気がついちゃいねえ。それに、若けえ女だ。ちっとばかり、護身術を知ってたって、そんなものにひっかかる俺じゃねえ。ふしぎでならねえのは、袂に触れたとたん、指が自分のもんじゃなくなっちまったように、逆向きにねじれちまって……。どうして、あんなことになったのか、いまでも、わからねえ。だがよ、これは、俺っちだけでなく、指やられたダチ公、みんな同じことといってるぜ。でも、俺は、まだ骨が折れただけだからいいほうだ。松造なんぞ、指がちぎれちまったんだからな」

仲吉が、布を巻きつけた指をさするようにしていった。

「その時、なにか変わったことはありませんでしたか?」

「それがよ、俺が指を押さえて、うずくまってると、警官が飛んできたんだが、俺を見下ろしている人垣の中に、あの杉森の親分のおかみさんだった、お政姐《ねえ》さんがいたように思ったんだ。気のせいかとも思ったが、ほかの指をやられたみんなも、そういえば、そんな気がするっていってた。親分は姐さんの家で死んじまったそうだね。死体は、まだ警察にあんのかい?」

仲吉がいった。

「だと思いますが。あるいは、大学病院のほうかもしれないですね。ぼくは、よく知らないんです」

龍岳がいった。

「親分も、姐さんに、ずいぶん、ひどいことしたから、自業自得といえば、それまでだけど……。赤ん坊、流産しちまった時は、そりゃ、姐さん、悲しんでたよ」

「杉森が、殴る、蹴るの乱暴を働いたとか聞きましたが」

時子がいった。

「そうなんだよ。姐さんの腹が大きくなってから、それまで以上にひどくなってね。なんでも、腹の子供は化物だなんて、親分わめいていたことがあった」

「化物？　それは、どういうことです？」

龍岳が質問した。

「いや、俺も、それ以外のことは知らねえ」

伸吉が、首を横に振った。

「お政さんは、医者には診《み》てもらっていたのですか？」

時子がいった。

「よか、知らねえが、親分に腹蹴られた時は、この路地の一番奥の源斎《げんさい》先生とところに駆け込んでいった。でも、結局、流産しちまったがね」

「その源斎って先生は、産科の先生なんですか」

龍岳がいった。

「あっははは。この長屋に、そんな医者はいやしねえ。お産だろうと、腹痛だろうと、骨折だろうと、なんでも、一緒くただよ。俺の骨折も、その先生に診《み》てもらってるんだが、さっぱり、よくならねえ。でえいち、あの源斎先生、ほんものの医者かどうかも、わからねえ。それでも、風邪っぴきの時なんぞ、くれる薬が効くこともあるから、ぜんぜん、素人ってわけじゃねえんだろうね。この長屋に引っ越してきたのは十年ぐらい前になるが、だれも、素性《すじょう》を聞こうなんてことはしないのが、俺たちの掟《おきて》みてえなもんだからね。本人が医者だといえば医者だし、坊主だといやあ坊主ってのが、この界隈の決まりなんだよ」

伸吉が、笑いながらいった。

「なるほど。話はもどるけれども、あなたが指をやられた時、お政さんらしい人がいたといいましたね。その人は、怪我したあなたを見ても、近寄ってもこなかったのですか」

「なにしろ、姐さんかどうか、はっきりもしねえんだが、近寄ってはこなかった。警官がくると、入れ替わるように、人込みに消えちまった。こいつは、姐さんらしい人を見たといってる連中は、みんな同じだ」

「ふーむ。それが、お政さんだったとして、どこか、いつもと変わったところは？」

「それが、指が痛くて、よく見てるひまなんぞなかったが、なんだか、風呂敷に包んだ丸い物を持ってたような気もするんだ。二、三人のダチ公も、そういってた」

「風呂敷に包んだ、丸い物？」

「ああ」

「なんだろう、それは？　事件と関係があるのかな？」

龍岳がいった。

「わかりませんわ」

時子が、首を振った。

「壺みてえなものに思えたがな」

伸吉がいった。

「その、お政さんは、やはり、きみの仲間だったのですか？」

「いや、姐さんは、かたぎの人間だ。どうして親分と一緒になったかは、俺たち子分も知らねえ」

伸吉がいった。

「いつごろ、一緒になったんですか？」

時子が質問した。

「銀次の大親分が捕まった後だから、三年も前かね。子供ができないで、寂《さび》しがってたんだが、今度、できたって、最初は親分もよろこんでたんだ。それが、いつのまにか、化物の子だといいだして。ありゃ、どういうことだったんだろうね」

伸吉が、首をかしげる。実際、それ以上は、なにも知らないらしかった。

「そうですか。どうも、ありがとう。その源斎先生のところにいってみましょうか」

龍岳が時子にいった。

「ええ」

時子がうなずく。

「俺が、案内しよう。指も診てもらいてえし」

伸吉がいった。

「それは、ありがたい。源斎先生は、名字はなんというのですか？」

龍岳がたずねた。

「はて？　みんな源斎先生、源斎先生っていっていて、名字はなあ。待てよ、えーと、まえに聞いた覚えがある。川上《かわかみ》だ、川上源斎だよ。ほんとの名前かどうかは、知らねえよ」

仲吉は、そういって、蒲団の上から立ちあがった。龍岳と時子も、履物をはく。

仲吉の家から、源斎の家までは、わずか五間ほどの距離だった。

「先生、いるかい⁉」

声をかけながら、仲吉が、仲吉の家よりは、いくらかましな源斎の家に入っていった。

「いるよ。ノンベか。なんだ、また指が痛み出したか？」

家の中から、初老と思われる男の、かすれた声が聞こえた。

「ああ、ちっとも、痛みが取れねえ。それはそれとして、お客さんだ。俺の知ってる警視庁の旦那の代理の人と、その旦那の妹さんだよ。お政姐さんの話を聞きたいってさ」

仲吉がいった。

「なに、警視庁の刑事の代理？」

源斎の声が厳しくなった。

「そうか……。とうとう、こられたか。わかった。どうぞ、中にお入りなさい。むさ苦しいところだが。それから、ノンベ。お前の指は、あとで診察してやるから、出直してこい。わしは、この、おふたりと話がしたい」

「俺がいたんじゃ、じゃまなのかい？」

仲吉が不機嫌そうな声を出した。

「ああ、じゃまだ。一時間たったら、またきてくれ」

源斎が、遠慮なくいった。

「わかったよ。藪《やぶ》のわりにゃあ、威張るね。じゃ、またくるよ」

仲吉は、捨てぜりふを残すと、龍岳と時子に、軽く会釈《えしゃく》して、自分の家のほうに、もどっていった。

「おじゃまします」

龍岳が、家の中に入った。ここもまた、ひどい家ではあったが、さすがに医者だけあって、ぷーんとホルマリンの臭いがした。中には、蜜柑《みかん》箱を改造した椅子がふたつ置いてあった。

「お座りくだされ」

源斎がいった。半分白くなった髪を後ろで束ねている。年齢は五十か五十五か、龍岳には、ちょっと見当がつかなかった。

「いずれ、くるとは思っていたが、どこまで、話を知っていなさるのかね」

蜜柑箱の椅子に腰を降ろしたふたりに、源斎がいった。部屋の奥の棚の上に、いろいろな形をした瓶がいくつもならんでおり、それらの中に、明らかに、人間の胎児の死体や脳と思われるものが浮かんでいた。時子が、それを見つけて、顔をしかめた。

「お嬢さんには、気持ち悪いでしょうな」

源斎がいった。

4

小石川区三軒町の武侠世界社の応接室のストーブを囲んだソファに腰を降ろして、押川春浪、黒岩四郎、小杉未醒、そして龍岳が顔を寄せ合っていた。

二月二十日は、寒い日だった。前夜から降っていた雪は、もう止んでいたが、外は白一色だった。窓から見える庭の景色も、白く雪をかぶっている。

「これは、犯罪になるのかね?」

春浪がテーブルの上の湯呑《ゆの》み茶碗《ぢゃわん》に、手を伸ばしながら、黒岩の顔を見ていった。

「ならんでしょうね。流産した胎児の脳が、人を殺したり、指を折ったりしたといっても、鑑定人は信じないでしょう」

黒岩が、ふうっと、ため息をついた。

「北里《きたざと》博士でも長与《ながよ》君でも、信じないか」

未醒がいった。

「もし、信じる人がいたら、超心理学の福来《ふくらい》博士ぐらいのものでしょうかね」

龍岳がいった。

「せめて、その胎児の脳が残っていればなあ」

春浪がいった。

「その胎児は、腹の中にいるうちから、母親に意志を伝えてきたというのですが、そんな話、聞いたこともありません」

龍岳がいった。

「だれも、あるまいよ……。それで、その川上源斎とかいう医者は、取り出した脳に、なにをしたのだ?」

春浪がたずねた。

「なにもしなかったといっています。ただ、リンゲル液の中に漬けておいただけだと。ですが、ぼくが見た、別の瓶に入ったホルマリン漬けの脳には、なにやら、電線のようなものの巻きついているのがありました。なにかの実験をしたのだと思います」

龍岳がいった。

「なにかとは?」

黒岩が質問した。

「たとえば、脳に電気的な刺激を与えるとか」

「そうすると、どうなるのかね」

「それは、ぼくにも、わかりません」

「念力が増幅するんじゃないのか」

春浪がいう。

「しかし、生きた人間ならまだしも、死んだ胎児の脳だろう」

未醒が、眉根にしわを寄せる。

「死んだ杉森が、腹の中にいるうちから化物の子といっていたというのですから、なにか、ふつうの胎児とはちがう徴候があったのでしょうね」

黒岩がいった。

「流産しても、すぐには死なずに、脳は生きていた……、ということになる。しかも、その脳が念力を発揮して、母親を虐待した父と、その子分の掏摸たちに復讐した」

春浪が、考え込むようにしながら、ゆっくりとした口調でいった。

「その医者もお政も、そのことについては、なにもいわんのか」

未醒が、着物の袂《たもと》から煙草を出しながらいった。

「お政さんには、ぼくは会ってはいませんが、川上という医者は、知らないの一点張りです。ぼくの失敗でした。いきなり、向こうが、どこまで、知っているんだと聞くので、つい、なにも知らないと答えてしまったのです。あの時、すべてがわかっているといってやれば、よかったんですが。あの医者は、いまでこそ、あんなところに住んでいますが、腕は悪くなさそうですよ。それより、なにかの実験がしたいために、あんな貧民窟に移り住んできたんじゃないでしょうか。そんな気がしてなりません。どちらにしても、ぼくの調べかたが、まちがいでした。すみません」

龍岳が、頭を下げた。

「なに、きみが謝ることはない。お政の家の仏壇に置いてあった骨壺を見逃した警察も大きな失態だ。まさか、骨壺の中に胎児の脳が入っていようとはね」

黒岩がいった。

「それは、だれも気がつかんよ。まさか警察でも仏壇の骨壺の中までは開けんだろう。しかし、その脳は、専門家に見せたかったね。ふつうの人間の脳と、どこがどう、ちがっていたのか。それを知るだけでも、大いなる医学の進歩になったのに。これでは、ただの怪奇小説の復讐譚にすぎん」

春浪がいった。

「まあ、掏摸が仕事をできなくなったことと、その親分が死んだというのは、世の中にとっては、悪いことではないがね」

未醒がいった。

「けれど、それは警察のやる仕事です。だれもが、かってに復讐をしたら、法律の必要がなくなります」

黒岩が、刑事らしく答えた。

「それは、まさに黒岩君のいうとおりだな。だが、その子供が正常に生まれていたら、どういうことになったのだろうな」

春浪もテーブルの上の煙草を口にくわえ、マッチで火をつけながらいう。

「神か悪魔か。いくつもの奇蹟を起こしたというキリストのような存在ならいいが、その念力を使ってネロの暴君のようになったら、世界は、どうなったか、わからんぞ」

未醒がいった。

「新しい人類の、第一号だったのかもしれませんよ」

龍岳がいった。

「ダーウィンの説によれば、人類は突然的に変異を起こして、進化していくのだといいますから、その胎児が突然的変異の最初の人類だったのかも」

「その脳を、お政が灰にしてしまったというのは事実なのかね？」

春浪が黒岩の顔を見た。

「まちがいないと思います。もっとも、本人は、最初から、焼いてしまったといっていますが、医者の話と合わせて考えますと、杉森への復讐のために、何人もの手下の指を折り、最後に杉森を殺害した後、ふたりで焼いたのだと思います。なにしろ、あの貧民窟のことですから、流産した胎児など、どうなってしまうのか、警察でも追いきれないのです」

黒岩が説明した。

「だが、念力で人間を殺す能力を持った脳が、よく黙って焼かれたね」

春浪がいった。

「じゃ、春浪さんは、まだ、その脳が、どこかに生きていると？」

未醒がいった。

「いや、そうもいわんが、ないこともないと思ってね。死んでいてもいいから、その脳は保存しておくべきだったなあ。高橋《たかはし》お伝《でん》の陰部などアルコール漬けにしておくよりは、よっぽど意義がある」

春浪が、短くなった煙草を、灰皿の中で潰した。

「お茶の、お替わりが入りました」

編集雑用係の柳沼沢介《やぎぬまさわすけ》が、お盆に湯呑み茶碗を乗せて運んできた。

「いや、すまん」

最初に未醒が、手を伸ばし、それぞれが茶碗を取った。

「悪い奴が死んで、掏摸が指を折られ、ほかに害があったわけではないのだから、それでいいじゃないかといえばいいのだが、なにか、いまひとつ、後味のすっきりせん事件だったね。俺は、もったいないと思うのだよ。あんな形で復讐劇をやるよりも、その脳を、きちんとした形で研究するほうが、どれほど、大切なことだったか……」

春浪が、茶をすすりながらいった。

「とはいってもなあ、黒岩君。最初から、それがわかっていれば、対処のしようもあったろうが、いきなり、事件の最後にきて、犯人は死んだ胎児の脳でしたといわれてもねえ。とにかく、話が突飛すぎるんだ。春浪さんや龍岳君のように、科学小説を書く人間にはわからんことではないのかもしれんが、俺などは、どうにも話についていけんところがある」

未醒がいった。

「いや、春浪さんは、どうか知りませんが、ぼくにだって、話はわかりませんよ。しかも今回の場合、その脳を見たわけでもなければ、人が殺される場面に立ちあったわけでもありません。全部、話だけなんですから」

龍岳がいった。

「そうなんだ。全員、そうなんだよ。警察でも、ひとりとして、その脳を見たものはいない」

「まったくの、考えちがいということはないかね。掏摸の指が折れたのは、それなりに原因があり、杉森が死んだのは、鑑定人がいうように、心臓麻痺という」

春浪がいった。

「いや、実際、そうなのかもしれません。ただし、その場合、心臓麻痺のほうはいいとして掏摸の指が、なぜ折れたかの説明がつきません」

黒岩がいった。

「次の〈武侠世界〉で記事にしてみるか?」

春浪がいった。

「『死んだ胎児の脳が人を殺す!!』これじゃ、なんのことか、わからんな」

「やあ、みなさん、お揃いですな!!」

応接室の入口で、大きな声がした。全員がふり向くと、軍服姿の男が立っていた。前年の十二月、早稲田大学を中退し、一年志願兵で麻布《あざぶ》歩兵連隊に入営した吉岡《よしおか》信敬だった。虎髯《とらひげ》将軍の異名をとる元になった自慢の髯は、きれいに剃り落とされている。

「おお、信敬君か!? どうしたんだね、突然?」

春浪が、おどろきと、うれしさを、一緒にしたような顔でいった。

「はあ。今日、入営いらい初めて、軍務で外に出たので、時間をもらって、早速、ここに駆けつけてきました。あいにくの雪道でしたが、みなさん、盛んにやっておるようですなあ」

話の内容を知らない信敬が、笑いながらいった。

「なんとかね。さあ、ここに座りたまえ」

春浪が、自分の横に席を空けた。

「失礼します」

信敬が、敬礼をして、ソファに腰を降ろした。

「おお、なかなか、堂にいった敬礼だね」

未醒が茶化す。

「上官は、文句ばかりいっておりますがね」

「どうだい？　軍隊はおもしろいかい？」

未醒がいった。

「おもしろくないですよ。飯はまずいし、ああだこうだと文句ばかりいうし。騎兵連隊に入れれば、もっと、おもしろかったんでしょうがね」

信敬がいった。乗馬の大好きな信敬は、騎兵連隊を希望したのだが、みごとにはずされて、歩兵にされてしまったのだ。

「今日は外泊できるのかい？」

龍岳がいった。

「いや、いや。八時半までにもどらんと、重営倉《じゅうえいそう》だよ。新兵は辛《つら》い」

「早稲田にいた時は、将軍だったのに、軍隊に入ったら格下げか」

春浪が笑った。

「情けないですなあ」

信敬のことばが、いかにも切々としていたので、全員が、どっと笑った。

「そうだ。信敬君。きみ、軍隊生活のあれこれを、おもしろく原稿にしてくれんか。〈武侠世界〉に載せたいと思う」

「はあ。いいですよ。おもしろいことは、いろいろ、あります。このあいだなど、いじわるな上官が、肝《きも》試しに二階の窓から下に飛び降りてみろというから、ほんとうにやってやろうと思ったら、あわてて抱き止めましてね。自分が、いいすぎたと頭を下げておりました。痛快でしたなあ」

「そうそう。そういうのを書いてくれんか。読者がよろこびそうなやつ」

「やりましょう」

「頼むよ。いい記事の材料がなくて、困っておるのだ。小説は、龍岳君のが、すこぶる評判がいいんだがね。そのほかの記事に、いいのが見つからん」

「春浪さんが、酒ばかり飲んで、本気で書かんからじゃないですか？」

信敬がいった。

「うむ。それは、たしかにある」

すかさず、未醒がいった。

「やや、なんだか、矛先《ほこさき》が俺のほうに向いてきたな」

春浪が顔をしかめた。

「俺だって、がんばって、小説を書いておるよ」

「そりゃ、そうです。春浪さんの書かない〈武侠世界〉は〈武侠世界〉じゃないですからな」

信敬がいった。

「やあ、信敬君。さすがに、軍隊に入ったら、いうことがちがってきたね。人間、苦労をするものだ」

それまで、黙っていた黒岩がいった。

「いやだなあ、黒岩さん。ぼくは、応援隊の時と、ちっとも変わってはいませんよ」

「本人は、そう思っても、まわりの人間が見れば、変わっておるんだよ」

未醒が笑う。

「これで、監獄の臭《くさ》い飯を喰ってきたら、もっと人格者になるんじゃないのか」

春浪が、冗談をいった。

「なんで、ぼくが、監獄に入らねばならんのです」

信敬が、口をとがらす。

「その顔がいかんな。髯のない吉岡信敬は、信敬ではない」

「そんなことといったって、剃らんければいかんというのですから、しかたありません」

「さすがの信敬君も、軍隊にはかなわんか」

未醒がいう。

「そんなことは、ともかく、末醒さん。横浜の支那《シナ》料理店に、猿を喰いにいきませんか。それも、生きた猿の脳味噌なんですよ」

信敬がいった。一瞬、あたりに、なんともいえない雰囲気が漂った。

「ぼく、なにか悪いことをいいましたか?」

信敬が、失言でもしたのかと、四人の顔を見まわした。

「その猿の脳味噌を喰う話は、俺も聞いたことがあるよ。しかし、今日は喰う気にはなれん。いや、今日じゃなくても、生きた猿の脳味噌は、ごめんだ」

春浪がいった。

「そうですか。いや、ぼくも、げてもの好きの上官にうまいと教えられたんですが、さすがに、猿の脳味噌はね。しかも、生きたやつとなると……。で、みなさんを誘ってみたようなわけです。やはり、止めておきますか」

信敬がいった。

「そのほうが、よさそうだね」

龍岳がいった。

「そういえば、ここに黒岩さんがいるということは、なにか事件なのですか?」

信敬が、やっと気がついたようすでいった。

「殺人をする脳だよ、殺人をする脳!」

春浪がいった。

「なんのことだか、わかりませんなあ」

信敬が、首をひねった。

「当然だ。だれにも、わからないんだ。名刑事、黒岩君にもわからん」

末醒が、大きく煙草の煙を、輪にして吐き出しながらいった。

「とにかく、せっかく信敬君がきたんだ。連絡の取れるかぎりの「天狗倶楽部」のメンバーを集めよう。久しぶりに、きみの奮え《フレー》、奮え《フレー》を聞きたい」

春浪が、にっこり笑いながらいった。

「脳のことは、また、あとで考えよう」

妖

1

「花見の記事も月並みだしな」

押川春浪《おしかわしゅんろう》が、灰皿に煙草の火を消しながらいった。

「花見は、いろいろな雑誌が、取り上げますからね」

鵜沢龍岳《うざわりゅうがく》もいう。

「なにか〈武侠世界《ぶきょう》〉ならではの記事が、欲しいですな」

針重敬喜《はりしげけいき》が、茶をすする。

明治四十五年四月三日、午前十一時。小石川《こいしかわ》区三軒町の武侠世界社編集室。三人は〈武侠世界〉五月号の編集会議を開いていた。ほんとうは、ここに、もうひとり、元早稲田大学野球部第五代主将で、押川春浪に誘われて武侠世界社に入った飛田穂洲《とびたすいしゅう》がいるはずなのだが、この日、飛田は風邪で、会社を休んでいた。

龍岳は、武侠世界社の社員ではなかったが、春浪に呼ばれて、会議に参加していた。

「飛田君が、春日町で聞いた雲右衛門《くもえもん》の話もおもしろいですね」

龍岳がいった。

「ああ、あれか。あれは、実に、おもしろいが、もうすでに、大西《おおにし》君が〈報知新聞〉に書くことになっているんだ。そろそろ、連載がはじまるころだろう」

春浪がいった。大西は、フルネームを大西俊明《としあき》といい明治大学相撲部出身の「天狗倶楽部《てんぐクラブ》」メンバーで〈報知新聞〉の記者だ。

「なんですか？　その雲右衛門の話って？」

針重が質問した。

「あれっ、針重君、きみ知らなかったか。いや、先日のことだがね、飛田君が、大西君と春日町の停留所のところにいくと、二間《けん》間口ばかりの小汚い居酒屋があって〔桃中軒《とうちゅうけん》〕と看板が出ていたんだそうだ。それで、これは雲右衛門と関係あるにちがいないというわけでね……」

　春浪がいった。

　桃中軒雲右衛門といえば、いま、飛ぶ鳥を落とす勢いの浪曲師だった。明治初期には、大道芸の域を出ず、めったに寄席《よせ》にさえ出してもらえなかった浪曲は、三十年代から寄席にもかけられるようになったが、四十年三月に、桃中軒雲右衛門が、有栖川宮《ありすがわのみや》妃殿下に招かれて『赤垣源蔵徳利《とっくり》の別れ』を唸《うな》った。これで、浪曲は一躍、落語や義太夫《ぎだゆう》と並ぶ寄席芸に格上げをされ、雲右衛門は名浪曲師の名をほしいままにした。

　その桃中軒を名乗る居酒屋を見つけた飛田と大西は、これは桃中軒の名を使って、客を寄せようとする悪徳商人と判断した。そこで、店に入り、なんで、お前のところは、桃中軒を名乗っているのだと質問すると、店の親爺《おやじ》は、涙ながらに、その昔、雲右衛門をめんどう見てやったことがあるので、かつて自分が教師をやっていたことのある沼津の中学校で一席演じてもらおうと、家屋敷を抵当に入れ、さらに高利貸しから金まで借りて、雲右衛門を呼んだ。

　ところが、約束の日になっても雲右衛門はこない。そのために、立場がなくなって、学校もくびになり、故郷の沼津にもいられなくなって、東京に出てきて居酒屋になったと話す。

　これを聞いた、正義感のかたまりのような飛田は、雲右衛門は恩義を知らない卑《ひ》劣漢《れっかん》だと怒り、大西に〈報知新聞〉に、その親爺の話を連載しろといったのだ。ちょうど、四、五日前のことだ。

「ほう。雲右衛門は、奇人ではあるけれど、気が向けば、あれだけの人気者でありながら、ロハでも唸ると聞いていましたが、そんなことがあったのですか」

　針重が、なるほどというように、うなずいた。

「人間、だれでも、ふたつの面を持っているからね」

春浪が、新しい煙草に火をつけながらいった。

「おもしろい、逸話なんですがね。雲右衛門がだめとなると……」

龍岳が腕を組む。

「龍岳君、耶蘇《ヤソ》教の復活祭を取材してみんか。今年の復活祭は、たしか四月の七日だと思ったが」

少年時代のように熱心ではないが、一応、洗礼を受けているキリスト教徒の、春浪がいった。

「イースターですか？」

龍岳がいった。

「うむ」

春浪が答えた。

「〈武俠世界〉向きですかね？」

針重が、口をはさむ。

「〈武俠世界〉だからといって、耶蘇教はいかんということはない。ただ、俺は、現在の日本の耶蘇教には問題があるとは思っているが……」

春浪がいった。

「方義《まさよし》先生も、日本のキリスト教の広めかたで東北学院と対立されたのでしたね」

針重がいった。押川方義は、押川春浪の父で、黎《れい》明《めい》期の横浜バンド出身のキリスト教者だった。春浪が子供のころ、布教活動で殺されかかったことさえある。明治十九年に、東北学院の前身校である仙台神学校を設立し、やがて東北学院の院長になったが、学校幹部と衝突して、明治三十四年四月には、東北学院を去っていた。

「親父の耶蘇教は武士道的キリスト教というやつでね。なにしろ、西郷隆盛《さいごうたかもり》の考えをキリスト教に取り込むというものだから、反対者も多かったのさ。だが、俺も親父の考えには賛成だね。日本で耶蘇教を広めるためには、西洋と同じやりかたではだめだ。日本には日本式のやりかたがあるはずだ。西洋式のなよなよしたキリスト教は日本人にはなじまんよ」

春浪がいった。

「そうですよ。なにしろ、安部磯雄《あべいそお》先生はともかく、橋戸《はしど》君や河野《こうの》君だってキリスト教徒なんですから」

針重が笑った。

「あっははは。まったくだ。あの浦見の滝の橋戸頑鉄《がんてつ》に、西洋式のキリスト教は似合わんな」

春浪も笑った。橋戸頑鉄は、早稲田大学野球部第二代主将で、バンカラで鳴らした男だ。同じ野球部のエース・河野安通志《あつし》もキリスト教徒だが、いつだったか、早稲田大学が慶應義塾に勝利した時、酔っぱらった橋戸は、河野が止めるのも聞かず、屋台のうどん屋近くの電信柱によじ登り、『浦見の滝、浦見の滝』と怒鳴りながら、小便を振りまくという蛮行を演じて、警察に引っ張られたことがある。これは、橋戸の滝として、〔天狗倶楽部〕の中では、有名なエピソードだ。

「イースターといっても、日本の家庭では、そう大々的には、祭りは行なわないでしょう？　西洋人の家でも訪ねますか？」

龍岳が、話を軌道にもどしながらいった。

「いや、俺は、ニコライ堂のイースターを取材したら、どうかと思うんだがね」

春浪がいった。

「ああ、あれはいいかもしれない。ぼくも見たことはないが、かなり派手にやるようだし、なかなか荘厳なものだそうだよ」

針重もいった。

「なるほど、ニコライ堂ですか。おもしろいかもしれませんね」

龍岳がうなずいた。

「時子《ときこ》さんを連れていってやったら、よろこびそうじゃないか」

春浪がいう。

「そうですね……」

龍岳が、あいまいな返事をした。

「なに、連れていくといわなくても、龍岳君がいくといえば、むりにでも時子さんは、ついていくさ」

針重が茶化した。

「ところで、龍岳君。時子さんとの結婚は、どうなんだい？　黒岩《くろいわ》君も白鳥《しらとり》未亡人と一緒になるのは、時間の問題なのだろう？」

春浪が質問した。

「はい。黒岩さんは、六月か七月には、そのつもりでいるようです」

「じゃ、きみも、その時、一緒に結婚式をあげたらどうだ。あまり、春が長すぎてもいかんのじゃないか」

「そうですねえ。ただ、ぼくとしては、時子さんが、学校を卒業してからと思っているのですが」

龍岳が真剣な表情で、答えた。

「しかし、それだと、もう一年待たなければいかんだろう。兄妹、同時に結婚したら、めでたくていいじゃないか。時子さんだって、結婚しても、学校をやめる必要はないのだし」

春浪がいった。

「はあ。考えておきます」

龍岳がいった。

「まあ、俺が結婚するんじゃないから、あまり、おせっかいはいいたくないがね」

春浪がいった。その時だった。編集室の扉がノックされて、飛田穂洲が入ってきた。

「やっ、どうした飛田君！　今日は、休みじゃなかったのか？」

春浪がいった。

「はい。休むつもりでおったのですが、風邪もだいぶいいようなので、出かけてきました」

生まれてこのかた、洋服など着たことがないというのが自慢の水戸っぽの飛田は、この日も木綿飛白《もめんがすり》の着物に対の羽織《はおり》、鼠《ねず》の羽二重《はぶたえ》絞りの兵児帯《へこおび》姿だった。

「そうか。それは、よかった。いま、五月号の編集会議をやっておったのだが、なかなか、名案がなくてね。飛田君、なにかないか？」

春浪がいった。

「いや、これは、いきなりですな。しかし、ちょっと、おもしろい話がありますよ」

飛田が、椅子に腰を降ろしながらいった。

「ほう、どんな？」

質問したのは、針重だった。

「ぼくの家の、隣りの下宿屋の主人から聞いた話なんだがね。最近、妙な下宿人に入られて困っておるそうなんだ？」

飛田がいった。

「妙な下宿人というと？」

ふたたび、針重が質問した。

「うん。自称、作曲家と称する、二十五、六の男なんだそうだが、これが、どうも二重人格症らしい」

「二重人格症？」

今度は、龍岳が質問した。

「うむ。最初は、ふつうの男と思っていたのだが、ある日、部屋の中から女の金切り声がする。女を部屋に連れ込んで、喧嘩《けんか》にでもなったのかと、部屋を訪ねてみると、なにごともなかったかのように、男が出てきただけで、女はいない。それで、あれは、空耳《そらみみ》ででもあったのかと思っていたところ、数日後に、また同じようなことが起こったというのだ」

飛田が説明した。

「それは、作曲家ではなく、演劇でも勉強しているのではないですか？」

龍岳がいった。

「男が女の声を出すのかい？　歌舞伎じゃないんだから、女形《おやま》の練習でもあるまい。それに、その下宿屋の主人が、調べてみたところ、両隣りの部屋の下宿人から、苦情が出たそうだ。このところ、毎夜遅くなると、その男の部屋から、男と女のひそひそ声がして、気になってしかたがないというんだそうだ」

「ところが、調べて見ても、女など、その部屋には存在しない」

春浪がいった。

「そういうことです」

飛田がうなずいた。

「なるほど、それは二重人格症かもしれんね」

「まちがいないですよ。両隣りの住人は、うるさくてしょうがないので、鍵穴から、部屋の中を覗《のぞ》いたところ、男がひとりで、男の声を出したり、女の声を出したりしていたそうですから」

「そりゃ、芝居の稽古《けいこ》でなければ、二重人格症に相違ないな」

針重がいった。

「医者には、見せんのか?」

春浪がいった。

「それが、その下宿屋の主人のいうには、ふだんは、非常にまじめでまともな男ではあるけれども、医者をすすめて、乱暴でもされたら怖いというのです」

飛田がいった。

「それは、たしかにいえますね。きみ、脳病院にいってごらんなさいとは、ちょっと、いえないよ」

龍岳もうなずいた。

「で、それが、どう記事と結びつくんだ?」

春浪が質問した。

「いや、どうすればいいかは、わかってはおりません。けれど、二重人格症などというのは、話には聞いていても、実際を見ることは、そう、めったにあるもんじゃないでしょう。だから、龍岳君にでも取材をしてもらっては、どうかと思いまして」

「ちょっと、待ってくれよ。そう、なんでも、ぼくに押しつけられちゃ、たまらんよ。二重人格症を調べるならば、これは医者のやることだ」

龍岳がいった。

「だが、それを医者がやったら、ただの診察になってしまう。科学小説家のきみがやるから、記事になるんだよ」

飛田がいった。飛田は、あくまでも、龍岳に取材をさせたい意向だ。

「それなら、自分でやりたまえよ。ぼくは、別の取材をやらなければならないんだ」

龍岳がいった。

「なにをやるんだい?」

飛田がたずねる。

「ニコライ堂の復活祭さ」

「軟弱だな」

「そういうことをいっていいのかい。これは春浪さんの発案だよ」

龍岳が、にやっと笑った。

「あっ、そうでしたか。これは失言! 取消しです」

飛田が、頭をかいたので、全員が笑った。

「その二重人格症の話も、おもしろそうではあるが、どう、扱うかだな。病気だから、変な扱いかたはできんものな」

春浪が、大きく、煙草の煙を吐いていった。

2

その夜、龍岳が牛込区原町にある、警視庁本庁第一部刑事・黒岩四郎《しろう》の家を訪ね、その妹で、東京女子高等師範学校に通う黒岩時子に、ニコライ堂のイースターの話をすると、時子はふたつ返事で同行するといった。

編集会議では、針重もいってみるということになったが、飛田の話がおもしろいので、そちらの取材をしてから、打合せに黒岩の家にやってきた。時刻は七時を、少し回ったところだった。三人と黒岩が揃うと、イースター当日の段取りの相談が始まった。

「どこで、待ち合わせましょうか？」

龍岳がいうと、時子はちょっと考えてから答えた。

「わたし、その日、順天堂病院にいくので、聖橋《ひじりばし》のたもとではどうですか。あすこなら、ニコライ堂は目の前ですから」

時子がいった。

「どこか、ぐあいが悪いのですか？」

時子のことばを聞いた、針重が質問した。

「いやいや、病気じゃないんだよ」

黒岩が、苦笑しながらいった。

「すると、どういうことです？」

針重が、なおも質問する。

「針重君、あまり、話をおおっぴらにしないでくれよ」

黒岩がいった。

「はあ、承知しました」

針重がうなずく。

「時子の通っている女子高等師範は、官費学生は寄宿舎制なんだよ」

「そうですね。家から通っていいのは、私費学生だけとか」

「そうなんだ。ところが、時子は官費学生でありながら家から通っている」

「ああ、そうですか。ぼくは、また時子さんは、私費学生かと思っていました。いや、それで、前から時子さんのような頭のいい人が、どうして私費学生なのだろうと、疑問に思っていたのです」

針重がいった。東京女子高等師範には官費学生と私費学生がいて、私費学生は、家から通学してもいいが、成績がやや落ちる。官費学生は頭がいいが、全員寄宿舎に入るのが規則となっていた。ところが、時子は官費学生でありながら、自宅から通学していたのだ。

「それで、そのことが、順天堂病院と、どう、つながるのですか?」

針重が質問した。

「お兄さまが、病気なんです」

時子が、笑いながらいった。

「えっ、じゃ、やっぱり」

針重が、目を丸くした。

「そうじゃないんだ。俺と時子はふたり暮らしだろう。時子が心配してね。そこで、俺が喘息《ぜんそく》持ちで、看病する人間が必要だということにしてあるのだ。官費学生も、そういった特別の理由がある時は、自宅からの通学を認めてくれることになっているのでね。警視庁刑事が、そういうことをやってはいかんのだが、俺も時子と、一緒に暮らしたいので、ちょっと、ごまかしているんだ。順天堂病院に、友人がいて、診断書を書いてもらうんだよ」

黒岩が笑った。

「舎監《しゃかん》先生も、わたしのたくらみを見抜いておられるようなんですが、見ぬふりをしてくださっているらしいんです。一学期ごとに診断書を出すんですけど、お医者さまも、いんちきをなさるので、日曜日に特別、取りにいらっしゃいとおっしゃられて……」

時子が説明した。

「なるほど。そういう、からくりでしたか。それで合点がいきました」

針重がうなずいた。

「しかし、話はもどりますが、復活祭は午前零時からですから、聖橋のたもとというわけにもいかんでしょう」

「いや、ぼくが時子さんと一緒にいくよ。午後十一時に落ち合おう」

龍岳がいった。

「そうか。それなら、問題はないな。中には、まちがいなく入れるね」

針重がいった。

「だいじょうぶです。女子神学校のお友達に頼んでおきました」

時子がいった。

「じゃ、安心だ」

「なに、もし、だめだといわれても、取材だといえば、入れてくれるさ。復活祭の記事が雑誌に載れば、大いにキリスト教の宣伝になるからね」

龍岳がいった。

「橋戸君もくるのかね。ニコライ堂で、浦見の滝をやられたら困るぞ」

針重が笑った。

「そうだな。あれをやったら、まず破門だよ」

龍岳も笑う。

「ところで、二重人格症の取材のほうは、どうなった？」

「なんだい、その二重人格症というのは？」

黒岩が質問した。

「はい。飛田穂洲君の隣りの家の下宿屋に、二重人格症患者が住んでいるということでしてね……」

針重が、昼間、飛田から聞いた話を、黒岩と時子に説明した。

「まったく、飛田のやつはずるいんですよ。自分の家の隣りの男だというのに、自分で取材しようとせず、ぼくに押しつけるんですから」

「最初は、ぼくにやれといったんで、断ったら、針重君のほうにいっちゃいました」

龍岳が笑った。

「いや、飛田のやつは、ふだんえらそうなことをいっているが、あれでからっきし、意気地《いくじ》がないのさ」

針重がいう。

「それで、会えたのですか、その男に？」

龍岳がいった。

「会えたよ。飛田のいうとおり、おとなしい男でね。増田《ますだ》という作曲家を目指している男なんだが、たしかに、あれは二重人格症だね。ふつうに、話をしている時は、なんでもないいんだが、時々、突然、もうひとりの人格である、女性に変身してしまうんだよ」

針重が思い出して、ちょっと気持ち悪そうな表情をした。

「その時は、女性の声でしゃべるのですか？」

時子がたずねた。

「そうなんです。たとえば、その増田という男が、ぼくと話をしていて、『あれは、三月のことでした』といったとするでしょう。すると、突然、増田の声が甲高《かんだか》い女性の声になり、しぐさも女性ふうになって、『いいえ、ちがうわ。二月のことでしてよ』ってな調子なんです」

針重が、増田の真似をしていった。

「そいつは、気持ち悪いな」

龍岳がいう。

「もっと、気持ち悪いのは、ふたりが会話する時ですよ。まあ、落語を聞いていると思えばいいのだろうけれど、ひとことごとに、男と女に入れ替わってしゃべるんですから、どうにも閉口です」

「その男女というか、影の人格のほうの女性と、増田という人は、どういう関係なんだい」

龍岳がいった。

「それが、どうも、ぼくには二重人格症という病気は、よくわからんのだけれども、夫婦の関係にあるらしい」

針重がいった。

「夫婦？　すると、時々、怒鳴っていたというのは、夫婦喧嘩でもしていたというわけか」

龍岳がいった。

「まあ、そういうことになるようだね」

針重が答える。

「しかも、さらに気持ち悪いのは、その女性のほうが、妊娠していて、今月が臨月《りんげつ》だというのだ。もう明日か、明後日かに子供が生まれる予定になっているという。それで、増田と、その女性、名前はなんといったかな。そうだ、勝子《かつこ》とかいっておったが、ふたりは、もめておるのだ」

「どんなふうにだい？」

黒岩が、口をはさんだ。

「それが、増田は子供が生まれても、とても養っていけないというんだ。それに対し、勝子は子供を作っておいて、無責任なことをいうなと罵《ののし》るんですよ」

「だが、それは、どういうことになるのだろう。実際には増田は男で、妊娠しているわけはないのだから、子供が生まれるはずはない。けれど増田の頭の中には、妊娠した妻がいる。子供が生まれると、今度は三重人格症ということになるのかね？」

「それは、ぼくにも、なんとも、わかりませんねえ。どうなんだい、龍岳君？」

針重が、龍岳の顔を見ていった。

「ぼくに聞かれても困るよ。それは、脳や神経を研究している医者の分野だ」

龍岳が、首を横に振った。

「でも、きみは科学小説家じゃないか？」

「科学小説家だからといって、科学や医学のことは、なんでもわかるわけじゃないよ。ぼくの下宿のおばさんも、よく、そういうんだけれどね」

「男の増田という人が、ほんとうに赤ちゃんを生むわけはないし、どういうことになるのでしょう」

時子も、首をかしげる。

「大学病院の長与《ながよ》さんにでも、聞いてみたらいいかもしれないな」

針重がいった。東京帝国大学医科大学を卒業して、現在、附属の大学病院の研究生となっている長与又《また》郎《お》は、元一高の野球部選手で、〈天狗倶楽部〉のメンバーではなかったが、春浪や弟の押川清《きよし》らと親しいあいだがらにあった。

「だが、長与さんは病理解剖学が専門だっただろ」

龍岳がいった。

「いや、俺も、きみたちの話を聞いて、興味が湧いてきたから、知り合いの鑑定人をしている医者に聞いてみよう。だが、それよりも、その男は病院に入れなくていいのかね。いくら、乱暴したりしない、おとなしい人間といっても、二重人格症は病気なんだろう？」

黒岩がいった。

「そうですね。明らかに病気ですから、なんらかの処置はしたほうがいいんじゃないでしょうか」

龍岳がいった。

「しかし、それは、今朝も話に出たが、だれが猫の首に鈴をつけるかだよ。へたなことをいって、逆恨みでもされたら、えらい迷惑だからね」

針重が、顎《あご》をひねった。

「やはり、下宿屋の主人にいわせるのが、一番いいのかな」

「いや、それより、親しい友人かだれか、あるいは家族だろう。家族は、どうしてるんだい？」

龍岳が質問した。

「それは聞かなかったな。なにしろ、あまりにも行動が奇妙なので、あっけに取られてしまって、質問しようと思っていたことを、ずいぶん忘れてしまったよ。これじゃ、雑誌記者は失格だな」

針重が、笑いながら、湯呑《ゆの》み茶碗《ぢゃわん》に手を伸ばした。

「今度は、龍岳君、話を聞いてきてくれないか」

「いや、ぼくは遠慮させてもらうよ。以前、蘆原《あしはら》将軍を取材した時で、こりているからね」

龍岳も笑う。蘆原将軍は、巣鴨の脳病院に入院している誇大妄想《こだいもうそう》患者で、自分を将軍だと思っている名物男だ。

「例のシベリヤを開拓して、日本の領土にせよってやつか」

針重がいった。

「そうなんだよ。あれには、まいったね。それで、世界中の大統領や国王を日本に連れてきて、自分の家臣にして、世界を統一するというんだ」

「いいことじゃないか。そうすることによって、戦争がなくなるっていうんだろ」

針重が笑った。

「そりゃそうだが、できるはずもない」

龍岳が、肩をすくめた。

「ぼくは、ニコライ堂の復活祭の原稿に、全力投球させてもらうよ」

「やれやれ、結局、ぼくが、まとめなければならんのか。飛田君も、話だけして逃げてしまうのだから、ひどいもんだ。ところで、龍岳君、小説のほうは、いつごろもらえるかい?」

「そうだね。いま半分ほどできているから、あと五日ぐらいかな」

「そうか。みんな、きみぐらい、筆が早いと助かるんだがな。中沢先生の遅筆には、まいってしまうよ。先生の係もぼくなんだぜ。どうも、ぼくは損な役回りばかりやらされているような気がするなあ」

針重が、五分刈りの頭をなでた。

「そう、ぼやかない、ぼやかない。ぼくだって、〈武俠世界〉以外の原稿は、結構、遅いんだよ。〈武俠世界〉は遅れると、春浪さんに叱《しか》られるから、いつも、なんとか締切り日までに書いているのさ」

龍岳がいった。

「春浪さんも、自分の原稿は遅いくせに、人には厳しいからね」

針重が笑う。

「ただ、春浪さんは、書き出せば早いだろう。ぼくは、ああはいかないよ。なんでも最高は、夜を徹して八十枚書いたことがあるそうだ。ぼくなんか、どんなにがんばっても一日三十枚がいいとこだろう」

「俺には、原稿を書く人間のことは、よくわからんけれども、アイデアが出てこない時は、ずいぶん辛《つら》いようだね」

黒岩がいった。

「そうなんですよ。まさに死ぬ苦しみですね」

龍岳がいった。

「死ぬは、おおげさじゃないかい」

黒岩が笑った。

「いや、ほんとうに、死ぬ苦しみですよ。ぼくは、新聞社時代に八時間、机の前に座っていて、たったの一行も書けなかったことがありました。この時は、涙が出てきましたよ」

針重がいった。

「そんなものかねえ。もの書きにならんで、よかったな。……時子、茶が冷めてしまった。新しいのを入れてくれんか」

黒岩がいった。

「あっ、どうぞ、おかまいなく、ぼくたちは、もう失礼しますから」

龍岳がいった。

3

四月七日の日曜日、午後十一時に神田駿河台《するがだい》の聖橋のたもとに集合した、龍岳、時子、針重の三人は、儀式が始まるのを待たずに、ニコライ堂に向かった。

かねてからの約束どおり、時子の友人の女子神学校の生徒の案内で、三人はニコライ堂の堂内に入った。

ニコライ堂は、ロシア正教会の伝道師ニコライ大主教の建立《こんりゅう》した西洋造り高塔の教会堂だ。東京に教会は少なくないが、これほど立派なものは、ほかにはない。駿河台上にあり、しかも高さは百十四尺九寸五分、小楼のほうは、さらに十尺も高いので、塔堂からは東京市中が一望できる。朝晩に鳴らす鐘の音は、十町離れところでも聞こえるという。

案内された三人が入った聖堂内は、千人も入れるかと思うほど広かった。六百畳の広さがあるのだという。天井は高く、正面には、まばゆいばかりに輝く金色の扉、天門があり、その内側にキリストが祀ってある。

三人は、数多い椅子の中程に席を取った。その間にも信者たちは、続々と聖堂内に集まってくる。洋装に着飾っている人々が三分の一、残りは着物姿だった。もう少し、洋装の人間が多いかと予想していた龍岳には、これは、やや意外だった。

聖堂内の、そこここには明るい蠟燭《ろうそく》が灯《とも》され、なんともいえない雰囲気がある。取材をしなければならない龍岳は、時子と針重を席に残して、控室を見にいった。本館二階の旧聖堂には、下谷《したや》、浅草、本郷、本所の四連合教会の信者が捧げた彩色をした、いわゆる蘇生鶏卵と、聖菓を盛った花籠があった。

また、その隣りには神田、京橋、深川、日本橋、そのほかの地区の信者が捧げた聖菓子が、山のように積まれて、ゆらゆらゆらめく聖燭に照り輝いていた。

聖堂にもどってくると、正面の天門の前の二重の香壇の香炉から、盛んに霊香が四方に燻《くん》じていた。金糸銀糸で刺繡《ししゅう》した聖像は、七つの紅玉と白玉とを栄光の印として、静かに両手を組んで立っている。

「お話には聞いていましたけれど、美しいものですね」

時子が、聖堂内を見廻して、その豪華さに酔い、うっとりした表情でいった。

「大したものですな」

針重もうなずく。

十一時五十五分、大主教であるニコライ氏がふたりの主教を従え、金銀珠玉で飾った天冠をかぶり雪白の法衣を身にまとい、十字架を手に出てきた。ニコライ大主教は背が高く、髯《ひげ》は長く伸びて状貌魁梧《じょうぼうかいご》、いかにも神々《こうごう》しく、神の再来のような観がある。大主教のあとには日本人の主教が十人ほどついていたが、かれらは無冠だった。その先導をするのは、女子神学校の生徒たち数十名で、時子の友人も加わっていた。

ニコライ大主教が天門を出ると、聖堂内の信徒たちは椅子から立ち上がり、『死をもて死を滅し、墓にあるものに生命をたまえり』と賛美歌を歌う。大主教の列は、ゆらゆらと聖堂内を一周して、その間に閉じられた天門の前で祈禱《きとう》を繰り返した後、さらに賛美歌を合唱した。

やがて十二時の鐘が鳴ると大主教はコツコツと天門を叩いた。これがキリストが復活した合図だ。ふたたび天門が開かれると同時に、聖火が一斉に点じられ、広い殿堂は黄金世界と化し、賛美の声、感謝の祈りの声が、そこいらじゅうから聞こえはじめた。

「すてきですわ。ついてきて、よかった」

時子が、頰を紅潮させていった。

「まったくですよ。ぼくもキリスト教の儀式などと侮っていましたが、これほど荘厳なものとは思わなかった」

　針重が、いかにも感心したようにいった。

「これは、いい原稿が書けそうだが、うまく描写できるかどうか……。ところで、ニコライ大主教の本名を知っているかい？」

　龍岳が、おごそかに進行する儀式を見ながらいった。

「いや」

　針重が、首を横に振る。

「イオアン・ドミートリヴィッチ・カサートキンというんだ。長い名前だろ。今夜の取材にあたって、本を調べておいたんだよ」

　龍岳がいった。

「ニコライという名前は、なんですの？」

　時子が質問した。

「あれはロシア教会、正式にはハリストス正教会の剪髪式という儀式の後につけられた、いわば仏教の得度《とくど》の後につけられる法名のようなものなんですよ」

　龍岳がいった。

「さすがに、調べているね。取材は、こうでなければいかんな」

　針重がいった。

「なに、ふたりに、ちょっと、知識をひけらかせてやろうと思ったのさ」

　龍岳が笑った。

　イースターの儀式は、延々三時半まで続いたが、三人とも見ていて飽きることはなかった。儀式が終わると、三人は堂を出て、帰り客をあてこんで客待ちをしていた俥《くるま》に、それぞれ乗り込んだ。時子の家は牛込区の原町、針重は鶴巻町なので、方向は同じだ。龍岳は、渋谷《しぶや》の下宿には帰らず、この夜は時子の家に泊めてもらうことになっていた。

　時子と龍岳が、原町の家についたのは午前四時を少し、回っていた。玄関には明かりがついていた。時子が、寝ている黒岩の目を覚まさせないようにと、そっと格子戸の錠を回していると、中から声がした。

「時子か？」

　黒岩の声だった。

「はい」

時子が返事をする。戸が開いた。

「ただいま、お兄さま。まだ、おやすみにならなかったのですか？」

「ああ、龍岳君が一緒だから心配はいらんと思ったが、待っておった」

「すみません。明日、お仕事がありますのに」

時子がいった。

「いや、徹夜は慣れているから、これくらいの時間、どうということもないのだが……」

黒岩が、ことばの終わりを濁《にご》らせた。

「なにか、あったのですか？」

時子が、敏感に黒岩の態度を察知して、質問した。

そして、玄関のたたきにある、女物の草履《ぞうり》に目をやった。

「お客さまですか？」

「うん、白鳥雪枝《ゆきえ》さんだ」

「まあ」

時子が、顔を輝かせた。白鳥雪枝は、ある事件をきっかけにして、黒岩が結婚を決意している未亡人だ。いずれは、時子の義姉になる女性なのだ。

「今晩は。今夜は泊めていただきます」

ことばをはさむ機会を待っていた、龍岳がいった。

「いやあ、すまんすまん。こちらの話ばかりして。とにかく、上がってくれたまえ」

黒岩がいった。

「失礼します」

頭を下げて、龍岳が上がり框《かまち》に上がった。時子と龍岳が居間に入ると、白鳥雪枝がお茶の用意をしていた。

「今晩は」

「今晩は」

「お久しぶりです」

三人が挨拶《あいさつ》を交わす。

「どうぞ、お茶はわたしがやりますから」

時子がいった。

「いいえ、これぐらい、やらせていただきますけれども、かってに、お台所をいじってしまってごめんなさい」

雪枝がいった。年齢は二十八歳で、十歳になる男の子もいる雪枝だったが、とても、そんな歳《とし》には見えない色白の美人で、声も、非常に若々しい。龍岳とも、顔見知りだった。

「義彦《よしひこ》君は、もう寝てしまわれましたか。イースターの土産に紅卵をもらってきたんですよ。あげたら、よろこびそうだが、四時だものなあ。寝ているに決まってますね。明日にしましょう」

龍岳が、着物の袂《たもと》から、彩色した卵を出して、テーブルの上に置き、笑いながらいった。

「いえ、義彦は、今夜は森川町の家のほうに、留守番させてまいりました」

雪枝が笑顔で、龍岳にいった。

「なにしろ、俺が、突然、雪枝さんにきてもらったものだからね」

卓袱台《ちゃぶだい》の前に腰を降ろしながら、黒岩がいった。

「なにか、おありになったのですか？」

時子も座りながら、黒岩に質問する。

「それが、飛田君が、とんでもないというか、困ったものを持ち込んできたんだよ」

「飛田さんが？　あの〈武俠世界〉の飛田さんですよね」

龍岳が確認した。

「うん」

黒岩がうなずく。

「なにを、持ってきたんですか？」

「赤ん坊だ。それも、捨子だよ。飛田君の家の前に捨ててあったといってね。黒岩さんは刑事だから、ここに連れてくるのが一番いいといって連れてきたんだが、まだ、生まれて四、五日しかたたんような乳飲《ちの》み児《ご》なんだ。それで、俺には、どうしようもなくて、雪枝さんに、きてもらったようなわけだ」

黒岩が、いかにも困ったような表情をした。

「その赤ちゃん、どこにいますの？」

時子がたずねた。

「俺の部屋で、いまは寝ている」

黒岩が、隣りの部屋を振り返った。

「見ていいかしら。そうっと」

時子がいって、立ち上がった。龍岳も立ち上がる。

「さっき、ミルクを飲んだばかりだから、目は覚まさないでしょう。でも、電灯はつけないほうがいいですわ」

雪枝がいった。黒岩が、襖《ふすま》を開ける。部屋の真ん中に、座蒲団《ざぶとん》が二枚敷かれ、その上に毛布を掛けられて、赤ん坊が、すやすやと眠っていた。

「男の子ですか、女の子ですか？」

時子がいった。

「女の子です。かわいい顔をしてますのよ」

雪枝がいった。

「ほんとう。かわいいわ」

時子が、赤ん坊の顔を覗き込みながらいった。その後ろから、龍岳もうなずく。

「いや、しかし、いきなり、飛田君に、捨子です、黒岩さん、なんとかしてくださいといわれた時は、どうしようかと思ったよ。まあ、明日には警察に届けなければならんが、とりあえず、どうしたものかと思いながら、預かることにしたんだが。雪枝さんにきてもらわなかったら、どうにもならんかった」

黒岩が、ぽりぽりと頭をかいた。

「名前もなにもないのですか？」

時子がいった。

「うん。飛田君のいうには、ただ、おくるみにくるんで、家の門の横に置かれていただけで、ほかには、だれの子か手がかりになるものは、なにもなかったそうだ」

黒岩がいった。

「かわいそうに。こんなにも、かわいい赤ちゃんを捨てるなんて、なんて、ひどい親なんでしょう」

時子が、目をうるませながらいった。

「お兄さま、この赤ちゃん、うちで育てることできないかしら」

「時子、俺も、この赤ん坊は、かわいいし、かわいそうだとは思うが、そう一時の感情でものをいってはいかんよ。猫のタマも結局昼間は、村松さんに飼ってもらうことになっただろう。とりあえず、警察に届け出て、親の捜査をしなければいかんよ」

黒岩がいった。

「でも、捨てるくらいなのだから、育てることができない事情があるのでしょう。もし、親元に帰っても、幸せに暮らせるとはかぎりませんわ」

時子が、喰《く》いさがった。

「時子さん、あなたの、お気持ちもわかるけれど、ここは黒岩さんのいわれることが正しいと思いますわよ。かわいそうということなら、捨子は、この子ばかりではありません。いくらでもいます。その捨子を、全員、引き取って、養うことはむりでしょう」

雪枝がいった。

「そうですわね。それに、育てるといったって、わたし、子育ての経験があるわけでもなし、そうかんたんにいくものではありませんわね」

時子が、雪枝のことばに、なっとくしたという表情でいった。

「だが、たしかに飛田君が、俺のところに連れてきたというのは、なにかの縁ではあるがね」

黒岩が、赤ん坊の顔を見つめていった。

「それにしても、いくら、どんな事情があるのか知りませんが、自分の子供を、よく捨てられるものですね」

龍岳がいう。

「まったくだね。自分を犠牲にしてでも、子供を育てるというのが、親の情というものだと思うがね」

黒岩もいう。

「というわけで、お前がいないあいだ、てんてこまいだったんだよ。雪枝さんが、幸いにも、義彦君が赤ん坊の時のおしめや、哺乳瓶《ほにゅうびん》を持っていてくれたので、大いに助かった」

「貧乏性で、またいつか使うことがあるかと思って取っておいたのが、たまたま役に立っただけですわ」

雪枝が、ちょっと、頬を赤くした。

「いずれ、また、必要な時が、まいりますでしょ」

時子が、黒岩と雪枝の顔を見て、微笑《ほほえ》んだ。

「まあ、時子さん……」

雪枝がうつむく。

「とにかく、夜型の龍岳君はいいとして、時子も俺も雪枝さんも明日は出かけなければならんのだから、もう寝よう。四時半だ、いくらも寝られんよ」

黒岩が、話題を変えていった。

「わたくしは、ミルクをあげないといけませんから、起きております」

雪枝がいった。

「でしたら、それは、ぼくがやりましょう。うまくやれるかどうかわかりませんが、白鳥さんも、明日は仕事がおありでしょう。赤ん坊が目を覚まして泣いたら、ミルクをやればいいのですね」

龍岳がいった。

「そうですけれど」

雪枝がいった。

「なら、ミルクを暖める温度など教えてください。たしか、飲ませたあとに、背中をさすってげっぷを出させないといけないのでしたね」

「ほう。龍岳君は、よく知っているね。隠し子でもいるのか」

黒岩が笑った。

「また、よしてくださいよ。おしめは替えた経験がないが、やってみれば、なんとかなるでしょう」

「では、もし、うまくいかなかったら、わたくしを起こしてください」

雪枝がいった。

「復活祭の日に、うちに赤ちゃんが飛び込んでくるなんて、なんだか、ふしぎですね」

時子がいった。

「まさか、この子が神の子というわけでもあるまいが、幸運をもたらしてくれるといいね」

黒岩がいった。

4

「それで、その赤ん坊は、結局、孤児院行きか」

〈武俠世界〉編集部の机で、春浪がいった。捨子が黒岩の家に、運びこまれてから、二日後のことだ。

「そうなんです。調べても親は、わかりませんでね。ただ、黒岩さんの話によると、その赤ん坊を孤児院に連れていった時、たまたま、子供を欲しいという金持ち夫婦がきていて、なんだか話がまとまりそうな雰囲気があったということです」

春浪の向かいの空き席に座った、龍岳がいった。

「それは、よかったな。うまく話がまとまるといい」

「そうですね」

「ところで、復活祭の取材は、うまくいったらしいね」

春浪が、話題を変えた。

「ええ。あれなら、なんとか、うまく、まとめることができそうです」

「うむ。これで、どうやら、五月号の原稿も埋まりそうだ。針重君、きみの二重人格症患者のほうの原稿は、どうなりそうだい？」

春浪が、自分の隣りの席の針重に質問した。

「はあ。それが、なかなか、うまくいかなくて……。青山の脳病院の佐藤博士に、話を聞こうと思ってはいるのですが」

針重が、いささか心配そうな口調でいった。

「もう一度、その増田という男を取材しようとも思っていまして、飛田君に、段取りをしてくれるように頼んでおきました」

「そうか。俺も、一緒にいってみるか」

春浪がいった。

「ほんとうですか⁉　春浪さんが、いってくれたら心強いですよ」

針重が、目を輝かせた。

「飛田君は？」

「かれは、早稲田の野球部に寄ってから出社するといっていました。もう、そろそろ、出てくるころじゃありませんか」

針重が、柱に掛かっている時計を見ていった。時刻は午前十時十五分だった。

「そうか。忘れておった。飛田君には、俺が安部先生から、談話をもらってくるように頼んだのだ。早慶戦の復活は、どうしても、うまくいかんだろうかということでね」

春浪がいった。

明治三十六年に開始された、早慶野球戦は明治三十九年の秋に、応援問題がきっかけで中止になったまま、いまだに復活されていない。早稲田大学側は、かなり柔軟な態度を示しているのだが、慶應のほうが、かたくななのだ。春浪はじめ〔天狗倶楽部〕では、なんとか、これを和解させようと努力しているのだが、なかなか思うように、ことが運ばないでいるところだった。

「慶應の態度にも、困ったものですね」

龍岳がいった。

「なんでも、大物先輩の中に、早稲田のような田舎学校と試合をしても、得にならないから、やらんほうがいいという石頭がいるらしいんだ」

針重がいった。

「だれですか、その大物先輩って?」

「そこまでは、俺にもわからない。桜井《さくらい》君なんかは、しきりに復活したがっているんだがね」

春浪がいった。桜井彌《や》一郎《いちろう》は、もう卒業しているが、中止事件当時の慶應義塾野球部の主将だ。

「〔運動記者倶楽部〕にも、力はないしなあ」

針重が、ふうっと、ため息をつく。

「じゃ、その大物先輩が、うんというまでは、復活の見込みなしですか?」

龍岳が、春浪に質問した。

「いや、高等師範の嘉納治五郎《かのうじごろう》先生なども、慶應を説得してみるといっているから、もう、一年もすれば、なんとかなるとは思うがね」

春浪が、机の上の敷島《しきしま》の箱を、手元に引き寄せながらいった。

「一高、三高戦では、早慶戦のようには、盛り上がりませんからね」

針重がいった。

「春浪さん、〔天狗倶楽部〕か〈武俠世界〉主催で、京浜《けいひん》地域の中学の野球戦をやったら、どうでしょう?」

龍岳がいった。

「ああ、それはおもしろいね。ついでに、庭球大会もやって、連合大会にしたいな」

早稲田大学庭球部出身の針重が、答えた。

「いいね。それはいいよ。その大会に、早稲田中学と慶應中等部を参加させて、早慶戦復活のとっかかりにするか」

春浪が、煙草に火をつける動作を途中で止めて、顔を輝かせた。

「そいつは、さっそく実行しよう。五月にならら、開催できるんじゃないか！　なあ針重君」

「ええ、いけると思います。いいことをってくれたね、龍岳君」

針重も、にこにこ顔だ。

「〔運動記者俱楽部〕にも、声をかけてみるか。なに、昨年の学生相撲大会だって、うまくいったんだ。きっと、うまくいくよ。針重君、きみ、飛田君と案を練ってくれ」

春浪がいった。

「わかりました。やりましょう。優勝旗なども、作らんといけませんね。デザインは未醒《みせい》さんか白羊《はくよう》さんにでも頼みましょう」

もう、すっかりその気になっている針重が答えた。

「何校ぐらい参加できるでしょう？」

龍岳がいった。

「七、八校。いや、十校ぐらいは、いけるだろう。グラウンドは羽田でいいな。五月号に、その紹介記事を書こう。要項が決まりしだい、そいつは、俺が書くよ」

春浪も、うれしそうだ。

「おーい、柳沼《やぎぬま》君。茶を入れ替えてくれ!!」

上機嫌の春浪が、隣りの部屋の見習い編集者の柳沼沢介《さわすけ》に声をかけた。

「はい」

柳沼の、元気のいい声が返ってきた。

飛田が、編集部に顔を出したのは、それから三十分ほどしてのことだった。

「それは、いいですなあ。野球フワンたちが、おおよろこびしますよ」

春浪や針重に、中学野球・庭球大会の企画案を聞かされた飛田も、目を輝かせていった。

「龍岳君、勲《くん》一等だな」

「なに、ちょっと思いつきを、いったまでだったんだが……」

龍岳が、照れたように答えた。

しばらく、野球の話が続いたあとで、針重が飛田に質問した。

「ところで、飛田君。あの二重人格症の男は、どうなった？」

「ああ、あれなんだがね、取材はむりだ。いなくなっちゃったんだよ」

「いなくなった？」

針重が聞き返す。

「そうなんだ。今朝、下宿屋の主人に、話を聞きにいったら、昨日、そそくさと荷物をまとめて、どこかに引っ越しをしてしまったという。主人は、よろこんでいたがね」

「なんで、急にまた？」

「わからん。主人も首を、ひねっていたよ。いや、それがね。ぼくも、このところ、捨子のことやなんかで、ばたばたしていて、あの増田という男のことを、ほっぽらかしにしていたんだが、その間に、おかしなことがあったんだそうだ」

飛田がいった。

「おかしなこと？」

龍岳が、口をはさんだ。

「そう、あの男は、もうひとりの女性の人格のほうが、子供を生むとかなんとか、わけのわからんことをいっていたといっただろう？」

「うん」

針重がうなずいた。

「そうしたら、針重君が、取材にいった翌日だかなんだかに、ほんとうに、あの増田の部屋から赤ん坊の泣き声が聞こえ出したというんだ」

「へえ。じゃ、懸念したとおり、三重人格症になってしまったのか」

龍岳が、奇妙といわんばかりの顔をした。

「そいつは、ぼくにも、なんともいえないがね。それで、ほかの部屋の住人が、いよいよ気持ち悪いというので、下宿屋の主人に、なんとかしてくれと、ねじ込んだらしいんだよ」

飛田が説明する。

「うん」

龍岳がうなずいた。

「そしたら、増田は、すなおに、わかりました、なんとかしますと答えたというんだ。で、実際、その翌日から、赤ん坊の泣き声は、聞こえなくなったというんだがね」

飛田が、茶をすすった。

「ちょっと待てよ、飛田君。きみの家の前に、赤ん坊が捨ててあったのは、その日の夜のことじゃないのか」

龍岳がいった。

「ああ、そういえば、そうだ」

飛田がいった。

「ということは、あの捨子が、増田の赤ん坊？　冗談じゃないぜ。増田の赤ん坊は、二重人格症の頭の中の産物だ。それが、実際の赤ん坊なわけがないだろう」

飛田が、気持ち悪そうに龍岳の顔を見た。

「いや、ぼくだって、まさかとは思うよ。でも、符合が合いすぎているじゃないか」

龍岳がいった。

「なるほどな。赤ん坊の声が、聞こえなくなったとたんに、飛田君の家の前に、赤ん坊が捨ててあったか。そして、男は逃げるように、引っ越してしまった……」

春浪が、呟《つぶや》くようにいう。

「よしてくださいよ、春浪さんまで。二重人格症であれ、なんであれ、どうして、男に子供を生むことができるんですか」

飛田が、ちょっと、むきになって春浪にいった。

「春浪さんや龍岳君みたいな小説家は、すぐに、妙な想像をするから……」

「しかし、もし、その二重人格症の男が、ほんとうに子供を生んで、捨てたとしたら」

春浪が、顎をなでながら、またいった。

「ありえないことですよ」

「いや、わからないよ。この世の中には、ありえないようなことが、よく起こる」

針重もいう。

「きみまで、そんな気持ち悪いことをいうなよ。じゃ、ぼくは、幻の赤ん坊を黒岩さんのところに運んだというのか」

「いや、あの赤ん坊は、幻じゃなかった。まちがいなく、現実の赤ん坊だ。ぼくも、この目で、しっかりと見ている。見ているだけじゃない。ミルクを飲ましたり、おしめも替えてやったんだ」

龍岳がいった。

「偶然だよ。たまたま、あの晩に、だれかが、ぼくの家の前に、子供を捨てていったんだ」

飛田がいった。

「だとすると、増田のところの赤ん坊は、どうなったんだ？」

春浪がいった。

「そんなこと、知りませんよ」

「増田は、ぼくが取材した時、子供を育てる余裕などないといっていたからな」

針重がいう。

「とはいうものの、二重人格の夫婦に、現実の子供が生まれるというのは、信じがたいな」

春浪が、煙草の煙を吐き出した。

「そうですよ。そんな幽霊話みたいなことといわないでくださいよ。あれは、偶然です！」

飛田が、ことばに力を込めた。

「もう一度、孤児院にいって、あの赤ん坊を見てこようか」

龍岳がいった。

「飛田君、きみも一緒にいって見てこんか？」

「いやですよ。ぼくは、いきません!!」

「小説なら、立派な怪奇小説になりそうなんだがね」

針重がいった。

「その話は、もう、やめましょう。なんだか、背中がぞくぞくしてきました。それよりも、腹の立つのは、あの〔桃中軒〕の親爺です」

飛田が話題を転じた。

「どうしたね。新聞の連載が、突然、中止になってしまったが」

　春浪がいった。

「終わりになるはずです。あの親爺のほうから、中止を申し込んできたんだそうです」

「なぜ？」

　針重がたずねた。

「それが、あの親爺がぼくや大西君にしゃべった、雲右衛門が恩を仇《あだ》で返したというのは、大半が作り話だったというんです」

「じゃ、雲右衛門は、連載に書かれていたような、ひどいことはしていないというのか？」

「ああ、ただ、ちょっと知っているという程度で、雲右衛門を静岡の学校に呼んだというのも嘘《うそ》だし、あの親爺が学校をくびになったというのも、まったく別の事情だということがわかったんだ。まったく、けしからん親爺だ」

　飛田が、憤慨していった。

「では、やはり、桃中軒の名前を利用して、商売しただけなわけか」

　春浪がいった。

「そうなんです。大西君も、読者からの問い合わせはくるし、弱ったと電話でこぼしていました。しょうがないので、雲右衛門にも詫《わ》びの電話を入れたところ、雲のほうは笑って、気にしないでくれといっていたそうですが」

「そうか。やはり、雲右衛門は大物だ」

　春浪が、うんうんとうなずいた。

「俺なら訂正文を出せとかなんとか、いいそうな気がするな」

「〈報知新聞〉では、明日、訂正文を載せるといっていましたがね」

　飛田がいった。そして、龍岳に向かって続けた。

「どうしたんだい。静かになっちゃったね？」

「いや、ぼくは、やはり雲右衛門の話より、赤ん坊のことのほうが気になってね……」

　龍岳が、ぼそぼそっといった。

「原稿には、ならないかなあ……」

虚

1

橋本宮司《ぐうじ》は、ふうっと、ため息をついて鵜沢龍岳《うざわりゅうがく》の顔を見た。

「なるほど。それは、なんともふしぎですねえ」

龍岳も、あいづちをうつ。

「たしかに、かまいたちのしわざに、ちがいないよ」

階下の台所から、お茶と駄菓子を運んできて、そのまま、話に加わっていた家主の杉本フクがいった。

「ぼくも、かまいたちだと思います。でも、なぜ、ご神木《しんぼく》を切ったら、かまいたちが起こるようになったのか……」

龍岳がいった。

「起こるって、かまいたちは出るもんだろ。いったい、どんな形をしてるんだろうね」

フクが、うす気味悪そうに、龍岳の顔を見た。

「いや、おばさん、かまいたちというのはね。名前は、いたちだけれども、実際は動物じゃないんですよ」

龍岳が、小さく笑った。

「えっ、ほんとうかい!? 動物じゃないのかい！ 嘘《うそ》だよ。あたしゃ、親や兄弟から、怖い動物だって聞いているよ。そりゃ、見たことはないけど、そういってたよ」

フクが、目を丸くしながら、ゆずらない。

「それは、迷信なんですよ。いいですか」

そういいながら、龍岳は、机の隅に置いてあった『辞林《じりん》』を手に取り開いた。半年ほど前、黒岩時子《くろいわときこ》が龍岳の誕生日のお祝いに買ってくれた最新版だ。

「かまいたち——旋風などの際に、空気中に真空を生じ、人体これに触るゝときは、鎌にてきりたる如《ごと》くに、皮膚の裂け破れて血を出すと、古来、一種の鼬《いたち》の如き妖魔が、空中にありてこれを行ふと信じたるより此《この》名あり」

龍岳が、辞書を読みあげた。

「へえ、知らなかったよ。動物だとばかり思っていた。へえ」

フクが感心したようにいった。

明治四十五年五月八日、豊玉《とよたま》郡渋谷大字宮益町《しぶやおおあざみやますちょう》の龍岳の下宿。午前十一時半。

この日、夜型生活の龍岳が、珍しく早起きをして、原稿執筆にかかろうとしていると、近くの御嶽《みたけ》神社の橋本宮司が、訪ねてきた。宮司は、下宿の主である杉本フクが御嶽神社の氏子《うじこ》で、個人的にも親しいことから、龍岳を訪ねたのだ。

訪問の理由は、ちょっと、奇妙なものだった。一か月ほど前に、ひどく風の強い日があり、御嶽神社のご神木といわれていた、樹齢三百年とも四百年とも推定される松の木が倒れてしまったのだ。なんとか植えなおそうとしたが、一番太い幹が折れてしまい、もう、植えなおせそうにない。そこで、神社では、涙を飲んで抜いてしまった。

すると、それから、妙なことが起こり出した。やたらに、そのご神木を抜いたあたりにかまいたちが発生して、参詣《さんけい》にきた人々や、境内《けいだい》で遊んでいた子供が、怪我をするというのだ。この一か月の間に、七人もの男女が、被害にあっているという。手足だとか、頭、おでこなど、からだの露出している部分が、一瞬のうちに鋭利な刃物で切ったように切られる。それでいて、その瞬間は、痛みも感じないが、やがて血が出て痛みを感ずる。そのうちの数人は、医者で何針も縫《ぬ》わなければならないほどの大怪我だった。

かまいたちは、もともと、雪国で多い現象なのだが、それが、御嶽神社で連続して発生した。辞書にもあったように、ある程度の科学的説明はついているのだが、では、なぜ、突然、旋風が起こるのか、真空状態になるのかなどは解明されておらず、いまだに、迷信を信じている人間も少なくなかった。

江戸時代の末期に産まれたフクも、鵺《ぬえ》と同じように、正体は不明だが、実際に存在する動物だと、信じきっていたようだ。

「それで氏子のみなさんが、ご神木を倒してしまった神罰だというのですが、神罰といわれても、大風で折れてしまったものは、いかんとも、しがたいですからなあ。切株だけでも残しておけばよかったのでしょうかねえ」

宮司が、神妙な表情をする。

「そういえば、本で読んだのですが、明治のはじめに、四谷のどこだかのご神木の椋《むく》鳥のヒナを取った男の手が、穴から抜けなくなったという事件があったそうですね」

「ああ、それは、わたしも聞いています。けれど、神職にあるわたしがいうのもなんですが、実際に、神罰などというものがあるとは思えませんね。こんなことをいったら、ほんとうに、神罰がくだりますかな。……それに、もし神罰だとしても、なぜ、かまいたちなのかというのが、わかりませんよ」

「ふーん。そうかねえ。あたしゃ、かまいたちってのは、怖い動物だとばかり思っていたんだけれど、そうじゃないんだね……」

ふたりのやりとりが、耳に入っていたのかいないのか、フクは龍岳の説明に、まだ、なっとくできないらしく、ひとりごとのように呟《つぶや》いていたが、やがて、お盆を持って立ち上がった。

「さて、あまり、おじゃまをしては、悪いね。お茶が欲しくなったら、下に声をかけておくれ」

「はい。すみません」

龍岳が、おじぎをすると、フクは階段を降りていった。

「杉本さんは、わたしにも、かまいたちは、恐ろしい動物だと、盛んに主張しておったのですよ」

宮司が、苦笑いした。

「年寄りには、なかなか説明しにくいでしょう。それに、説明したくても、いまだ原因が、はっきりとは、わかっていないのですからなおさらです」

龍岳も笑った。

「で、わたしも、最初は、かまいたちだとは考えもせず、江戸時代じゃないが、辻斬《つじぎ》り、通り魔のたぐいではないかとも思ったのです。しかし、死ぬほどの傷ではないし、金品を取られたわけでもない。だいいち夜の場合もありますが、ほとんどが、昼間、大勢の人の前で起こったことですからね。そんな刃物を振り回す人間がいれば、すぐにわかる」

「すると、やはり、かまいたちと考えるしかないですか。ご神木が倒れる以前には、そんなことは、一度もなかったのですか?」

龍岳が、冷めてしまった茶をすすりながらいった。

「わたしの知るかぎりは、ないですね」

宮司が、首を横に振る。

「まったく、奇妙な話だなあ。氏子さんたちが、神罰と考えるのも、むりはないかもしれませんね」

「さっきは否定して、今度は、こういうのも、おかしいですが、もし、ほんとうに神罰というものが存在するなら、いちばん最初に罰を受けるのは、宮司であるわたしでしょう。熱心に参詣してくださる人々が、神罰を受けるのは、合点がいきません」

「怪我をした人たちに、なにか、共通点はありませんか」

「それも、調べてはみたのですが、ないようです。ただ……」

宮司がいった。

「なんですか?」

「後で聞いたことですが、子供ふたりが、怪我をした、その瞬間に、なんだかわからない、奇妙なものを見たというのです」

「なんだかわからない、奇妙なもの。なんです、それは?」

龍岳が、少し、からだを乗り出すようにしていった。

「わかりません。というのも、親が、それを隠すのです。そんなものを見たといったら、かまいたちにあっただけでなく、頭も変になったと思われるといいましてね。いくら、わたしが聞き出そうとしても、決して、話してくれないのですよ。お手あげです」

宮司がいった。

「なにを見たのかな。まったく、手がかりはないのですか」

龍岳が聞き返す。

「それが、どうも、動物、植物の類《たぐい》ではないらしいというところまでは、わかったのですが、それ以上は、どうしてもいわないのです」

宮司が困ったような顔をする。

「動物、植物の類ではない……。なんでしょうね、それは？」

龍岳が、腕を組んだ。

「単なる目の錯覚かもしれませんよ。それに、子供のいうことですからね。それにしても、なぜ、急にかまいたちが起こりはじめたのか、これが問題でしてね。頭を抱えておったら、杉本さんが参詣にこられて、鵜沢さんは科学小説家だから、相談してみたら、なにかわかるんじゃないかということで、伺ったしだいなんです」

「いや、そうかいかぶられると恐縮します。ぼくは、科学小説を書いているとはいえ、科学者ではありませんから」

龍岳は、また茶をすすり、続けた。

「しかし、冷静に考えると、かまいたちが起こるようになったのは、わかるような気もします」

「それは？」

「さっきまで、ご神木にこだわっていたので、思いつかなかったけれど、ご神木に関係なく、その場所に立っていた木が倒れて、そこに、いままでなかった空間ができた。そのため、風の吹きかたが、これまでと変化して、小さな旋風が起こるようになったと考えたらどうでしょう。そこにあった木が、たまたま、ご神木だったというわけです。ただ、その子供が見たなにかというのは、皆目、見当がつきませんね。ほかの大人は、ひとりも見ていないのですか？」

「全員には聞いていませんが、なにもいっていなかったから、見てはいないのだと思いますよ。それとも、その子供たちの親が口どめしたように、見たけれど、変に思われると思って、だまっているのだろうか……」

宮司も、湯呑《ゆの》み茶碗《ぢゃわん》に口をつけた。

龍岳が質問した。

「子供は、何人、怪我をしているのですか?」

「ふたりだけです。たしか、十一と十二だったと思います。両方とも男の子ですよ」

宮司が答えた。

「ふたりが、かまいたちにあったのは、同じ日ですか?」

「いえ、ちがいます」

「なるほどね。わからんなあ。……子供にだけは見えて、大人には見えない、なにかがあるのかな。コウモリの鳴き声なども、子供には聞こえるが大人には聞こえないでしょう」

龍岳がいった。

「そういいますね」

宮司がうなずいた。

「どちらにしても、一度、その現場を見てみたいですね。それから、その子供たちにも、直接、話を聞いてみたい。科学小説家としては、興味津々《しんしん》ですよ」

「ぜひ、お願いします。このまま、かまいたち騒動が続けば、御嶽神社の信用問題になりかねません。吉野の本社から、叱責《しっせき》されるかもしれませんし、悪い噂《うわさ》は、すぐに流れますから。もっとも、この、かまいたちにやられて、よろこんでいる老人も、ひとりいるんですよ」

「それは、どういうわけで?」

「それが、その老人には、右の頬のところに、大きな瘤《こぶ》があったのです。ちょうど、こぶとり爺《じい》さんのようなものですな。それが、かまいたちに出会い、すぱっと、切り取られてしまいましてね。頑固な年寄りですから、手術するのはいやだが、瘤がじゃまだといっていたのが、なくなって、すっきりしたというわけです」

宮司が苦笑いした。

「それはまた、偶然というか、なんというか」

龍岳も笑った。

「ですから、そのお爺さんは、神罰どころか、神に感謝していますがね。そういうのばかりならいいのですが、ひどい人は、十五針も縫っていましてね。まったく、困りました」

「そうでしょう。なにしろ、神社の境内での事件ですからね。さきほどもいいましたように、科学者でもない、ぼくになにがわかるかわかりませんが、調べてみる価値はありそうです。それから、その子供たちの家はわかりますか」

「ええ。わかっています。では、明日の午後にでもいかがです。わたしが、ふたりを神社のほうに呼んでおきましょう。それで、話を聞いたらいい。しかし、よほど、きつく口どめされているようですから、しゃべるかどうか」

宮司がいった。

「それはその時です」

「では、呼んでおきましょう」

「お願いします。明日は、午前中は、ちょっと取材がありますから、そう、午後三時ごろでは、いかがでしょうか」

龍岳が申しでた。

「けっこうです。では、お待ちしております」

宮司が答えた。

「ひょっとすると、もう、ひとりかふたり、友人を連れていくかもしれませんが……」

「どうぞ、どうぞ。なるべく、たくさんの人に見てもらって、一刻も早く、事件を解決したいのが本音です」

「わかりました。では、明日の三時に」

「お待ちしています」

宮司が立ち上がった。

その時、ドーンと音がした。正午を告げる午砲《ドン》だった。

「これは、ほんとうに、お忙しい時間を、すっかり、じゃましてしまいまして」

宮司がいった。

「いやいや、どうせ、原稿を書いていても、そんなには進まないのです。それより、奇妙な話をお聞きし、よかったですよ」

龍岳も立ち上がり、宮司に続いて階段を降りていった。

宮司が家を出ていくのを見届け、龍岳が、階段を昇ろうとすると、居間から、フクが呼びとめた。

「鵜沢さん、お昼ご飯、準備していないだろう。蕎《そ》麦《ば》をうでたから、一緒に食べようよ」

「すいません。ごちそうになります」

龍岳が答えた。

「ごちそうってほどのもんじゃないよ。ただのざる蕎麦」

フクがいった。

「大好物ですよ」

「時ちゃんの料理には、とっても、かなわないけれど、がまんしてちょうだいね」

「おばさん！」

「あっはははは。鵜沢さんも純情だね。いつまでたっても、時ちゃんのことをいうと、すぐに赤い顔して……。ところでさ、さっきの、かまいたちなんだけどね。ほんとうに、動物じゃないのかい。あたしゃ、その真空がなんとかってのは、どうも信じられないんだけれどね」

フクが、蕎麦を卓袱台《ちゃぶだい》に運びながらいった。

2

日比谷《ひびや》公園正門の前は、龍岳と押川春浪《おしかわしゅんろう》が、〈武《ぶ》侠《きょう》世界〉の取材でやってきた時は、もう人々でごったがえしていた。総会は十時半のはじまりだから、まだ、一時間も時間があるというのに、きれいに着飾った上流階級の婦人たちが、ひとり、あるいは数人で、入口のほうへ急いでいく。式典の関係者らしい男の姿も、少しはあったが、圧倒的に女性が多い。

「いや、〔愛国婦人会〕なるものを見にきたのは、これがはじめてのことだが、なかなか盛んだね」

春浪が正門中央に立てられた、送迎門のアーチを見上げながらいった。その周囲には、紅白の段だら幕が引きめぐらされ、式場から御車寄《みくるまよせ》に続く道には、黒白縦條《たてすじ》の幕が張られている。

「そうですね。みごとなものです。年々、立派になっていくようですよ」

龍岳が答えた。

「奥村女史の設立運動は、いかにも熱心だったからなあ。半襟《はんえり》ひとつの倹約が、これまでになると思わなかっただろう。生きていたら、よろこんだろうに」

春浪がいった。

〔愛国婦人会〕は、婦人運動家の奥村五百子《いおこ》が、義和団《ぎわだん》の乱の時に、軍人援護の目的で運動しはじめ、その熱意が認められて、明治三十四年に設立された、文字どおり、女性の愛国心をまとめあげた団体だった。半襟ひとつを倹約して、お国のために働く兵隊を援助しようというのが、この団体のあいことばだった。

総裁名誉会長には閑院宮載仁《かんいんのみやことひと》親王妃殿下を据え、役員には皇族、華族、名流婦人をそろえた。一般庶民とは、ちょっと、かけ離れた組織ではあったが、会員は全国で五十万人以上を有していた。

設立運動中から、健康のすぐれなかった奥村女史は、明治四十年に他界していたが、その愛国精神は、後輩たちに受け継がれ、毎年五月に開かれる総会は、年毎に体裁を整えていった。

龍岳が、この会場にきたのは、取材のためだった。〈武俠世界〉は、中学生を中心とした男子向きの雑誌だったが、女性の読者も少なくないので、この〔愛国婦人会〕を記事にしようと話になり、総会を取材してみようということになったのだ。記事を書くのは龍岳だが、珍しく、この日は主筆の春浪が同行した。

というのは、春浪の妻・亀子《かめこ》が、ぜひ総会に参加してみたいというので、では、俺も見てみようということになったのだ。だが、亀子は、いい場所を取るのだといって、春浪よりも一時間も早く、会場に入ってしまい、春浪は龍岳とふたりで、後から、やってくることになった。

ふたりが、送迎門を入ると南北の御車寄には、紫地に桜の花の〔愛国婦人会〕の紋章を白く染め抜いた幔幕《まんまく》が掲げられていた。式場は間口九間、奥行き十二間のバラック式の建物で、緑の木の枝で飾った屋根の上には、桜花の徽章《きしょう》が描かれた旗が、風に翩《へん》翻《ぽん》となびいている。

建物の柱は、すべて紅白の布が巻付けられ、式場の中央には、一対の金屏風《びょうぶ》が置かれていた。この式場の周囲も紅白緞子《どんす》の幕が垂らしてあった。

「奥さん、どのあたりに、おいでなのでしょうかね？」

龍岳が、すでに一万人は集合している会場の前のほうに目をやっていった。

「まあ、いいよ。毎日、家で顔を合わせておるのだ、こんなところにきてまで、あのおかめ面《づら》を見ることもない」

春浪がいった。

「また、春浪さん。奥さんにいいつけますよ」

「いや、それは、かんべん、かんべん」

春浪が、おおげさに両手を合わせて、龍岳を拝んだ。

十時半、鐘が鳴ると同時に会長の開会の辞が読まれ、続いて評議員の選挙が行われた。十一時ちょうど、皇后陛下が行啓され、壇上に上がった。集まった一同、深々と頭を下げる。

「本日は、愛国婦人会総会に臨み、ますます会員増加するを見るをよろこびます」

皇后陛下が令旨《りょうじ》を読まれると、閑院宮妃殿下が、奉答文を読んだ。ついで会の事業報告がなされ、副会長が閉会の辞をのべると、君が代が演奏され、皇后陛下は帰途につかれた。

正式な会の式次第は、これだけだった。これだけのために、東京近郊、神奈川、千葉、埼玉あたりから二万人ほどの会員が、集まったのだから、たいした盛り上がりだ。

「皇后陛下におかれては、ますます、ご壮健でよろこばしいが、これは、まるで、婦人の共進会みたいなものだな。しかし、あれだけの数がおると、品定めもできん」

「奥さんが、出てこられるのを待ちましょうか」

龍岳がいった。

「いい、いい。金もないのに、入会するのだといってておったから、手続きでもしておるのだろう。お国のために働くというのに、反対もできんからね。まあ、晩飯のおかずを一品減らせば、そのくらいの寄付はできんこともないな。とにかく、待っていたら、いつ出てくるかわからん。われわれは、先に帰ろう」

門を出ながら、春浪がいった。そして、続けた。

「ところで、どうかね、記事になるかい?」

「なると思いますよ。ただ、思ったよりは、式が簡略だったので、長い記事は、むりですが」

「そうか。では、ひとつ書いてみてくれ」

「はい。四、五枚のものでいいですか?」

「かまわんだろう。写真を撮影するのを忘れてしまったが、〈読売新聞〉あたりが撮っておると思うから、借りられるだろう」

「あっ、そうでしたね。そういえば、写真のことは、ぼくも、すっかり忘れてしまいました」

龍岳がいった。

「それで、きみは、これから、どうするね?」

「はあ、神保町《じんぼうちょう》にいって、本を買ってこようと思っています。東京堂で時子さんと待ち合わせて、例の御嶽神社のかまいたちを調査にいくつもりですが」

龍岳がいった。かまいたちの話は、道々、春浪に説明してあった。

「そうか。それでは、まだ時間が少しあるな。昼飯をつき合わんか」

春浪がいった。

「はあ、お伴します。時子さんと会うのは、二時になっていますから」

「では、久しぶりに、鰻《うなぎ》でも喰《く》うか。神保町にいくのなら、近くだから、錦町の〔梅の井〕にでもいってみるか。先日、桂月《けいげつ》さんにごちそうになったら、すこぶるうまかった。今日は、俺がおごろう」

「いつも、ごちそうさまです」

龍岳が頭を下げた。

「電車に乗るのも、めんどうだな。俥《くるま》に乗ろうか。

おーい、俥屋！」

　春浪が公園の出口のところで、客待ちをしている人力車夫に声をかけた。

　龍岳は、その春浪の後ろ姿を見て、ちょっと心配になった。二年も前の春浪なら、俥どころか、歩こうというところなのだが、電車に乗るのすら、辛《つら》いらしい。

　本人も、ここのところ、とみに体力が落ちているような感じがするといっているが、後ろ姿にも、なんとなく、それが見て取れる。

　春浪の体調のよくない原因は、はっきりしていた。酒のせいだった。〈東京朝日新聞〉との野球害毒論論争で、大弁舌を揮《ふる》って以後、浴びるように酒を飲むのだ。論争には勝利したものの、大恩師である巌《いわ》谷《や》小波《さざなみ》の慰留を振り切って、博文館《はくぶんかん》をやめたことが、正義感の強い春浪の心の枷《かせ》となって、つい酒に手が出てしまうようだった。

　ふたりの乗った二台の俥は、三十分ほどで錦町の〔梅の井〕についた。龍岳は、〔梅の井〕に入るのは、はじめてだったが、こぢんまりとはしているものの、雰囲気のいい店だった。

「うな重の上《じょう》をふたつと、肝焼《きも》き。それに冷《ひや》を一本」

　座敷席に座ると、女中が注文を聞く前に、春浪がいった。

「いや、酒はやめておこう。茶でいい」

「かしこまりました。うな重の上のふたつに、肝焼きですね」

　女中が繰り返した。

「そうだ。それから、肝吸いと新香もふたつずつ」

「はい」

　女中が答えて、奥に入っていく。

「なあに、一昨日から、断然、酒をやめることにしたんだよ」

　龍岳が質問したわけでもないのに、春浪が照れたようにいった。

「そうですか。それは、ぼくも大賛成です。お酒も少しはいいでしょうが、ここのところの春浪さんは、飲み過ぎでしたからね」

「天狗倶楽部」の連中、みんなから、そういわれてね。今度こそ、酒をやめてみせる。なに、俺は元来、酒は好きではないんだ。やめようと思えば、やめられんわけがない」

「そうですとも。下戸《げこ》のぼくがいうのはおかしいですが、断酒は意志の問題ですよ。ぼくは、春浪さんほど意志の強い人が、なぜ、やめられないのだろうと、ふしぎに思っていたのです」

「うむ。今度こそは、ほんとうにやめる。親父の前で誓ったのだ」

「それじゃあ、飲むわけにはいきませんね」

龍岳がいった。

「ところで、龍岳君、なんの本を買いにいくんだい？」

「押川春浪という人の『欧洲無銭旅行』という本です。ごぞんじないですか。おもしろいそうですよ。ぼくは、時子さんから聞いたんですがね」

龍岳が、ふざけた。

「馬鹿！　人をからかうんじゃない」

春浪が、笑いながらいった。

『欧洲無銭旅行』は、世界徒歩無銭旅行家の中村直吉《なかむらなおきち》の話を、春浪が聞き書きした実話の旅行記だった。この一月に出たばかりの本で、売れに売れている。

「ほんとうは、かまいたちに関することの出ている本を探しにいくつもりなんですが、春浪さん、なにか知りませんか？」

龍岳が、今度は、まじめにいった。

「かまいたちか？　ふーむ。なにかあるかなあ。ただ単にかまいたちのことなら、馬琴《ばきん》の『兎園《とえん》小説』とか『耳袋《みみぶくろ》』あたりに入っておるかもしれんが、きみが読みたいのは、科学的に説明したものなのだろう？」

春浪がいった。

「ええ。哲学館の井上圓了《いのうええんりょう》先生に『妖怪学講義』というのがありましたが、あれには、なにか参考になることが書かれていないでしょうかね」

龍岳がいった。

「『妖怪学講義』か。むかし読んだことがあるが、覚えておらんなあ。でも、なにか書かれているような気もするね。しかし、あの本は、まだ売っているかね？　三十年ごろの本だろう。俺の『海底軍艦』より前のはずだ」

「どうでしょう。書店になければ、図書館にいってみますが……」

「あるいは、渋江《しぶえ》さんが、なにか知っているかもしれない。福来《ふくらい》博士は、超心理学だから、ちょっと、ちがうな」

　春浪が腕を組んだ。

「それにしても、その子供たちが見たというのは、なんだろうね。しかも、子供にだけ見えて大人には見えんというのは、不可思議だよ。俺も、調べにいってみたくなったなあ」

「いきませんか？」

「それが、今日は、どうしても、だめなんだ。午後、興文社の鹿島社長が、武侠世界社のほうにくるんでね。博文館の〈少女世界〉に連載しておる『人形の奇遇』を、武侠世界社発行、興文社発売にできないかというんだよ。まあ、俺は、どちらから出してもかまわんのだが、もめごとは困るのでね。その話し合いだ」

　春浪がいった。

　女中が、うな重を運んできた。

「おお、きたきた。精力をつけて、もう、ひとふんばりせんければいかんからな」

　春浪が、割箸《わりばし》を口で割りながらいった。

「いただきます」

　龍岳も、箸を割りながらいう。

「うむ。喰いたまえ。なかなか、いけるよ。俺は、鰻は〔宮川《みやがわ》〕か〔竹葉亭《ちくようてい》〕と思っていたが、ここは穴だね」

「そんなに、うまいのですか」

「喰えばわかる。そうだ、話は変わるが、今夜、社のほうにこられるかい」

「ええ。御嶽神社には、そんなに長くはいないと思いますから」

「そうか。では、時子さんも連れてきてかまわんから、社にこないか。信敬《しんけい》君が、外泊許可をもらって、社にくるんだ。とりあえず、集まれる連中が集まって、それから、どこかに、繰《く》り出そうという算段なんだが」

「信敬君がくるなら、いきますよ。兵隊も、だいぶ身についてきたんでしょうね」

「どうだかね。噂によれば、上官に反抗して、拳骨《げんこつ》を喰らったとかいっておる。……どうだ、うまいだろう」

「ええ。たしかに、これは、うまいです」

「そうか。わざわざ、俥で乗りつけたかいがあったな」

　春浪が、うれしそうに、口をもぐもぐさせながらいった。

「そういえば、きみは軍隊では、どこに配属されたんだい？」

「はあ。歩兵連隊ですが、護旗兵をやらされました」

「ほう。護旗兵か。それは成績優秀だったのだな」

「いえ。たまたま、連隊長が父親の知り合いだったものでで、かっこうをつけてくれたんです」

　龍岳が、微笑しながらいった。

「でも、おかげで、殴られたことは一度もありませんでした」

「そりゃ、やっぱり、優秀だったんだよ」

　春浪がいう。

「いまでは、装具のつけかたも忘れてしまいましたよ」

「まあ、科学小説家には、軍装は関係ないからな。……などというと、原田《はらた》君に怒られるかもしれんが」

　原田は本名・原田政右衛門《せいえもん》、号を指月と称する、陸軍士官学校出の予備役中尉で、春浪や龍岳とも親しく、〈武侠世界〉にも寄稿している軍人作家だった。

「そういえば、原田君の戦友が、日露戦役の時、満洲でかまいたちにあったという話を聞いたような気がするが、ちがったかな。それとも、阿武天風《あぶてんぷう》君だったか？　どうも、このごろ、記憶がはっきりせんで困る。これも、酒のせいかな」

「いや、春浪さんぐらい、知人の多い人なら、わからなくなりますよ」

龍岳がいった。

「そう、弁護してくれると、ありがたいね。これが弓館《ゆだて》君あたりだったら、なにをいうかわからん。やっぱり、きみはいい男だ」

春浪が、大げさな口調でいった。

「これぐらいで、そんなに褒めてもらえるなら、もう少し、持ちあげましょうか」

龍岳が、また冗談をいった。

「うむ。この際、嘘でもいいから、持ちあげられるほうがいいね。一度、〔天狗倶楽部〕で幇間《たいこ》遊びでもしてみるか」

春浪がいった。

「〔天狗倶楽部〕には、たいこもちは似合わんでしょう」

龍岳がいった。

「たいこもちになったら、よさそうなのは、二、三人はおるがな」

春浪が笑った。

3

龍岳と時子が、御嶽神社にやってきたのは、二時五十分ごろのことだった。御嶽神社は、それほど大きくはないが、なにか訪れる人を、ほっとさせる、幽玄な雰囲気を持っている。入口の朱塗りの鳥居《とりい》から、本殿に続く参道の銀杏《いちょう》並木が、きれいだ。

境内の各所に杉の木が植えられ、緑の葉を繁らせている。その下には、色とりどりのつつじの花が美を競っていた。本殿の後ろから、向かって左手の神楽《かぐら》殿の後ろにかけては、落葉樹の、ちょっとした林になっている。

「せっかくだから、仕事だけでなく、お参りをしていきましょう」

龍岳がいった。

「ええ」

学校帰りなので、紫矢飛白《やがすり》の着物に、オリーブ色の袴《はかま》姿の時子が、うなずいた。本殿の前にくると、龍岳は白木綿の飛白の着物の袖から、時子は小さな巾着《きんちゃく》の中から、小銭を取り出し、賽銭《さいせん》箱に投げ入れた。そして、神鈴の綱を引いて鳴らし、柏手《かしわで》を打つ。

おじぎをして後ろを向くと、神社の由来を刻みこんだ石碑のほうから、橋本宮司が、ふたりの少年を連れて、龍岳たちのほうに歩いてくるところだった。

「時間に正確ですな」

宮司がいった。

「はあ、いま、お参りをさせていただいてから、社務所のほうへ、うかがわせていただこうと思っておりました」

龍岳がいった。

「それは、ありがとうございます。この神社の、ご神体は日本武尊命《やまとたけるのみこと》さまでして、武術の神として祀《まつ》られておりますが、家内安全、夫婦和合にもご利益《りやく》がありります」

宮司が説明した。

「原稿書きが進むというのは、ありませんか」

龍岳が、笑いながら冗談をいった。

「それは、湯島天神あたりではないでしょうかね」

宮司も、笑って答える。

「紹介がおくれました。こちらは、黒岩時子さんといいまして、女子高等師範の学生さんですが、お兄さんが警視庁本庁第一部の刑事でして……」

龍岳がいった。

「ほう、刑事さんの妹さんですか。わたしは、ここの宮司をしております。橋本啓晃《けいきょう》と申します」

宮司が、おじぎをした。

「黒岩時子でございます。弥次馬《やじうま》でついてまいりました。おじゃまにならないようにいたしますので」

時子がいった。

「いや、刑事さんの妹さんにきてもらうと、なんだか、心強いような気がします。それから、このふたりが、かまいたちにあった子供たちでして」

宮司が、宮司の背中のほうに隠れるようにして、緊張している着物姿の、ふたりの男の子に目をやった。

「ふたりとも、自分でご挨拶《あいさつ》しなさい」

「おれ、斎藤忠正」

少し背の高いほうの少年がいった。

「ぼく、吉本健一郎です」

もうひとりの少年が自己紹介した。ふたりとも紺の木綿飛白に、草履《ぞうり》ばきだ。

斎藤少年は右肘《ひじ》に、吉本少年は左膝《ひざ》のところに、包帯を巻いていた。かまいたちにやられたところにちがいない。

「ぼくは、鵜沢龍岳という。よろしく」

「知ってるよ、兄ちゃんがとってる〈武俠世界〉に小説書いてる人だろう」

斎藤少年がいった。

「そうだよ」

龍岳が答えた。

「偉い小説家の先生に会えて、うれしいなあ。兄ちゃんに、いばってやるんだ」

斎藤少年がいった。

「ぼくも」

吉本少年も、にこにこ顔でいった。

「いや、ぼくは、なにも偉くはないよ」

龍岳がいった。

「そんなことねえよ。兄ちゃんが、鵜沢龍岳の小説は、すごくおもしろいって、いつもいってら」

斎藤少年がいった。

「それは、うれしいな。お兄ちゃんに、よろしくいっておいてもらわなくてはね。……ところで、橋本さん、さっそくですが、ご神木のあった場所は？」

龍岳が質問した。

「そこです。その本殿と神楽殿の間のところです」

宮司が、手で場所を示した。本殿と神楽殿の間は三間ほどあるが、そこだけ、木が植わっておらず、ちょっと、調和が取れていない。四隅に竹が立ててあり、縄が張られ、白い紙のしめ飾りがつけられていた。危険なので、立入禁止にしてあるのだ。

「あすこに、それは、みごとな朝日松と呼ばれる松の木があったのですが」

宮司が、ふたりを案内しながら、縄のほうに近づいた。龍岳が、宮司にいわれた場所を見ると、たしかに、その部分だけ、地面が柔らかくなっていた。

切株を抜いたためだろう。

「かまいたちにやられた人は、みんな、この場所で……？」

龍岳がたずねた。

「ええ」

宮司がうなずいた。

「きみたちは、どうして、かまいたちにあったんだい？」

龍岳は、今度は、ふたりの少年にたずねた。

「おれは、兵隊ごっこやってて、敵を追いかけて、ここを通り抜けようとしたら、肘が切れたんだ」

斎藤少年が、思い出すのが怖いというような口調でいった。

「吉本君は？」

「ぼくは、輪回しをやってて、輪があっちに転がっていったから、拾いにいったら」

吉本少年は、そういって、包帯を巻いた左膝に目をやった。


「ひどく、切れたの？」

時子がいった。

「一寸ぐらいです。深さは三分ぐらい」

「おれは二寸。深さは五分。八針も縫ったんだ」

ふたりの少年が答えた。

「大人の被害者も、だいたい同じようなものです。ひとり三寸以上、切れた人がいましたが」

宮司が、口をはさんだ。

「もちろん、きみたちは、その時、刃物は持っていなかったよね」

「持ってない。持ってたって、自分で自分の肘なんか切らねえ」

斎藤少年が答えた。

「当然だね。馬鹿な質問をした」

龍岳が、苦笑いをした。

「怪我をした瞬間、変な物を見たそうだね」

ふたりの少年の顔が、固くなった。

「なにを見たのか、話してくれないか？」

「いうと母ちゃんや父ちゃんに、叱《しか》られるもん」

斎藤少年がいった。

「ぼくも」

吉本少年も答える。

「いや、きみたちが、しゃべったということは、ぜったいに、だれにもいわない。宮司さんと、このお姉さんも、約束を守るよ」

「ええ。決して、しゃべらないわ」

時子が、笑顔でいった。

「でも、母ちゃんが、そんなこと人に話したら、脳病院に入れられるって」

斎藤少年がいった。

「だいじょうぶ。そんなことはない。おじさんを信用してくれないかな。……よし、そのかわり、話をしてくれたら、押川春浪先生の本を署名入りでもらってあげよう」

「ほんとう！」

吉本少年の、目が輝いた。

「それに、龍岳先生の本もつけてくれるか」

斎藤少年がいった。

「ああ、いいとも。ぼくの本なら、何冊でもあげるよ」

龍岳が、優しい口調でいった。

「どうする、忠ちゃん？」

吉本少年がいった。

「押川春浪先生と鵜沢龍岳先生の署名本もらったら、みんなに、すっごい自慢できるよ」

「話そうか。でも、ほんとうに、だれにもいわねえか、先生」

斎藤少年が、念を押した。

「約束するさ。神さまに誓って、約束するよ」

「わたしもよ」

時子がいった。

「じゃ、話すよ」

斎藤少年がいった。

「ありがとう。後で住所を教えてくれれば、本は会社から送るから」

龍岳がいった。

「それで、かまいたちにあった時、なにを見たんだい？」

「それが、あっという間だったから、おれも、よくわからねえけど、なんか大きな軍艦みてえなもんが、目の前を、すげえ早さで、通りすぎたように見えた」

斎藤少年がいった。

「軍艦？」

予想もしていなかった、斎藤少年のことばに、龍岳が顔をしかめた。

「ほんとうだよ。でっかい、軍艦みてえなもんだった。この話をしたら、父ちゃんや母ちゃんが怒るんだ。馬鹿をいうんじゃねえって。そんなところに、軍艦が通るわけがねえっていうんだよ。でも、おれ、ほんとうに見たんだ」

斎藤少年が、繰り返した。宮司と時子が、顔を見合わせた。

「吉本君の見たのは？」

時子が質問した。

「同じです。忠ちゃんの見たのと……。底が平《たいら》な軍艦みたいなものが、空中を、ものすごい速さで……」

吉本少年がいった。

「なるほど。それは、どっちから、どっちに動いていた？」

龍岳が吉本少年にいった。

「右から左。でも、あっと思った時は、消えていたんです」

「斎藤君は？」

「同じだよ。右から左だよ。おれ、最初、ぶつかるかと思ったけど、すぐに消えて、気がついたら、肘から血が出てたんだ」

「蜃気楼《しんきろう》みたいなものだったのかしら？」

時子がいった。

「わからねえ。おれ、蜃気楼って見たことねえから」

斎藤少年が、首を横に振った。

「しかし、蜃気楼なら、砂漠とか海だよ。こんなところに、出てくるとは思えない。それに、蜃気楼で、怪我をするはずはないと思うよ」

龍岳がいった。

「それはそうね。……ふたりとも、その見たものを、絵に描いて見せてくれなくって？」

時子が、紫の風呂敷包みを解いて、中から雑記帳と鉛筆を取り出した。

「いいよ」

斎藤少年は、帳面と鉛筆を受け取り、しゃがみこむと、膝を台代わりにして絵を描き出した。残りの四人が、覗《のぞ》き込む。

斎藤少年の絵はじょうずではなかったが、描くのは早かった。それは、たしかに平たい台座に乗った軍艦の艦橋の部分に似ていた。

「こんなんだったな」

「うん」

吉本少年もうなずく。

「軍艦にしては、平べったいね」

宮司がいった。

「下のほうは、あったかもしれねえけど、おれには見えなかった」

「なかったみたいだったよ」

吉本少年がいった。

「吉本君は、これに、つけ加えることはないかい？」

龍岳がいった。

「はい。ぼくは、丸い窓のようなものが、あったみたいに見えたけど」

吉本少年は、斎藤少年から帳面と鉛筆を受け取った。そして、ちょっと、考えるようなしぐさをして、斎藤少年の描いた絵の、船なら舷側《げんそく》にあたる部分に、鉛筆を走らせた。

「窓か？　中は見えたのかい？」

「いいえ。すっと現れて、すっと消えちゃったから、よく、わかりません」

吉本少年が、帳面と鉛筆を龍岳に渡しながらいった。

「この軍艦は、金属性だったんだね」

「そう見えました」

吉本少年が答える。

「おれも」

斎藤少年もうなずいた。

「さて、これは、なんなんだろう。きみたちは、なんだと思う？」

「わかんねえ」

「わかりません」

ふたりの少年が、同時にいった。

「かまいたちの正体が、これですか……」

宮司が、絵と龍岳の顔を見比べた。

「うーん。まるっきり、なんなのか、見当がつかないな」

龍岳がいった。

「なにか、乗物のような気はするけれど」

時子がいった。

「乗物ねえ。すると、その乗物が、ものすごい速さで、ここを通った。そして、旋風が起こり、真空状態ができて、かまいたちが発生したということになるのかな」

「だが、一瞬にして消えたというのは、どういうことでしょう。やはり、目の錯覚ではないですかね。乗物なら、どこからどこにいったのか。空中を、軍艦や潜水艇が、動くわけはないし……」

宮司がいう。

「なるほど、この子たちの親が口どめした理由はわかるね。まじめにこんな話をしたら、頭を疑われる」

龍岳がいった。

「ふしぎな話ですなあ」

宮司が、大きな息を吐いた。

4

「ごめん。どなたか、おいでですか？」

社務所の玄関のほうで、大きな、男の声がしたのは、龍岳、時子、橋本宮司が、居間で茶を飲みながら、少年たちの描いた絵を見て、首をひねっているところだった。

「はい。おりますが、どなたさまですか」

宮司がいった。

「押川春浪といいますが、鵜沢龍岳君は、もう帰ってしまいましたか？」

「ああ、それなら、いま、ここに、おいでですよ。ちょっと、待ってください」

宮司は、あわてて立ち上がると、玄関のほうに出ていった。

「春浪さんか」

龍岳と時子が、顔を見合わせた。

「さあ、どうぞ、こちらへ」

宮司に導かれて、春浪が居間に入ってきた。いや、春浪だけではなかった。その後ろに吉岡《よしおか》信敬も立っている。

「あら、吉岡さんも！」

時子が、びっくりしたような声をあげた。

「やあ、時子さん、龍岳君、久しぶり」

信敬がいった。一年志願兵で軍隊に入った元・早稲田大学応援隊隊長の吉岡信敬は、軍服姿だったが、二か月ほど前に、ふたりが会った時、軍の命令で剃り落とされていた髯《ひげ》は、元にもどっていた。

「さあ、おふたりとも、お座りください。いや、わたしも、びっくりしました。押川さんと吉岡さんが、こられるとは思いませんでした」

宮司が、四角いテーブルの前に、部屋の隅に積んであった座蒲団《ざぶとん》を並べながらいった。

「すまんですねえ。なんだか、〔天狗倶楽部〕の会合みたいになってしまって」

春浪がいった。

「いやいや、おふたりにきていただけるなんて、光栄です」

宮司がいった。

「いま、お茶を入れてきましょう」

「いや、もう、どうぞ、おかまいなく」

春浪が、座蒲団の上に腰を落としながらいった。

「ええ、ですが、まあ」

宮司は、奥の部屋に入っていく。

「お久しぶりですね、吉岡さん」

時子がいった。

「まったく。しかし、いつ見ても、時子さんは美人ですなあ」

信敬がいった。

「また、吉岡さんたら」

「信敬君は、なんだか、軍隊の演習の時に、人身事故が起こりかけたのを、みごとな機転で防いだので、外泊許可がもらえたそうだ」

春浪がいった。

「ほう。それは、すごいな」

「なあに、たいしたことをしたわけじゃないんだがね」

信敬が、照れたような口調でいった。

「それにしても、春浪さん。打合せのほうは？」

龍岳がいった。

「うむ。さっき、電話があって、明日に変更になった。それでね、信敬君の歓迎会は、青山でやることにした。なんでも、都会では喰えない、田舎料理のうまいのを喰わす店が、最近、できたそうだ」

春浪が説明した。

「それで、ここにこられたわけですか」

龍岳が、なっとく顔でいった。

「というより、ここへきたかったんで、青山にしたんだ。末醒《みせい》君なんか、なんで、そんな場末《ばすえ》で飯を喰うのだと、文句をいっておったがね。で、かまいたちは、どうなったね？」

春浪がいった時、宮司が湯呑《ゆの》み茶碗《ぢゃわん》をふたつ、盆に乗せて部屋に入ってきた。

「粗茶《そちゃ》ですが、どうぞ」

「いや、すまんです」

信敬が、茶を前に置かれると、頭を下げた。春浪も軽く会釈《えしゃく》をする。

「それが、いまも、橋本さんと話をしていたのですが、なんとも奇妙なんですよ。これを見てください」

そういって、龍岳は、例のふたりの少年たちが描いた絵を見せた。

「なんだい、これは？」

春浪が龍岳の顔を見る。

「少年たちが、かまいたちにやられた時、見たという物の絵です」

龍岳がいった。

「わけがわからん絵だね」

「なにか、乗物ではないかといっているんですが……」

「乗物ねえ」

春浪が、首をひねった。

「それが、瞬間的に見えたと……」

龍岳が、少年たちのことばを伝えた。

「どういうことなんだろうなあ。これが、かまいたちの正体か……」

「鵜沢さんは、別の空間の影響ではないかといわれるのですが」

宮司がいった。

「どういうことだい?」

春浪が、けげんな表情をする。

「いえ、これは、ぼくの、まったくの想像ですから、笑わないでください」

龍岳が真剣にいう。

「むろん、笑ったりなどせんよ」

春浪も真剣な目で答えた。

「ありがとうございます。それで、ぼくが考えるのには、ひょっとすると、この宇宙空間には、ぼくたちの知らない、別の空間があって、そこには、別の文明がある。けれども、その別の空間と、ぼくたちの住む、この空間はいったりきたりはできない。ところが、なにかの拍子に、一瞬だけ、その空間とこちらの世界の空間に通じる穴があいてしまう。その時、真空の部分ができて、かまいたちが起こるのではないかと思うのです」

「なるほど。突飛な考えだが、あり得ないとはいえないね」

「その別の空間というのは、死後の世界のようなものなのか?」

信敬が質問した。

「いや、それとは、ちょっと、ちがう。ぼく自身も、うまく説明できないが、ぼくたちの住む、この空間が実《じつ》の世界だとしたら、その空間は背中合わせの虚《きょ》の世界みたいなものかもしれない」

「よく、わからんなあ」

信敬が、ごしごしと顎《あご》の髯をこすった。

「いや、実際、ぼくにもわからないんだよ。ただ、ずっと前から、そんな世界がある小説を書いてみたいと思っていたものでね。単なる思いつきさ」

「いや、俺には、なんとなくわかるよ」

春浪がいった。

「春浪さんは、小説家だから」

信敬が口をへの字に曲げた。

「時子さん、わかりますか?」

「はい。わたしも、なんとなくは……」

時子が答えた。

「じゃ、わからんのは、ぼくだけか」

信敬が、情けなさそうな顔をした。

「吉岡さん、わたしにも、わかりませんよ」

橋本宮司がいった。

「それは、よかった。頭の悪いのは、ぼくだけかと思った」

信敬が、ほっとしたような口調でいう。

「それで、少年たちが見た物というのは、その世界の乗物なわけか?」

「そうじゃないかと思うんだ。ともかく、その乗物が、想像を絶する速さで、その虚の空間を飛んだ時、こちらの空間に影響がでて、かまいたちが起こる」

「すると、あのご神木のあったところが、その虚の空間の乗物の通り道だったというわけですか」

宮司がたずねた。

「ではないかと思います。それで、これも思いつきですが、何百年も前にも、こんな、かまいたち事件があったので、当時の人々が、神の祟りだと思って、それを鎮めるために、ご神木を植えたのではないでしょうか」

龍岳がいった。

「植物には、かまいたちは起こらんのかな」

信敬がいった。

「それは、なんともいえないけれど、あんまり植物が、理由もなく、突然、折れたとか倒れたという話はきかないだろう。天狗倒しというのも、あるにはあるが、あれはまた、かまいたちとはちがいそうだし」

「いや、どうも、実にむずかしい話だ。やっぱり、ぼくは、かまいたちは、正体不明の化物いたちのほうが、わかりやすくていい」

「それじゃ、龍岳君の下宿のおばあさんと同じだよ。二十世紀は科学の時代だ。もう少し、科学的に物を考えんといかんよ」

春浪がいった。

「でも、春浪さん。こっちの空間が実で、あっちの空間が虚だといわれても、ぼくには、どうも。だいたい、ぼくは算術の成績は、小学校のころから丙《へい》でしたから、わかるわけがないのです」

信敬がいった。

「これは、算術というものではないよ」

龍岳がいう。

「それでも、ぼくには、わからんのだ‼」

信敬が、胸をそらせていった。

「わからんのに、そんなに威張ることもないだろう」

春浪がいった。

「ああ、そうか!」

信敬が、大きな声を出したので、全員が笑った。

「それでは、これから、かまいたちがなくなるようにするには、どうしたらいいのでしょうか」

信敬たちのやりとりを見ていた、橋本宮司が、困ったような顔でいった。

「ご神木が植えられていた時には、なにも起こらなかったのなら、また木を植えたらいいのではないのですか」

時子が、宮司と龍岳の顔を見比べながらいった。

「そう思います。きっと、あの場所に木を植えることによって、虚の空間と実の空間の隙間が埋まるのだと思います」

龍岳がいった。

「そうですか。それでは、さっそく、吉野の本社に連絡して、新しいご神木を送ってもらいましょう」

宮司が、ほっとしたようにいう。宮司にとっては、実の空間も虚の空間も関係ない。かまいたちさえ起こらなければ、それでいいのだ。

「ところで、宮司。わたしにも、その、かまいたちの起こる場所を見せてくれませんか」

春浪がいった。

「どうぞ、どうぞ」

「じゃ、みんなで、もう一度、見にいきましょう」

龍岳が立ち上がった。

「宮司、お守りがあったら、ひとつ、売ってくれんですか」

信敬も立ち上がりながらいった。

「はい、はい。お守りのひとつぐらい、さしあげましょう」

「そうですか。それは、すまんです」

信敬が頭を下げた。

「お守りなんか、どうするんだい？」

春浪が質問した。

「むろん、かまいたちから、身を守ってもらうのです」

五人が、外に出た。境内に参拝客は、ひとりも見あたらなかった。宮司は、ふたたび先頭に立って、本殿と神楽殿の中間にある、空き地に近寄った。

「あのあたりです」

宮司が、縄を張ってある場所を指で示した。

「ここが、実と虚の空間の境目か」

春浪がうなずく。

「いや、春浪さん。それは、さっきもいったように、ぼくの思いつきにすぎません。小説のような話ですよ」

龍岳が、困ったように否定した。

「いや、俺は、きみの話を信じておるよ」

「ぼくは、やはり怪物説ですな。あすこに、姿の見えん怪物かまいたちがおるんです」

信敬がいった。そして、いましがた、宮司からもらったお守りを右手で顔の前にぶら下げるようにして、すたすたと、その空間のほうに歩いていった。

「信敬君、近づかんほうがいいよ。いつ、かまいたちが起こるかわからない」

龍岳がいった。

「なに、このお守りがあれば、だいじょうぶ」

信敬は、龍岳の忠告に耳を貸さず、ずかずかと前進し、縄をまたいだ。その瞬間だった。突然、ヒュッという音がした。全員が、その音を耳にした。

「かまいたちだ！」

龍岳が叫ぶ。

「わっ!!」

信敬が、わめいた。そして、頭を抱えて、その場に胸のほうから倒れ込んだ。

「信敬君!」

春浪が駆け寄った。龍岳と宮司、時子も続く。

「だいじょうぶか!」

龍岳がいった。

「だいじょうぶだ。いま、なにか、顔の横を冷たい風が、通り過ぎたような気がしたんだが……。あれが、かまいたちか」

そういいながら、信敬が立ち上がり、あわてて縄をまたいで、四人のほうにもどってきた。

「どこも、怪我していないようだ。……ん」

信敬が、左頬に手をやって、ぎくりとした表情をした。四人も、思わず息を飲んだ。それもそのはずだった。信敬の自慢の頬から顎にかけての虎髯が、左半分、まるで剃刀《かみそり》で剃りあげたように、きれいさっぱり消えてなくなっていたのだ。

「くそ、髯をやられた」

「ほかには?」

「だいじょうぶです。やっ、お守りが……」

信敬が、手の中のお守りを見ていった。四人が覗き込む。お守りは、鋭い刃物で切ったように、斜めに、まっぷたつになっていた。

「やはり、お守りが、守ってくれたんだ」

「でも、怪我がなくってよかった」

龍岳がいった。

「そうだよ。へたをすれば、喉笛を切られていたところだ」

春浪も、いかにも、おどろいたという顔でいう。

「しかし、こしゃくな、かまいたちだ。せっかく、上官に頼みこんで、ここまで伸ばした髯を。……また、全部、剃らねばならん」

信敬が、髯のなくなった左頬をなでさすりながら、いまいましそうにいった。

「信敬君は、命より髯のほうが大切なようだな」

春浪がいう。

「むろんです。髯あっての、吉岡ですからね」

　もう、すっかり平静さを取りもどした信敬がいった。

「それにしても、半虎髯の信敬君は、まるでポンチ絵だね」

　春浪が笑った。

「春浪さん、人ごとだと思って……」

　信敬が、情けない口調をする。龍岳も信敬の顔を見て、笑った。その龍岳の横に、すっと時子が近づいてきた。そして、耳元で囁《ささや》くようにいった。

「龍岳さん。わたし、吉岡さんが、倒れる瞬間、たしかに、あの少年たちが描いた軍艦のような物を見ましてよ」

「じゃあ、やっぱり……。実は、ぼくも、見えたような気がしたんです」

「ええい、くそっ!!　いまいましい!!」

　龍岳の声は、信敬のどら声にかき消された。

「虚の空間か……」

　春浪が、呟《つぶや》くようにいって、小さく肩をすくめた。

雅

1

「いやあ、ほんとうに、珍しいものを見学させてもらったなあ」

麹町《こうじまち》区の日比谷《ひびや》公園に隣接する、華族会館内裏手の馬場会場を出てきた科学小説作家・鵜沢龍岳《うざわりゅうがく》が興奮したおももちで、黒岩時子《くろいわときこ》にいった。

明治四十五年六月九日、日曜日の午後四時少し過ぎ。龍岳が白裏大島の羽織《はおり》に銘仙《めいせん》の小袖《こそで》、小倉の袴《はかま》、頭にはパナマ帽をかぶった姿。時子はお納戸《なんど》飛白《がすり》の袷《あわせ》、頭には白いリボンをつけていた。梅雨《つゆ》入りが近いというのに、この日の空は抜けるように蒼く、少し歩いただけで汗ばむような好天だった。

ふたりは、「天狗倶楽部《てんぐクラブ》」のメンバーで、いまはオリンピックの短距離代表選手としてストックホルムにいる、元・学習院野球部主将でエース、現・東京帝国大学生、三島彌彦《みしまやひこ》の紹介により、毎年、春と秋に二度行われる打球会《だきゅうかい》を見てきたところだった。

打球会というのは、かつては朝廷で行われた日本古来より伝わる球技だ。十人または十二人の馬に乗った選手が、源平の二組に分かれ、軍中の首級《しるし》に擬した紅白の毬《まり》のうち、自分の組に属する毬を、杓子のような叉手網《さであみ》で拾いあげ、これを直径二尺の的穴の中に投げ込み、先に十四個を投入したほうが勝ちになるというもの。

この日の馬場は、北隅に設けられた的場に、紅白の吹流しが数旒《すうりゅう》、風になびき、四方には白と水色の幔幕《まんまく》が張られ、馬場には雪かと思われるような白い砂が敷き詰められていた。そこに、頭に、それぞれ紅白の帽子をかぶり、白の競争服に甲冑の公達《きんだち》が、馬上豊かに手綱をさばき、馬場の一角に現れる。

それが合図かのように、銅鑼《どら》、太鼓の音が鳴り、紅白両軍入り乱れて、掬《すく》いあげた毬を的にめがけて投げ込み、打ち込む。互いに毬を掬わせまいと妨げ、的に入れさせまいと競う。逃げる、追う、馬場の中を、馬は所狭しと駆けまわり、跳《は》ねる、蹴る。時には落馬するものもあるが、ただ勇ましいというばかりでなく、その古雅優麗さは、まるで、昔の絵巻物を見るようだった。

貴賓《きひん》席には、東宮《とうぐう》殿下、三皇孫殿下をはじめ竹田宮殿下もお成りになり、学習院の生徒五十名も、それぞれ手に叉手を持って来場し、次々と試合をした。

この打球会は皇室、華族関係者以外は、原則的に観戦することができないのだが、龍岳と時子は、三島の紹介で、雑誌〈武侠《ぶきょう》世界〉の記者として、入場を許されたのだった。

「野球や庭球もおもしろいですけれど、古式の伝統的な球技もすてきでしてよ」

時子がいった。

「うん。ぼくも、そう思う。西洋の運動には西洋の、日本の儀式には日本の儀式の良さがあるね。春浪《しゅんろう》さんに、見せたかったなあ」

龍岳がいった。

「春浪先生も、打球会は見たことがないのですか?」

時子がたずねた。

「ないそうだよ。いつも、都合が悪くなるらしい。今日も、できれば、一緒にきたいといっていたんだが、三、四日前にひいた風邪のぐあいと、神経衰弱が悪いらしくて」

「まあ。……そういえば、このごろ、春浪先生、ちょっと、お顔の色がすぐれませんわ」

時子が、憂《うれ》い顔でいった。

「お酒の飲みすぎなんだよ。神経衰弱になったから飲むのか、飲むから神経衰弱になるのか、そのへんは、ぼくにはわからないけれど……。〈武侠世界〉をはじめてから、より、ひどくなったようだ。ぼくも、それとなく注意はしているんだが。先日など、清《きよし》君と飛田《とびた》君が、父君の代わりだといって、青竹制裁をしたそうだ」

「まあ、清さんが、お兄さんの春浪先生を、竹で叩いたんですの？」

　時子が、目を丸くした。春浪と元・早稲田大学野球部主将の清は、仲のいいことでは、有名な兄弟だったからだ。

「うん。そうしたら、春浪さんは、俺が悪かったといって、その時は断酒を誓ったのだが、結局、また飲みはじめてしまったらしい」

　龍岳が心配そうにいった。

「お酒は百薬の長といいますけれど、飲みすぎては毒水ですわ」

「そのとおりだよ。新渡戸《にとべ》博士の問題で、春浪さんも、世間の批難を浴びたのが、こたえたらしい」

「でも、野球を巾着《きんちゃく》切りの運動といったのは、新渡戸博士でしてよ」

「それについては、たしかに新渡戸博士のほうが、まちがっている。だけど巌谷《いわや》さんや坪谷《つぼや》さんに、引き止められたにもかかわらず、博文館《はくぶんかん》をやめたのが、心の隅にひっかかっているらしいんだ。なんといっても、巌谷さんは、春浪さんを世に出した人だからね。かといって、新渡戸博士や〈東京朝日新聞〉が、野球を害毒だと決めつけたのは、断じて許せない。正義感の強い人だからなあ」

　龍岳がいった。ふたりの足は、いつのまにか日比谷公園の幸《さいわい》門《もん》に向かっていた。龍岳たちと一緒に、会場を出てきた人々の三分の二は、自動車か人力車に乗ったが、ふたりと同じ方向に歩いてくる者も少なくない。

　運動場を右手に見ながら、鶴の噴水のそばに空いたベンチがあったので、ふたりは並んで腰を降ろした。ほかのベンチは、どれも空席などない。まるで、そのひとつだけが、龍岳と時子のために空いているようだった。

「今晩は、家にきてくださるのでしてよね」

　腰を降ろすと、時子が確認するようにいった。

「ええ、そうさせてもらいます。さっきも、うんといったよ」

龍岳が答えた。

「よかった。実は、今夜は白鳥雪枝《しらとりゆきえ》さんも義彦《よしひこ》ちゃんも、いらっしゃるんです」

「えっ、そうなんですか？　なにかあるのかい」

龍岳がたずねた。数日前から、時子は龍岳に、この日の夜は時間を空けておいてくれといい、打球会を見ている時にも、何度も、それを確認していた。それで龍岳は、また時子が新作の料理を開発して、それを食べさせてくれるのか、あるいは時子の兄の警視庁本庁刑事・黒岩四郎《しろう》が、なにか自分に用事があるのかと思っていたのだった。

「今夜はね、お兄さまの誕生日なんです。でも、本人は、すっかり忘れているようですわ」

時子が、微笑《ほほえ》みながらいった。

「ああ、そうでしたか。ちっとも、知らなかった。以前、聞いたことがあるはずだけれども、忘れてしまった。すみません」

黒岩の誕生日を、忘れていた龍岳がパナマ帽を脱いで、すまなそうに頭をかいた。

「あら、龍岳さんが謝らなくてもいいことよ。肝心のお兄さまが、忘れているくらいなんですもの」

時子が、小さく笑いながらいった。

「しかし、時子さん、夕飯のしたくをしないでいいのかい？」

龍岳がいった。

「ええ。今朝、出てくる前に、お寿司屋さんに、出前を注文してきましたわ。雪枝さんたちも、そろそろ家に着いているころです。突然のことで、あわてているお兄さまの姿が見えるみたい」

時子は、水色のハンカチを口に当てて笑った。

「じゃ、ぼくたちは、ゆっくり帰ったほうがいいね」

龍岳も笑う。

「でも、お寿司は七時に頼んでありますから、それまでには帰らないと」

時子が懐中時計を見た。

「でも、まだ二時間ありますわ」

「ぼくは、花束でも買っていこう。それとも、なにか別のものがいいのかな。黒岩さん、最近、なにか欲しいっていっていなかった？」

龍岳が質問した。

「万年筆の調子が悪いといっていたので、わたしは、万年筆を贈り物にすることにしましたの。もう、買ってあるんです」

「そうか。花束では、つまらんですかね。……そうだ、ハーモニカなんか、どうだろうな？」

「そういえば、お兄さまのハーモニカ、音が変だったわ」

時子がいった。

「よし、じゃ、ぼくはハーモニカにしよう。三越呉服店まで、付き合ってくれませんか」

「もちろん、よくってよ。でも、あまり値の張るのは、やめてくださいね」

「はははは。それは、だいじょうぶ。高いのを買いたくても、懐《ふところ》が淋《さび》しい。予定していた原稿料の為替《かわせ》が届かないんだよ」

龍岳が、笑いながらいった。

「じゃ、三越にいって、一番安いのをくださいなって……」

時子も笑って、ベンチから立ち上がろうとした。

「ちょっと待って、時子さん。もう、アイスクリン屋が出ている。食べませんか」

龍岳が、右手に三間ほどの楓《かえで》の木の下に、店を開いているアイスクリーム屋を見つけていった。

氷と書いた赤い旗を立てた担ぎの黒箱の後ろに、亜鉛引き鉄板製の細長い円筒の入った桶《おけ》があり、麦《むぎ》藁《わら》帽をかぶった中年の男が、蜜柑《みかん》箱のようなものに腰かけ、ジャリジャリと円筒を回していた。桶とアイスクリーム原料の円筒のあいだに氷塊と粗塩《あらじお》が入っていて、円筒を回して冷凍させるのだ。

龍岳が、アイスクリーム屋に近づいていくと、それに気がついた男が、声高に売り声を出した。

「ええ、アイスクリン、アイスクリン。さあ一杯七厘、冷たいのが七厘！」

「ふたつ、もらおう」

龍岳がいうと、男は売り声をやめ、円筒のふたを開けて、小さなコップに軟らかく固まりかけたアイスクリームを入れ、ブリキ製の匙《さじ》をつけて、渡してよこした。

「ありがとう」

龍岳は、財布から一銭玉と五厘玉をだすと、釣りはいいといった。

「これは、毎度、旦那《だんな》」

わずか一厘は、絶大な効果を表し、男は箱から立ち上がり、満面に笑みをたたえて、何度もおじぎをした。

「ええ、アイスクリン。お待ちどおさま」

龍岳は、両手に持ったアイスクリームのコップのひとつを、時子に渡しながら、アイスクリーム屋の売り声をまねした。

「まあ、龍岳さん」

時子が、くすっと笑いながら、受け取った。

「これは、うまい」

龍岳が、アイスクリームを、匙ですくって口に入れるといった。

「ほんとうに」

時子も、うなずく。

「アイスクリン屋は、冬はなにを商売にするんだろうなあ」

龍岳がいった。

「焼き芋《いも》屋さんかしら? それとも、おでん屋さん」

「あとで、コップを返しにいく時、聞いてみようかな」

「でも、それを聞いて、どう、なさるんですの?」

「なに、ただの好奇心だよ」

龍岳が、アイスクリーム屋のほうに目をやった。七、八歳ぐらいの女の子がふたり、アイスクリームを買っている。

「わたし、春浪先生に静養を、おすすめしてみようかしら」

時子が、突然、話題を変えた。

「わたしのお友達で、等々力《とどろき》の滝のそばに住んでいる人がいるんです。前に遊びにいったら、すごくいいところだったし、玉川電車の駒沢駅から近いから、お仕事だってできるでしょう」

「ああ、それは名案だな。ぼくも等々力の滝には、二度ほどいったけれど、静かで幽邃《ゆうすい》で、いいところだ。しかし、宿屋がないよ」

龍岳がいった。

「それがね。その、お友達の家は隣りに貸家を持っているのですけれど、いま空いていて、一か月ぐらいあとに、人が入るんですって」

「じゃ、それまで借りたら、ちょうどいいじゃないか。静養っていうと、どこにいくのかと、おおげさに聞こえるけれど、等々力ならいい。ぼくの渋谷《しぶや》の下宿からだって近いから、〈武侠世界〉の仕事は、ぼくが連絡すればいいんだ。春浪さんには、そこで静養しながら、原稿を書いてもらう。これで、決まりだね」

「でも、春浪先生が、なんと、おっしゃるか？」

時子が、ちょっと不安そうな表情をした。

「だいじょうぶ。ぼくと針重《はりしげ》君で説得してみるよ。とにかく、いま、ここで春浪さんに大病でもされたら困るのは、ぼくたちだけじゃない。〔天狗倶楽部〕も武侠世界社も、みんな困る」

龍岳が、アイスクリームを食べるのを忘れていった。

「そうだ、ぼくや針重君より、むしろ時子さんが心配しているといったほうが、効果があるかもしれないな」

「だったら、やっぱり、奥さまでしてよ」

「うん。それもいい。よし、明日にでも、春浪さんの家にいって、奥さんからも、静養をすすめるようにいってもらおう」

「お願いしますわ」

時子がいった。

「春浪さんには、黒岩さんと雪枝さんの仲人《なこうど》を、やってもらわなくてはいけないからね」

龍岳がいった。

「ところで、黒岩さんは、いつごろ祝言《しゅうげん》をあげそうなんですか？」

「それが、わたしが、それを質問すると、お前たちのほうこそ、どうするんだと、こうなんです」

時子が、ぽっと顔を赤くした。

「いやあ、そいつをいわれると、困りますね」

龍岳も、照れたような表情をする。

「時子さん、来年の卒業は、だいじょうぶですか」

「はい。もう、そろそろ、卒業論文を書きはじめようと思うのですが、たぶん、だいじょうぶ……」

「……ぼくたちも、考えなければ、いけませんね」

龍岳が、時子の顔を見ず、ぼそぼそといった。

「はい」

時子も、噴水に視線を合わせながら、うなずいた。

2

押川《おしかわ》春浪は、小石川《こいしかわ》区三軒町の武侠世界社の応接室で、ソファに腰を降ろし、龍岳と、実質上の編集長・針重敬喜《けいき》の顔を見つめ、腕組みをしていた。

「春浪さん、そうしてくださいよ。〈武侠世界〉のほうは、ぼくや龍岳君、飛田君で編集しますから」

「うむ。考えておこう。雨の季節だからなあ」

春浪は、前日とは、うって変わって小雨のぱらつく窓の外に目をやり、それからテーブルの上の、敷《しき》島《しま》の箱に手を伸ばした。なんとなく、動作に精気がない。神経衰弱は、かなり、よくないようだった。

「すみません、一本、いただきます」

針重も、煙草にマッチの火をつける。

「考えておくじゃ、いけません。いま、うんといってください。そして、明日からでも、等々力にいってください！　これから雨の季節だから、なおいいのですよ。じめじめした気持ちが、流されます」

珍しく、龍岳が強い口調でいった。

「そうするか。先日から同じことばかりいっているが、どうも、鬱々《うつうつ》してな。〔健脳丸《けんのうがん》〕やら〔ブライン〕やらも飲んではみるんだが、どうも効果があるとは思えん。いや、昨晩、君が黒岩君の家から家内に電話くれただろう。あの時、たまたま親父もきておってね」

「方義《まさよし》先生がですか？」

龍岳がいった。

「うん。清もきていたんだ。それで、三人とも、それは、いい話じゃないかという。もともと、親父は気分を変えて酒をやめるために、小笠原島にでもいってこいと、ずっといっておったところだったものでね。ただ、小笠原は、あまりにも遠い」

春浪が、うまそうに煙草を吸い、煙を吐きだしながらいった。

「それじゃあ、うってつけじゃないですか。まあ、小笠原と等々力では、場所がちがいすぎるけれども」

針重がいう。

「ただね、〈実業之世界〉の野依秀一《のよりしゅういち》と、新渡戸博士撃滅作戦を考えておるんだよ」

春浪がいった。

「春浪さん。ぼくが、口出すことではないかもしれませんが、あまり、あの男とは、つき合わないほうがいいんじゃないですか。世間の評判も、よくないし」

針重がいった。

「ああ。清も、そういっていた。だが、あれはあれで、なかなか、いいところもある男だよ。たしかに、少し、人の悪口をいいすぎるがね。だが、君たちだって、新渡戸博士を、あのままにしておくのは、悔しいだろう」

春浪が、煙草の灰を灰皿に落とした。

「もちろん、野球をあんなふうにいわれたのでは、ほうってはおけませんが、野依は野球とは関係ないじゃないですか。春浪さんを利用して、雑誌の発行部数を伸ばそうとしているだけですよ」

針重が、真剣な表情をした。

「そうかね……」

「ぼくも、そう思います。野依は悪口論で、新渡戸博士と対立しているのですから、われわれ〔天狗倶楽部〕の野球問題とは関係ありませんよ。いわば野依と〈実業之日本〉の戦いでしょ。〔天狗倶楽部〕や〈武侠世界〉が、〈実業之日本〉と敵対する必要は、なにもないじゃないですか」

龍岳がいった。

野依秀一は、春浪より十歳ほど若い、実業雑誌〈実業之世界〉の編集長だった。慶應義塾の夜間商業学校を出て、がんばってはいるものの、ひと癖もふた癖もある人物で、あまり評判はよくない。

その野依が、最近、春浪に接近してきたのだ。別の問題で対立している新渡戸稲造博士を、春浪と手を組んで、やっつけようというのだった。しかし、〔天狗倶楽部〕の仲間は、野依と春浪の接近を警戒していた。野依は策士であるから、春浪がつきあっても、得になることはなにもないのだ。しかし、そういうと春浪は、人間は損得だけで行動してはいけないといって、野依を弁護した。

「どちらにしても、もし、原稿を書いたりする必要があるのなら、等々力でもできるじゃないですか。滝はあるし、渓谷の水はきれいだし、静養には、最高の場所ですよ」

針重がすすめる。

「それに、なによりも場所が近いのが、ありがたいですよ。いざという時には、すぐに飛んでいけます。ぼくの下宿からなら、三十分でいけるんじゃないですか」

龍岳がいった。

その時、扉をノックする音が聞こえた。

「どうぞ」

春浪がいった。入ってきたのは、見習い編集者の柳沼沢介《やぎぬまさわすけ》だった。お盆に、お茶と品川巻煎餅《せんべい》の入った菓子入れを乗せている。

「やあ、柳沼君、すまないね」

龍岳がいった。

「いいえ。粗茶《そちゃ》ですから。一昨日、読者が遊びにきて、煎餅を置いていきました」

柳沼が、そういいながら、それぞれの前に、湯呑み茶碗を並べ、テーブルの中央に、菓子入れを置いた。時計の音が、十一時を打った。

「もう、こんな時間か。原稿を取りにいかねば」

針重が、壁の時計を見上げていった。

編集室で、電話が鳴った。柳沼が走っていく。

「また、飛田君が、遅くなるのかな」

針重が笑った。飛田は遅刻常習犯なのだ。

「龍岳さん、時子さんから、お電話です」

柳沼がいった。

「ああ、そうだ。例の時子さんの友達の貸家が借りられるかどうか、連絡をもらうことになっていたんだ」

龍岳が席を立って、編集室の電話の受話器を手に取った。

「もしもし、龍岳です」

「あっ、龍岳さん。春浪先生は、なんとおっしゃっていて？　敏子さんの家のほうでは、春浪先生にきていただくなら、家賃はいらないといっています」

受話器の奥から、時子の弾むような声が聞こえた。

「ちょっと、そのまま、待っててください」

龍岳は、受話器を机の上に置くと、応接室の扉を開け、顔だけ出して春浪にいった。

「等々力の件ですが、向こうでは、喜んで家を貸すといっているそうです。お願いしますといっていいですね」

「そうだなあ」

春浪が、つぶやくようにいった。

「龍岳君。頼むといってくれ」

針重が、逡巡している春浪に代わっていった。

「そうですね」

龍岳が、首を引っ込めた。そして、ふたたび受話器を取り上げる。

「時子さん、お待たせ。ぜひ、その友達に、お願いしますといってください」

「わかりました。敏子さんの家でも、喜びますわ。じゃ、いま休み時間ですから、また、あとで連絡します」

電話が切れた。

龍岳は、笑顔で応接室に入ってきた。

「交渉成立です。向こうでは、大喜びで、家賃はいらないといっているそうですよ」

「ほう、それなら、いくとしようか」

ようやく、気持ちが決まったのか、春浪が冗談をいって、茶に口をつけた。

「で、その時子さんの友達というのは、別嬪《べっぴん》さんかね？」

「知りませんよ。ぼくは、会ったことはないんですから」

龍岳がいった。

「そうか。俺が、その女学生とできてしまったら、亀子《かめこ》は針重君にやろう」

亀子というのは、春浪の奥さんだ。

「また、奥さんにいいつけますよ」

針重がいった。

「なに、きみは、ぼくより、だいぶ若いし、酒もむちゃくちゃに飲まんから、きっと、喜ぶと思うよ」

静養すると決めて、気持ちがふっきれたのか、春浪が軽口を叩いた。

「やっぱり返してくれといっても、返しませんからね」

針重が笑う。

「うん。やるやる」

春浪も笑う。また、電話の呼出し音が鳴った。柳沼が入ってくる。

「春浪さん、中沢臨川《なかざわりんせん》先生からです」

「おお、そうか」

春浪が、あわてて立ち上がり、編集室に駆け足で歩いていく。

「春浪さんは、臨川先生に、どこか、いい脳病院の先生を紹介してくれって、頼んでいたんですよ」

坊主頭の柳沼が、小声でいった。

「そんなに、落ち込んでいるのか。神経衰弱は薬で治る病気でもないからなあ。一番いいのは、気分転換だよ」

龍岳がいった。

「いや、龍岳君。ほんとうに、いい話を持ってきてくれたよ。きみが顔を出した時など、そうでもなかったんだが、ひとりで仕事をしている時は、ぼんやりして、からだもだるそうでね」

針重が、明るい顔をした。

「時子さんも心配していてね。それで、相談があったものだから」

龍岳がいった。

「よく気のつく女性だな。きみ、世帯《しょたい》を持ったら、いい奥さんになるぞ。うちのやつなど、俺のぐあいが悪くても、ちっとも気がつかん」

針重が笑った。

「なにをいってるんだい。きみには、もったいない、いい奥さんじゃないか。もう三年になるかい?」

「いや、二年だ。貧乏にだけは耐えてくれるんで、助かるがね。実は、いま、お腹が大きいんだよ」

「そうか、それは、おめでとう。針重君も、いよいよ父親か」

「まだ、実感は湧かんがね。それで、きみのほうは?」

「うん。時子さんが、来年、卒業だから、そうしたら、本気で考えるつもりだ」

「そうか。それがいいよ。黒岩さんも、じきだろう」

「一緒に式をやろうかという話も、あるにはあるんだが」

「武田《たけだ》桜桃《おうとう》君の『結婚の枝折《しおり》』を読んだかい? あれには、恋愛結婚、自由結婚は、絶対に失敗に終わると書いてあったよ。あの本を読んで、思わず、君たちのことを思い出してしまった。ぼくは見合いだが、自由結婚には、大賛成だね」

「それは、ありがたい。強い味方がいて助かるよ」

龍岳が、半ば冗談、半ば本気でいった。

「武田君は、〈冒険世界〉のころ、きみたちのことを見ているんだから、自由結婚には賛成かと思ったんだがなあ。やきもちかな」

針重が、微笑む。

「まさか、そんなこともあるまいがね」

龍岳がいった。

「ところで、龍岳君。俺は、いつから、その等々力の別嬪さんのところにいけるんだね?」

電話を終えて、もどってきた春浪が、ふたたびソファに腰を落としながらいった。かってに、時子の友達を美人に決めている。

「はい。それは、時子さんが、あとで連絡するといっていましたが、すぐにでもいけそうなようすでしたよ。しかし、その家の娘さんが美人かどうかは、ぼくは知りませんよ」

龍岳が答えた。

「そうか。じゃ、美人でなかったら、すぐ帰ってこよう」

「そんな……。春浪さんは、静養にいくんですからね。美人を見にいくんじゃないんですよ」

「でも、龍岳君。やはり、美人と、そうでないのだったら、美人のほうがいいだろう。美人がそばにいてくれたら、神経衰弱など治ってしまうにちがいない」

「そうかんたんには、いかないですよ」

「冗談はともかく、臨川君に話したら、彼も大いに賛成だといってくれた。ただ、医者によれば、あまり仕事はせんほうがいいらしい。なに、これは逃げ口上ではないぞ。ほんとうに、なにもせんで、のんびりするにかぎるとのことだ」

春浪が、龍岳と針重の顔を交互に見ていった。

「結構ですよ。じゃ、来月号は春浪さんの原稿はなしということにしましょう」

針重がいった。

「すまんな。その代わり、元気がもどったら、ばりばり、おもしろいやつを書くからな。以前、〈探検世界〉に書いて、途中で終わってしまった『魔人島探検船』も完成させようと思っておるのだ」

春浪が、明るい顔でいった。

「それはいいですね。あの話は、あれで終わりでは、もったいないですよ」

龍岳も、うれしそうにうなずく。

「南海の孤島に、水棲《すいせい》人種がおって、婦人をさらっているのを、退治しにいくやつですね」

針重がいった。

「ほう。きみも、あれを読んでくれておったのか」

春浪が、意外だという顔をした。

「もちろん、読みましたよ。といっても、最近ですがね。編集の勉強に、〈探検世界〉を読んでみたんです。柳沼君が、どこからか、ひと揃い探してきてくれましてね」

「柳沼君も、なかなかやるね」

「ええ。彼は、仕事熱心ですし、きっと、いい編集者になると思いますよ」

「そうか。では、俺が静養していても、〈武俠世界〉は安泰だな。このまま、隠居してしまおうか」

春浪が神経衰弱とは思えない、上機嫌で、机の上の煙草を引き寄せた。

「また、すぐに、それですから。三十五や六で隠居して、どうするんです」

龍岳がいった。

「俺は、まだ等々力の滝は見たことがないが、たしか、そばに九品仏《くほんぶつ》とかいう、お寺もあったな」

春浪がいった。

「ええ、あります。お寺の名前は忘れてしまいましたが、立派な仏さまが九体ありましてね。それで九品仏というんです。散歩の距離にも、ちょうどいいですよ。もう少し、足を伸ばせば、洗足池《せんぞくいけ》もありますし」

龍岳が説明した。

「龍岳君は、詳しいね。みんな、時子さんと歩いたのかい？」

春浪が、冷たくなった茶をすすりながらいった。

3

「どう、思って、敏子さん？」

時子がいった。

ほかの学生は、もう寄宿舎に帰ってしまって、がらんとした教室に、時子と、春浪に家を貸す、浜口敏子のふたりが残って、窓の外の、細い糸のような雨を見ながら、相談をしていた。

「それ、おもしろくってね。でも、春浪先生が、お怒りにならないかしら？」

桃色の幅広リボンをつけた敏子が、外の景色から、視線を時子のほうに向けていった。

「だいじょうぶよ。それより、龍岳さんがいわれるのには、春浪先生には衝撃療法が必要なんですって。神経衰弱には、一番効果があるんですってよ。兄も、そういっていましたわ」

時子がいった。

「だったら、いいですけれど、わたし、責任をもてなくてよ」

敏子が、二重瞼の、涼しい目でいう。

遠くから、オルガンの音に乗って、子供の歌を歌う声が聞こえてくる。

「あがる、あがる、お日様あがる。東の海にまばゆく――」

時子たちのいる校舎に隣接している附属幼稚園の園児たちが歌っているのだ。

「ええ、責任は、わたしがもってよ。だからね！だって、春の学芸会の時の敏子さんの天女、まるで本物みたいだったわ。まだ、衣装はとってあるんでしょう？」

時子がたずねる。

「それはね」

時子がうなずいた。

「じゃ、やりましょう。龍岳さんにも手伝ってもらうわ」

「いいわ。あなたに、おまかせする。でも、ほんとうに、わたし、春浪先生が怒ったらと……」

「いいえ。それは、約束します。わたしと龍岳さんでやったお芝居でしたら、決して、お怒りにはならないことよ」

時子がいった。

その時、だれかが廊下を歩いてくる足音がした。

ふたりが振り返る。

「あら、浜口さんに黒岩さん。まだ、お帰りにならないのですか。あなたがたは、特別、自宅通学を許可しているのですから、授業が終わったら、すぐに、お帰りなさい。すぐに帰らないでいいのなら、寄宿舎に入らねばいけませんよ」

中年の地味な着物に袴姿の、舎監《しゃかん》の吉沢先生だった。

「はい」

時子と敏子は、同時に返事をし、椅子から立ち上がって、机の上の教科書や帳面の入った風呂敷をそれぞれ手に取った。

「気をつけて、お帰りなさい」

吉沢先生がいう。

「はい。先生、ごきげんよう」

「ふたりとも、また、明日ね」

ふたりは、教室を出た。表通りに出ると、市外鉄道電車の停留所があり、お堀の水の向こう側には、甲武《こうぶ》電車が見える。左手には、ニコライ堂の鐘楼《しょうろう》が目に入る。鐘楼の塔の上には、黄金の十字架が聳《そび》えている。天気のいい夕方なら、夕日に映えて美しい聳えているのだが、霧雨《きりさめ》の中では、その輝きはなかった。

「ねえ、敏子さん。あんみつでも食べていきませんこと？」

時子が、時計に目をやりながらいった。

「ええ、いいわね」

敏子が笑顔で答える。

「今日は、わたしのごちそうでしてよ」

時子がいう。

「まあ、うれしい。それでは、二杯いただかなくては」

敏子がふざけた。

「駿河台《するがだい》下の〔藤花〕がよくってね」

「ごちそうしていただけるのなら、どこでも」

敏子が笑う。

ふたりは、軽やかな足取りで、〔藤花〕に向かった。

歩きながら、時子は春浪をおどかす計画の説明を続けた。この計画は、前夜、時子の家に、兄の黒岩四郎の誕生日祝いのために集まった人々で立てたものだった。

神経衰弱で鬱状態の春浪に、大きな衝撃を与えて、鬱状態から脱出させようというものだったが、そこで考えられたのが、等々力の滝の天女だった。

黒岩が読んだ、最近の地方新聞に、夜、滝のそばに天女が降臨すると話題になっていると書いてあったというのだ。それを聞いた、龍岳は、はたと膝《ひざ》を叩いて、それをやろうといいだした。みんなも賛成する。

時子は、それなら、いっそ天女ではなく、ローレライまがいに人魚にして登場させてはといったが、それには、あまりにも仕掛けが大きくなりすぎる。そこで最初の計画どおり、滝の精なる天女に決まった。

　天女を見たら、春浪の鬱病や神経衰弱など、吹っ飛んでしまうにちがいないというのが、全員の考えだった。

　だが、天女の役を、だれがやるか。それは、時子だろうと黒岩がいったが、時子では化粧しても、にせものとわかってしまう可能性がある。そこで、白羽の矢が立ったのが、春浪に貸してくれる家の娘・浜口敏子だった。たまたま学校で、数か月前の学芸会の時に、天女の役をやったことのある敏子は、うってつけだと、時子が主張したのだ。

　話は、敏子の意志に関係なく進み、翌日――つまり、この日、時子が敏子に、その役を頼みこんだわけだった。

〔藤花〕は、女学生を中心とした、若い女性で混雑していた。そこここで、黄色い笑い声が飛び交っている。その中で、四人席のテーブルに、ひとり、ぽつねんと、居ごこち悪そうに、トコロテンを食べている小倉飛白の青年がいた。龍岳だった。

　店に入ると、時子は、すぐに龍岳を見つけて、テーブルに近寄った。

「お待たせ。龍岳さん。こちら、昨晩、お話しした敏子さん」

　時子がいった。

「あら、時子さん、こういうことだったの!」

　敏子が目を丸くし、龍岳に会釈《えしゃく》した。

「浜口敏子でございます」

「鵜沢龍岳です。さあ、どうぞ、座ってください」

　龍岳が立ち上がって挨拶し、敏子に自分の向かいの席をすすめた。

「有名な小説家の先生の前で、お恥ずかしいですわ」

　敏子が、もじもじする。

「恥ずかしくなんかなくてよ、敏子さん。龍岳さんは、春浪先生の一番のお弟子さんで、とっても気さくなかたでしてよ」

　時子がいった。敏子も時子と龍岳のことは、薄々は知っていたが、友人の許婚《いいなずけ》者的存在で、科学小説家として売れている龍岳の前の席に座るのは、ためらわれた。

「じゃ、わたしが、こちら。敏子さんは、お隣りね」

時子がいって、龍岳の前の席を占めた。それで、ほっとしたらしく、敏子も時子の隣りに腰を降ろした。

店員が、注文を取りにくる。

「わたし、あんみつ」

時子がいった。

「わたしも、同じものを」

敏子がいう。

「すみません。突然、妙なことを、お願いしてしまいまして」

龍岳がいい、時子に向かって続けた。

「もう、話はしてくれているのだろう」

「ええ。だいたいはね。でも、敏子さんに、どんな形で天女として登場していただくかなどは、まだ……」

時子がいった。

「そうですか。それで、春浪さんは、たぶん、明日から浜口さんの貸家をお借りすることになると思うのです。それは、かまいませんね」

龍岳がいった。

「はい。両親も、春浪先生なら、いつでもと申しております」

「そうですか。ありがとうございます。それで、二日目あたり、すなわち明後日ぐらいの夜に、貴女に天女を演じてもらいたいのです」

そこまで、龍岳がいった時、店員が、あんみつを運んできた。

「どうぞ、召しあがってください。食べながら、お話いたしましょう」

「はい」

敏子がうなずく。

「どうしましょうかね。夜、ぼくが春浪さんを滝のところまで、散歩と称して誘い出しますので、貴女が天女の姿で、滝のところに姿を現し、そして消えていく。できれば、なにか、『そこの者よ、酒をひかえ、からだをだいじにして、仕事にはげめ』とかなんとか、それらしいことをいってくれませんか」

龍岳がいった。

「ついでに、奥さんをだいじにしなさいっていうのは?」

時子がいった。

「いや、そこまではいいすぎだろう」

「そうよ。あまり、長いせりふは無理だわ」

敏子が、とんでもないという口調で、首を横に振った。

「そうですね。天女が、あんまり、べらべらとしゃべったら、おかしいよ」

龍岳が、微笑して答えた。

「でも、さきほど、時子さんとも、お話ししていたのですけれど、春浪先生をだましして、お怒りにならないでしょうか」

敏子が、心配そうにいう。

「だいじょうぶです。その後で、あれは冗談ですよといえば、いいんです。責任は、全部ぼくが引受けます。ですから、貴女は、できるだけ本物らしく演技をしてください」

「でも、本物らしくといっても、わたし、ほんものの天女など見たことありませんから」

敏子がいった。

「ははは。たしかに、そうですね。これは、いいかたがまずかったな。なに、そんなに緊張しなくていいんです。学芸会で、貴女がおやりになったように、やってくだされば、それでいいんです」

「敏子さんの、天女は、ほんとうに、すばらしかったわ」

時子がいった。

「わかりました。春浪先生の神経衰弱が治るのなら、やってみます」

敏子が、うなずいた。

「お願いします。春浪さんには、まだまだ、がんばってもらわなければなりません」

龍岳の顔が真剣になった。

「どういう段取りでやったら、いいでしょう」

「そうねえ。あの滝のあたりは、敏子さん、もう、よく頭の中に入っていらっしゃるでしょう」

時子がいう。

「ええ、それは子供のころから、住んでいますから……」

「では、滝の下に姿を現し、すぐに隠れる場所もあってよね」

「ええ、あるわ」

「じゃ、そこに隠れてもらって……。ぼくは、わざと春浪さんを、その場所に引きつけておきますから、貴女は、裏道を通って、すぐに家に帰っていただいて、なにごともなかったようにする。なんとか、なるでしょう」

龍岳がいった。

「わたしは、裏方にまわるけれど、人数は三人でいいかしら?」

時子が龍岳の顔を見ていった。

「そうだなあ。時子さんには、天女の羽衣《はごろも》が舞うところを演出してもらうとして……。もし必要なら、針重君にでも手伝ってもらおう。ただ、夜の滝のそばですから、足元に注意してくださいね」

龍岳が、敏子にいった。

「はい。充分に。でも、等々力の滝は、華厳《けごん》の滝のような大きな滝ではありませんから」

敏子が、その心配は不要だという表情をした。

「けれど春浪さんが、天女を見て、ついに幻覚を見るようになってしまったと思ったら、逆効果ですわね」

時子がいった。

「だから、なるべく、早く、いまのは冗談だというんです。一瞬、びっくりさせて、神経衰弱を吹っ飛ばして、白状する。それでいいんです。ぼくたちの意図は、わかってくれるはずです。ぼくにも、神経衰弱の経験はありますが、ほんのちょっとしたことから、けろりと治ってしまうものなんですよ」

「鵜沢先生は、時子さんに、お会いして治られたんじゃなくって」

敏子が、時子の顔を見て、はじめて冗談をいった。

「まあ、敏子さんったら」

時子の顔が、耳たぶまで赤くなった。

「でも、春浪先生に、お家をお貸しできるなんて、ほんとうに光栄ですわ。母など、非常なよろこびかたでしてよ」

「ぼくがいうのも、おかしいかもしれないけれど、ほんとうにありがとうございます。さあ、食べてください。冷めてしまいます」

龍岳が、まだ、あんみつに手をつけていない敏子と時子にいった。

「あら、あんみつは冷めないものよ」

時子が笑った。敏子も、着物の袖《そで》で口を押さえる。

「ああ、そうか。温かいあんみつというのは、聞いたことがありませんね」

龍岳が、ごしごしと頭をかいた。

その時、店の扉が開いて、中折れ帽に背広、象牙頭のステッキをついた紳士が、奥さんらしい女性を連れて店に入ってきた。それは、〔天狗倶楽部〕メンバーの阿武天風《あぶてんぷう》だった。阿武は博文館の〈冒険世界〉の主筆をやっている。

「おお、龍岳君じゃないか!」

天風が、先に龍岳に気がついて、大きな声を出した。

「あっ、天風さん!」

「奇遇だね。甘味処《かんみどころ》で会うとは。これは、時子さん。しばらく。それから……」

天風が、敏子の顔を見て、口ごもった。

「時子さんの学友の浜口敏子さんです」

「阿武天風です。これは愚妻です」

天風が、妻の雅子《まさこ》を紹介した。

「奥さん、ごぶさたしております」

龍岳が席を立って、挨拶《あいさつ》した。

「こちらこそ」

雅子が、おじぎをした。

「ところで、春浪さんの調子が、よくないんだって?」

天風がいった。

4

春浪が、浜口敏子の貸家に静養のために移ったのは、翌日のことだった。龍岳が一緒に、身の回りの荷物を持って、ついていった。

その家は、玉川電車を駒沢駅で降りて、二十町ほどいったところで、まさに等々力渓谷の滝の、すぐそばにあり、窓から滝こそ見えなかったものの、渓谷が真下に見えた。緑の樹木に覆われていて、なかなかの景色だ。

等々力不動尊という寺があり、お堂から右に石段を降り少し歩くと小さな滝がある。正式な名前はないようだが、地元では不動の滝と呼んでいる。水声が高く聞こえて、崖《がけ》と崖のあいだから滝が落ちているのだ。

それでも、溜めた水ではなく、本物の清水だから、水は清く冷たい。渓谷の中央を流れる谷沢川《やざわがわ》に流れ落ちていて、夏の暑い日には、樹間から洩れてくる風に涼を求めてくる人も少なくないという。滝の近くには、ちょっと休んで、茶やサイダーの飲める茶亭もある。

「いやいや、思っていた以上に、いい場所だね」

春浪が、窓から渓谷を眺めながら、気分よさそうにいった。

「どうぞ、一か月のあいだは空いておりますので、ごゆっくり、ご静養ください」

雇い人を数人使って農業を営んでいる浜口夫妻が、春浪を出迎えていった。

「こんな貸家に、春浪先生が静養にきてくださったとありましては、わたしどもも鼻が高《た》こうございます」

主人の浜口善蔵がいった。

「こちらこそ、恐縮です。ここに住まわせていただいたら、神経衰弱も治ってしまいそうです。やっかいになります」

春浪が、浜口夫妻に頭を下げた。

「食事は、母屋のほうから、その都度、呼びにまいりますす。田舎料理で口に合わないかもしれませんが……」

浜口夫人がいった。

「ありがとうございます。わたしは、なんでも食べますから」

春浪が、笑って答えた。

「以前、どじょうの丸飲みというのをやらされましたが、あれはだめでしたな。まさか、こちらでは、そんなものは出んでしょうね。はっははは」

春浪が笑った。

「いくらなんでも、どじょうの丸飲みは……」

浜口氏は、まじめに答えた。

「なにか、必要なものがあったら、いつでも、わたしどもに、そういってください」

「ありがとう。そうさせてもらいます」

「では、晩ご飯の時は、お呼びいたしますので」

浜口夫妻は、部屋を出ていった。間取りは、八畳が一間に、六畳が二間、三畳に台所つきだ。

「ひとりで住むのは、もったいないね。龍岳君、淋《さび》しいから、時々、遊びにきてくれよ。仕事以外の話をしようじゃないか」

「わかりました。電話で呼んでいただければ、いつでも参上いたします」

「うむ。ここはいいよ。これで酒が飲めれば、もっといいんだがなあ」

「酒は、いけませんよ。そのための静養なんですから」

龍岳がいった。

「わかっておるよ。サイダーか平野水《ひらのすい》でがまんするさ」

春浪が答えた。

「ところで、春浪さん。ここの等々力の滝には、昔から、新月《しんげつ》の夜になると天女が舞い降りてくるという、いい伝えがあるそうですよ」

龍岳がいった。もちろんこれは、黒岩の話からヒントを得て、時子や敏子たちと口裏を合わせた、龍岳の作り話だった。

「ほう」

「で、明日の夜が、その新月なんです。夜、滝を見にいきませんか？　天女が出てくるかもしれません」

「いこう、いこう。出てくるばかりでなく、着物を脱いで、水浴びでもしてくれると、目の保養になるがな」

春浪が、とにかく、この場所が気にいったという口調でいった。


その翌日。

龍岳は、約束どおり、午後八時ごろ、春浪の元を訪ねた。ほんとうは、時子と針重も一緒にきていたのだが、ふたりは浜口家の母屋のほうに入った。敏子と演じる、一大芝居の準備のためだった。

「天女の降臨を見にいきますか？」

しばらく編集の話などをしていた龍岳が、時を見計らっていった。時刻は九時十分前だった。針重たちとの計画では、九時に天女出現を予定していた。

「いいね。いってみよう。昨日、さっそく、滝を見てきたよ。小さいが、きれいな滝だ。水を飲んでみたが、うまかった。あれなら、天女もくるかもしれん」

ふたりは、下駄《げた》履きで外に出ると、不動尊の横の石段を降りて、谷沢川沿いに渓谷を歩きはじめた。龍岳が用意してきた探見電灯を手に持ち、足元を照らしながら、滝に向う。不動尊から滝までは、歩いて五分ほどの距離だ。

夜の渓谷は、寒いくらいにひんやりとして、覆いかぶさっている木々の枝が、怖いような感じさえする。時々、名前のわからない鳥の声が聞こえた。夜、活動する鳥だろう。

谷沢川は浅く、流れる水はさらさらと音を立てている。前日の雨で、川岸の狭い道は歩きにくかったが、七、八分で、ふたりは、川を挟んで滝の前に立った。滝とふたりの距離は五間ほどある。そのあたりに橋でも作ればいいと思うのだが、橋は、もっと下流にいかないとない。

けれど、それは龍岳たちにとっては、むしろ、好都合だった。天女が、あまり近くでは、敏子の扮装とばれてしまう可能性が大きい。夜の闇の中で、探見電灯で五間先を照らすぐらいが、芝居を仕組むには、ちょうどいいのだ。

探見電灯で、川向こうを照らすと、細いひと筋の滝が、飛沫をあげて滝壺に吸い込まれていくのが見える。昼間は清涼感に溢《あふ》れているが、夜の滝は、なんとも神秘的な感じがする。

「夜の滝というのも、風情《ふぜい》がありますね」

龍岳がいった。

「うん。いい。しかし、ひとりでは、男でも、いささか心細いね。まさか、こんなところに、追剝《おいはぎ》や泥棒も出んだろうが」

滝を見上げながら、春浪がいった。その時だった。滝の脇にある、平《たいら》な岩の上に、なにか白いものが動くのが見えた。

「春浪さん、あれ!」

龍岳がいった。

「うむ」

春浪が、探見電灯で岩のほうを照らした。そこには、わずかに桃色がかった、薄物の白い長い裾《すそ》の着物を着た女性がいた。滝のほうを向いて立っている。肩には、同じような白い布をかけていた。髪はなんという形なのか、いわゆる絵画などに出てくる天女の髪型そっくりだった。

「お、おい、龍岳君。こいつは、冗談ではないぞ。あれは、まさしく、きみのいっていた天女ではないのか!」

春浪が、驚愕の声をひそめて龍岳にいった。

「伝説では、なかったんですね」

龍岳が、すっかりとぼけて、驚いたようすをする。ふたりが、見つめていると、風もないのに、その天女の肩の布が、ふわふわとひとりでに動いて、かたわらの松の木の枝に、ひっかかった。これは時子と針重が、滝のそばの茶亭の陰から釣糸で、引っ張っているのだ。

「天女が実在するなんて……」

龍岳が、わざと音を立てて、ごくりと唾《つば》を飲みこんだ。

天女は優雅な動作で、春浪たちのほうに向きを変えた。肌の白い、切れ長の目、唇には赤い紅がさしてある。丸い目の美人の敏子が、化粧によって、こんなに顔が変わるのかと思うほど、天女は敏子のおもかげを残さない美人だった。その姿も、雅《みやび》ということば以外に、たとえようもない。さすがに、敏子に目をつけた時子は、たいしたものだと、龍岳は思った。

「それ、そこのものたち。わが姿を見たことを、決して他人に語るでないぞ」

天女が、春浪たちに向かって、鈴を振るような声でいった。声も、敏子のふだんの声とはちがっている。

「はい。決して、申しません」

龍岳が、やや芝居がかった口調で答えた。

「さて春浪とやら、そなた、酒を慎みなさい。そして、ゆっくりと、この渓谷にて静養をするのです。されば気の病は、やがて消えます」

「はは」

春浪が、天女に向かって頭を下げた。

「春浪さん……」

龍岳がいった。

「まちがいない。あれは天女だ。俺の名前や、俺のからだのぐあいを知っている。天女は、ほんとうにいたんだな！」

春浪が、もう一度、天女を見つめた。

「帰りましょう。春浪さん」

効果は覿面《てきめん》、芝居は大成功と判断した龍岳がいった。その時だった。

「また、龍岳とやら、そなたは、いつまでも気を持たせず、時子さんと世帯を持ちなさい。必ずや幸せな家庭になります」

天女がいった。

「えっ!?」

龍岳が、今度は本心から、びっくりした声をあげた。当然のことながら、そんなことを、しゃべるように、敏子とは打ち合わせていなかったからだ。

「なにを、おどろいているんだい？　まさに天女さまのいうとおりではないか。時子さんを、いつまでも、ほうっておいてはいかん。なんでも、天女さまは、お見通しだ」

春浪が、龍岳にいいふくめるような口調でいった。

「は、はあ。しかし……」

龍岳が、口ごもった。

「ははは。ひっかかったな、龍岳君。きみが、時子さんや敏子さんと、芝居を仕組んだのは、ばれておったのだよ」

「えっ?」

龍岳が、思わず春浪の顔を見た。

「いや、きみたちが、俺をおどろかせて、病気を治してくれようとしたのには感謝しておるが、そのからくりは、とっくに知っておったのだ。実際、騙《だま》されている振りをしているのは辛《つら》かったぞ。それで、敏子さんを説得して、逆にきみたちをおどかしてやろうと、芝居を打ったのだ。きみが神妙な顔で、俺を騙そうとしているから、いまにも吹き出しそうになるのを堪《こら》えておったよ。あっはははは!」

春浪が、大笑いしながら、龍岳の顔を見た。

「ええっ? そうだったんですか。まいったなあ。すると、騙されていたのは、こちらのほうですか」

龍岳が苦笑しながら、滝の天女——敏子のほうに目をやった。その龍岳の目が、天女に張りついた。そして、龍岳が声を喉から絞り出すようにして、春浪にいった。

「春浪さん、あれを……」

「どうした?」

春浪が、龍岳の、ただならぬ気配に天女のほうを見ると、なんと天女の足が、岩から一尺も浮いていた。そして、それは二尺になり、三尺になった。松の枝の布が、ふわふわと天女の肩にまとわりつき、天女は空中を泳ぐように、天に向かって舞い上がっていく。

「なにっ?」

春浪も、声にならない声を出した。

「そんな、馬鹿な。敏子さん、もう、いいんですよ。芝居は終わりです。すっかり龍岳君たちを、ひっかけてやったから」

だが、天女は返事をしなかった。そして、そのまま、ふわりふわりと舞いを舞うように、漆黒《しっこく》の空に吸い込まれていった。時間にして十秒もあっただろうか。春浪も龍岳も、茫然《ぼうぜん》として、それを見つめていた。

「どういうことだ、龍岳君?」

春浪がいった。

「それは、ぼくが聞きたいです。さっき、春浪さんがいわれたとおり、ぼくたちは、敏子さんに天女に扮装してもらって、春浪さんをおどかそうとしたんです。神経衰弱の治療法として……」

「そうだ。そして事前に、俺は、それを敏子さんの動作から察知した。そこで、敏子さんを説得し、きみたちに、騙されている振りをして、きみたちをおどかそうとしたんだが……。いまの天女は、たしかに、空に昇っていったぞ。きみも見ただろ!?」

「見ました。ぼくたちの計画でも、あんなまねはできません」

龍岳が、左右に大きく首を振った。

「俺の計画だってできんよ。……では、ほんとうに、ほんとうに天女が現れたのか?」

「わかりません」

「おーい。針重君、時子さん、敏子さん。そのへんにおったら、返事をしてくれんか!」

春浪が、川向こうの滝のほうに向かって、大きな声を出した。

「はい。春浪さん。ぼくたちは、ここです」

滝の右側の茶亭の陰から、針重たち三人が、姿を現した。春浪と龍岳の探見電灯が、三人を捉えた。針重の後ろに、いまの天女の姿によく似たかっこうをした敏子がいた。いくぶん、顔が青ざめているようだ。時子も、緊張した表情をしている。

「いまのは、なんなんだ。きみたちの芝居ではないのか?」

春浪がいった。

「ちがいます。ぼくたちが、この茶亭の陰にやってきた時は、いまの……」

そこで、針重がことばを詰まらせた。

「天女が、もう、きていたというのか」

春浪がいった。

「そうです。で、これは、どういうことだろうと、出ていくにいかれず」

針重が説明した。

「きみは、いまの天女が、空に舞い昇っていくのを見たかね」

「もちろん、見ました」

「時子さんも、敏子さんも?」

「はい、見ました」

春浪の問いに、ふたりが声を合わせて、うなずいた。

「ということは、まぎれもない……。だがしかし……」

春浪は唇を噛《か》み、しばらく、天女の消えた漆黒の空を見上げていたが、やがて、ゆっくりとした口調でいった。

「とにかく、家にもどろうじゃないか。それから、頭を冷やして、よく考えよう」

「そうしましょう」

龍岳が答えた。

「きみたちも、家にもどってくれ。向こうで、落ち合おう」

春浪が、針重たちに声をかけた。

「はい」

針重が答え、川を挟んで、反対側を歩き出す。時子と敏子が、あとに続いた。

「ぼくたちは、夢を見ているんじゃないでしょうね」

龍岳がいった。

「いや、夢を見ているのかもしれんよ。長い、長い夢をね」

春浪が答えた。

惜別の祝宴《うたげ》

プロローグ

赤門前の食物屋=昔と今の変りやう=

学生の食物も段々と奢《おご》つてきた。試みに大学生と一高生との食物の今昔を調べて見ると、昔の学生は誠に質素なもので、普通の蕎麦《そば》屋へ入つて、二銭（当時の代価）のかけを喰《く》ふ者をさへ贅沢《ぜいたく》だと罵《ののし》つて、縄暖簾《のれん》を潜り、丸三うどん（当時一銭）を啜《すす》り、最も御馳走《ちそう》だといつても、本郷《ほんごう》四丁目のいろは牛肉店へ米櫃《こめびつ》を抱へて駈込《かけこ》む位、甘党は追分《おいわけ》の梅月を此上《このうえ》なきものとして居たが、年と共に漸々《ぜんぜん》贅沢になつて、いろはは籠岡町の豊国となり、切通の江知勝となり、梅月は青木堂の西洋菓子となり、御茶はコーヒ、コヽアとなつた、それからと云《い》ふものは、学生の口は益々奢り、愈々《いよいよ》バタ臭くなり、本郷カツフエ、パラダイス、淀見軒、彌生軒等が流行し、恁所其所等のミルクホールが夫々《それぞれ》繁《はん》昌《じょう》するやうになつた、此の間に大学の構内の食堂には小川の洋食が出来、一高内には桜鳴堂に菓子、洋食、蕎麦、汁粉の食堂が出来た、ミルクホールは中食に麺麭《パン》とミルク丈ではお客が承知せぬ処から安西洋料理を兼業するやうになつた、然《しか》も何でもハイカラな食物と女とが無くては御意に召さぬので、湯島辺は大分繁昌する様になり、お蔭《かげ》で鳥又や小花等も賑《にぎ》はつて来たが、有繋《さすが》に此反動とでも云ふのか、パラダイスが積年の悪風を一掃するといふ触込で、昨年十月以来、給仕は一切男にする旨を広告した等振つてゐる。

（明治四十五年三月九日〈国民新聞〉）

満洲《まんしゅう》視察中の伊藤博文《いとうひろぶみ》公
哈爾賓《ハルビン》駅頭に狙撃《そげき》さる
一韓人六連発銃を連射=軈《やが》て絶命

伊藤公狙撃さる

○廿六日哈爾賓領事発午後二時半着電。

伊藤公今廿六日午前九時、哈爾賓に着し、プラットホームに下るや韓人と覚しき者の為に狙撃せられたり。
○伊藤公危篤
伊藤公の傷所は数発の命中により、生命危険なりとの続電あり。
○田中満鉄理事も軽傷を受けたりとあり。
○六連発にて絶命
廿六日午後二時三井着電に拠《よ》れば、今朝伊藤公韓人の為に暗殺せらる、川上総領事、田中満鉄理事負傷し、犯人直に就縛とあり。

尚《なお》別所来電に拠れば、伊藤公は午前十時哈爾賓停車場プラットホームに下車せる刹那《せつな》、歓迎の群衆に紛れ居りたる一韓人の、手に六連発の短銃を擬すると見る間に、公爵目蒐《めが》けて狙撃せるに、公は胸部を貫かれ倒れたるも、犯人は六発を連発して遂に公爵は絶命せり、川上、田中両氏の負傷は重からずとあり。


「ふーむ」

東京帝国大学医科大学二年生・小酒井《こさかい》光次《みつじ》は、明治四十二年十月二十七日の〈東京朝日新聞〉と、大学院指導教官の永井潜《ながいひそむ》を通して、警視庁から極秘に借用した、伊藤博文公暗殺事件に関する、鑑定人報告書および犯人・安重根《あんじゅうこん》の公判速記録とを、食い入るように読んでいた。


『然し人を狙撃するに、二十発も三十発も要る筈《はず》がない。五六発で沢山だが、何故渡したのか』

『私が三十発ばかり持つて居ましたから』

『弾の先に十字型があれば、人に非常に害を与えることを知つて居るか』

『さう云ふ事は知りませんでした』


小酒井は、なんどもこの部分を読み返し、首をかしげた。それから、さらに公判速記録のページをめくった。


『大韓国の万歳とは如何《どう》云ふ言葉を用ひたか』

『世界で普通に能《よ》く使用する言葉の「コレア、ウラー」と云ふのを三度唱へました』

『其方は若し成功すれば、其場で自殺する決心はなかりしや』

『死ぬといふ考はありませんでした。それは韓国の独立と、東洋平和の為になる事であるから、伊藤公を殺した丈《だけ》では、まだ死なれません』

そこまで読んだ時、下宿部屋の扉がノックされた。

「どうぞ」

小酒井がいった。

「やあ、小酒井君。勉強中かい？」

扉を開けて入ってきたのは、同じ本郷弓町の下宿〔朝日館〕の二号室を借りている、第三高等学校時代からの友人で、医科大学では一学年下の古畑種基《ふるはたたねもと》だった。

「なあに、勉強というほどのもんじゃないよ。伊藤公の鑑定人報告書と公判記録をね。これは、ほんとうは、きみの分野だな。俺は生理学と血清学が専門だ。なのに、こんなのが好きでね」

小酒井が、小さく笑いながらいった。

「まったく。きみもそういうことに興味があるんなら、法医学のほうをやればよかったんだよ。ぼくには法医学をすすめておいてさ。ところで、その伊藤公のなにを調べているんだい？」

古畑が質問した。

「別に調べているってほど大げさなことではないが、犯人の動機に、いささか疑問を感じてね。何時だい？　ああ、もう昼か。飯でも食いにいこうか」

「俺も、それを誘いにきたんだ」

「よし、いこう。また〔小川〕の洋食か？」

小酒井が、机の前から立ちあがった。

1

尾崎東京市長は六日午後、東京市会議員江間俊一（議長）、丸山名政（常磐《ときわ》会）、中島行孝（清和会）の三氏を市会議事堂に招き、市長辞任の決心ある旨を告げ、左の覚書を提出せり、依《よ》つて常磐会並に清和会所属の各市参事会員は、七日午後二時より市役所に参集し、該覚書に関して協議を凝らし、更に市参事会に附議したる後、市長は辞表を提出する運びに至るべし。

（明治四十五年六月七日〈東京朝日新聞〉）

「行輝《ゆきてる》君が、親父が市長をやめたいと、盛んにいっておるとは聞いていたが、ほんとうにやめてしまうのだな。なんでも、あと半年勤めれば恩給がつくという話なので、まわりの者たちが留意していたというが……」

小石川《こいしかわ》区三軒町の武俠《ぶきょう》世界社の応接室で、長椅子に座った冒険小説作家であり、雑誌〈武俠世界〉主筆の押川春浪《おしかわしゅんろう》が、テーブルの上に新聞を広げて読みながら、向かいの席でコーヒーを飲んでいる、弟子筋の科学小説作家・鵜沢龍岳《うざわりゅうがく》にいった。午前十時半。

「㖿堂《がくどう》先生らしいですね。それでいて家では、お子さんたちが、差押えごっこをやって遊んでいるといいますからね。先生が家に帰ってきたら、子供たちが紙をぺたぺたと、そこらじゅうに貼っている。『なにをしているのか』と質問したら、差押えごっこだったって、さすがに頭をかいておられましたよ」

龍岳がいった。

「政治は私利私欲でやるものではないというのが、㖿堂先生の持論だからな。できた人はちがう」

春浪が、新聞を畳みながらいった。

「春浪さんだって、私利私欲を捨てて、博文館《はくぶんかん》をやめたじゃないですか？」

龍岳がいった。

「いや、あれとこれとでは話がちがうよ。俺は㖿堂先生を尊敬するね」

「ぼくもですよ。あれほど立派な政治家は、いまの日本には、ほかにはひとりもいないでしょう」

「同感だな」

春浪がうなずいた。その時、部屋の扉がノックされた。

「ほい。どうぞ！」

「失礼いたします」

扉が開いて、入ってきたのは、変わり格子黄八丈《きはちじょう》の着物、濃紺地に辻《つじ》ケ花《はな》の染め帯、髪をイタリー髷《まげ》にした、すらりとした美女だった。前年の十月まで博文館で春浪が〈冒険世界〉の主筆をしていた時、助手を勤めていた河岡潮風《かわおかちょうふう》の妻・静乃《しずの》だ。

「これは、お珍しい。お久しぶりですな静乃さん」

春浪が、にこやかに挨拶《あいさつ》した。

「ごぶさたしております」

龍岳も椅子から立ちあがって、頭をさげた。

「先だっては、病院にお見舞いくださいまして、ありがとうございました。あの日は、わたくしが、ちょうどいかれない日で、ご挨拶もできませんで……」

静乃が、龍岳と春浪の顔を見ていった。潮風は、数年前に重度の脊椎《せきつい》カリエスに罹《かか》り、ここのところ病状が思わしくなく、本郷区元富士町の東京帝国大学医科大学附属病院、通称〔大学病院〕に入院していた。

春浪が前年、〈東京朝日新聞〉との野球害毒論論争で博文館をやめた時、春浪の率いるスポーツ社交団体〔天狗《てんぐ》倶楽部《クラブ》〕のメンバーは、春浪に義理をたて、あるいは慕い、こぞって博文館の雑誌から手を引き、〈武侠世界〉の創刊に手を貸した。その中で潮風は、春浪に〈冒険世界〉のあとを頼むといわれ、阿武天風《あぶてんぷう》とともに博文館に残った。

このため、事情を知らない、ほかの〔天狗倶楽部〕のメンバーは天風と潮風を、恩を知らないやつだと痛罵《つうば》した。けれど潮風も天風も、ひとことも、いいわけはしなかった。それでも天風は、すぐに誤解が解け、以前のように〔天狗倶楽部〕のメンバーとして、春浪たちと遊んだが、潮風は体調が思わしくなく、その後、〔天狗倶楽部〕とは、ほとんど接触がなかった。

やがて入院ということになったが、〔天狗倶楽部〕のメンバーは見舞いにさえいこうとしない。だが春浪と龍岳は、すぐに見舞いにいったのだ。潮風は涙を浮かべて喜んだが、病状は重く、余命はいくばくもないように思われた。

「いや、そんなことは気になさらないでください。どうです、病状は？」

春浪がいった。

「はい。あまり思わしくございません。これもみんな、わたくしが、あのハリー彗星《すいせい》接近の折りに……」

静乃は、そこでことばをとめた。それから先は、静乃には口にできないことであったし、春浪や龍岳たちも聞きたくないことだった。

「そうですか。しかし医学は進歩しておりますから、きっと元気になりますよ。あまり落ち込まんようにしてください」

春浪がいい、続けた。

「さあ、立っていないで、お座りなさい」

静乃に、龍岳の隣りの椅子をすすめる。

「はい」

静乃は椅子に腰を降ろし、手にしていた風呂敷をほどいて菓子折りを春浪の前に置いた。

「みなさんで、おひとつと思いまして」

静乃がいった。

「おっ、中村屋ですな」

春浪がいった。

「はい。ごぞんじかもしれませんが、今度、新発売になりました、クリーム・ワップルという西洋菓子でございます。先日、食べてみたらおいしかったので」

「いや、凮月堂《ふうげつどう》のジャミ・ワップルというのは食べたことがあるが、クリームというのは、初めてですな。恐縮です。しかし、ここにくる時は、気を遣わんでいいのですよ」

春浪がいった。そこへ見習い編集者の柳沼沢介《やぎぬまさわすけ》が、お盆にお茶を乗せてやってきた。

「いらっしゃいませ」

柳沼は、湯呑《ゆの》み茶碗《ちゃわん》を静乃の前のテーブルに置いた。

「おそれいります」

静乃が、軽くおじぎをする。

「柳沼君、紹介しておこう。潮風君の奥さんだ。珍しい菓子のいただきものをした。お持たせだが、皿に出してくれ」

「はい。柳沼と申します。よろしく、お願いいたします」

「静乃でございます。どうぞ、よろしく」

「先生の、お作、読ませていただきました」

柳沼がいった。

「まあ、先生だなんて、お恥ずかしいですわ」

静乃は、博文館の〈少女世界〉や〈女学世界〉に小説を書いている女流作家でもあるのだ。

「今度、〈武俠世界〉にも、なにか書いていただきたいですな。潮風君の容体が落ちついたら、お願いしましょう」

春浪がいった。

「ありがとうございます」

「ところで、今日は、わざわざ見舞いの礼に?」

春浪がいった。

「はい。それも、ございますが、実はちょっと……」

静乃が、柳沼のほうに目をやった。

「柳沼君、しばらく席をはずしてくれ。そう、三十分もしたら、菓子を持ってきてくれんか」

春浪がいった。

「はい」

柳沼は、静乃の持ってきた菓子折りを抱えて、応接室を出ていく。

「なにがあったのです?」

扉が閉まるのを待って、春浪がからだを乗り出した。

「はい。それが、わたくしにも、なんとも表現のしようがありませんが、この数日、なにか胸騒ぎを感じます」

静乃が、真剣な表情でいった。

「胸騒ぎ……ですか?」

春浪が聞き返した。

「はい。なにか大きな事件の起こる予感のようなものが、胸に響きます」

「ふむ。静乃さんがいわれるのなら、なにかあるのかもしれない。あなたには、われわれにはない、第六感がありますからね。しかし、大事件というのは？」

「それは、わからないのですが、なにか……」

静乃が申しわけなさそうに、視線を膝《ひざ》に落とした。

「これは三年前、わたくしが、まだ、みなさまとお知り合いになる前、伊藤博文公が亡くなった時、それから二年前の大逆《たいぎゃく》事件の時にも感じましたが、いずれも数日で消えてしまいました。けれども今度は、とても強く感じるのです」

「さて、どちらも、わが日本帝国にとっては重大事件だったが、さらに強い胸騒ぎですか……」

春浪が腕を組んだ。

「それがなにか、わかればよいのですが……」

静乃が、ふたたび困ったようにいった。

「ただ、これは、ぜひ春浪先生や龍岳先生に、お伝えしておくべきだと思いまして」

「なるほど、いや、そういってもらえると、われわれもうれしいですよ。しかし、なんでしょうな。その胸騒ぎというのは」

春浪が茶をすする。

「具体的に、なにか身のまわりに、変わったことはありませんか？」

龍岳が質問した。

「はい。少なくとも、わたくしに関しましては……」

静乃が答えた。

「そうですか。なにが起こるかわからんが、よく注意しておきましょう」

春浪が煙草に火をつけた。

「それでは、わたくしは、これで」

静乃が、椅子から立ちあがろうとした。

「もう、お帰りですか。急ぎの用事でも？」

「いいえ、急いではおりませんが、大学病院のほうへ。主人が待っておりますので」

「そうですか。それではお引き止めもできませんな。

われわれも、また近いうちにうかがわせてもらいます。そうそう、先日病院でも話したのだが、潮風君の『五五《ごご》の春』は痛快でした。おもしろく読みましたよ。けれど、なんですなあ。あの本は博文館が出してくれたのだと思ったら、発行は潮風君本人で、発売だけが博文館なんですね。売れんとみたのでしょうか。それにしても、博文館も肝《きも》っ玉《たま》が小さい」

春浪が、いささか不機嫌そうにいった。

「いえ、あれは主人が、売れないで博文館に迷惑をかけるといけないというので、自分で申し出たのです」

静乃が説明した。

「ほう、そうでしたか。それは潮風君らしい。ならば、いいのですが」

「では、これで……」

「そうですか。じゃ、いずれまた」

春浪がいった。

東京の三大貧民窟《ひんみんくつ》のひとつ、下谷山伏町《したややまぶしちょう》の「なめくじ長屋」の一番端にある、自称天才医者の川上源《かわかみげん》斎《さい》の家では、台の上に横たえられ、すでにこと切れている、真っ裸にされた五、六歳の少年のからだを、源斎が注意深く調べていた。ほかの家とどうよう、ボール紙とゴザで隣りの家と仕切りがされており、藁《わら》ぶきの屋根は、いまにも崩れ落ちそうな、まるでゴミ溜《ため》のような家だった。

日の当たらない奥の棚には、ホルマリン漬けの得体の知れない臓器や、胎児のようなものが入った罎《びん》が、いくつも並べられている。消毒液の匂《にお》いと悪臭が入り混じり、空気がどんより濁《にご》っているようだ。

「どうでえ、先生。なんだか、妙だろう?」

声をかけたのは、それまで源斎のやることを、じっと見ていた同じ長屋のノンベの伸吉《しんきち》こと、町田《まちだ》伸吉だった。伸吉の家の左隣りの家の子供が急死したので、伸吉が運んできたのだ。この子供の家は紙屑《かみくず》屋だったが、両親はふたりとも出かけていた。少年は数日前から体調が悪く、この日も朝から、ぐあいが悪かったのだが、仕事をしなけりゃ食べられないと、親たちは出かけてしまった。心配した伸吉が昼前に家を覗《のぞ》いてみると、少年は綿のはみ出した蒲団《ふとん》の上で冷たくなっていたのだ。

すぐに町役に知らせるべきところだったが、死んだ少年のからだには、ちょっと奇妙な点があった。それで伸吉は、その死体を医者の源斎のところに運んできたのだ。

「たしかに、お前のいうとおり妙だな。からだの、あちらこちらの皮膚が、爬虫類《はちゅうるい》の鱗《うろこ》のようになっている」

白いものの混じった長髪を、後ろで束ねた、着物姿の源斎がいった。

「皮膚だけじゃねえぜ。この手足の指の爪《つめ》なんかも、蜥蜴《とかげ》みてえだ。なんだい、こりゃ。新しい病気か？　俺《お》りゃ、こんなの初めて見たぜ」

伸吉が、眉根にしわを寄せた。

「うむ。わしも、初めて見た。大学病院にでも運んだほうがいいかもしれんな」

源斎がいった。

「天才医者の川上源斎も、お手あげかい？」

「いや、わしが自分で調べたいところだが、ここには道具らしい道具もないしな。名のある先生たちに調べてもらうほうが、よかろう。……伸吉、写真だけは撮っておきたい。この子を外に運び出してくれ」

「いいけど、病気が移りゃしないだろうね」

伸吉が心配そうに答える。

「伝染病なら、もう、わしもお前も移っておるだろう」

「おどかさねえでくれよ。俺りゃあ、まだ、こんな蜥蜴みたいになって死にたかねえよ」

「わしだって、そうだ」

源斎がいった。

「やっぱり、警察に知らせたほうがいいのかね？」

「そうじゃな。そのほうがいいと思う。お前、知り合いの刑事がいたな」

「へい」

「じゃ、その人にでも、知らせてみてくれんか。それと、この子の親たちは、どうした？」

「もう、あきらめてたようで、朝から仕事にいってまさあ」

「自分の子供が死にそうなのに、看病もせず仕事か……」

「でも仕事しなけりゃ、自分たちが死んじまいますからね。じゃ先生が写真を撮ったら、黒岩《くろいわ》の旦那《だんな》に電話してきやしょう」

伸吉がいった。

「そうしてくれ。なにやら、嫌な予感がする」

源斎が、うなずいた。


本郷区薬研堀町《やげんぼりちょう》の貸席〔大杉〕の六畳間に、ふたりの男がテーブルをはさんで、向かい合っていた。

テーブルの上には、近くの料理屋から取り寄せた徳利《とっくり》が二、三本と刺身の盛り合わせが出ている。しかし飲んでいるのは、四十がらみの痩《や》せぎすの紺の背広の男ひとりで、鼠《ねずみ》色の霜降り模様の背広の男は、箸《はし》も割っていなかった。こちらの男は年齢が不詳だ。三十ぐらいに見えないこともないが、もっと歳《とし》を取っているようにも見える。

「また、だめだったのかい」

紺の背広の男がいった。

「なかなか、うまくいかない。急ぎすぎなのだ。この計画は、もっと時間をかけるべきなのに、皇帝陛下は焦っておられる……。きみのほうは、どうだね」

鼠色の背広の男がたずねた。

「こちらも思うようにいかない。なにしろ小さな研究所で、わたし、ひとりでやっているのだからね。これまでの実験は、やってみないことには、成功か失敗かわからなかった。きみの時も、たまたま、うまくいったにすぎない。あれを完全なものにするには、まだまだ時間がかかる」

紺の背広の男が答えた。

「それをなんとか、一刻も早く完成してくれ。われわれも、命がけだ。皇帝陛下は必要な金なら、まだ、いくらでも出すといわれておられる」

「それはありがたいが、この研究は、金があればできるというものでもないから、むずかしい。そりゃ、何十人もの手伝いがあれば話は別だが、ことがことだけに、そうもいかんだろう」

「それは、わかっているが、われわれの方法では、犠牲者が出るばかりだ。もう十人以上が死んでいる。敵も含めれば二十人は死んだはずだ。うまくいったのは、これまでに、わたしを入れて全部で五人だ。しかし、そのうち四人は、すでに死んだ。わたしも、そう長くは生きられまい。……それは覚悟の上だからいいとしても、敵より少しでも早くしないと、すべての計画が水の泡となる。今日は、とりあえず百円の金を用意してきた」

鼠色の背広の男は、ポケットから封筒を出してテーブルの上に置いた。

「すまん。もらっておく」

「その代わり完成の暁《あかつき》には、約束どおり、われわれの……」

「いいとも。わたしは、とにかく研究さえやらせてもらえれば、あとのことは、どうでもいい。日本がどうなろうと、世界がどうなろうと、わたしには関係のないことだ。……それで、敵の間諜《かんちょう》は見つかったのかね？」

「それが、わからない。わたしが、こちらへきた時は、すでに消息不明だった」

「きみにして、発見できんのか？」

「うむ。これだけの人間の中に、紛れこまれてしまってはな」

「死んでいるという可能性は？」

「ないとはいえない。それなら、ありがたいのだが……。どちらにしても、ことは急を要する。なんとか完成してくれ。こちらも全力を尽くす」

「わかった。それにしても、今度の作戦は、いささか無謀だったのではないかね」

「たしかに、それはいえるが、うまくいけば先が楽になると思ってね。皇帝陛下も結果を急がれるしな……。それに、敵の動きもわかると思ったのだ。その代わり、いまは全力で治療している。元気になったら、あらためて、やり直すつもりだ」

「まあ、焦る気持ちは、わかるがね。しかし、まさか、わたしも、こんな奇怪な事件に関わることになるとは思わなかった」

紺の背広の男が、刺身を口に運びながらいった。

鼠色の背広の男も箸を割った。

「われわれだって、同じことだ。こういうことになるとは、予測すらしていなかった。すべてが、きみの研究のせいだ。おどろいたよ。論理的にはわかっていたことだが……。とにかく、よろしく頼む」

「全力を尽くすよ。世間は、わたしを、できもしない機械を作っている、変人科学者だと相手にしてくれない。その連中に、ひと泡もふた泡も吹かせてやりたいんだ。わたしの生きがいはそれだけだ。そいつができれば、あとのことは、どうなったって、かまやしない。なんだって協力するよ」

「きみなら、できるよ。金は足りなくなったら、また、いってくれ。必要なだけ渡すから。……うまい刺身だ」

鼠色の背広の男がいった。

「時子《ときこ》さん、もう、なにもなさらないでくださいな。突然、おじゃまして。電話でもよかったのですが、黒岩さんに直接、お会いしてお話したかったものですから」

卓袱台《ちゃぶだい》の前の、黒岩四郎《しろう》の婚約者・白鳥雪枝《しらとりゆきえ》が、台所で食事の用意をしている黒岩時子にいった。

「ええ、なんにもいたしませんわ。でも、どうせ兄も龍岳さんも食べますから、ついでといっては失礼ですけど……」

「すみません。じゃ、わたしも、よろしければお手伝いさせてください」

「そうですか。では、お願いしようかしら？　でも義彦《よしひこ》ちゃんがたいくつね」

時子が、画用紙に鉛筆で軍艦の絵を描いている、雪枝の長男の義彦のほうを見ながらいった。

「ぼく、いいよ。絵描いているから」

義彦が、顔をあげていう。

「そう。それじゃ、少しだけ、ひとりで遊んでいてね」

時子は居間の押入れを開けて、洗濯されてきれいに畳まれた割烹着《かっぽうぎ》を雪枝に渡した。

「ありがとう」

雪枝は、素早く割烹着を身につける。

「今夜は、なにをお作りになりますの？」

雪枝がいった。

「海老《えび》の淡雪蒸《あわゆきむし》を」

時子が答える。

「あら、おいしそう。じゃ、わたしが海老の殻をむきましょうか？」

「そうして、くださいますか。だったら、わたし蟹《かに》汁を作ります。今日は魚新さんが、海老と蟹が保証付だというものですから」

魚新は、小石川の鶴巻町に店を構える早稲田贔屓《びいき》の野球狂の魚屋だ。〔天狗倶楽部〕にも入っていて、そろいの半纏《はんてん》を持っているのが自慢だ。

「魚新さんも、おじょうずね。でも、あのかたは、決して悪い品は売らないから」

雪枝が笑った。

「魚新さん、雪枝さんのところまで、商売にいかれるのですか？」

時子が、びっくりしたように顔を見た。

「野球のない日は、一日置きぐらいにこられましてよ。……それでねえ、時子さん。お話は変わるのですけれど結婚式はどうなさるおつもり？　いえ、わたしの親戚の者が帝国ホテルを安く借りられるから、どうかというのです。時子さんたちはいいと思うけれど、わたしは子連れの再婚ですから、あまり華々しいのは……。でも、黒岩さんは初婚ですものね」

雪枝が、海老の殻をむきながらいった。

「そんなことは、気になさることはありませんわ。ただ帝国ホテルは、少しおおげさな感じもしますわね」

「時子さんも、そう思われて？」

「ええ。わたしは、どこか料亭ででもと思っていたのですけれど……」

「時子さんと龍岳さんは、帝国ホテル。わたしたちは、料亭というのはどうかしら？　いまをときめく売れっ子文士の龍岳さんですから、あんまり質素でもいけませんわ。少し派手なほうが、よろしくてよ」

「いやですわ、雪枝さん。結婚式はご一緒にと、お約束したじゃありませんか。兄も、そのつもりでおりますのよ。それに、〔天狗倶楽部〕のみなさんがおいでになったら、質素になどなるわけがありませんわ。天風さんと信敬《しんけい》さんの裸踊りだけは、やめていただきましょうね」

時子が笑った。

「わたしは実際には見たことがありませんけど、裸踊りは困りますわね」

雪枝も笑う。

「でも、雪枝さん。ほんとうに、式はご一緒でなければ、わたし、いやでしてよ」

時子が、少し強い口調でいった。

「もうすぐ黒岩のおじさんが、ぼくのお父さまになるんだね」

居間で絵を描いていた義彦が、口をはさんだ。

「うれしいなあ。ぼく、おじさん、大好きなんだ」

「義彦……」

雪枝の顔が、耳まで赤くなった。

「兄もよろこびますわ。義彦ちゃんに、こんなに慕われて」

時子がいった。

「お兄さんは、わたしのような者には、もったいないですわ……」

「なにをいわれますの、雪枝さん。だいたい、これは兄が雪枝さんに夢中になってのお話ですもの」

「ありがとう。時子さん」

黒岩は、ある事件の捜査で未亡人の雪枝と出会い、ぞっこんになり、近く結婚を予定している。

「この話は、ここまで。結婚式のことは、あとでみんなで相談しませんこと」

「そうですわね」

雪枝がうなずいた。

「ただいま!」

まるで時を計ったかのように、玄関の鈴がなって、男の声がした。黒岩の声だった。

「あら、帰ってらした」

雪枝がいった。

「ちょっと、迎えに出ます」

時子が前垂れで手を拭《ふ》きながら、小走りに玄関に出ていく。

「やあ、おじさんだ」

義彦も、時子のあとを追った。玄関の錠を開けると、黒岩と龍岳が入ってきた。足元に、猫のタマがまとわりついている。

「あら、タマも一緒ですか？」

「うん。門柱の上で、俺を待っていたらしい。かわいいやつだ」

「こんばんは」

龍岳がいった。

「いらっしゃい。お待ちしてましたの。でもまだ、お料理が……。雪枝さんにも、お手伝いいただいているのですけれど」

時子がいった。

「なに、特別、腹は減ってはおらん。ゆっくり待つから、うまいのを作ってくれ」

黒岩が笑った。

「おじさん、こんばんは」

時子のからだの蔭から、義彦が声をかけた。

「やあ、こんばんは。義坊には、お土産があるんだよ」

黒岩が笑顔でいった。

「えっ、なあに？」

「本を買ってきた」

義彦が顔を輝かす。

「わあ、うれしいな」

「お兄さま、とにかく玄関ではなんですから、部屋にあがってください。雪枝さんも、お待ちです」

「うん」

黒岩と龍岳は上《あ》がり框《かまち》に腰かけ、靴を脱ぐと居間に入った。

「おじゃましております」

雪枝が台所から出てきて、頭をさげた。

「いや、どうも。わざわざきていただいて恐縮です」

黒岩が、いつまでたっても照れた口調でいう。

「もう少し、待ってくださいね。飛びきりおいしい料理を作りますから」

時子が笑顔で、台所に入っていった。

「ほれ、義坊。『自働車探険旅行』というんだ」

黒岩が鞄《かばん》の中から、色刷りの表紙のお伽《と》ぎ話の本を取り出した。

「ありがとう」

義彦が、うれしそうに受け取る。

「母さん、おじさんに本を買ってもらったよ」

「すみません、いつも、いろいろと」

雪枝が台所から、礼をいった。

「なに、気にせんでください」

黒岩は、そういいながら、着替えに自分の部屋に入った。その時、玄関脇の電話のベルがなった。

「ぼくが出ましょう」

龍岳が、廊下を足早に歩いていく。電話の相手は、町田仲吉だった。

「ああ、龍岳先生ですか。実は、妙な話がありやしてね」

「黒岩さんに変わろうか？」

「いえ。先生から伝えてもらえりゃ、いいんです。昼前に、俺っちの隣りの家の子供が死んだんですが、それが……」

仲吉が、長屋での奇妙な話を説明しだした。会話は、五分ほど続いた。

「黒岩さん。仲吉さんからで、なんだか奇妙な死人が出たそうです」

卓袱台の前に座った龍岳が、黒岩にいった。

「ほう」

「どんな死体ですの？」

黒岩の返事と同時に、台所から時子の声がした。

「時子。飯の支度をしながら、そんな話をするな。お前は、死体というと目の色を変える」

「だって、お兄さま」

時子が、抗弁するようにいった。

「だってじゃない。あとで話してやるから、死体のことなど考えず、うまい料理を作ってくれ」

黒岩がいった。

「これは龍岳君も、時子と一緒になったら苦労するぞ」

2

紡績工女の労働＝十八時間

泣いて苦痛を新聞社に訴ふ

動物虐待の声が盛んな今日、牛馬よりも酷い労働を強ひられてゐる哀れな紡績工女がある。昼夜を通じて十八時間の労働に堪へ兼ね、安息の四時間を犠牲にし、廻《まわ》らぬ筆に誠込めて認め本社に訴へて来た者、此両三日来六七通に上つた、茲《ここ》に最も痛切な一通を、一字一句も増減せず記載する。

社長さま、どうぞ私らを助けて下さい、私らは東京ぼうせき会社の工女です、さく年までは朝の六時からばんの六時までの十二時間つとめでありましたが、三月ごろから十八時間づとめになりました。あたりまへなればあさの六時に工場にでるのを、夜の十一時からあしたのばんの六時まではたらかせます、でなければ長場でしかられます、私のからだは、わたのようにつかれてもやすむことはできません、そうして三年の年があいても長場の人が国にかいしません。どうぞ川口ぎし長さまにかけ合つて、あたりまいにかせがせるようにしてください、あなたのお名まいは工場の男の人にきゝました、一日もはやくぎし長さまにかけ合つて下さい。深川東大工町六十二東京紡績工女より、

社長くろ岩様

（六月八日〈萬朝報《よろずちょうほう》〉）

〔大学病院〕整形外科病棟の二人部屋のベッドの上で、朝食後、新聞を読んでいた河岡潮風は、下唇を嚙《か》みしめた。よほど、その顔が怖かったらしく、隣りのベッドの老人が、坊主頭に銀縁眼鏡の潮風に声をかけた。

「どうしたね、河岡さん？」

「いや、いま新聞を読んで、紡績工女のひどい虐待のされかたに腹が立ちましてね。ぼくが元気だったら、どしどし雑誌で攻撃をしてやるのだが、それが

できないのが残念でならんのです」

潮風が、老人のほうを向いていった。

「ああ、わしは字が読めんから、その新聞のことはわからんが、紡績工場では、ずいぶん、ひどいことをしているようじゃね」

老人がいった。

「ひどいなんてもんじゃありません。一日、十八時間労働で、約束の年限が過ぎても、家に帰さんというのです。ぼくに力があったら、なんとか助けてやるのだが……」

潮風が、悔しそうに拳《こぶし》を握りしめる。

「河岡さんは、熱血漢じゃからなあ」

「これは、個人で解決できる問題じゃありませんよ。政府が助けてやらなければならん問題です。西園寺《さいおんじ》内閣は、なにをしておるのだ！」

「政府なんてものは、昔から国民のことなど考えやせんもんだよ」

老人が、鼻で笑いながらいった。

「それを、ぼくたち若い者が、なんとかせねばならんのに、柔弱な者ばかりで……。ぼくは、こんなからだだし、この世に神仏《かみほとけ》は存在せんものですかね」

潮風が、ふうっと、ため息をついた時、扉が開きっ放しになっている病室の入口から、鼠《ねずみ》色の背広上下の、三十前後と思われる男が入ってきた。

「河岡さんですな。ゆえあって、詳しいことはいえませんが、わたしは和田《わだ》漢方診療所の治療師・小島《こじま》満《みつる》という者です。ちょっと、お話があるのですが、庭にでも出られませんか？」

男は老人を無視して、潮風のベッドの側までくるといった。潮風の知らない顔だった。

「和田漢方診療所の先生ですか？」

潮風が問い返した。

和田漢方診療所というのは、医学得業士の和田啓《けい》十郎《じゅうろう》が興した漢方の診療所だった。和田は西洋医学を学んだが、やがて政府の西洋医学一辺倒の政策に疑問を持ち、漢方医に転じた異色の医者だった。二年前、衣食にさえ不自由するような環境の中で、西洋医学に真正面から対決する『医界乃鉄椎《てっつい》』という漢方の特質を解き、漢方が治療医学として、決して西洋医学に劣ってはいないと力説した自費出版書を著していた。

潮風は病身であったため、少しでも参考になればと、この書の存在を知り読んでいたが、西洋医学者たちは、奇人の説として、ほとんど無視していたし、一般の人々には、和田という人物もその書も、さほど、知られていなかった。

「そうです。ちょっと相談に乗っていただきたいことがありましてね。時間はおありでしょうか？」

「いまなら、時間はありますが」

潮風が答えた。

「では、ぜひ、お願いします」

小島が頭をさげた。

「わかりました。では、庭にまいりましょう。しばらく庭にいってきます。看護婦さんがきたら、そういっておいてください」

潮風は隣りの老人に告げると、ゆっくりとベッドを降り、杖《つえ》替わりの木刀を手にして、小島のあとについて病室を出た。

「すると陛下は、そんなに、ご病状がよくないのか？」

麹町《こうじまち》区富士見町の陸軍予備役中尉・原田《はらだ》政右衛門《せいえもん》の家の応接室で、〔天狗倶楽部〕メンバーで〈冒険世界〉主筆の元海軍少尉・阿武天風が、顎《あご》に手をやりながらいった。

「そのようだ。俺も侍医から直接聞いたわけではないが、ご持病の腎臓《じんぞう》炎がかなり悪化しておられるらしい」

原田がいった。

「二、三か月前までは、あんなに、お元気でおられたのに……」

天風は、テーブルの上のコーヒー茶碗《ちゃわん》を見つめた。

「岡侍医頭《じいのかみ》は、全力を尽くしておられるのだろうな。春浪さんにいわせると、侍医頭は無能だそうだから」

「いや、たしかに、これまでに陛下が体調を崩された時も、侍医頭は陛下に、あまりご病状をご説明なされず治療をされたので、それで悪い噂《うわさ》もあるようだが、力は尽くしておるようだよ」

「そうか。ならばいいのじゃが、よほど気をつけんと……」

天風が、緊張した時に出す岡山弁でいった。

「ただ話に聞くと、侍医頭は最近、周囲の反対を押し切って、まったく無名の田上章道《たがみあきみち》とかいう医者を侍医寮に採用したというのだ。これが気になる。いや、無名であっても腕のいい医者なら、なんの文句もないが、おそれおおくも玉体を、どこの馬の骨ともわからん医者に拝診させるなどは、もってのほかだからな」

原田が、コーヒー茶碗に口をつけた。

「何者なんじゃ、その田上という医者は？」

天風が質問する。

「詳しくは調べておらんが、なんでも長野病院に勤務していた男で、侍医頭にいわせると、若いが糖尿病、腎臓病の治療では、そうとうな腕前だそうだ」

「ふむ。調べてみるか？」

「いや、それは、もう俺のほうで手配してある」

「そうか。あいかわらず、きみは仕事が早いのう」

「なに、俺は予備役で小説など書いておって、ろくに、お国に役にたっておらん。この程度のことはせんとね」

原田が微笑した。

「ところで、小説のほうは、どうなったね？」

天風が話題を変えた。

「うむ。だいたい半分までできた。来年のいまごろには、本になりそうだ」

「『日露未来戦』といったね。おもしろそうだ。しかし、ケチをつけるわけではないが、次の戦争は米国が相手だという説もあるようじゃないか。たしかに、あのカリフォルニアの日本人排斥《はいせき》運動は目に余るものがある」

「といっても、あれは一部の三流新聞が、議員の手先になって、煽《あお》りたてている部分も多い。俺も、いずれ日本と米国は矛《ほこ》を交えることになると思っているが、それは、まだ、ずっと先のことだろう。むしろ、独逸《ドイツ》のほうが危険だな」

「まったく西洋人たちは、虎視《こし》眈々《たんたん》と東洋の侵略を計画しておるからね。困ったもんじゃ」

「日本が、もう百年早く鎖国を解いておったら、こんなことにはならなかったはずだ」

「それは、春浪さんも、よくいっておるよ」

「ところで春浪さんは、元気かい。ここのところ、ごぶさたしている」

「珍しく、元気なようだ。酒も控えておるし、清君《きよし》もよろこんでおった。わしも、酒は飲んでおらんのだよ。春浪さんの禁酒につき合わされてね」

天風が笑った。

「それは、結構だ。きみや春浪さんの酒は飲むのではなく、飲まれるほうだからな」

原田も笑う。

「いや、それをいわれると面目しだいもない。じゃが風呂あがりのビールなど、それはうまいぞ」

「いってるそばから、それじゃいかん！」

「あっ、これはしまった」

天風が、ごしごしと頭をかいた。

京橋区新栄町の「ホテル・セントラール」近くを、ひとりの背広の紳士が歩いていた。京都から陸軍省に呼ばれて上京してきた。島津《しまづ》製作所社長の島津源《げん》蔵《ぞう》だった。

「島津君じゃないか！」

背後から声がかかった。

「へぇ？」

島津が振り向く。紺色の背広を着た男が、笑顔で近づいてきた。

「いやぁ、山口君やないか」

「久しぶりだね。東京にきているとは知らなかった」

「陸軍省に呼ばれてね」

「電池の納入かい？」

「そうなんや」

「陸軍省が相手となると、そうとう大きな仕事なんだろうね」

山口が、ちょっと、うらやましそうな表情をした。

「なにをいうんや。それほどでもないわ。で、山口君のほうは?」

「あいかわらずだ。例の電気電波輸送機を研究している」

「なるほどなぁ。で、見通しはどうなんや?」

「もう、一歩のところまできているが、やはり動力だ。強力な発電機を開発しているが、なかなか、うまくいかん。立ち話もなんだ。時間があるようなら、蕎麦屋《そば》にでも入らんか」

山口がいった。

「近くに〔春木屋《はるきや》〕という、うまい店がある」

「まかせるわ。東京のことは、ようわからへんしな」

島津がいい、ふたりは肩を並べて銀座に向かった。

店に入り蕎麦を注文して、茶を飲みながら山口がいった。

「島津君、失礼だが、きみは小学校を二年しか出ていない。にもかかわらず、会社を発展させ社長にまでなった。福岡や神田に支社を持ち、陸海軍にもお出入りの身だ。それに対して、ぼくは大学を卒業して大会社に入った。しかし、ぼくの研究は認められず、変人扱いをされてクビだ。正直、きみをやっかんだこともあるよ。けれども、ぼくにも、やっと運が向いてきた。数年前から、ぼくの研究に金を出してくれる人が出てきてね。もう、資金はたっぷりある」

「へぇ。それは、よかったなぁ。きみほどの才能を持たはった人間だ。必ずや、お国のために役だつ時がくると、わしは信じてたよ」

島津が、それはうれしそうな表情をした。ふたりは京都の小学校で、同級だったのだ。だが島津は家庭の事情で二年でやめなければならず、山口辰之介《たつのすけ》も三年の時、東京に転校した。けれども、その後も、ふたりは交際があり、島津が山口を自分の会社に誘ったこともある。だが山口は独自の研究を進めるといって、それを断ったいきさつがあった。

「ぼくは、国のために使おうとも思っていないが、電気電波輸送機が完成すれば、エジソン王にも負けない発明であることは、まちがいないよ」

「そりゃ、すごいなぁ。君も知ってのとおり、わしが、ここまでこれたんは、日露《にちろ》戦役の時に、軍艦無電の蓄電池を海軍に徴発されたんがきっかけやったからな」

「信濃丸からの、『テキカンミユ』か」

山口がいった。そこに、蕎麦が運ばれてきた。

「あの無電に、わしの会社の蓄電池が、どんだけ役にたったかは疑問やけど……。それにしても東京の蕎麦つゆは、どうも濃すぎていかんなあ」

島津が、蕎麦猪口《ちょこ》につゆを移しながらいった。

「そうかい。ぼくは、もうすっかり東京の人間になってしまって、なんともないが」

山口が、割箸《わりばし》を口で割りながらいった。

「それはそうと、研究費を出してくれはるのは、いったいどんな人なんや？」

「それは、もう少し内緒にしておこう。変人科学者に資金を出していることがわかって、笑い者にされては、その人に申しわけないからな」

山口が笑った。

「そうか。それで、きみの機械が完成したら、予定どおり、無限の動力が得られるんやなあ」

「理論上では、そうなんだが、もっと、おもしろいことになるかもしれない」

「というたら？」

「それは、まだ、いえん。しかし、とてつもない発明であることは、まちがいない」

山口が蕎麦をたぐった。

「そやけど、わしにも教えられへんいうのは、冷たいなあ」

島津が、箸を持つ手を止めた。

「そういわれると辛《つら》いが、これを、いまの段階で発表すると、ますます、ぼくは変人科学者にされてしまう。説明しても、わかってくれる人間は、まずいないよ。悪いが、きみにもわかってはもらえまい。みんながわかってくれたら、ぼくも変人扱いはされんのだがね。まあ、見ていてくれ。そのうち世間を、あっと驚かしてみせる。もう五、六年前から、数回は実験に成功しておるんだが、まだ危険が多く安定しない。だが、じきに完全なものを完成するよ」

「わかったわ。もうこれ以上は聞かへん。そやけど、きみにそんだけの意気込みがあったら、きっと成功するよ」

「ありがとう。ところで、もう陸軍省の仕事はすんだのか？」

「そうやね。今夜の夜行列車で、帰るつもりや。その前に、京浜《けいひん》電気鉄道の中沢《なかざわ》技師長におおていくわ。わしは文学のほうは、さっぱりあかんけど、あの中沢重雄《しげお》はんは、なんでも露西亜《ロシア》文学評論家の中沢臨《りん》川《せん》と同一人物なんやて。ちょっとも知らへんかったわ」

「きみもそうか。ぼくも同一人物だと知ったのは、つい最近のことだ。〔天狗倶楽部〕の文芸評論家・中沢臨川と中沢工学士では、結びつかんものなあ。まあ、それはともかく、おたがいにがんばろう」

「ああ、そやなあ。きみも京都に遊びにきてください。わしで協力できることやったら、なんでもさせてもらうから」

「ありがとう。その時になったら頼む」

山口が軽く頭をさげた。

「やめてくれ、水臭いやないか」

島津がいった。そして続けた。

「電気電波輸送機かぁ……。楽しみにさせてもらうわ」


小石川区初音町の落語定席〔初音亭〕は、まだ四時半だというのに、満席だった。押川春浪と鵜沢龍岳、黒岩時子、〈武侠世界〉編集部の針重敬喜《はりしげけいき》の四人は、畳敷きの客席の、ほぼ中央に場所を占めていた。この日、四人が〔初音亭〕にやってきたのは特別の理由があった。春浪が五年ほど前に〈写真画報〉という雑誌に書いた落語小説『台湾彩票』を、売れっ子咄家《はなしか》の三遊亭圓橘《えんきつ》が演じるというので、聞きにきたのだ。

さすが本職の咄家だけあって、春浪の小説を自分なりに脚色し、非常におもしろく演じて、客席は笑いの渦に包まれていた。龍岳も時子も大笑いしたが、春浪だけが照れ臭そうな顔をしている。噺《はなし》は、そろそろサゲにかかっていた。

「『……おまえさんこそ間抜けだ。いい歳《とし》をして芸者買いばかりするからだよ』と、双方、自分の非は棚にあげて大喧嘩《おおげんか》。打つやら、蹴るやら、食いつくやら、煮るやら、焼くやら……。そこまではしませんが、とうとうランプをひっくり返しちまって、大火事となり、家は焼けてしまう。おかげで籤《くじ》に当たったお金は一文もなくなってしまった。さあ、こうなると、ふたりも落着きを取りもどし、ああ、これは台湾の彩票ではなく、大難の彩票だった。……おあとの支度がよろしいようで」

圓橘が、とんとんとサゲておじぎをする。笑いと拍手が、一斉に鳴り響いた。圓橘が楽屋に下がった。

「お仲入り〜」

亭内に若い男の声が響き渡り、太鼓の音が鳴った。とたんに、客席がざわめき始める。弁当を出す者、手洗いに立つ者といろいろだ。

「おもしろかった」

時子が、にこにこ顔でいった。

「さすが圓橘だな。下手《へた》な咄家じゃ、ああはいかないよ」

龍岳がいった。

「春浪さんの元の話より、おもしろかったんじゃないですか」

針重が茶化した。

「いや実際、俺の書いた話より、よほど、おもしろくなっていた。圓橘師匠に礼をいわなきゃいかんね。どうするかね、きみたちは、まだ聞いていくかい？　俺は、とりあえず楽屋にこいつを持っていってくるが」

春浪が立ちあがり、脇に置いてあった祝い熨斗《のし》のついた一升壜を持ちあげた。

「ぼくは、春浪さんの噺を聞いたから、もういいですけれども、針重君、時子さん、どうする？」

龍岳がいった。

「ぼくは社にもどって、もう少し、やることがあるんだ」

針重が答えた。

「わたしも、もう、よくってよ」

時子がいった。

「じゃ、帰ろう」

龍岳がいった。

「それでは、外で待っていてくれ。挨拶《あいさつ》だけして、すぐに俺ももどる」

春浪がいった。龍岳たちも立ちあがる。春浪は楽屋のほうに、三人は出口に向かい、下足番に札《ふだ》を渡した。

「ありがとうございました」

豆絞りのはちまきに、半纏《はんてん》姿の下足番の老人が、下駄と靴をたたきに並べながらいった。

三人が入口のところで春浪を待っていると、元早稲田大学応援隊長の虎髯彌次《とらひげやじ》将軍・吉岡信敬《よしおかしんけい》と黒岩四郎が、走るようにやってきた。

「あら、お兄さま!」

時子が、びっくりしたような声を出した。

「龍岳君、春浪さんの落語は⁉」

信敬が、たたみかけるようにいった。

「いま、終わったところだ」

龍岳が答える。

「南無三《なむさん》! 間に合わなかったか。どうして、教えてくれんかったのだ?」

信敬が、龍岳に怒ったようにいった。

「いや、てっきり知っているものと思ったから」

「知らん、知らん! 春浪さんは、そんなこと、ひとこともいわなかった。黒岩さんなんか、警視庁の仕事を放り出して駆けつけてきたのに」

信敬が大声でいった。看板を見ていた、数人の男女が信敬のほうを見る。

「おいおい、信敬君。あんまり大きな声は出さんでくれ」

黒岩が、あわてていった。

「いや、すみません。しかしですな。黒岩さんも昨晩のうちに知っておったのなら、下宿に電話をくれれば……」

信敬の矛先《ほこさき》が、黒岩のほうに向いた。

「俺も、信敬君は知っているとは思ったのだよ。それにしても残念だったな。おもしろかったかい？」

黒岩が時子に質問する。

「ええ、とっても。わたし、笑いすぎて、お腹が痛くなってしまいました」

「あと三十分、早ければ間に合ったのにな」

信敬は、まだ、なっとくがいかないという顔をしている。そこに、春浪が出てきた。

「おっ、信敬君に黒岩君……」

「信敬君じゃありませんよ。どうして、ぼくに知らせてくれんかったのです！」

「どうも、照れ臭くてな」

「なにをいっているのです。ぼくと春浪さんの仲ではないですか」

「だから、照れ臭いのだ。知らん人に聞かれるのはいいのだが、身近な人間にはね。ほんとうは、龍岳君たちにも聞かせたくなかったんだが、つい口を滑らしてしまったのだ」

春浪がいった。

「もう、演《や》らないのですか？」

黒岩がいった。

「うん、それが、いま楽屋で圓橘師匠と話をしたら、思ったよりうまくできたので、明日もかけてみようといっておった」

「ほんとうですか⁉　じゃ明日こそ、聞きにこよう。おい、親爺《おやじ》。明日の圓橘師匠の出番は？」

信敬が、下足番の老人に質問した。

「今日と同じ、仲入り前です」

「というと、何時ごろだ？」

「四時ぐらいになりますかね」

「よし、明日、またくるから一番いい席を取っておけ。明日も、まちがいなく『台湾彩票』を演るんだろうな？」

「それは、わっしには……」

「黙れ！　演るようにいっておけ！」

「そんな、むちゃな」

「信敬君、この人に頼んでもむりだよ。とにかく、また明日、きてみようじゃないか」

黒岩がいった。

「そうですね。しかたありません。しかし春浪さん、ぼくは気にいりませんよ」

「そいつは、困ったな。では、今度の〔天狗倶楽部〕の野球大会の時、遊撃のポジションを譲るから、それでかんべんしてくれ」

春浪が笑う。

「ところで、春浪さん。これから、少し時間ありますか」

黒岩がいった。

「うん。俺は、もう帰るだけだ」

春浪が答える。

「それなら、ちょっと時間をくれませんか。ぜひ、お話ししたいことがあるのです」

「ああ、いいとも。では、飯でも食いながら話すか」

「いえ、できれば、ほかに人のいないところで」

黒岩が声をひそめた。

「なるほど。では、社にもどろう。社なら、だれにも聞かれる心配はない。社の人間なら問題はないのだろう？」

「はい。それは」

「よし。飯は社で店屋《てんや》ものでも取ることにしよう」

春浪がいった。

「昨晩の伸吉さんの話の件ですか？」

時子がいった。

「そうだ」

黒岩が、深刻な表情でうなずいた。


「どう思う、静乃。この話が、もしほんとうなら、まだ生きられる。ただ、ぼくは漢方医学は否定しないが、話がいかにも、うさん臭い。それに、ぼくは人の手先になって動くのはいやなんだ」

潮風がいった。午後六時、大学病院の面会室。

「わたくしには、なんとも申しあげようもありませんが、ご病気が治るといわれるのでしたら……」

静乃が潮風の顔を見た。

「でも、その小島という人は、和田漢方診療所の先生なのでしょう？　漢方診療所の先生が、わざわざ大学病院にあなたを訪ねてくるなんて」

「それなんだよ。どこで、ぼくのことを知ってきたのか……」

「元気になったら、なにをしろというのです？」

「それをいわないのだ。ただ、その小島という男がやることとの、手伝いをして欲しいという」

潮風の目が眼鏡の奥で、きらりと輝いた。

「漢方医のお手伝いですか？」

静乃が、けげんそうな顔をした。

「そうだ。といっても、診療の手伝いをしろというのではないのだが、いまは、それ以上はいえんというう。そこが、なっとくできん」

「まさか、主義者では……」

「いや、主義者ではないようなのだが、なにをするのか、皆目、見当がつかない」

潮風が、ため息をついた。

「わたくしは、もちろん、あなたに元気になっていただきたいです。でも、あなたがお国の敵になるようなことはして欲しくありません」

静乃が目を伏せた。

「ぼくもだよ。ぼくは、お前と短いあいだだったが、一緒に暮らし、彰子《あきこ》までもうけたことで、もう、この世に未練はない。いまさら生き延びて、世間に恥を晒《さら》すようなまねだけはしたくない」

「その小島という人は、必ず、あなたを治すというのですか？」

「いや、ぜったいとはいえんといっていた。でも、自分の治療法を受けてみないかと。確率は七分三分だそうだ」

「わたくしが、こんな人間でなければ……」

「いうな、静乃。それは、なっとくのうえで、ぼくが一緒になってくれと頼んだのじゃないか」

潮風が静乃の目を見つめた。

「もう少し詳しく、なにをするのか質問することはできないのでしょうか？」

静乃がいった。

「ずいぶん聞いたが、どうしても、それは教えてくれない。命を助けたら、無条件でいうことを聞けという口調だった」

「そうですか……。わたくし、その小島という人を探ってみましょうか」

「そうしてくれるか。なにをたくらんでおるのか。だが、お前も、よほど気をつけないと」

「はい。でも、わたしのからだは……」

「そうだったね。その点では安全だ」

潮風が微笑を浮かべた。

「ところで、明日は彰子を連れてきてくれないか」

「はい。今日も連れてこようと思ったのですが、ちょっと咳《せき》をしていたもので。田代先生のご診察はいかがです」

「大学病院整形外科はじまっていらいの、レコード破りのロルドーゼだということだよ。まあ、なんにしてもレコード破りは立派なものだ。あっはははは」

潮風が笑った。

「ふつうは背中のほうが曲がるのに、反り返るとは、さすがは熱血漢の潮風君だと、励まされたのか、けなされたのか。とにかく全力を尽くすとは、いってくださった」

「その小島という人のことは、お話ししたのですか」

「いや、だれにもしゃべっていない。お前にだけだ。それに漢方医などがきたといったら、田代先生が気分を害されるだろう」

「そうですわね」

静乃がうなずいた。その時、看護婦が面会室に入ってきた。

「河岡さん、そろそろ面会時間が終わります。七時から田代先生の特別検診があります。奥さまも、よろしければ病室のほうへどうぞ」

「はい。ありがとうございます。では、ご一緒させていただきます」

静乃が頭をさげた。

春浪が首をひねった。

「すると鑑定人も、そんな症状は見たことがないというのかね」

「そうです。これを見てください」

黒岩が背広のポケットから、封筒を出し、中から手札型の写真を数枚、春浪に渡した。ボーンと応接室の時計が鳴った。七時半だった。だが時間を気にしている人間は、そこにはいない。

「なるほど。この手足の爪は爬虫類《はちゅうるい》のようだね」

春浪がいう。

「生まれつきではないのですか？」

隣りの席で、写真を覗《のぞ》き込んでいた信敬がいった。

「いやいや、数日前までは、ふつうの子だったといっている」

黒岩がいった。

「この背中の皮膚も、蛇か蜥蜴《とかげ》の鱗《うろこ》のようだ」

写真を渡された龍岳がいった。

「なにがきっかけで、こんな姿になったのだろう？」

針重がいった。

「わからんよ。その川上という医者も、こんなのを見たのは初めてだが、山伏町でなら、なにが起こってもおかしくないとはいっていた」

黒岩が答える。

「伝染病の可能性は？」

春浪がいった。

「それは鑑定人も、いまのところ、なさそうだといっておりました」

「いまのところか。なんとも、こころもとない答えだな。もし伝染病なら、ここにいる全員が危ないぞ」

「おどかさんでくださいよ、春浪さん。蜥蜴の応援隊長では、かっこうがつきません！」

信敬が、まじめな表情で大きな声を出したため、爆笑が起こった。

「いや、わからんぞ。いまの虎髯に蜥蜴が加わったら、もう天下に怖いものなしだ」

春浪が冗談をいった。

「〔天狗倶楽部〕応援隊虎髯蜥蜴隊長・吉岡信敬ですか!?　いいね、それ」

針重もからかう。

「馬鹿をいわんでくれ。ぼくは蜥蜴だの蛇だのは弱いんだよ」

信敬が、おおげさに、からだを震わせた。

「遺体は、明日、大学病院のほうに運んで、動物学の丘浅次郎《おかあさじろう》先生が高等師範のほうから、調べにくるということなんですが」

黒岩がいった。

「ああ、丘博士に調べてもらえば、なにかわかるかもしれませんね」

龍岳がいった。

「だが、これが、なにか犯罪と関係があるのかい？」

春浪が黒岩に質問した。

「いいえ。とくに、これといったことは。ただ、あまりにも奇妙な病気なのと、ひとつ疑問があるのは、伸吉君の話によると、この少年が発病した日に、身なりのいい男が、山伏町を訪ねてきて、少年を二、三時間、どこかに連れていったそうです。その夜から、ぐあいが悪くなったというので、少し気になりましてね」

「ほう。それは、おかしな話だな。その男が、少年になにかしたのだろうか？」

春浪がいった。

「その男が少年になにかして、それが原因で発病して死んだとすれば、これは犯罪になりかねませんから、それで春浪さんにも聞いていただこうと思ったわけです」

黒岩が説明した。

「そうか。それは、ありがとう。でも警視庁では、その男をあたってみるのだろう」

「それが、あたってはみますが、いまもいいましたように、はたして、これが犯罪なのかどうかもわかりませんから」

黒岩が頭をかいた。

「わたし、調べてみても、よくってよ」

時子がいった。

「また。お前が出てくる幕じゃない！」

黒岩が、きつい口調でいった。

「でも、その男の人が、少年をそんな、むごたらしい姿にして殺したのだとしたら、まちがいなく犯罪ですわ」

時子が口を尖《とが》らせた。

「そんなことは、わかっている。だからといって、お前が出てくることはない。お前は、もうじき卒業試験だろう。そんなことより、勉強をしなさい」

「けど……」

「じゃ、ぼくが調べてみましょうか。仕事の合間をみて」

龍岳が、時子のことばをさえぎっていった。

「あたってみてくれるか。なんでもなければいいんだが。なんとなく、悪い予感がする」

黒岩がいった。

「胸騒ぎというやつか。静乃さんも、そんなことをいっていた」

春浪が、煙草の煙を吐きながらいった。

「静乃さんは、この話を知っているのですか!?」

黒岩が、びっくりしたような顔をした。

「いや、そうじゃない。静乃さんは、ただ、なにかこの数日、胸騒ぎがするというのだ」

「そうですか。静乃さんが……」

「なんにしても、明日の丘博士の調査を待ってから、動き出すことにしたらどうだい。なにもわからないのに、お先走って、ごちゃごちゃやると、また「天狗倶楽部」が、騒いでおると新聞紙に書きたてられるからな」

春浪が笑った。

「虎髯蜥蜴将軍なんて書かれるのは、いやですよ」

信敬は、蜥蜴にこだわっている。

「ところで針重君、信敬君。潮風君の体調が、だいぶ悪いらしい。静乃さんが、心配しておった。病院に見舞いぐらいいってやりたまえよ。なに、これまで潮風君の性格を考えて、俺も黙っておったのだが、潮風君に〈冒険世界〉にとどまって編集をやってくれと頼んだのは、この俺なのだ。潮風君も、ほんとうは博文館をやめるつもりでいたのを、俺が止めたんだよ。だから、潮風君を責めるのは筋ちがいなのだ」

「それは、ほんとうですか!?」

信敬がいった。

「むろん、ほんとうだ。そんなことを、嘘《うそ》をついて巻き起こった。

もしかたない」

春浪がいった。

「そうですか。そうだったのですか。いや、ぼくも、いつもの潮風君の行動からは、考えられんことだと思っていたのです。よし、そうとわかれば、明日にでも病院にいってやろう。ぼくの特別慰労休暇も、あと五日しかない」

信敬がいった。

「そういえば信敬君は、いま軍人だったね」

龍岳がいった。

「そうだよ。例の事件のおかげで、今度は、ほんとうの二週間の慰労休暇をもらったのだ」

「あれは、大活躍だったものなあ。信敬君がいなかったら、ああ、みごとに事件は解決しなかったよ。俺が陸軍大臣だったら、信敬君を大将にしておるね」

春浪が笑った。

「蜥蜴になったり、大将になったり、ぼくも、いろいろ大変ですなあ」

信敬が自分でいったので、また室内に笑いの渦が

3

無線電信隊=編成

落合中将を委員長とし、其下に多数将校を委員として研究中に属する野戦無線電信は昨年中野、甲府、宇都宮間に於《おい》て数回行はれし不動式無線電信は一段落の研究を終りしに依《よ》り、本年は主として野戦隊に随従して、運動を為し得べき移動式無線電信の研究中なるが今日迄《まで》の経過は頗《すこぶ》る良好にして最早確実に戦時野戦隊に使用し得べき程度に達したるを以《もっ》て、今後は更に野戦隊の行動に適合せしむる運動動作をも研究する予定なり。多分中野電信隊を拡張し、平時は其《その》内に基本無線電信隊を設置し、一朝有事の際には之《これ》を各軍に配属せしむるの方針を採るに至るべしと云ふ。

（六月九日〈東京朝日新聞〉）

「うーん」

乃木希典《のぎまれすけ》大将が額に、あぶら汗をかいて、苦しそうに呻《うめ》いた。午前二時。芝区赤坂新坂町の乃木邸。まさに、丑《うし》三つ時だ。

「あなた、あなた、だいじょうぶですか」

隣りの部屋に寝ていた静子《しずこ》夫人が、襖《ふすま》を開けて乃木に声をかけた。

「ああ、だいじょうぶだ。また、いやな夢を見た。それでいて目が醒《さ》めると、どんな内容だったか覚えておらん……」

夫人が枕元の卓上電灯をつけると、乃木が蒲団《ふとん》の上に正座し、枕元に置いてあった手拭《てぬぐ》いで額の汗を拭《ふ》いた。

「あなた、このごろ毎晩でございますよ。どこか、お悪いのではございませんか。お医者さまに診《み》ていただいたほうが、よろしいのでは……」

夫人が心配そうにいった。

「うむ。そうじゃな。診てもらうか」

乃木が答えた。けれど、それは口だけのことで、この頑固一徹の将軍に、その気はさらさらなかった。夫人も、それを見抜いている。

「口でおっしゃるだけでは、いけません。ほんとうに、おからだのことを考えてください」

「うん」

乃木が夜寝てから、しきりにうなされるようになったのは、この一年ほど前からだった。夫人は、よく知らなかったが、どこだかの演習に特別参加し、帰宅してから、毎晩、うなされるようになったのだ。それと前後して、なにか乃木の性格が変わったような気もした。長いあいだ、一緒に暮らしているのだ。どこかが変われば、気がつかないわけはない。夫人には、的確に指摘はできないが、乃木になんとなく、それまでと、ちがうところがあるような気がしてならなかった。

ただ、それは乃木が天皇陛下の体調がすぐれないのを心配してのことだと、夫人は理解しようとしていた。乃木の天皇に対する忠誠心は、口でいい表せないほど強いものがある。おそらく夫は、天皇が薨《こう》去《きょ》されたら殉死するのではないか。夫人は、もう何年も前から、そう思っていた。

「聖上のご健康が、ご心配なのはわかりますが、こう毎晩では、あなたのからだが……」

夫人は、そこでことばを止めた。

「わかっておる。心配をかけてすまん。……背中の汗を拭いてくれんか」

乃木が、寝巻替わりのシャツをはだけた。

「あらっ？」

「どうした？」

「いえ、背中に一寸ばかり丸く、皮膚が灰色に変わっているところが……。なんだか、蛇か蜥蜴《とかげ》の鱗《うろこ》のような。かゆくは、ありませんか？」

「いや、かゆくも痛くもないが……。蛇か蜥蜴の鱗のようにか」

乃木が、ちょっと考え込むようにした。が、すぐ続けた。

「心配はいらんだろう。朝になったら、ヨードチンキでもつけておこう。すまなかったな、お前を起こしてしまって」

「いいえ。そんなことは、よろしゅうございますが、なによりも、おからだを。明日は学校のほうは、お休みになられたらいかがでございますか」

乃木は学習院の院長でもあるのだ。

「いや、そうはいかん」

夫人の予想どおりのことばが、乃木の口から出た。

「それでは、帰りに衛戍《えいじゅ》病院にでもいってきてくださいまし」

「わかった、わかった」

乃木は、そういい、シャツのボタンをとめ蒲団に横になった。

「お前と一緒になってから、もう何年になるかな」

「なんです、いきなり」

夫人が苦笑しながらいった。

「いや、お前には、ほんとうに、よくしてもらった。この融通の利かない武骨な男に、文句もいわずについてきてくれた。そうだ、今度の日曜日に、三越にでもいって半襟《はんえり》を買ってきなさい。このあいだ、欲しいといわれたのを、すっかり忘れておった」

「よろしいのですか」

「いいとも。ほかに欲しいものがあったら、この際だ、いってしまったほうが得になるぞ」

乃木が珍しく冗談をいった。

「いいえ。半襟だけで結構でございます。あなたのシャツも買わないといけませんわね。もう、ずいぶん傷んでしまって」

「そうか。では、これと同じのを買ってきてくれ」

「はい」

「さて、もう一度、眠ろうか。いくらなんでも、起きるには早すぎる」

夫人が隣室にもどるのを待って、乃木は卓上電灯を消した。


「古畑君、さっきの少年の死体、どう思う?」

小酒井が武俠世界社に向かって歩きながら、古畑にいった。ふたりは、例の山伏町で変死した少年の死体の、丘博士の調査にもぐり込むことができたのだ。

「わからんね。とにかく、奇妙な症状としかいいようがない。伝染病でなければいいのだが」

古畑が答えた。

「南洋のほうに象皮《ぞうひ》病というのがあるが、あれともちがうようだし。あの手足の爪は、ふつうじゃない」

小酒井がいった。

「まだ、われわれが知らない病気は、山のようにあるようだからな。それにしても、ぼくもこれまで、ずいぶんいろいろな死体を見てきたが、あんなのは初めてだ。丘博士も、しきりに首をかしげておられた」

「病気の出たのが、山伏町というのが気になる。なにしろ、あの町の汚さは尋常《じんじょう》じゃない。伝染病だったら、たちまち町中に広がってしまうよ。けれど、いまのところは、ほかには症例はないのだろう」

「らしいね。幸いだよ。春浪先生、記事にさせてくれるかなあ」

「どうかね。〈武俠世界〉に奇病の話というのもな。ところで春浪という人は、馬鹿騒ぎをやったり、すてきな冒険小説を書くが、ぜんたい、どういう人なんだい?」

古畑が質問した。

「ぼくも、まだ二度ほどしか会ったことはないんだが、気さくな人だよ。あんな壮大な小説を書くわりに、痩《や》せた人でね」

「弟の清さんとは、だいぶちがうのかい?」

「ああ、清さんは、がっちりして、いかにも運動家という感じだが、春浪さんは、よく、あれで野球や相撲をやると思うような華奢《きゃしゃ》な人だ」

「中沢さんも、痩せた人だね」

「うん。〔天狗倶楽部《てんぐクラブ》〕は運動家が多いけれど、柳川春葉《やながわしゅんよう》さんとか、児玉花外《こだまかがい》さんとか、とても運動に向いているとは思えない人も、たくさんいるよ」

小酒井が笑った。

「酔うと二階や崖《がけ》から落ちるのは、だれだったたっけ?」

「ああ、あれは〈冒険世界〉の阿武天風さんだ。二度も死にかかったそうだよ。もし、今度の原稿が〈武俠世界〉でだめなら、〈冒険世界〉に頼もうと思うんだが」

小酒井がいった。

「〈冒険世界〉には、まだ春浪さんがいたころ、江戸時代の探偵小説研究を書くと約束して、結局、書かなかった。そのおわびのつもりで、今度の原稿は、まず春浪さんに話してみるつもりなんだが」

「このあいだ調べていた伊藤公の暗殺事件は、どうなったんだい？」

「ああ、あれね。もしかすると、今度の少年の病気と関係があるかもしれない」

「えっ!?」

古畑が、ちょっと足をとめた。

「そればかりじゃないんだ。大逆《たいぎゃく》事件も、関係あるかもしれないんだよ」

「おい。なんで、そんな重要なことを、ぼくに隠していたんだ」

古畑が、怒ったような声を出した。

「いや、隠していたわけじゃないけど、あまりに、ぼくの突飛な考えなんでね。その話をすれば、きみは必ず、そんな馬鹿なと笑うよ」

小酒井がいった。

「いいから、話してみてくれないか？」

古畑が、いかにも真剣な表情をした。

「笑うなよ」

「ああ」

「警視庁から、ふたつの事件の鑑定人報告書を特別に内緒で貸してもらったのは、きみも知っているだろう。それを調べ、それぞれの鑑定人を訪ねて話を聞いたら、伊藤公、安重根、管野《かんの》スガのいずれの死体にも、あの少年と似たような鱗状の斑点《はんてん》のようなものがあったというんだ」

「なんだって？」

「鑑定人たちは、みんな単なる皮膚病だから報告書にも記載しなかったそうだが、偶然にしては変じゃないか。さっき、ぼくたちが見たように、あれは単なる皮膚病じゃないよ。暗殺された伊藤公と、伊藤公を暗殺した安と、陛下の暗殺を企てた管野に同じ皮膚病がある。妙だと思わないかい」

「思うよ。思うが、それが事件と、どうつながるんだ？」

「それは、なんともいえない。ただ安についていえば、暗殺を決行するには、あまりにも計画が杜撰《ずさん》なんだ。気まぐれで暗殺されては困るが、ほんとうに思いつきではないかと思える行動がある。管野スガについても、同じようなところがある」

小酒井が説明した。

「幸徳《こうとく》はどうなんだ？」

古畑が質問した。

「ぼくの調べたかぎりでは、あの事件でほかの人間には、皮膚病らしきものはなかった。ところで、これも大きな声ではいえないが、あの大逆事件だがね、管野スガと宮下太吉《みやしたたきち》以外は、冤罪《えんざい》のような気がする」

「おい。めったなことをいうなよ」

古畑が、あたりを見まわして、声をひそめた。

「きみが質問したんだぜ」

小酒井が答えた。

「そりゃ、そうだけど……。しかし、そうなると、あの少年だけが立場がちがうな。いや、伊藤公もか。殺されたほうだからな。このふたりの関係は？」

「わからない。それがわかれば、この事件も皮膚病も解決しそうなんだが、どうにもわからない」

「やはり、伝染病なのかもしれんぞ」

古畑が、眉根にしわを寄せた。

「そうは思えんが、わからんな」

小酒井がいった。

「そんなことを、雑誌で発表する気なのか？」

「まずいかね」

「まずいよ。だいたい、大逆事件を冤罪だなんて書いてみろ。すぐに特高に引っ張られるぞ」

「そこのところは、適当にごまかすさ。ただ、犯罪と皮膚病が関係あるらしいということを書きたいと思うんだ」

「だが、少年は犯罪は犯していないじゃないか。伊藤公は殺された。仮に伊藤公の朝鮮に対して取った行動が犯罪だとしても、少年は無関係だ。きみの理論にはむりがある」

「うん。それは、わかっている。でも、なにか、あるように思えてならないんだ」

「やめておけよ。そんなことを春浪さんに話すのは。いや、話すまではいいとしても、原稿を書くのはやめておけ。ぼくは親友を失いたくない」

古畑の顔は、真剣そのものだった。

「どうしても、なにか書きたいのなら、さっきの江戸時代の探偵小説の研究にしておけよ」

「……考えてみよう」

「それにしても、あの皮膚病が伊藤公や安、管野スガにもあったというのは、たしかに謎《なぞ》だな。浅田君や高田君に話をしてみたほうがいいんじゃないか。永井先生でもいい」

「それこそ、相手にしてくれるかどうか……」

小酒井がいった。

「それなら、いっそ、だれにも話さないことだ。とにかく、危険な話だ」

「あれが、武俠世界社だ。もとは名のある大名の家だったらしい」

小酒井が、視界に入ってきた武俠世界社を指さしていった。大きな敷地内の緑の豊かなところに、およそ出版社らしくない日本家屋に洋館を建て増しした建物があった。

「話をそらすなよ。不用意なことは、しゃべらんほうがいい」

古畑がいう。

「わかった。注意して話すよ。冤罪などといったことは、いっさい、しゃべらん。皮膚病のことだけにする。それならいいだろう」

「しかし、ついということがあるぞ」

「だいじょうぶだ。ことばを選んで話す。そんな深刻な顔をするな。お前は、ものごとを深刻に考えすぎていかん」

小酒井が笑った。

「お前が、楽観的すぎるのだ」

古畑が、いい返した。

テーブルを前に、春浪と臨川が話しこんでいた。春浪の家の客間。テーブルの上には、春浪の妻・亀《かめ》子《こ》の作ったレモン舎利《しゃり》別《べつ》が、それぞれに置かれている。

「ふーん。で、その山口という男は、電気を電波で輸送する機械を研究しているのか」

春浪がいった。

「そうなんだ。もう二十年も研究している」

臨川が答えた。

「しかし電気の電波輸送というのは、実現できんのだろう?」

「いまのところは、そういうことになっているね。どうだろうなあ。米国でもニコラ・テスラという科学者が研究しているらしいが、やはり、まだ成功はしておらんようだ」

臨川が、舎利別のコップを手に取った。

「完成したら、それは便利だろうな」

春浪が敷島《しきしま》の箱を引き寄せ、中から一本、引き抜いてマッチで火をつけた。

「それは、電力輸送の一大革命だよ。だが、まだ当分はむりだろう。やっと陸上の無線通信が本格化してきたというところだからね」

「それを二十年間も研究しておるのか。たいした精神力だな」

春浪が、煙を吐いた。

「ひとつは、意地でもあるんだよ。その山口という人は、さっきもいったように、俺の大学の先輩にあたるわけだが、小学校が京都の発明家・島津源蔵氏と一緒なんだ」

「あの軽気球をあげた?」

「いや、あれは先代。俺のいっているのは、二代目のほうだ。しかし、この人も立派な人物だよ。それで山口さんとの関係だが、島津氏は、小学校を二年で中退。山口さんは帝大を出た。にもかかわらず、島津氏はあれほどの成功をおさめ、蓄電池界では第一人者といわれている。それが山口さんには、悔しいのだろうね」

臨川がいった。

「なるほど。しかし、その意地がバネになって研究が成功すれば、お国にとって、こんなよろこばしいことはないぞ。意地が妬《ねた》み、嫉《そね》みになってしまっては、なんにもならんが」

春浪が、煙草を火鉢の灰の中に突き刺す。

「そこまで対抗意識があるかどうかはわからんが、焦りは感じておるようだ。なにしろ島津氏の話によると、山口さんは近く俺にまで意見を聞きたいといっておるらしいからな。俺は、電気の電波輸送機作りの役にはたたんよ。ははは」

臨川が軽く笑った。

「それでも、だれだか自分の研究を認めてくれて、資金援助をしてくれていると、うれしそうにしていたということだ。金持ちの実業家らしいがね」

「ほう。奇特な人もいるもんだ。けれど、いまの実業家は金を儲《もう》けることばかり考えて、お国のために使うということをしないから、それはいいことだな。だれだい？」

「島津氏も、名前は聞かなかったそうだ」

「うん。そういう人間にかぎって、奥ゆかしいものだ」

「この舎利別は、うまいね」

「そうかい。亀子がよろこぶよ。あいつの手作りなんだ」

「ほう。それは、たいしたもんだ。これなら、商売にしても売れるぞ」

臨川がいいながら、コップの舎利別を、ぐっと喉に流し込んだ。

「そうか。では俺は隠居して、家内に舎利別屋でもやらせるか。コーヒー館かミルクホールでもいいな。もう、原稿を書く仕事もくたびれたよ」

春浪が、また煙草に火をつけながらいう。

「なにをいってるんだ。われわれが活躍するのは、これからだぞ。俺も今度、小説を書いてみようと思っているんだ」

「いよいよ、小説か。なにを書くんだ。お前のことだから、まさか冒険小説や科学小説ではあるまいな」

「あっははは。そっちは、お前と龍岳君、阿武君がいる。俺はニーチェを主人公にして書いてみようと思う」

臨川が、まじめな顔をした。

「ニーチェか。おもしろい。もう、構想はできているのか？」

春浪がいった。

「いや、まだだ。ただ、ニーチェの若い時代を書こうと思っている」

「いつごろ、できるんだ」

「まだ、まったく未定だ。書けんかもしれんよ。題名だけは『嵐の前』としているんだがね」

「『嵐の前』か、いいじゃないか」

「吉江孤雁《よしえこがん》君も、題名はいいと褒めてくれた。問題は内容だな。春浪、ひとつ小説の書きかたを伝授してくれんか」

「冒険小説の書きかたでは、役にたたんよ。紅葉《こうよう》さんや独歩《どっぽ》さんが生きていたらなあ。正宗白鳥《まさむねはくちょう》君なんか、どうだ。俺は、かれの小説は高く買っているんだ」

「うん。白鳥君はいいね。でも結局は、小説は人に教わって書くものではないのだろうね」

「まあ、そういうことだな。ところで話は変わるが、山伏町で奇妙な子供の死体が見つかったというのは知っているかい？」

春浪が話題を変えた。

「いや、知らん。なんだ、それは？」

臨川がたずねた。

「俺も詳しいことは知らんのだが、龍岳君や黒岩君の話によると、なんだか子供が突然、病気になって、手足の爪が変化し、皮膚の一部が蛇だか蜥蜴だかの鱗のようになってしまったのだ。写真を見せられたが、たしかに奇妙だった」

「蜥蜴の鱗のように？　伝染病か？」

「それも、わからん。丘博士が、今日調べるらしい。いまごろ、調べておるのかもしれん」

「ふーん。だが山伏町では、どんな病気が起こってもふしぎではないな。そういえば、あすこには、川上源斎とかいう得体の知れない医者がいたじゃないか。あの男が、なにか実験でもしたのではないのか?」

臨川が春浪の顔を見た。

「なんの。その川上という医者が、こんなのは見たこともないというので、黒岩君を通じて鑑定を依頼してきたというのだ」

「ほう。人間が蜥蜴みたいになる病気か。聞いたこともないな」

「手足の爪など、まるで蜥蜴そのものだった」

「浅草の花屋敷あたりでは、蛇女というのをやっているがね」

「ありゃ、いかさまの見せ物だ。山伏町のやつは死んだというのだから、穏やかならんよ」

春浪がいった。そこへ、亀子が入ってきた。

「あなた、お食事は、どうなさいます。おそうめんでも用意しましょうか?」

「おっ、もう、そんな時間か。いいねえ、そうめん食おうか。どうだい臨川君」

「いや、奥さん、ごめんどうかけて恐縮ですな。ぜひ、いただきます。それから、この舎利別は、うまかったですよ」

臨川がいった。

「まあ、ありがとうございます。よろしければ、まだ、ございますわ」

「では、いただきましょう。奥さんは、なにを作ってもうまいですな。少し、家《うち》のやつに指導してもらえませんか」

臨川が笑った。

「まあ、そんなことをいったら、奥さまに叱《しか》られますわ。以前、お食事をごちそうになったことがありましたが、おいしゅうございましたわ。……では、おそうめんでいいですわね。ほかになにかつけましょうか?」

亀子が春浪の顔を見た。

「いや、あとは漬物でもあればいいだろう。臨川君、希望はあるかい?」

「とんでもない。おまかせします」

「それじゃ、すぐに用意してまいります」

「どうも、すまんです」

臨川が、ふたたび頭をさげた。

「いいえ、お気になさらないでください」

亀子は、軽く会釈《えしゃく》しながら部屋を出ていった。

「ところで病気といえば、潮風君が、だいぶよくないようだね」

臨川がいった。

「うむ。静乃さんも心配しておった。まあ、覚悟はしておるようだが、少しでも長生きしてもらいたいのが人情だ。近く、また見舞いにいってみようと思っている」

春浪がいう。

「それなら、俺もいこう」

「そうか。きみがいってくれたら、よろこぶだろう。潮風君には気の毒なことをした。俺が〈冒険世界〉にとどまってくれといったばっかりに、ほかの仲間から除《の》け者にされてしまって……。そうだ、臨川君。静乃さんが妙なことをいっておるのだ」

「妙なこと？」

臨川が聞き返した。

「うん」

春浪がうなずいた。

「どうかね？　わかるかね？」

丘浅次郎博士が、顕微鏡に目をあてている龍岳にいった。小石川区大塚窪町の東京高等師範学校丙《へい》号棟二階。丘博士の研究室。

「はあ、よくはわかりませんが、なんとなく……」

龍岳が正直に答えた。

「つまり、右が例の少年の異常を起こした皮膚の細胞、左が蜥蜴の皮膚の細胞だ。そっくりだろう」

丘博士がいった。

「はい」

龍岳が、顕微鏡を覗《のぞ》いたままうなずく。

「ということは、なんらかの原因で少年の皮膚の細胞が蜥蜴化したわけだ。これは、わたしの憶測にすぎんが、たぶん遺伝単位に、なにか変異が起こったものと思える」

「伝染病ですか?」

「いや、そうではないだろう」

「とすると、なぜ少年の皮膚だけが蜥蜴のようになったのでしょうか?」

「それは、まだ、わからん。これから研究してみる。けれども、これは極めて興味深い症例だ。人間の皮膚や爪が、爬虫類《はちゅうるい》とそっくりになるというのは、常識的な病気では考えられんからね」

丘博士が顔を輝かせた。その顔は、研究意欲旺盛《おうせい》な動物学者の表情になっていた。

「こういう例は、世界にもありませんか?」

龍岳が質問した。

「わたしの知るかぎりでは、いまのところないね。いや、黒岩君は、よくわたしに連絡をしてくれた。こういう現実にぶつかると、学者として胸が躍るよ」

「この少年は、発病する前に数時間、何者かに連れ去られているのです。だれかが人体実験をしたという可能性はありませんか?」

「それは、わたしも黒岩君から聞いたよ。しかし、ないとはいえないが、それまで、なんともなかった人間が、たった数時間で、あんな姿になるというのも解《げ》せん話だね。きみは科学小説家として、どう思うかね?」

丘博士が、反対に龍岳にたずねた。

「ぼくは、皆目わかりません。科学小説など書いていますが、科学のことはさっぱりです。だいたい、ぼくは法科出身なのに、なぜか科学小説家になってしまいましたもので……」

龍岳が頭をかいた。

「それらしいホラを吹くのは得意ですが、ほんとうの科学のこととなると、まったく、なんにも……」

「なに、学者だって同じだよ。とくに動物学だとか医学などというものは、わからんことだらけでね。論文なんかでも、科学小説よりおもしろいものがあるよ。福来《ふくらい》さんの超心理学なんかも、おもしろいね」

「丘先生は、千里眼《せんりがん》や念写に興味がありますか?」

「うむ。あまり肯定的ではないが、関心はある。ほんとうに千里眼があったらゆかいだね。実際、動物には帰巣本能のような、科学では説明のつかんことがあるからね。鯰《なまず》が地震を予知するというのも、まんざら嘘《うそ》ではなさそうだし」

「そうですか……」

龍岳が、ちょっと沈んだ声を出した。

「どうかしたかね?」

「いえ。ぼくの知り合いに、非常に第六感の強い女性がいるのですが、この数日、なにか胸騒ぎがするというのです。別になにというわけではないが、なにかありそうだと……」

「ほう」

「その女性にいわせると、伊藤公が暗殺された時や大逆事件の時にも、事前になんともいえない予感がしたというのです」

「おもしろい話だね。そのことと、あの少年が関係あるのだろうか。人間が、次々と蜥蜴化して死んでしまうとかなにか」

「先生、おどかさないでください。ぼくの小説ではないのですから」

「あっははは。これは失礼した。こんなことをいうようじゃ、他人の論文にケチはつけられんね。でも、鵜沢君。これを種にして、そんな小説を書いたら、大いに売れるかもしれんよ。『戦慄《せんりつ》の蜥蜴人間』というのは、どうかね?」

丘博士は機嫌がよかった。

「それより、わたしが自分で書いてみるか。わたしが科学小説を書いたら、〈武俠世界〉に載せてくれるだろうかね」

「それはもう、ぼくの責任で載せますよ」

龍岳が答えた。

「それはまあ冗談だが、ウエルスの『時間旅行機《タイムマシン》』にも、奇妙な蜘蛛《くも》のような人間が出てきただろう」

「先生は、『時間旅行機』をお読みでしたか?」

「うん。おもしろかった。あの小説は、本になるまで、何度も出版社につき返されたんだそうだね。編集者も見る目がない。それにくらべて押川春浪君は、立派な編集者だ。きみを見つけ出したんだからなあ。きみの『火星魔人の恐怖』読んだよ」

丘博士が、にやっと笑った。

「ええっ、先生は、ぼくの小説まで……」

龍岳が、やや、うろたえていった。

「読んでいるよ。〈武俠世界〉も〈冒険世界〉も愛読誌だ」

「お恥ずかしいかぎりです」

「いや、きみの作品は、どれもおもしろい。世辞ではないよ。きみに世辞をいっても、わたしは一文《いちもん》の得にもなるわけではないからね」

「恐縮です。では、これから、ぼくの本は贈呈させていただきます」

「それは、うれしいな。では、ぜひ一冊、署名をして贈ってくれたまえ。学生たちに自慢ができる。ところで、せっかく訪ねてきてくれたが、なにか少しは参考になったのかね」

「はい。大変、参考になりました。ともかく今度の事件が、世界にも前例を見ないというだけでも……。先生、ぜひ細胞変化の秘密を探りあててください」

「全力でやってみるよ。外国の研究者とも連絡を取ってみよう。北里《きたざと》博士などは、なんといわれるかな。野口英世《のぐちひでよ》博士にも連絡してみるつもりだ。まだまだ、原因のわからん病気はたくさんあるからね」

「お願いいたします。それから、ほんとうに〈武俠世界〉に小説を書いてください。春浪さんに、そう伝えておきます」

龍岳がいった。


「はい。さきほども、申しましたように、思うようにまいりません。一昨日も一例、失敗に終わりました。今日か明日、こちらの時間でのことですが、もう一度、試してみるつもりではおりますが……。自分の体調も、あまり思わしくはありません。そう長くはないと思われます」

皇居内侍医寮の一室で、男がしゃべっていた。部屋の明かりはついておらず、まっ暗闇だったが、窓際の机の上に旅行鞄《かばん》らしいものが広げられており、その中から発せられる、かすかな明かりが、男の手元だけを、ぼんやりと浮きあがらせていた。旅行鞄の中には、たくさんのボタンやスイッチのついた通信機と思われる、見慣れぬ機械が入っており、そのボタンが赤や青の淡い光を出しているのだ。男はレシーバーを耳にして、機械からつき出たラッパのような管に向かって、声をひそめてしゃべっている。

「はい。この任務を受けました時から、自分に悔いはございません。陛下に捧げる所存でございますから、お命は皇帝陛下に捧げる所存でございますから、お命は皇帝

いまだ与えられた任務をまっとうできないことであります。妻子は元気でありますか。どうか、よろしく、お願いいたします。……山口は協力的であります。この人間は一種の狂信的科学者ですから、とにかく機械を完成して、世間をあっといわせれば、それで満足なようです。あとのことなど、なにも考えてはいないようです。こちらにとっては、これ以上、好都合な者はいませんがね。けれども研究のほうは、いまひとつ先に進みません。本人は、張り切っておりますが。……それにしても敵の間諜《かんちょう》の所在が、まったく知れません。ここでございますか。ここは宮内省の侍医寮です。前回の連絡でも申しましたように、催眠薬を使って侍医頭《じいのかみ》に取り入り、ここまで入り込みましたが、情報が摑《つか》めません。……ええ、やはり体調は悪いようです。実験の結果が、より悪くしてしまいました。したがって、もう、これ以上は実験はせず、全力で治療に専念し、回復したらあらためてと考えております。……それが、わかりません。どちらにしても、ここまで病状が悪くなったとあれば、敵が自分の存在に気づかぬはずはないと思うのですが、あるいは、すでに死亡しているのではないでしょうか」

男は、そこで、ちょっと息をついた。

「それは、たしかでございますか？　ならば姿を現すと思えますが、それをしないということは、なにか策略があるのかもしれませんね。心いたします。……はい。それにつきましては、ひとり候補者を見つけまして、われわれに協力するよう話をしております。ええ、そうです。……しかし、そういう人間でなくては、とうてい、この作戦に協力はいたしま

せん。多少の金や地位では、とてもむりです。こちらの人間は山口は別として、われわれよりは、はるかに意志強固でございます。はい、そうです。いま、悩んでいるようでございます。もちろん自分は、こちら側の人間ということにしてございます。はい。承知いたしました。全力で努力いたします。そちらでの戦況は、いかがでございますか？　そうですか。……えっ⁉　すると、この作戦そのものを中止する可能性があるというのですか。ちょっと待ってください！　それではいままでの自分の間諜活動は、なんだったのですか‼　自分はなんのために、こちらに送られたのですか！　もしもし、もしもし……」

男はレシーバーを押さえたが、もう相手は通信を一方的に切ってしまったようだった。

男は闇の中でレシーバーを耳からはずし、鞄の中に納め蓋《ふた》をした。そして鞄に肘《ひじ》をついて、両手で顔を覆った。

「やめられるものか、ここまできて……。皇帝がどうされようと、わたしは任務を続ける。反逆罪になったって、かまわない。妻子を捨て命を捨ててまで、がんばってきたのに……」

男は、呟《つぶや》くようにいった。その時、扉がノックされた。

「どうぞ。錠はかかっておりません」

男が、姿勢を直していった。扉が開いた。入ってきたのは岡玄卿《おかげんけい》侍医頭だった。

「田上君、どうした？　電灯もつけないで」

「はあ。少々、考えごとをしていたのですが、わたしは暗いほうが気持ちが安らぐものですから」

田上と呼ばれた男が答えた。

「そうか。では電灯はどうでもいいが、陛下のご容体がまたお悪い。お召しだ。すぐにご拝診奉《たてまつ》ってくれたまえ」

侍医頭が緊張した表情で、暗闇に向かっていった。

「はい。それで陛下は、どのような、ご容体でございますか？」

「痛みはないようだが、時折、意識が朦朧《もうろう》とされる。熱も少しおありになる」

「わかりました。ともかくご拝診奉らねばわかりませんが、熱をお下げしなくてはなりません。すぐ参ります」

「頼むぞ。ご公務をお休みになられるよう侍従長とも進言しておるのだが、お聞き入れにならない。いまも、陛下は表御座所の長椅子に横になっておられる」

侍医頭が、困り果てた声を出した。

「わたしからも、お休みになられるように申しあげましょう」

田上がいった。

「そうしてくれ。陛下は、きみを信頼しておられる。きみのことばなら、お聞きくださるかもしれん」

侍医頭が大きく息を吐いた。

4

外遊の桂《かつら》、後藤の随員一行決定す

欧行の桂公、後藤男の一行は左の如《ごと》く決定せり。

若槻礼次郎《わかつきれいじろう》氏
陸軍少佐　畑《はた》　英太郎《えいたろう》氏
杉　梅次郎氏
龍居　頼三氏
夏秋　亀一氏
(哈爾賓《ハルピン》より加はる)

尚岩下清周《いわしたせいしゅう》氏及女婿山本次郎氏は汽車室の都合にて同行せざるやも知れず、十一日後藤男より電報を以《もっ》て西比利亜《シベリア》鉄道会社へ照会したれど、今朝まで返電来らず。

(六月十日〈報知新聞〉)


「なんだって!?　すると、そんな医者は長野病院にはいなかったというのか!!」

天風が、原田の報告に目を丸くした。

「そうなんだ。いくら探しても見つからん」

原田が苦虫を潰したような表情をした時、天風の妻の雅子《まさこ》がコーヒーをお盆に乗せて入ってきた。

「どうぞ、おかまいもしませんで」

雅子がコーヒー茶碗《ちゃわん》を、ふたりの前に置く。

「ああ、どうも。かまわんでください。自分は客ではありませんから」

籐《とう》椅子の原田がいった。

「ええ。でも、コーヒーぐらいは。紅茶のほうが、よろしかったでしょうか?」

雅子がいった。

「いいえ。コーヒーは大好きです。奥さん、冬には、おめでただそうですね」

「はい。おかげさまで」

雅子が恥ずかしそうに、うつむいた。

「天風君に似ないで、奥さんに似るといいですな」

原田がいった。

「おい。原田君、そりゃ、どういう意味じゃ」

天風が、スプーンで砂糖をかきまぜる手を止めた。

「それ以上、聞きたいかい？」

「いや、いい。実はわしも、男の子ならまだしも、女の子なら、わしには似んほうがいいと思っておるのじゃ」

「なんだ、よく、わかっておるじゃないか」

「ぷっ！」

雅子が吹き出した。そして、笑いをこらえながらいった。

「どうぞ、ごゆっくり」

「ありがとうございます」

「しかし、原田君も口が悪くなったな。もう一度、現役にもどって鍛え直したほうがいいんじゃないか。それとも、わしが今度は陸軍に入って、きみをいじめてやるか」

天風が笑う。

「俺は、なにもきみをいじめたりはしておらんぞ。真実をいったまでだ」

原田がいった。

「真実は、必ず相手に知らせなければならんというものではない。黙っていたほうが、相手が傷つかんこともある。わしは、さっきのことばで大いに傷ついた。もう、きみとは絶交しようかと思っておる」

天風がいった。

「それは、ちょうどよかった。俺も、きみとは友だちづきあいはやめたいと思っておったところだ」

「うーむ。今日は、どうも、わしのほうが形勢不利じゃな。……冗談はともかく、それで長野病院にいなかったとなると、その田上という医者は、実際は何者なのだ？」

「まだ正体が摑《つか》めん」

原田が、ふたたび表情を厳しくした。

「医者であることは、たしかなのだろうな？」

「うむ。そういう名前の医者が熊本にいることはわかっているのだが、同一人物かどうかは、いま調査中だ」

原田が手にしていたコーヒー茶碗を、受皿に置いた。

「もし、にせ医者だとしたら、大変なことになるな。侍医寮に、にせ医者が雇われたとなったら、宮内大臣の首が飛ぶ」

「それどころではない。首相の首も危ないぞ」

「そうだな。それにしても、なにやら不穏だな。で、陛下のほうは？」

「お元気な時は、すこぶるお元気らしいのだが、お疲れが溜《た》まってくると、やはり、いかんようだ。それでも、ご公務は、ぜったいにお休みになられないといわれているそうだ。ごむりをなさらないほうがよいと思うのだが」

「陛下のお人柄であらせられるな。そうであるからこそ、また、われわれも赤誠《せきせい》を誓うことができるのだ。これが露西亜《ロシア》皇帝のような人間では、そうはいかん。露西亜の国状も不安そうだね。革命党員をはじめとして、不満分子が充満しておるようじゃないか」

天風がいった。

「らしいね。うかつなことはいえないが、いずれ、あの国には大変革が起こりそうな気がするよ」

「内戦であってくれればいいがね。また南満洲あたりに、ちょっかいを出されたらたまらん。いや、話がそれた。で、その医者がにせ者だとしたら、なにが目的なんだろう」

「評判は悪くないようだ。あるいは、自分の手で陛下をご診療したいという気持ちなのかもしれんが」

「岡侍医頭とは、どこで知り合ったのだろう」

「わからんねえ。しかし侍医頭が、引っ張ってきたということは、よほど腕はいいのだろうね……」

原田にも、なんとも答えようがないようだった。

「どちらにしても、さらに調べを続けるよ」

「このことは、春浪さんに話してもいいかね？」

天風がいった。

「かまわんだろう。ただ、いうまでもないが、〔天狗倶楽部〕の外には洩《も》れんように頼む」

「わかった」

「それと陛下のご容体のことは、春浪さんと龍岳君ぐらいで止めておいてくれ。これも国民に洩れたら、大騒ぎになる。出所を探られると、俺も困るし」

「承知した。そのことは、決して、ほかの人間には口外せんようにするよ」

「きみのほうは、なにか、話はないのか？」

「ないねえ。〈冒険世界〉の売れゆきが伸びんので困っておる。悔しいが〈武俠世界〉に、読者を食われてしまった。さすがに春浪さんの力は強い。しかし、これは、いくら相手が春浪さんでも、こちらも黙って尻尾を巻くわけにはいかんから、巻き返しを図るよ。原田君、なにか、おもしろい記事を書いてくれんか」

「よし、ほかならぬ、きみのためだ。なにか考えてみよう。けれど、俺はどうしても軍隊物しか書けんからなあ。きみや龍岳君の才能がうらやましいよ」

原田がいった。

「いや、わしはともかく、龍岳君は一作ごとに、うまくなっていくね。まじめな男だからなあ。よく勉強もしておるようだし。龍岳君にも〈冒険世界〉に書いてもらいたいんだが、なにしろ忙しいらしい。本郷書院と実業之日本社からも、なにか頼まれたといっておったな。大学館では、ひとつ印税を踏み倒されたらしいが……」

「あすこは、春浪さんもやられているだろう。なにしろ、出す本が玉石混淆《ぎょくせきこんこう》もいいところだからな。『吾輩《わがはい》は鼠《ねずみ》である』ぐらいはいいが、『吾輩は小僧である』になると、もう、めちゃくちゃだ」

「あれを読んだのか。わしは題名だけ見て、手にも取らなかったよ。漱石《そうせき》先生も、よく怒らんものだな。ああ、次から次と、まがいものを出されて」

天風が笑う。

「人間が大きいのか、めんどうくさいのか、どちらかだな。弟子たちのほうが、憤慨しているという話を聞いたよ。とにかく、きみのところには、なにか書かせてもらうことにする」

原田がいった。

「やあ、ありがたい。持つべきものは友人だ」

「それほど、期待しないでくれ。とりあえず二十枚ぐらいでいいかな。長篇に時間を取られているのでね」

「結構、結構。世辞ではないが、原田中尉のものを載せてくれという投書は、ずいぶんたくさんくるんだよ」

「ほんとうかね」

「ほんとうだとも。なんなら今度、葉書を持ってきて見せてやるよ」

天風が笑った。


四谷区仲町にある学習院院長室の来客用の椅子に、龍岳と時子が座っていた。龍岳は〈武侠世界〉の次号に、乃木大将の談話を取材にいくことになったのだが、その話を聞くと、時子もどうしても大将と話をしてみたいといい、春浪に頼み同行させてもらったのだった。

「いいや、お待たせをしましたな」

約束の時間を十分ほど過ぎて、軍服姿の乃木が、にこやかに部屋に入ってきた。老齢ながら、さすがに軍人だけあって、背筋がぴんと伸び姿勢がいい。龍岳と時子が立ちあがって、おじぎをした。

「閣下には、お忙しいところを恐縮でございます。〈武侠世界〉の鵜沢龍岳と黒岩時子です」

龍岳がいった。

「乃木です。……いや、なに、それほど忙しくもないのだが、なにかしておらんと気がすまん性格なので、自分で忙しくしておるのです。いまは医務室にいっておりました。痛くもかゆくもないのだが、背中にできものができましてな。校医に治療をしてもらっておったのです。まあ、お座りなさい」

そういって、乃木はふたりの前の椅子に腰かけた。龍岳と時子も腰を下ろす。

「押川春浪君には、〈冒険世界〉の時に、二度ほど、お会いしましたよ。話がはずんでね。今度は〈武侠世界〉という雑誌を始められたのですな。いつも贈っていただき、読んでおりますよ」

「ありがとうございます」

龍岳がいった。

「しかし、ご婦人の編集者が、この乃木のところへくるとは珍しい。話に聞くと、どこの新聞社でも雑誌社でも、婦人の記者は、わしをいやがるそうですよ。武骨な年寄りを取材しても、つまらんから当然じゃと思うがね。あっははは」

乃木が、ゆかいそうに笑った。

「それを、今日は、こんな若いお嬢さんがきてくれたのだ。これは、奮発して話をしないといけませんな。で、なにをお話しすればいいのですかな？」

取材用の帳面と万年筆を用意している龍岳に、乃木がいった。

「はい。今日は戦争の話ではなく、閣下の日常生活をお話しいただければと思っております。まず、閣下のお好きな食べ物でございますが……」

龍岳が質問した。

「うむ。わしはなんでも食うよ。好き嫌いというものはない。とくに甘いものが好きでな。飯に汁粉をかけて食うこともある」

「ご飯に、お汁粉をですか!?」

時子が、素《す》っ頓狂《とんきょう》な声を出した。

「そう。あれで、なかなか、うまいものじゃよ。落《らく》雁《がん》を飯に入れて、茶漬けにして食ったこともある。……そうじゃ。せっかく、若い別嬪《べっぴん》さんがきておるのだ。なにか菓子でも用意させよう」

乃木が、椅子から立ちあがった。

「いえ、閣下。もう、どうぞ……」

時子がいった。

「なになに、なにかあるじゃろう。……おい、だれかおらんか！」

乃木は部屋の扉を開けて、廊下に向かって怒鳴った。どこからか、あわてて給仕が走ってきた。

「お呼びでございますか？」

「うん。なにか、甘いものはないかな？」

「はっ、最中《もなか》がございますが」

「それがいい。それを出してくれ。それから、茶を入れ替えてくれ」

「はい」

給仕はテーブルの上の湯呑《ゆの》み茶碗《ぢゃわん》を重ねて、部屋の外に持っていった。乃木は、ふたたび椅子に腰を降ろした。

「どこまで話しましたかな?」

「はい。落雁のお茶漬けのところまででございます」

時子がいった。

「そうそう。あれも、うまい。日本茶に蜜柑《みかん》の汁を絞って飲むこともある。きみたちは、やらんかね」

「はあ、まだ、やってみたことは……」

龍岳がいった。

「そうか。わしが、特別、変わっておるのだな。なんでも食うが、塩からいものが苦手でな。海苔《のり》には、めったに醤油《しょうゆ》をつけん。西洋料理のソースも、かけんことのほうが多いじゃろう。そう、なんでも食うといったが、ラッキョウと唐辛子はいかん。食えんよ。おやつは焼き芋《いも》か衣《きぬ》かつぎがいいのう」

そこへ給仕が最中を持った菓子皿と、新しいお茶を、お盆に乗せて持ってきた。

「さあさあ、食べなさい。もっとも酒を飲む人間には、甘いものは苦手かもしれんが。きみは酒は?」

「はい。一滴もいけない口です」

龍岳が答えた。

「そうか。それなら、最中はいいじゃろう」

乃木が、まず一個、手にした。龍岳と時子も手を伸ばす。その手を見て、乃木がいった。

「お嬢さんは、炊事をやられるようじゃね。偉いものだ。わしも兵学寮時代には飯を炊いたことがあるが、へたでしてな。いつも罰を食っておった。……うまい、最中じゃろう」

「はい。とっても」

時子が答える。

「閣下は、肉を食うと人間が馬鹿になるといわれるそうですが?」

龍岳がたずねた。

「ははは。まあ、それは冗談じゃが、わしは肉は、それほど好きではない。家では、ほとんど魚じゃな。それに味噌汁は欠かせんよ。ただし、祭日にはネギの味噌汁は飲まん。身を清浄にする日に、匂いの強いものはよくないからのう」

「閣下は、日本の伝統を尊ばれるのでございますね」

時子がいった。

「なに、世間では頭が固いなどともいうが、そうではない。西洋のものでも、よいものはよい。昨年、越後の高田にスキー倶楽部ができて、わしも招かれていったのじゃが、あの運動は万の利益があって弊害がない。もっと盛んにせんといかんと思っておるよ。マラソンなども、よい運動じゃ。しかし、裸に近いかっこうは考えものじゃな。服を着てやればよいと思うが、汗をかくからしかたないのかもしれんね」

乃木は茶をすすり、胸のポケットから朝日を出して、マッチで火をつけた。

「なにしろ、わしほど裸の嫌いな人間も珍しいじゃろうな。浴衣《ゆかた》も着んのだよ。昔は着物も着たが、いまは家には着物はないのではないかな。静子に聞いてみんとわからんが」

「ズボンをはいて寝るというのは、ほんとうでございますか？」

龍岳が質問した。

「ほんとうじゃ。わしはズボンをはいて寝ないと眠れん。上はシャツじゃ」

「夏など、お暑くありませんか？」

「暑いが、それでもズボンでないと眠れんのだ。そのうえ風呂が嫌いなものだから、静子がいやがってな。静子のことは、書いてはいかんぞ。はっははは」

乃木は、煙草の灰を灰皿に落とした。

「しかし、こんなことばかりしゃべっておって、談話になるかのう」

「はい。充分でございます。動物などは、お好きでございますか」

龍岳がいった。

「好きじゃよ。馬がかわいいのう。わしの家が〈馬屋敷〉と呼ばれておるのは知っておるだろう」

「ステッセル将軍から贈られた白馬は、いまはどうされておいでですか？」

時子が質問した。

「あれは怪我をしておったので治療をしてやり、友人に贈った。〔寿号《す》〕という名前にしてな。ステッセルの頭文字のスを取ったものじゃ。犬もかわいい。苦手なのは、蜥蜴とか蛇……」

いいかけた乃木が、ふっと虚《うつ》ろな目をして、ことばを止めた。

「どうかなさいましたか？」

龍岳がいった。

「あ、いや……。なんでもないが……。なにか、忘れていたものを思い出したような気がした。じゃが、それも忘れてしまった。わしも歳《とし》を取ったものだ」

乃木の声に、急に張りがなくなった。その時、さいぜん最中を持ってきた給仕が部屋に入ってきた。

「院長」

「どうしたね？」

「ただいま、高等師範の嘉納治五郎《かのうじごろう》先生がお見えになりました」

「嘉納君が？　はて、約束はしていなかったと思うが」

「はい。近くにきたので、寄ったと申されておりますす。応接室にお通ししてございますが、いかがいたしましょう」

「せっかく、寄ってくれたのだ会おう。じゃが、こちらが困ったのう。これでは、まだ談話は足りなかろう。すまんが、もう一度、日をあらためてきてもらえんじゃろうか」

乃木は、そういって立ちあがると、執務机の上の予定表を覗《のぞ》き込んだ。

「明日、いや明後日の午後四時ごろは、どうかね。六時まで時間が空いているから、ゆっくり続きを、お話ししよう」

「はい。結構でございます。では明後日の四時に、もう一度、うかがわせていただきます」

龍岳がいった。

「すまんのう。客が嘉納君でなければ、しばらく待ってもらうのじゃが……」

「いえ。わたしどもは取材ですから、何度でもうかがわせていただきます。閣下、今日はほんとうにありがとうございました」

龍岳と時子は学習院を出ると、下谷山伏町の町田仲吉の長屋に向かった。例の少年を数時間、連れ去った男の正体を調べるためだった。

町は相変わらず、汚いではいい表せないような、ひどい状態だった。名市長とうたわれた尾崎行雄《ゆきお》にも、この町を再生させることはできなかった。半分、腐りかかった藁《わら》屋根の長屋のあいだを通り抜け、死んだ鼠《ねずみ》の死骸《しがい》を踏みつけないように注意しながら、ふたりはなめくじ長屋の仲吉の家の前まできた。もちろん、手土産は焼酎《しょうちゅう》の一升壜《びん》だ。

入口で声をかけようとした時、汚れきった浴衣を二枚重ね着し、歯のない下駄をはいた中年男が、家からのっそりと出てきた。町田仲吉だった。

「おっ、龍岳先生に時子さんじゃありやせんか！」

先に仲吉が、龍岳たちに声をかけた。

「こんにちは。お出かけですか」

龍岳がいった。

「お出かけってほどのもんじゃねえですよ。暇つぶしに、だち公のところにでもいってみようかと思いやしてね」

「じゃ、時間ありましてよね」

時子がいう。

「ええ、おおあり名古屋のこんこんちきってなもんでさあ」

「では、ちょっと話を聞かせてください。一昨日、連絡をくれた少年の件で。はい、いつも同じもので悪いけれど」

龍岳が手にしていた焼酎の壜を、差し出した。

「ありがてえ。ごちになります。なにが、いつも同じもので悪いですか。こちとら、アルコールとくりゃ、なんでもいいんで。まあ、入っておくんなさい」

仲吉は焼酎の壜を抱えると、くるりと踵《きびす》を返して長屋にもどった。あいかわらず、部屋の中もすごかった。龍岳も時子も、もう何度かここを訪ねているから、おどろかないものの、初めての人間なら逃げ出したくなるような異臭が漂い、とても、そこが人間の住んでいる家とは思えないほどだった。ごみ溜《ため》でも、ここよりは少しはましな感じだ。

しかし、いつもと部屋の中が、変わっているところもあった。部屋の向かって左側に、いままで見たことのないボロ布の山があった。ふたりが、それに見とれていると、仲吉がちょっと照れ臭そうにいった。

「指が折れて、仕事ができなくなっちまったんで、ボロ布屋をやろうと思いやしてね。ボロ布を機械工場に売るんです」

仲吉は、元はスリをやっていたが、ある事件で右手の指を二本折られ、いまは足を洗っている。

「なんで機械工場が、ボロ布を買うのですか？」

時子が質問した。

「機械の油汚れなんかを拭《ふ》くんですよ。こないだの仕事で、龍岳先生や春浪先生からもらった金で仕入れたんでさあ。いま手伝いの若い男を探してるんです。きちんとした仕事をするとなると、いいかげんなやつは使えませんからね」

仲吉がいった。

「それはいい。人間、働かなくちゃいけませんよ。まじめに働いていれば、いいこともあります」

龍岳がいった。

「あがりますよ」

「へい。どうぞ、どうぞ。おい、嬶《かかあ》。龍岳先生と時子さんだ！」

仲吉が、すだれで仕切られた右隣りの部屋に声をかけた。

「えっ、仲吉さん。結婚したのかい？」

「なあに、結婚なんて立派なもんじゃありやせんよ。ふたりとも、ごぞんじでしょ。隣りの助平婆《ばばあ》。あれと、一緒になっちまいましてね」

仲吉が、頭をごしごしとかく。

「龍岳先生ですって？」

前回、会った時よりは、はるかに、なりを小ぎれいにしている、隣りの部屋の中年女性が、すだれを上げて部屋に入ってきた。

「こんにちは」

時子がいった。

「お嬢さん、このあいだは、ありがとうございました」

女性がいった。

「結婚なさったんだそうですね」

龍岳がいった。

「この人が、一緒になろうってきかないもんですから」

女性が恥ずかしそうに答えた。

「なにいってやがんでえ。こいつが、押しかけてきたんですよ。お藤《ふじ》ってんですが、あっしは、おかめって呼んでまさあ」

「お藤さんですか。あらためて、よろしく、お願いいたします」

時子がいった。

「なにをおっしゃいます。こちらこそ、お世話になりっぱなしで」

「でも、よかった。お似合いの夫婦だ。仲吉さん、お藤さん、おめでとう」

龍岳がいった。

「お祝いをしなくちゃいけないな。まさか、ふたりが一緒になったとは思わなかったので、なんにも持ってこなかった」

「なあに、俺っちは、これさえあれば文句はねえんですよ」

仲吉が、焼酎の壜をなでる。

「いつも、すみません。おまえさん、いっぺんに全部、飲むんじゃないよ」

「わかってるよ。もう、さっそく嬶気取りですからね」

仲吉がいった。

「だって、一緒になったのなら、奥さんじゃありませんか」

「ああ、そうか。なんでもいいや。おかめ、とにかく茶でも入れろい。湯呑み茶碗もやかんも、ちゃんと洗ってありやすからね。汚ねえと思うでしょうが、飲んでやってください」

「なにが、汚いもんですか。でも仲吉さんのところで、お茶を出してもらうのは、これが初めてですね」

「面目ありやせん。なにしろ、俺っちひとりの時は、湯呑みもなかったから。じゃ、先にいただきます」

お藤は、また、すだれをくぐって右の部屋に入っていった。伸吉は部屋の奥に陣取り、焼酎の壜のコルクの栓を口で引き抜く。龍岳と時子は、醬油を煮しめたような色の畳の上には座らず、入口に近い半畳ほどの板の間に座った。

「で、今日の話ってのは？」

伸吉が、焼酎をラッパ飲みしながらいった。

「一昨日死んだ子供のことなんですが、病気になる前に、子供をどこかに連れていったという男の見当はつきませんかね」

龍岳がいった。

「すると、あの野郎が殺したんですかい？」

「いや、殺したかどうかは、わからないんですよ。ただ、なにか怪しいところがあるんで、調べているんです」

「そうですか。俺っちも話を聞いただけで、その野郎の姿を見てるわけじゃねえんでね。なんでも見たやつの話だと、鼠色の背広を着た立派な男だったたってんですがね」

「この町の人間じゃないんですね」

「そいつは、まちげえねえですよ。……ああ、うめえ」

伸吉が答え、また、ごくりと焼酎を飲んだ。

「おい、おかめ。いつまで茶を入れてんだ」

「いま、持っていくよ。龍岳先生と時子さんが、訪ねてきてくれたんだから、一番いい茶碗を出してるんだよ」

隣りの部屋から、伸吉に負けていない声が返ってきた。

「ふふっ」

時子が笑った。

「どうしやした、お嬢さん？」

伸吉が時子の顔を見た。

「とっても、すてきなご夫婦なんですもの」

「冗談じゃねえですよ。俺《お》りゃ、尻《しり》に敷かれっぱなしでさあ」

「鼠色の背広っていうだけじゃ、手がかりにならないな」

龍岳が話題をもどした。

「そうですねえ」

「なにか、特徴はなかったんでしょうか？」

時子も質問する。

「少年のご両親も、なにも聞いていないのですか」

「なんでも家に帰ってきてから、お医者さん、お医者さんっていってたらしいんですよ。だから、その男と別れて、すぐ、ぐあいが悪くなったんだと思いますけど」

お藤が漆《うるし》の剝《は》げた、それでも伸吉の家の中で一番上等と思えるお盆に、湯呑み茶碗を三つ乗っけて持ってきた。茶碗は備前《びぜん》焼きだった。

「どうぞ。お茶っ葉は、番茶なんですよ」

「ありがとうございます」

時子が頭をさげた。

「それでも、両親は医者には連れていかなかったんですか？」

「ええ。この町じゃ、めったなことじゃ、お医者にはねえ。源斎先生は、ただみたいなお金で診《み》てくれるけど、お金じゃなくて、お医者にいくのが怖いんですよ。あたしも、あんまりいきたくはないもの」

お藤が座り込んで、話に加わりながらいう。

「かわいそうに。すぐ連れていけば、助かったかもしれないのにな。しかし、その男は、なにをしたんだろう。それとも、病気とは関係ないことなのか……」

龍岳が、顎《あご》に手を当てた。

「いままで、一回も見たことのない男だったんですね」

「そいつを見たという連中は、そういってるけどね。あんまり、あてにゃならねえな」

「いい子だったんですよ」

お藤が、ちょっと涙ぐんでいった。

「そうですか。……では、いつものことながら、なにか新しい情報が入りましたら、武侠世界社でも、黒岩さんのとこにでも電話をしてください」

龍岳がいった。

「そうしやしょう。お嬢さん、黒岩の旦那《だんな》に、よろしくいっておくんなさい」

仲吉がいった。

「わかりました。伝えておきます。それじゃ」

龍岳と時子は、板の間から立ちあがった。

「ああ、そうだ。忘れるところだった。包みもしないで悪いけれど、結婚のお祝いに納めてください」

龍岳が懐《ふところ》の財布の中から五円札を一枚取り出し、ふたつに折ってお藤に渡した。

「こんな……」

お藤が、困ったような顔で仲吉を見た。

「龍岳先生、そいつは困るよ」

「いいじゃないですか。取っておいてください。せっかくの、お祝いごとなんですから」

「すまねえ、先生。それじゃ遠慮なく頂戴《ちょうだい》します。その替わり先生とお嬢さんの祝言《しゅうげん》の時ゃ、きっと祝わせてもらいやす。おい、おかめ。お前もお礼を申しあげろい」

仲吉がいった。

「ほんとうに、すいません。ありがとうございました。無駄使いしないで、仕事の資金にします」

お藤が、何度もぺこぺこと頭をさげた。

「ほんとうに、そんなに、お礼をいってもらうような金額じゃないんですから」

龍岳が笑顔でいった。


「俺、どこも悪いところなんかねえよ」
十二、三歳前後と見える少年が、鼠色の背広の男の手を振り切ろうとした。だが、その男は少年の右腕を、がっしりと摑んで離さない。そこは芝公園の東照宮神楽《かぐら》殿に近い梅林の中だった。時刻は、もう五時半を過ぎ、あたりは薄暗くなっている。周囲に参詣《さんけい》客の姿は見えない。
「いや、顔色がよくない。悪い病気にかかっている。おじさんは医者だ。注射を打ってあげよう。元気になるよ」

男がいった。

「いいってば。俺、注射嫌いだし、悪いところなんかねえんだよ。離せよ、離せったら！」

少年が、もがいた。

「騒ぐんじゃない。おじさんのいうとおりにすればいいんだ‼」

男がきつい声を出した。少年は、その声に気押《けお》されて抵抗をやめた。

「それでいい。注射は痛くなんかないんだ。元気になるんだよ」

男は、そういいながら足元に置いてある診療器具の入った黒い鞄《かばん》を、左手で開けた。そして、金属の箱から注射器を取り出す。その時だった。少年が、男の右手の甲に嚙《か》みついた。

「痛い！」

男が叫んで、思わず少年の手を離した。少年は梅林の中を走り出した。

「待て！」

男が注射器を持つと、鞄をその場に置いたまま、追いかけ始めた。距離は、ぐんぐんと近づいていく。

男は年齢不詳だったが、その走りかたは力強かった。少年は転がるように逃げるが、たちまち差が縮まってきた。やがて梅林が切れて、神楽殿のほうに出てきた。

「助けて！」

少年が叫んだ。もう店を閉めている売店の縁台に、ひとりの男が座っているのを見たからだった。ソフト帽をかぶった、着物姿の小肥《こぶと》りの男だ。小肥りの男は、声のほうに顔を向けた。〔天狗俱楽部〕のふたりの画家のうちのひとり、倉田《くらた》白羊《はくよう》だった。

「どうした、坊や？」

倉田は風体《ふうてい》に似合わない、優しい声を出した。

「助けて、おじさん。変な男の人が、俺に注射をしようとするんだ」

少年が泣きながらいった。

「なに、その男は、どこにいる？」

「梅林のほう……」

少年が、倉田のからだの蔭《かげ》にかくれるようにしていった。

「どれ?」

倉田が梅林の中を覗く。なにか黒い影が、動くのが見えた。が、黒い影のほうも倉田の姿を認めたようで、動きを止めた。そして、まわれ右をすると、梅林の中を元きた方向に向かって足早に歩いていく。

「おい、待て‼」

倉田が、破《わ》れ鐘《がね》のような声を出した。だが、男は止まらない。

「坊や、ここで待っていろ。おじさんが捕まえてきてやる」

倉田は男を追おうとした。しかし、少年がそれを止めた。

「おじさん。俺、ひとりでここにいるの怖いよ」

そういって、倉田にしがみつく。

「そうか。弱ったな。逃げてしまうぞ」

「もう、いいよ。俺、注射されなければ、いいんだ。おじさん、家までついてきてくれる?」

「遠いのか?」

「ううん。すぐそこ」

「そうか。わかった。悪いやつを捕まえそこなったのは残念だが、しかたがない。坊やの家まで送っていってやろう。だが、なんで梅林の中で注射などされそうになったのだ?」

倉田が質問した。

「俺、もう、熟れている梅があったら、取ろうと思っていたんだ。そしたら急に変な男の人が出てきて、おじさんはお医者だが、坊やは顔の色が悪いから注射をしてやろうっていって、腕を摑んだの」

「ふむ」

「で、俺、どこも悪いところなんかないからっていったんだけど、手を離さないから嚙みついて逃げてきたんだ」

「なるほど。そいつは、ほんとうの医者ではないな。ほんとうの医者が、こんなところで、どこも悪くない坊やに注射をしてやるなどというわけがない」

「人さらいかな、おじさん。俺に眠り薬の注射を打って、曲馬団《きょくばだん》に売るつもりだったんだろうか」

少年が、からだをびくっとさせた。

「それは、わからんが……。だが、坊やも悪いぞ。こんな遅くまで、ひとりで梅林になんかきてはいかん。よし、送ってやるから案内をしなさい」

倉田は、そういって、縁台の横に置いてあった大きな鞄を手に取った。

「おじさんは、行商の人？」

「いや、ちがう。絵描きだよ。暗くなったので、道具をしまって帰ろうとしているところに、坊やが走ってきたんだ」

「絵描きさんか。名前はなんていうの？」

「倉田白羊」

「くらたはくよう」

「知らんだろう？」

「知ってるよ。〔天狗倶楽部〕のおじさんでしょ！」

少年が目を丸くした。

「ほう、よく知っているな」

倉田がいった。

「うん。兄ちゃんが、〈武俠世界〉取ってるんだ。それで〔天狗倶楽部〕のこと知ってて、〔天狗倶楽部〕には、もうひとり絵描きさんがいるんだよね」

「そう。小杉未醒《こすぎみせい》さんだ」

「兄ちゃんが、小杉未醒のほうが、絵がうまいんだっていってた」

「ははは。坊やの兄ちゃんは、見る目があるな。たしかに、小杉未醒のほうが絵はうまいよ」

「でも、相撲は倉田白羊のほうが強いって」

少年が、倉田の顔を見あげていう。

「そのとおりだ。なかなか、詳しいな」

「でも俺、おじさんのほうが、小杉未醒より絵がうまいと思う」

「ほう。それはうれしいが、どうして、そう思うんだ？」

「だって、俺のこと助けてくれたもの」

「そうか。だが助けたことと、絵がうまいかへたかは、別のことだろ」

「そんなことないよ。今度、兄ちゃんが、小杉未醒のほうがうまいっていったら、俺、おじさんのほうがうまいっていうからね」

「それは、どうも恐縮だね」

倉田が苦笑した。

龍岳と時子が武俠世界社に帰ったのは、午後七時ごろだった。学習院を出たあと三越呉服店で、新世帯《しょたい》を持つのに必要な家具や衣類などを見ていたのだ。

「ただいま、遅くなりました」

編集室に入っていくと、龍岳が大きな声を出した。主筆席の押川春浪、編集席の針重敬喜、柳沼沢介が、一斉にふたりのほうを見た。

「おお、お帰り。遅かったじゃないか」

春浪がいった。

「はい。ちょっと道草を食っておりました」

龍岳が正直にいった。

「とんでもないやつだ……といいたいところだが、もう式も近いのだし文句もいえんな。で、乃木大将のほうの首尾はどうだったね」

「はい。それが実に気さくな人でして、あれこれ、おもしろい話をしてくれたのですが、途中で嘉納治五郎先生がお見えになられたので、話の続きは明後日の午後からということになりました」

「そうか。それじゃあ、ついでに嘉納さんの取材もしてしまえばよかったな」

春浪がいう。

「そういうわけにもいきませんので、また明後日いってきます」

「頼むよ」

「どうでした。乃木大将の印象は？」

針重が時子に質問した。

「優しい、お爺《じい》さんていう感じでしたわ。甘いものが好きで、ご飯にお汁粉をかけて食べることがあるんですって。あれには、おどろきました」

時子がいった。

「ひえっ、それは俺もおどろくね。飯に酒をかけて食ったことはあるがな」

春浪がいった。

「同じようなもんじゃないですか」

針重がいう。

「そうかね。汁粉よりはいいだろう。なあ、時子さん」

「同じようなものですわ」

「そうか。いわなければ、よかったな」

　春浪が、おでこをぽんと叩いた。

「しかし、閣下が、そんな話をしてくれたとなると、今度の号は、おもしろくなりそうだね。臨川君も、興味深い話を持ってきてくれたんだよ」

「どんな話ですか？」

　龍岳がいった。

「うん。京都の発明家・島津源蔵氏の友人で、電気の電波輸送機を研究している人がいてね。もうじき完成すると、怪気焔《かいきえん》をあげているそうだ。俺は、ちょっと実現はむりだとは思うが、その挑戦心やよしではないか。囲み記事にでもしようかと思っている」

「電気の電波輸送機ですか。完成したら、あれこれ便利になりますがね。たしか、米国にも、そんな研究をしている学者がいたでしょう」

「よく、知っておるね。そうらしい。その男には、ぜったいに負けんといっているそうだ。すでに数回の実験には成功しているともいっているらしいが、そのへんは眉唾《まゆつば》ものだね」

「実験に成功したら、発表すればいいでしょう」

「いや、それが、まだ、かなり危険が伴うというのだね。それで、完璧《かんぺき》な装置になったら発表するといっているらしい」

「なるほど」

「それから、きみには話していなかったが、昨日、小酒井光次君が、ひょっこり社にきてね。知っておるだろう。医科大学の」

　春浪が吸っていた煙草を、灰皿に潰しながらいった。

「ええ、知っています。二度ほど会ったことがあります。〈冒険世界〉の時に江戸時代の探偵小説の話を書きたいといっていて、そのままになってしまった」

「そうそう。その小酒井君がきてね。針重君に、ちょっと奇妙な話をしていったそうだ」

「なんですの、針重先生。奇妙な話って？」

龍岳より先に、時子が身を乗り出した。

「それがですね。かれが警視庁から極秘の文書を借り出して調査したところ、ハルピンで暗殺された伊藤博文公と暗殺者で死刑になった安重根の死体に、あの例の少年にあったのと同じような鱗《うろこ》状の皮膚病があったらしいというのですよ」

針重が説明した。

「伊藤公と安に……。ほんとうかい!?」

龍岳がいう。

「もちろん、小酒井君も死体を見ているわけではないが、鑑定人の話によると、それらしいものがあったというのだ」

「小酒井君は、例の少年のことは知っているのか？」

「いや、知らなかった。そして俺も、その話はしなかった。あまり、話が広がるとまずいと思ってね」

「妙な話だな」

龍岳が首をひねった。

「それだけじゃないんだよ。大逆事件の管野スガにも、同じものがあったというんだ」

春浪が、二本目の煙草に火をつけながらいった。

「どういうことです、それは？」

「わからんね、俺には皆目、見当がつかんよ。鑑定人は、それぞれ別人だから、その関係には気がつかなかったようだし、小酒井君がいうように、ほんとうに全部、同じ皮膚病なのかどうかもわからん」

春浪がいった。その時、編集部の扉が開いて、絵の道具の入った鞄を下げた倉田白羊が入ってきた。

「いやあ、参った、参った」

「どうした、白羊君？」

針重がいった。

「なにね。今日は芝公園で写生をしておったのだが、帰り支度をしていたら、十二、三歳ばかりの子供が助けを呼んでいる。なにかと思ったら、なんでも梅林の中で得体の知れない医者と称する男に、注射をされそうになったというのだ。で、家に送ってやったら、えらくもてなされてしまってな。向こうは、俺のことを［天狗倶楽部］と知っておるが、こちらは初対面だ。たいして話題もないのに、酒は出してくれる、鰻《うなぎ》飯を取ってくれるでね。ごちそうになって文句をいうのは申しわけないが、疲れたよ」

「なんですか、その子供に注射をしようとした男というのは？」

龍岳が質問した。

「わからん。俺の姿を見たら、逃げてしまった。子供のいうことで、はっきりせんのだが、梅林の中で遊んでおったら、男が近寄ってきて、自分は医者だが坊やは顔色が悪いから、元気の出る注射をしてやると迫ったそうだ。梅林の中で、注射をする医者がおるものか。藪《やぶ》医者ならぬ梅医者だな」

倉田がいった。

「梅坊主というのはいるが、梅医者というのは聞いたことがない」

春浪が笑った。

「新手の誘拐魔でしょうかね？」

針重がいう。

「なんだろうなあ。これも、ジゴマ映画の影響かね」

「だが、ジゴマで悪さをしているのは、不良少年たちだろう。不良医者というのは、聞かん話だ。世の中が安定してくると、いろいろ変なやつが出没しますなあ。柳沼君、すまんが水を一杯くれんか。喉が渇いた」

倉田がいった。

「あっ、はい。ただいま。龍岳さんにも時子さんにも、お茶も出さずにすみません」

柳沼が、椅子から立ちあがっていった。

「いや、ぼくはいいけれど」

龍岳がいった。

「変質者かもしれませんわね」

時子がいう。

「山伏町の少年とは、関係ないでしょうかね？」

龍岳が春浪の顔を見た。

「さあ、どうだろう。もし関係あるとしたら、話がもどるが、伊藤公たちとの関連は、どうなるのだ。それで伸吉君のほうは、どうだった？」

「手がかりなしです。でも、いい話があるんですよ」

「なんだい」

「伸吉さんが、長屋の隣りの女性と世帯を持ったんです」

「ほう。それは、めでたいな。いや、あの男なら世帯を持って、まじめに働けば山伏町を抜けられるよ」

「すると、次はいよいよ、きみたちと黒岩君だな。話は進んでいるのかい?」

「はい。どこで式をやるかが、まだ決まっていないのですが」

「最近のハイカラふうに、帝国ホテルでも借りたらどうだ」

倉田がいった。

「実際、そういう話もあるのです。雪枝さんの親戚が口を利いてくれて、帝国ホテルが安く借りられるというのですがね」

「いやなのか?」

「いやですよ。雪枝さんも黒岩さんも、いやがっています」

「時子さんは?」

春浪がたずねた。

「わたしも、あんまり、派手派手しいのは……」

「そうか。それでは肴町《さかなちょう》の〔川鉄〕あたりはどうだ。あすこは、いつも〔天狗倶楽部〕がどんちゃん騒ぎをやっているから、たまには結婚式、それもふた組もやるといったら、よろこぶだろう。よし、祝宴の会場は、俺が手配してやろう。それで、日にちは?」

「それが、まだ決まっていないのです」

「おいおい、まだ決めてないのか。真夏というわけにもいかんから、これからとなると九月か十月だな」

「はあ、そうですか?」

龍岳がいった。

「そうですかって、人ごとのようにいっておっては、だめじゃないか。黒岩君も結婚の話になると、からっきしだし、まったく困ったもんだ。神主《かんぬし》は、渋谷《しぶや》御嶽《みたけ》神社の橋本宮司《ぐうじ》に頼んではどうだ。ふたりとも、顔見知りだろう」

「ええ」

「じゃ、それはそれでよしと……」

春浪がいった。

「仲人《なこうど》はどうする？」

「それは春浪先生にと決めています」

時子がいった。

「なに、俺に？　いや、そいつは弱ったな。俺は、ああいうのは苦手だよ」

「だめですよ、春浪さん。いままで取り仕切っていたのに、急に怖《お》じ気《け》づいちゃ」

倉田が笑いながらいった。

「黒岩さんも、ぜひといっています」

龍岳がいう。

「なに、ふた組ぶんの仲人をやるのか。安部《あべ》先生あたりはどうだ。臨川君でもいいだろう」

「いえ、これだけは春浪さんにやっていただきませんと」

「しまったな。よけいなことをいうんじゃなかった。しかし、ほかならぬ龍岳君と時子さんに黒岩君とあっては、断るわけにもいかんなあ。まあ、亀子がなんとかしてくれるだろう」

「ありがとうございます」

龍岳と時子が、頭をさげた。

5

一万円奥様の潔癖

府下品川南品川白煉株式会社の取締役郷隆三郎氏の夫人米子（三十三）は、故郷村医学博士の令嬢で持参金一万円の花嫁と、当時其《そ》の名を唄《うた》はれた事もあるが、夫人の潔癖と云《い》つたらお話にならず、先ず毎朝配達の新聞は玄関脇《わき》に備附の消毒器で、消毒した後でなければ手に触れず、お客様には消毒したスリッパを出すに、馴染《なじ》みの客になると、「御足袋が塵《ちり》に塗れて」と洗濯した足袋を出し、畳を酒精《アルコール》で拭《ふ》く。御出かけの其の節は、化粧道具より消毒器の方が荷が多く、其れから料理屋の刺身は消毒が行届かないと、お湯をかけて召上る、旦那《だんな》が酒機嫌で戻られた時など、お湯へお入りでない中は、妾《あたし》の傍へは滅多《めった》に寄つて下さるなとは、凄《すご》い事く。

（六月二十一日〈都新聞〉）

「こんな、いい話を断るというのですか？」

小島がいった。

「たしかに、事実ならいい話だ。しかし、ぼくは治療については、すべて田代博士にお任せしてある」

河岡潮風が、断固たる口調でいった。

「けれど、むごいことをいうようですが、このままでは、あなたの命は一、二か月だ」

小島がいった。大学病院の中庭の大きな桜の木の下。霧のような雨が降っていた。このところ晴天が続いていたが、ようやく梅雨《つゆ》らしさを見せている。庭には、ふたりのほかに人はいない。

「それで結構。ぼくは死ぬのは、少しも恐くない。とうの昔に覚悟はできているよ」

潮風が、小島の目を見つめていった。

「でも、あなたは、まだ二十五歳だ。死ぬには早すぎる」

「よけいな心配をせんでくれ。ぼくは、それでいいといっておるのだ」

「美人の奥さんと、お子さんに未練はないのですか」

小島が視線を、足元に落としていった。

「貴様、そんなことまで調べたのか！」

潮風が大きな声を出した。

「もちろんです。あなたは、これから、われわれの役にたつ人です。むだに死なせたくないですからね」

小島がいった。

「それが気にいらん。たしかに、この難病を克服して生きることができれば、ぼくは天下国家のために、大いに働くつもりだ。しかしぼくは自分で考えずに、人に操られる気はない。それともきみが、ぼくに、なにを手伝えというのか、それをはっきりさせるなら話を聞こう。それが賛同できることなら、人体実験にでもなんでもなってもいい。だが、それはいえない、ただ命を助けてやるから、その時には、自分の仕事を手伝えといわれても、この河岡潮風、うんとはうなずきかねる。なにをするのかいいたまえ」

潮風の声は、病人とは思えないほど力強かった。

「それは、先日もいいましたようにいえません。あなたが、わたしに協力するという約束、いや、治療を受けるのが先です」

小島が首を横に振った。

「それなら、談判は破裂だ。帰ってくれ。ぼくは、きみに用はない」

潮風は木刀の杖《つえ》をついて、小島に背中を見せようとした。

「どうしても、いやですか。命と引換えなんですよ」

「くどい！　きみはぼくを見そこなっておるようだな」

「そうですか。それではしかたありません。奥さんを口説いてみましょう」

小島が呟《つぶや》くようにいった。

「おい、家内に近づいたら、許さんぞ！」

「ですが、わたしにも任務がありましてね。どうしても、あなたに手伝ってもらわねばならないのです。これだけはいいましょう。実は、わたしも不治の病気でしてね。そう長い命ではないのです。しかも事情があって、妻子のところにもどることもできません。ですから、せめて任務だけは、まっとうしたい

「……いや、いかん。いかなる事情があろうとも、きみが、ぼくになにを手伝わせるつもりなのかいわんかぎり、魂を売るわけにはいかんよ。申しわけないがな。きみが、よからぬたくらみをしていることは、はっきりしている。そうでなければ、理由がいえるはずだ。そうじゃないかね。だとしたら、たとえ五十年、百年命を延ばしてもらおうとも、ぼくは協力できん。河岡潮風は、最後まで河岡潮風で死にたいのだ」

「どうしても、だめですか？」

「だめだ。それから、もう一度いっておくが、妻子には手を出すなよ。手を出したら、どんな手段を取っても阻止するからな」

潮風がいった。実際、もし静乃や彰子に手を出されたら、潮風には、それを防ぐ手段はなかった。せいぜい、〔天狗倶楽部〕の仲間に頼む程度だ。けれども、〔天狗倶楽部〕は、龍岳や春浪を除けば自分を憎んでいる。期待はできない。あとは黒岩刑事に事情を説明するという方法もあるが、どこまで自分のです」

「貴様も、病気なのか。どこが悪いのだ」

「いいえません。あなたはいいですよ。まだ毎日、奥さんやお子さんが会いにきてくれる。わたしは、こちらにくる前から、もう三年も妻子に会っていない。妻子は、わたしがここにいて、あと、せいぜい一年の命だということさえ知らないのですからね」

「故郷はどこなのだ？」

潮風が、冷静さを取りもどしていった。

「それもいえません」

「なんにもいえんのだな。そうか、貴様も一年の命か。といっても、ぼくが、その話を全面的に信用しているとは思うなよ。だが、もし、ほんとうなら気の毒な話だ」

「わたしも、これは運命だと思っていますから、死ぬのは恐くはありません。ただ妻子を残していくのに、悔いがあります。河岡さん、あなたもそうでしょう。わたしの治療を受ければ、もう五十年は命を保証します。わたしを、信じてくれませんか」

のために動いてくれるか見当はつかなかった。だが、いうだけはいっておかなければならない。

「とにかく、わたしは、あきらめませんよ。またきます。それまでに、よく考えてください」

小島がいった。

「むだなことだ」

潮風がいった時だった。中庭に出る廊下のところに、看護婦がやってきた。

「河岡さん！　いけませんよ。雨が降っているというのに、そんなところで。お話なら、面会室でしてください。早く中に入って！」

「すみません。ちょっと、外の空気を吸いたかったものですから。すぐに部屋にもどります。……ということだ。失礼する」

潮風は木刀を杖にし、足をひきずりながら看護婦のほうに歩いていった。

「なに、陛下のおからだが、よくない‼」

春浪が大きな声を出した。その声が玄関の外まで聞こえたのか、偶然か、ペスの吠《ほ》える声がした。牛込区矢来町《やらいちょう》の春浪の家。時刻は午前十時。春浪が、そろそろ出社の準備をしていると、阿武天風が訪ねてきたのだ。

「春浪さん、声が大きい」

天風がいった。

「いや、すまん。しかし、予想もしていなかったことばを聞いたのでね。それは、たしかな話か？」

春浪が、今度は声をひそめていった。

「原田君からの情報ですから、信用できます。実は、数日前に原田君から聞いてはおったのですが、いままで黙っていました。すみません」

天風が頭をさげた。春浪は、それには答えずにいった。

「そうか。もう、お歳《とし》でもおありだからなあ」

「ですが、長生きする人間は、まだまだ……」

天風がいう。

「うん。それで、寝たきりでおられるのだろうか」

「いいえ。ご公務は、すべて、おこなしになり、ふだんはおよろしいようですが、お疲れになった時など、意識が朦朧《もうろう》とされることが、おありだそうです」

「岡侍医頭《じいのかみ》は、当然、専門医を集めておるのだろうな。俺は一度、侍医頭と話をしたことがあるが、どうも好きになれない男だ」

「春浪さんは、前からそういってましたね。でも原田君にいわせると、そんなに悪い人間ではないそうですよ」

「そうかなあ。では俺が会った時が、たまたま感じが悪かっただけか……。だが陛下も、ご公務などは少しはお休みになればよいのに」

「まったくです」

「幕末から、ずっと激動の時代を生きてこられたのだ、お疲れにもなっただろう」

春浪は、テーブルの前から立ちあがり、庭側のガラス戸のほうへ歩いていった。

「少し、雨が強くなってきたようだね。梅雨はうっとうしくていかんが、これで雨が降らなければ、農家などは困るのだろうな。自然というのは、よくできている。だが、……天風君。陛下は、まだ国民に知らせるほど、ぐあいは悪くはないのだろう?」

「それは、宮内省の判断しだいでしょうが、原田君の話によれば、外部に洩らさないように箝口令《かんこうれい》を敷いているとか」

天風がいった。

「そうか。こういうことは、発表の時期がむずかしいからな。なんとか、ご快癒願いたいものだ。日本中から腕のいい医者を集めて、ご拝診奉《たてまつ》ったらどうだ。かえって新聞社に嗅《か》ぎつけられてしまうか」

春浪が振り向いた。

「それが、春浪さん。原田君のいうには、不可思議なことがひとつあるらしいのです」

「なんだ、それは?」

春浪が窓際からもどってきて、テーブルの前に座った。

「なんでも岡侍医頭が、周囲の反対を押し切って、長野病院から無名の医者を侍医寮に呼んだらしいのです。ところが、原田君が、その医者は何者だろうと調べたところ、長野病院には、そんな医者は存在していなかったというのです」

「なに？　では、にせ医者か⁉」

春浪が、また声を大きくした。

「どうでしょうか。ただ、同姓同名の医者は熊本のほうにいるというので、原田君が同一人物かどうか調べていますじゃ」

天風が説明した。

「それは無名でも、腕がよければいいが、ふつうは、そんなことはしないな。侍医頭の親戚かなんかを、どさくさにまぎれて、侍医寮に入れてしまおうというのではないのか」

「だとしたら、公私混同もはなはだしいですな」

「侍医頭として、許されんことだ。その医者の名前は、なんというのだ？」

「田上章道とかいうそうです」

「ふーん。俺も医者には詳しくないが、聞いたことのない名前だ。それは、身元を探ったほうがいい。わけのわからんやつに、陛下をご拝診奉るわけにはいかん。もしものことがあったら、大変だ」

「ですが侍医寮には、名医がたくさんおりましょうし、いざとなれば大学病院などからも応援が駆けつけるでしょうから、その医者の力が、それほど強く及ぶとは思えません。ただ、どこからきたのかわからないというのは、いかにも、うさん臭い話です」

「だから、俺が岡侍医頭は気にいらんといったのだよ」

「そうですね」

「極端なことをいえば、侍医頭の考えひとつで、陛下のお命を左右できるということになってしまうだろう。宮内大臣や、侍従長にしたって病気のことはわからんだろうからな」

春浪が不機嫌そうにいった。

「怪しげな医者が多いな」

「どういうことですか？」

「いや、昨日のことだがね。白羊君が芝公園で自称医者と称する、妙な男に追われている少年を助けたのだ」

「ほう」

天風がいった。春浪は、事件のあらましを説明した。

「変質者でしょうかね？　睡眠薬でも打って、少年を弄《もてあそ》ぶとか」

「昨日も、みんなで、そんな話はしておったのだ。だが、十二、三歳かそこらの子供をかどわかすのなら、注射というのも、おかしな話ではないか。捕まえて、気絶でもさせてから注射をしてもいい。それを注射器を持って、追いかけまわしたというのが、どこか変だ」

「とすると、単なるいたずらですかね。しかし白羊君が、取り逃がすとは……」

「うん。俺も、そう思ったのだが、少年がすがりついてしまったので、身動きが取れなかったということだよ」

「なるほど。そんな医者が、侍医寮に入ったら大変ですなあ」

「まさか、いくら岡侍医頭でも、そこまで、わけのわからん者は採用せんだろう」

春浪が笑った。

「ところで、十四日に信敬君の休暇が終わって隊に帰るので、明日の夜、送別会をやることにしようと思う。急なことだから、あんまり人数は集まらんかもしれんが、神楽坂《かぐらざか》の〔笹川〕で五時からだ。なるべく、多くの連中に連絡を取ってくれんか」

「わかりました。じゃが、わしと春浪さんは飲めませんな」

天風が残念そうな顔をした。

「そういう顔をするようでは、禁酒はできんぞ。俺を見たまえ。酒ってなんだという顔をしておるだろ」

春浪がいった。

「そうでもありませんよ」

「そうか。飲みたいなあ。でも、がまんしよう。ここがかんじんなところだ。食い気一筋でいくか」

「そうしましょう」

天風が答えた。

「それにしても、陛下のおからだは心配だ。そうか……。静乃さんが、なにか重大事件の胸騒ぎがするといっておったのは、このことかもしれんな……」

春浪が窓の外に目をやりながら、小さくうなずいた。

「今日は、お見舞いありがとうございました。まさか、黒岩さんがきてくださるとは思っていなかったと、主人が大変よろこんでおりました」

静乃が、深々と頭をさげた。

「なにをいわれます。潮風君とは長いつきあいです。ほんとうなら、もっと早くいかなければならなかったのですが、仕事で遅くなって申しわけありません」

黒岩も、軽く頭をさげた。牛込区原町の黒岩の家。

「静乃さん。今日は、わたし兄と一緒にいかれなかったのですけれど、わたしも明日にでも、お見舞いにうかがいます」

台所で時子がいった。

「いえ、いいんですよ。時子さんは、なにかとお忙しいのですし」

静乃が答えた。

「なにを、おっしゃいますの。ほかならぬ潮風先生のご病気です。お見舞いにいかなければ罰が当たりますわ」

時子がいった。

「そうだな。殺人事件には首を突っ込まなくていいから、学校の帰りにでも、お寄りしなさい」

黒岩が、膝《ひざ》の上のタマをなでながらいう。

「じゃ、時子さん。わたしも、ご一緒しますわ。どこかで時間の待ち合わせをいたしましょう」

この日も結婚式の打合せで、黒岩の家を訪ねてきている白鳥雪枝がいった。

「まあ、雪枝さんまで。ほんとうに、みなさんに、ご迷惑をおかけして……」

静乃が、ハンカチで目頭を押さえた。

「困った時は、おたがいさまですよ」

黒岩がいう。そこへ部屋の隅で、算術の教科書を開いていた雪枝のひとり息子の義彦がやってきた。

「おじさん。これ、どうやって答え出すの？」

義彦が、教科書のページを示す。

「どれどれ、どこだ?」

「これ」

「『一時間に五銭のちん銭をとる人が、ひる前に五時間、ひるから七時間はたらけば、いくらのちん銭がとれるか』か。義坊は、どう考えたんだい?」

黒岩がいった。

「ええと……。一時間に五銭だから、昼前に五時間で二十五銭。昼からは七時間で三十五銭。その両方を足すと六十銭」

義彦がいった。

「それでいいじゃないか。正解だよ」

黒岩がいう。

「ほんとう? でも、このあいだ、うちに屋根の修理にきたおじさんは、お昼ごはんのあいだのぶんも、ちん銭に入ってるっていってたんだよ」

義彦がいった。

「あっははは。それはね。算術の問題と、ほんとうの仕事のやりかたは、ちがうんだよ」

黒岩が笑った。時子や雪枝たちも笑う。義彦には、その笑いの意味が、よくわからないようだった。

「だって、そうだろう。この問題には、なんの職人さんとも書いてないだろう。職人さんじゃないかもしれない。計算をさせるために作った問題だから、ほんとうの職人さんの仕事とはちがうんだよ」

「そうか。じゃ六十銭でいいんだね」

義彦が、うれしそうに笑った。

「そう、大正解だ」

「なんだ、ぼく、お昼の時間のぶんは、どうするのかと思ったんだ」

「義坊は、なかなか現実的だな。将来、立派な実業家になるかもしれないぞ」

「ぼく、大きくなったら、おじさんと同じように刑事さんになるんだ。そして、悪い人を捕まえるの」

「そうか。じゃ、おじさんより立派な刑事になってもらおう」

「うん。警視総監になるんだよ」

「そりゃ、すごい」

「だから、いっぱい勉強するの」

義彦は、そういって、また部屋の隅にもどっていった。

「なんて利発な坊やなんでしょう」

静乃が、感心したようにいった。

「とんでもない。もう、わんぱくでわんぱくで……」

雪枝が否定する。

「ところで静乃さん、彰子ちゃんは、どうなさったの？」

「隣りの家のお婆《ばあ》さんに、預かってもらってまいりました」

「まあ、それはかわいそうに。そうですわ、静乃さん。明日から彰子ちゃん、わたしが、お預かりいたしましょうか。家《うち》は森川町ですから、大学病院に連れていかれる時も、近くていいでしょう。義彦もいますし、もし、よろしければ……」

雪枝が前垂れで手を拭《ふ》きながら、台所から出てきて静乃にいった。

「どうしましょう。実は、わたし、ちょっと主人に頼まれて調べることがあるので、彰子をどうしようかと思っていたところでしたの」

静乃がいった。

「それなら、ちょうどいいわ。お預かりしますわ」

「それは雪枝さんに預かっていただければ、安心して仕事ができますが……」

「じゃ、そうなさって。遠慮はいりません。ねえ」

雪枝が黒岩の顔を見た。

「うん。めんどうを見るのはぼくじゃないから、ぼくにどうこういう資格はないけれど、雪枝さんが、ああいっているのですから、預けられたらいかがです」

黒岩が静乃にいった。

「ありがとうございます。それじゃ、お願いしてもよろしいでしょうか」

「ええ、いいですとも。もし、わたしになついてくれなかったら、その時は、また考えましょう」

「よろしく、お願いいたします」

「義彦も喜びますわ」

「静乃さんは、なにをお調べになりますの?」

時子がたずねた。

「こら、時子。よけいなことを聞くんじゃない。潮風君の頼みだといわれたじゃないか。すみませんねえ、静乃さん。まったく、弥次馬《やじうま》で困ったものです」

黒岩がいった。

「ごめんなさい。よけいなことをいいました」

時子も、反論はせずに、おとなしく謝った。

「いいんですのよ。病院で原稿を書く資料が欲しいといいましてね」

静乃がいった。しかし、それは事実ではなかった。静乃は、潮風に接近してきた小島という男について、調べるつもりでいたのだった。昼間、ひょっこりと黒岩が見舞いにきてくれた時、潮風は、よほど小島のことを話そうかと思ったが、まだ時期ではないと黙っていたので、黒岩もほんとうのことを知らなかった。

「お待ちどおさま。どうやら、お食事の準備ができましたわ。お兄さま、隣りの部屋のテーブルを持ってきてください。継ぎ足さないと乗らないんです」

「ほう。それは、たいした、ごちそうらしいな」

黒岩が立ちあがった。

「ポテートオムレツと、里芋《さといも》とこんにゃくの田楽《でんがく》を作りましたの」

「そいつは、うまそうだ。ところで、龍岳君は遅いな」

「でも、六時半には、こられるといっていましたから。もう見えますことよ」

時子が、ちらりと柱時計に目をやった。六時二十五分だった。その時、玄関の鈴が鳴った。

「ほら、こられてよ」

時子の顔に微笑がこぼれた。

「じゃ、わたしがお迎えに出ましょう。龍岳先生は、時子さんのほうがいいのでしょうけれど」

静乃が立ちあがった。

「まあ、いやな静乃さん」

時子が、少しもいやそうではない口調でいった。

静乃が玄関に出ていき引き戸を開けると、龍岳が、こうもり傘を片手に息を切らせて入ってきた。

「あっ、これは静乃さん」

「どうしましたの？　息をお切らせなさって？」

「いや、うまい食事に遅れるといけないと思いましてね。時子さんにも、怒られるし……」

「まあまあ、ごちそうさまでございます」

静乃が笑った。

「あっ、いかん」

龍岳が、照れ臭そうに頭をかいた。

「ちょうど、準備ができたところですわ。わたくしはなにもしないで、時子さんと雪枝さんが作ってくださったのですけれど」

「そうですか。間に合ってよかった」

そういいながら、龍岳は廊下にあがった。

「わたしがいうのも変ですけれど、さあ、どうぞ。雨はひどいのですか？」

「いいえ、しとしと雨です」

龍岳が居間に入っていくと、まず時子が出迎えた。

「ちょうど、よろしかったわ。いま、お食事を並べていたところですの」

「すいません。もう少し、早くこられると思っていたのですが」

「忙しそうだね。結構なことだよ。俺の仕事はひまなほうがいいが、きみの仕事はひまでは困る」

「はい。どうしても、編集部で書いてしまわなければならない小さい記事がありまして」

「まあ、座りたまえ。時子、龍岳君には、どこに座ってもらうんだ？」

「お兄さまの隣りでよくってよ」

「そうか。じゃ龍岳君、ここに座りたまえ」

黒岩が、自分の隣りの場所を手で示した。

「今夜はポテートオムレツと、里芋とこんにゃくの田楽だそうだ。うまいかどうか、わからんが」

「お兄さま！　ポテートオムレツは雪枝さんが、お作りになりましたのよ」

時子がいった。

「いや、これは失言だ。今夜はうまいポテートオムレツとうまい田楽だ」

黒岩がいった。

「おじさん、時子おねえさんのこと、怖いんだね」

義彦が絶妙の間でいったので、全員が大笑いになった。

「これは、義彦君に一本取られましたね」

龍岳が笑った。

卓袱台《ちゃぶだい》とテーブルの上に、ごちそうが並べられた。

「お兄さま、ビールでもお飲みになります?」

時子がいった。

「いや、いい。どうせ、飲むのは俺ひとりだろう」

「すみません。おつき合いできなくて」

「なあに、俺も、それほどアルコールは好きではないから。義坊は、サイダーでも飲むか」

「うん」

「じゃ、サイダーを取ってきましょう」

時子がいった。

「すいません」

雪枝が声をかける。時子の持ってきたサイダーの栓を雪枝が抜いて、義彦のコップに注いだ。

「では、いただきましょう」

「いただきます」

全員が声を合わせた。

「すみません。お礼にうかがったのが、かえってお食事までいただくことになってしまって」

静乃がいった。

「また、静乃さん。そんなこと気になさらないでください」

時子がいった。

「そうですわ。そんなごちそうを作ったわけではないのですし」

雪枝もいった。

「はい。ありがとうございます。わたくし、こんな親切なみなさんと、お親しくしていただいて幸せですわ」

静乃が、また涙ぐんだ。それを見て黒岩が、すかさず話題を変えた。

「やあ、うまい。このオムレツはいける」

「ほんとうでございますか?」

雪枝がいった。

「ほんとうです。うまい。なあ、龍岳君」

「はい。とても」

「母さん、おいしいよ」

義彦もいった。

「義坊のお母さんは、料理の名人だな」

黒岩がいった。

「うん。おじさんも、母さんと結婚したら、毎日、おいしい料理がたべられるよ。早く、結婚しちゃいなよ、おじさん」

「まあ、この子ったら」

雪枝が下を向いた。

「ああ、そうするよ。もう少しだけ、待ってくれ。そうしたら義坊は、おじさんの子供だ」

「時子おねえさんと龍岳おじさんも、結婚するんでしょ」

「そうだよ」

「じゃ、いろいろと物入りだね」

「こりゃ、参った！　今夜は、義坊にやられっぱなしだな」

義彦のことばに、また室内が笑い声に包まれた。

6

ラヂユーム含有砿《こう》

曩《さき》に羽後黒渋温泉より一塊の砿石を東京帝国大学に送りて其の鑑定方を依頼し来りしより、地質学教室の神保博士は仔細《しさい》にその化学的成分を詳述し、該砿物の成因を説明して回答を与へたるも其の何物なるかに就いては何等明答するを得ざりしが、其後更に台湾の砿物を研究せる岡本要八郎氏が同島北投温泉に於て、従来地質学者及び鉱物学者間に未《いま》だ且《かつ》て発見せられざりし一新鉱物を発見し、攻究の結果ラヂユームを含める事を知り、引つゞき大学にて研究中、端なくも先年羽後より送り来れるものと同質の鉱物なる事を明かにしたれば再び該砿物を黒渋温泉より取寄せる事を確め得たれば、神保博士は中村博士と共に専ら其の研究に従事し、前記砿物に「北投石」と命名し、同時にラヂユームを摂取せんと務めしも意の如《ごと》くならず、猶《なお》専心攻究中にて、目下に於《おけ》る一問題となり居れりと。

（六月十二日〈読売新聞〉）

「河岡さん！」

小石川区関口水道町の家を出て、本郷の伝通院《でんづういん》のほうに二百メートルほどきた時、静乃の背後から声をかける者があった。男の声だ。静乃は彰子の手を引いたまま、振り返った。静乃の知らない顔だった。鼠《ねずみ》色の背広に中折れ帽をかぶった中年の紳士だ。いや、年齢は、もう少し若いのか歳《とし》を取っているのか、よくわからない顔だちをしていた。

「なんでございましょう？」

静乃がいった。

「河岡静乃さんに、まちがいありませんね」

男がいった。

「はい。そうですが」

「よかった。ぜひ、聞いていただきたいことがあるのです。わたしは和田漢方診療所の、小島満と申す治療師です」

男がいった。それは静乃が、これから、なにをたくらんでいるのか探ろうとしている、怪しげな男だった。そのために静乃は、彰子を黒岩の結婚相手である白鳥雪枝の家に預かってもらいにいくところだったのだ。それが、向こうから声をかけてきたのだ。

静乃は、一瞬めんくらったが、すぐに理性を取りもどしていった。

「はあ、漢方のお医者さまでいらっしゃいますか」

静乃は、わざと、なにも知らないような顔で返事した。

「わたしのこと、ご主人から聞いておられませんか？」

小島がいった。

「いいえ」

「そうですか。それでは、どこかミルクホールにでも入りませんか。ご主人のことで、どうしても、ご相談に乗っていただきたいことがあるのです。かわいいお嬢さんですな。いくつかな？」

小島は彰子に、声をかけた。彰子が指を二本立てた。

「お利口、お利口。これからミルクを飲もうね」

「ミルクホールなら、すぐこの先にありますが、そこでよろしいですか？」

静乃がいった。

「結構です」

「じゃ」

静乃は彰子を抱きあげると、小島の先に立ってミルクホールに向かった。

小さなミルクホールだった。店員もひとりしかいない。それでも客は学生らしき若者が、新聞を読みながら三人ほど食事をしていた。

「あちらの隅で」

店に入ると小島は、向かって左側の隅の客のいない席に静乃を座らせた。

「なんにいたしましょう？」

赤い前垂れの若い娘が、注文を取りにきた。

「わたしは、蒸しパンとコーヒーだ。あなたは？」

小島が静乃にいった。

「わたくしもコーヒーを。それと、この子にミルクをお願いね」

静乃が注文し、金を払おうとすると、小島がそれをさえぎって支払いをすませた。

「どうも、すみません」

静乃が軽く、おじぎをする。

「なに、気になさらんでください。ところで奥さん。よけいな話は抜きにして、ずばり申しあげますが、ご主人を説得していただけませんか？」

小島が声をひそめていった。

「説得？」

「奥さんも、ご存じのように、ご主人の病気は大変重い。お気の毒ですが、いまのままでは、あと一か月かそこらの命でしょう。そこで、わたしに、ご主人を治療させていただきたいのです」

「あなたが、主人を？」

「そうです」

「それは、治していただけるものなら治していただきたいと思いますが、もう、むりでございましょう」

「大学病院の医者が、そういいましたか」

「そうは申しませんが、わたくしにも病状はわかります」

静乃がいった。女店員が注文の品を運んできた。会話がとぎれる。

「彰子。こぼさないように、じょうずに飲むのですよ」

「はい」

彰子はうれしそうに、ミルクの入ったカップを両手に持った。

「それを治す方法があります。まだ世間には認められていませんが、わたしが研究した方法です。ただし、ぜったいに治るとはいい切れませんが、治る確率は七分三分です」

小島が静乃の反応を探るように、目を見つめていった。

「人体実験をなさるというのですか？」

「まあ、ある意味では、そういうことになるかもしれませんが……。わたしの命にかけても、治してみせます。ところが、この話を直接ご主人にお話ししましたところ、相手にしてくれません」

「どうしてでございましょう」

「わたしから条件を出しました。病気が治った時には、わたしの手伝いをしていただきたいといったのです」

「なんの手伝いですの？　主人にお医者さまの手伝いができるとは思えませんが」

「医者の手伝いではありません。しかし、内容は申せません。ご主人にも申しませんでした。それで、ご主人は断ると……」

「それは、当然ではございませんか。わたくしも、夫のいうことが正しいと思いますが」

静乃がいった。

「ですが、奥さん。わたしが治療すれば、ご主人は、あと五十年は生きられます。その代償ならば、多少のことには目をつぶってもいいのではないですか」

小島がいう。

「馬鹿なことをおっしゃらないでください。どこが多少なのでございますか。わたくしも、いまのあなたの説明でしたら、決して、うんとは申しません」

「誓って申しますが、ご主人にとって損になることではないのです」

「それなら、なにをするのか、ご説明いただけるでしょう」

「わたしも、ご説明したいのはやまやまなのですが、それはご主人がうんといってくれなければできません」

小島が、コーヒーをすすった。

「それならば、これ以上、お話をしてもむだですわ。わたくしは、もし夫がうんといっても、わたくしのほうから、お断りするように申します」

静乃の口調は、柔らかいが毅然《きぜん》としていた。

「ご夫婦そろって、意志の固い。しかし、あなたはいいにしても、そのお子さんは父親の記憶も持たずに育つのですよ。かわいそうだと思いませんか」

小島が、無心にミルクを飲んでいる彰子の姿に目をやっていった。

「今度は子供を使って、泣き落とそうというのですか。よけいな心配はしていただかなくて結構です。あなたがおやりになろうとしていることは、悪いことですね」

静乃が、小島の目をじっと見つめていった。そして、この小島という男と話をしているうちに、そのからだから発散されている宇宙磁気が、なにか、ふつうではないような気がした。心がひどく冷たい。そして、これまで漠然と感じていた胸騒ぎと関係があるようでならなかった。静乃は精神を集中し、男の心の奥を探ろうとした。けれど、なにも浮かびあがらなかった。

「奥さん。わたしは、あなたほど意志の強いご婦人に会ったのははじめてですよ。まるで、間諜《かんちょう》かなにかのようだ」

「小島さん。間諜はおそれいりましてよ。河岡潮風の妻は、たとえ百万金を積まれても間諜などするものではありません。見そこなわれては困ります」

「では、どうしても、わたしの話には乗っていただけないと……」

「もちろんです。ですから、ほんとうに、わたくしや夫のことを思ってくださるのでしたら、すべてをお話しください。いつでも、お聞きします。ではこれで……」

静乃が、空《から》になったミルクカップを抱えている彰子に声をかけた。

「さあ、彰ちゃん。お父さまの病院にまいりましょう」


潮風は、静乃と彰子が病室にやってくるのを心待ちにしていた。自分でも、日に日に体力が落ちていくのが、よくわかる。死期は近づいている。できるだけ、ふたりの顔を見ておきたかった。

「父ちゃま」

静乃と彰子が病室に入ってきたのは、午前十一時だった。

「彰子！」

潮風はベッドに半身を起こして、笑顔でふたりを迎えた。が、静乃の顔は笑っていなかった。

「どうした?」

潮風が質問した。

「それが、いま、こちらに向かう途中で、あの小島という人に呼び止められました」

静乃がいった。

「なに、じゃ、やっぱり向こうのほうから、お前に接触してきたのか?」

「はい」

「で、なんといったのだ?」

潮風が、怒ったような強い口調でいった。

「あなたにいったことと同じです」

静乃は、隣りのベッドで眠っている老人のほうを気にしながら、声を落とした。

「病気を治してやるから、自分の手伝いをして欲しいと……。もちろん、お断りしますと申しました」

「それでいいんだ。あれでは話には乗れん。お前や彰子には申しわけないが……」

潮風は、そこでことばをとぎらせた。

「わかっています。彰子は、わたくしが立派に育ててみせます」

静乃がいった。

「頼んだぞ。それにしても、あの男は、ほんとうに漢方医なのだろうか」

「それはわかりませんが、あの人からは、ふしぎな宇宙磁気を感じます」

「ふしぎな宇宙磁気? なんだい、それは」

潮風が、静乃の目を見つめた。

「なにかは、わかりません。わたくしも、初めて経験するものです。これまで、どなたからも、あんな宇宙磁気を感じたことはありません」

静乃が、首を横に振る。

「お前にもわからないとは、どういうことだろう」

「わたくしとて、なんでもわかるわけではありません。ただ、ふつうの人より少し勘が働くだけですから……」

「まったく、怪しいやつだ。放っておくと、なにをしかけてくるかわからない。こうなったら、思いきって、この話を春浪さんと龍岳君、それに黒岩さんに話してみてくれないか。ひょっとすると、ぼくの最後の、お国へのご奉公になるかもしれない。昨日、黒岩さんが見舞いにきてくれた時も、黙っていたのだが、お前に近づいてきたとあれば、もう限界だ」

潮風が窓の外に目をやりながら、呟《つぶや》くようにいった。

「わかりました。さっそく、お話ししてみます」

「そうしてくれ。お前ひとりでは、やはり危険だ。春浪さんたちなら、きっとうまくやってくれると思う。お前もむりはしないようにな」

「はい。それで、あの人の素性《すじょう》調べのあいだ、彰子を白鳥雪枝さんに預かってもらうことにしました」

「そうか。雪枝さんなら、安心だ。ぼくも彰子のことが気がかりだったんだ。おふくろは彰子が生まれたいまも、まだ、お前のことを妻として認めようとしないし……」

「お義母《かあ》さまは、やはり、病院にお見えにならないのですか」

「うん。意地を張っているらしい。看護婦さんの話では、電話をかけてきてようすを聞いてはいるらしいが」

「すみません、あなた。わたくしが、こんな女でなかったら……」

静乃がうつむいて、涙声を出した。

「なにをいう。ぼくが、お前を妻に選んだのだ。たしかに、おふくろは女手ひとつで、ぼくを、これまで育ててくれた。その恩は海より深い。だが結婚は、ぼくが自分で決めることだ。ぼくのほうこそ、おふくろが、いつまでもお前を許してくれないので心苦しい」

「いいえ。そんなことは、少しも気になりません。お義母さまがお許しくださらないのも、わたくしの素性を知れば当然です」

「もう、その話はやめにしよう。いつか、おふくろも、わかってくれる時がくるだろう……。それよりも話はもどるが、あの小島という男だ。なにをしようとしているにせよ、悪いことに決まっている。だとしたら、断固、阻止せねばならん！」

潮風が大きな声を出したので、隣りのベッドの老人が目を覚ました。

「おや、これは奥さん。きておられましたか」

「どうも、いつも主人が、お世話になりまして」

「なんの。世話になっておるのは、わしのほうですわい。おお、お嬢ちゃんも一緒ですな。ほんに奥さんに似て、かわいい顔をしておる」

「それでは、あなた。また、夕方寄りますから。それから今日、雪枝さんと時子さんが、お見舞いにきてくださるようなことをいっておられました」

「そうか。みんなに、迷惑をかけて申しわけないなあ。こんな病気になってしまって、まったく残念だ」

潮風が、実に悔しそうにいった。

女性の面会人がきたという知らせを受けて、面会室に出てきた第一軍中央方面情報参謀長官は、その顔を見て、一瞬、表情を固くしたが、すぐに和らげていった。

「あなたでしたか。お久しぶりですな」

「ほんとうに、ごぶさたしております」

やや、疲れた感じの表情の女性がいった。

「それで、今日は？」

長官が質問した。

「はい。ざっくばらんにうかがいます、長官。夫は今回、どこへ派遣されたのでしょうか？　夫からは、もう一年半も連絡がありません。それまでは一か月に一度は必ず連絡がありました。それで……」

「なるほど。しかし、ご心配はありません。ご主人は、皇帝陛下じきじきのご命令で任務にあたっております」

「そうでございますか。皇帝陛下のためなら、わたしも夫も死をもいといませんが、せめて、どこにいるのか教えていただくわけには、いかないのでしょうか？」

「それは軍の機密ですので、申しあげるわけにはいきません。ただ、あなたのご主人は、わが国のために、極めて重要な任務を遂行しており、着々と成果をあげております。皇帝陛下も、大変におよろこびです。今度、三人目の、お子さんが生まれたそうですな。いずれ、皇帝陛下から下賜金が届くでしょう。この一事でも、ご主人の任務の重要さが、おわかりになると思います」

「ありがたいことでございます。皇帝陛下には、感謝のことばもありません。ですが、ひとことでよろしゅうございますので、夫から元気でいるという知らせをいただけたら……」

「努力はいたしましょう。約束はできませんが、なんとか連絡が取れるように、便宜を図ることを約束します」

「お願いいたします。この大事な決戦の時に、女々しいことを申しますのは、夫の名誉を傷つけることであることは承知しているのですが」

「いや、お気持ちは、自分にもよくわかります。妻が夫を心配するのは、どこの世界でも同じことです。皇帝陛下にも進言いたしましょう」

「ありがとうございます。負傷や病気さえしていないことがわかれば、わたしや子供たちも安心して、銃後を守ることができます。いえ、死んでしまったのなら、それはそれで、あきらめもつきます。夫は望んで、この戦いに参加したのですから、たとえ死んでも悔いはございません。ただ生きているなら一度でいいから連絡を……」

「承知しました。直接、声をお聞かせすることはできないかもしれませんが、なんとか……」

長官が答えた。

「どうか、よろしく、お願いいたします」

女性がいった。

「きっと……、申しわけありません。会議の時刻が迫っておりますので」

長官が軽く会釈《えしゃく》して、女性に背を向けた。

「ありがとうございました」

女性が、細い声で礼をいった。

「すると、その田上章道という医者は、一年半前までは、ちゃんと熊本に存在しておったわけか?」

阿武天風が、電話口で興奮した口調でいった。

「そういうことだ。ところが一年半前に、突然、行方不明になってしまった。家族は神隠しにあったとか、死んでしまったのだろうとあきらめているという」

受話器の奥の、原田の声も緊張している。

「侍医寮に、同姓同名の人間がいるといったのか?」

「いや、まだ、うかつなことはいえないので、知らせていない」

「まったく同姓同名の別人ということは?」

天風がたずねる。

「まず、ありえないことだろう。それより侍医寮に入った男が、その熊本の医者である可能性のほうが、ずっと高い」

原田が答えた。

「そのようじゃな。けれど、侍医寮に採用されるのを、家族に内緒にするというのは合点がいかんな。長野病院にいたという理由もわからん。その医者の目的はなんだろう。岡侍医頭は、それを知っておってのことだろうか……」

「なんともいえん。田上という男を詰問してみるか」

「しかし、侍医寮の人間だ。めったなことでは、詰問はむずかしくはないか。それに、もし、その男がなにかたくらんでおるのだとしたら、われわれがへたに動くと警戒されるぞ」

天風がいった。

「それはそうだな。では、どうする?」

「むしろ、岡侍医頭のほうに接触して、どういう理由で、その男を侍医寮に雇ったのか調べたほうがいいのではないか」

「なるほど。そのほうがいいかもしれない。今回、俺が聞いた話では、侍医頭が田上という男を、まわりの反対を押し切って呼んだというが、それも正確かどうかはわからん。侍医頭に確かめたほうがいいな。だが、だれがどうやって侍医頭と話をするんだ。これは、そうかんたんにはいかんぞ」

「春浪さんといえども、直接はむりだろう。尾崎咢堂先生でも、むりかな。とすれば大隈《おおくま》伯におでましいただいて、宮内大臣を通して面会するのが、最短、最善の道かもしれん」

「大隈さんか。それはいいな。ここで軍や警察が探りを入れると、怪しまれないともかぎらん。しかし大隈伯が、うんといってくれるだろうか」

「それは、たぶん、だいじょうぶだ。春浪さんに頼んでもらう。それでだめなら、春浪さんの厳父の方《まさ》義《よし》先生に頼もう。先生と大隈伯は盟友だ。事情を説明すれば、なんとかなると思うんじゃ」

「うん。そいつはいい。いちばん、すっきりいきそうだ。大隈伯から頼めば、ことが玉体にかかわることだ。侍医頭も拒否はできんだろうね。その仲介役、きみがやってくれるか」

「いいとも。春浪さんも、陛下のご病状についてはずいぶん心配していた。すぐに動いてくれるはずだ」

「よし、その件は頼んだ。俺は引き続き熊本の医者と、その男の関係を調べてみる。なにかわかったら、すぐに連絡するよ」

原田がいった。

「そうしてくれ。春浪さんが岡侍医頭と会うまでに、なるべく多くの情報が欲しいからな」

天風がいい、受話器を掛けた。

静乃が大学病院から春浪の家に電話すると、春浪はもう出社していた。武侠世界社にかけ直すと、いつでもきてくれという。そこで、ふたりは武侠世界社の応接室で会うことになった。

静乃が小石川の武侠世界社に着くと、春浪が笑顔で迎えた。龍岳もきていた。

「静乃さん、潮風君のかげんはどうです？」

「はい。気持ちは元気なのですが、やはり、からだが思うように動かないようです」

「そうですか。早く、元のからだにもどって、以前のように騒ぎたいですなあ。なんとか、治らんものですかな」

春浪が、ちょっと寂《さび》しそうな表情をした。

「そのことで、春浪先生のお耳に入れたいことがございます」

静乃が、少し声を落としていった。

「ほう、なんですかな？」

「実は、この数日、和田漢方診療所の小島満という治療師が、夫やわたくしに近寄ってきているのです」

「小島満？」

春浪がテーブルの上の煙草入れから、一本取って火をつけながら聞き返した。

「その漢方医は、なんだといって潮風君やあなたに近づいてきたのですか？」

今度は龍岳が質問した。

「はい。そのかたは、主人の病気を治してやる。その代わり、治った時は自分の手伝いをしろというのです」

静乃が、それまでの事情を説明した。

「しかも、そのかたは、ふつうの人間とはちがう宇宙磁気をからだから発しておりまして、心が非常に冷たく、なにを考えているのか、読むことができません」

「ふむ。そいつは……。静乃さんが、妙な宇宙磁気を感じるとは……」

「どんな宇宙磁気を、感じられるのですか？」

龍岳がたずねた。

「それが、わからないのです。わたくしが、これまで感じたことのない、未知の宇宙磁気です」

「いよいよ、怪しい男だな。うむ」

春浪が煙草を灰皿でもみ消し、腕組みをして唸《うな》った。

「なにが目的なのでしょうね。しかし、ほんとうに潮風君の命が助かるなら、その男の裏をかくという手もありますよ。病気だけ治してもらって、手伝いなどしなければいい」

龍岳がいった。

「いや、潮風君は、そんなことをする男ではあるまい。とにかく、話が複雑になってきた。ここは黒岩君にも協力を願って、小島なる男の素性を徹底的に洗ってもらったほうがいいな」

春浪がいった。その時、扉が開き柳沼が入ってきた。

「春浪先生。学習院から電話で、乃木閣下が今日の取材時間を四時から三時に変更してもらえないかといわれているそうですが」

「三時ですか。ぼくは、かまいません。ただ時子さんが三時半に、ここにくることになっていたんです。それで、一緒にいこうと」

龍岳がいった。

「ならば龍岳君、すまんが乃木さんのところへは、きみひとりでいってくれんか。時子さんがきたら、俺が事情を説明しておくよ。で、取材が終わったら、直接、〔笹川〕のほうにきてくれ。時子さんは、俺が先に連れていくから」

春浪がいった。

「わかりました」

龍岳が答えた。

「では、頼む」

春浪がいった。と、静乃が、いかにも控えめに口を開いた。

「……あの春浪先生。図々《ずうずう》しいことを申しますが、わたくしが乃木閣下のところに、時子さんの代わりとして、お供してはいけませんでしょうか。夫は以前から乃木閣下に、ぜひ一度、お目にかかりたいと申しておりました。わたくしが閣下にお目にかかったといったら、夫もよろこぶと思います。そして、できれば夫のために色紙を一枚所望したいのですが」

「そういえば、潮風君は、前からそんなことをいっておりましたな。どうだろう、龍岳君？」

「ぼくも、静乃さんに一緒にいってもらえるほうが……。やはり乃木閣下の取材となると、ひとりでは緊張しますので」

龍岳がいった。

「そうか。だったら、ちょうどいい。静乃さんにいってもらおう。女性がいたほうが、乃木さんのほうも雰囲気がなごやんでいいだろう」

春浪がいった。

「いやあ、このあいだは、すまなかったのう。突然、嘉納さんがこられたので……。それから、今日も急に時間を変更してしもうて、許してもらいたい」

龍岳と静乃が学習院の院長室に入っていくと、乃木希典が執務机の前から立ちあがっていった。

「とんでもないことでございます。お忙しいところを、何度も押しかけまして」

龍岳がいう。

「まあ、おかけなさい。おや……」

乃木が静乃の顔を見て、ことばを止めた。

「はい。前回、うかがいました者が都合でまいることができませんでしたもので」

「ほうほう。そうでしたか。それにしても、〈武侠世界〉は、別嬪《べつぴん》さんを揃えておいでじゃな。押川春浪君の趣味かな。はっはははは」

「いえ。今日うかがいました河岡静乃は、編集記者ではなく作家でございます。〈少女世界〉〈女学世界〉などに、榊原静乃の名で書いております」

「河岡でございます。閣下にお目にかかれて光栄でございます」

静乃が会釈した。

「なんの。光栄なのは、こちらのほうじゃ。わしも〈少女世界〉や〈女学世界〉までは読んでおらんので作品はわからんですが、次々と美人に出会えてうれしいですな。さて、今日はなんの話をすれば、よろしいのですかな?」

三人が応接用の椅子に腰を下ろすと、乃木がいった。

「食べ物と着る物のことは、前回、お聞きしましたので、本日は健康法や趣味のことなど、お聞きしたいと存じます。閣下は毎日、冷水摩擦をされるようですね」

「やっておるよ。これは、もう三十年も続けておる。裸は嫌いじゃが、冷水摩擦だけは欠かさん。気持ちのいいものじゃ。それと、朝起き抜けにコップ一杯の水を飲む。これが内臓にいいらしい。最近、その効果を書いた本が出たという話を聞いたが、わしなど、とっくに知っておった。学生にも奨励しておってね。昨年、医学博士の佐々木政吉《ささきまさきち》君に、学校で演説をしてもらったよ」

「その本の題名は、おわかりですか？」

「なんといったかな。そうだ、たしか東北帝大の玉利《たまり》博士の『冷水浴の実験と学理』といったと思った。佐々木君も談話を寄せておった。よく売れておるらしい。そんなことなら、わしが書けばよかったかな。はっははは」

乃木が快活に笑った。龍岳は、その乃木のことばを取材帳に筆記する。

「催眠療法というのにも興味があるが、これはまだ、受けてみたことがない。あれは、ほんとうに病気に効果があるものなのじゃろうかね？」

「わたしも、受けたことはありませんが、精神的な面での健康にはいいといわれていますね」

「なるほど。この歳《とし》でも、受けたら頭脳明晰《めいせき》になるかのう」

「閣下は、いまさら催眠療法を受けないでも、頭脳明晰でおられます」

「貴君も、さすがに記者じゃな。世辞がうまい」

「閣下は、植物がお好きで、向島《むこうじま》の百華園《ひゃっかえん》に、よくいかれるともお聞きしておりますが、草花を見るのも、健康のお役にたつのでしょうか？」

静乃が質問した。

「うむ。草花の鑑賞は精神的にいいですな。近ごろはあまり百華園には足を向けんが、若いころはよくいったものじゃよ。あれは二十六年の春じゃったかな。用事の帰りに、急に梅が見たくなってな。もう門が閉まっておるのに主人にむりをいって、かがり火を焚《た》いて見せてもらったことがある。きみたちは、かがり火の下の梅を見たことはあるかね。あれは、実にきれいなものじゃった。いまでも、目に浮かぶ。戦地でかがり火を焚くたびに、あの梅を思い出したものじゃ」

乃木がいった。その時、給仕がお茶と羊羹《ようかん》を運んできた。

「ささ、珍しいもんでもないが、食べなさい。わしもいただく」

「はい。ごちそうさまでございます」

「いただきます」

龍岳と静乃がいい、爪楊枝《つまようじ》を羊羹に刺した。

「百華園には、〔乃木蘭《らん》〕というのがございますね」

静乃がいった。

「うむ。あれは、ほんとうの名はなんというのかのう。日露戦役が終わった時、戦地から抜いてきたのを、梅見の礼に贈ったところ、だれぞが、〔乃木蘭〕などと名をつけてくれたものじゃ。花はいいのう。見ておると、心がなごむ」

うれしそうにしゃべる乃木は、好々爺然《こうこうや》としていた。が、静乃の心は騒いでいた。にこにこと笑っている乃木のからだから、あの小島という得体の知れない男と、よく似た宇宙磁気が感じられるのだ。静乃は龍岳に知らせたかったが、それはできなかった。

「閣下は、若いころは酒も盛んにやられたということですが、最近はいかがですか?」

「あまり、飲まんのう。戦役のころまでは、よく飲んだものじゃよ。広島の〔天爵〕というのがうまくてのう。これを買い込んで戦地に向かったが、旅順を開城した正月に飲んだ〔天爵〕の味は、いまでも忘れられん。しかし、いま思えば、あれほどの犠牲を出してしまったのじゃ。わしには、酒を飲む資格などはなかった……」

乃木が顔を曇《くも》らせた。それを見て取った龍岳は、すぐに話題を変えた。

「閣下は詩や歌も、お作りになられますが……」

「うむ。これは、どちらも、少しもうまくならん。詩は志賀重昂《しがしげたか》さんに、歌は井上通泰《いのうえみちやす》さんに習ったが、添削をしてもらうと、わしの作ったところがなにも残っておらんようなありさまでな。趣味でも、少しまじめにやろうとすると、なかなかにむずかしいものじゃ。きみは詩歌はやるのかね?」

「いえ、まったく素養がありませんで」

龍岳が苦笑いをする。

「まあ、小説が書けるのだから、詩歌などできんでもいいじゃろう。わしは軍人で武骨じゃから、ひとつぐらい趣味があってもよかろうと始めたのじゃがね」

「書や絵画は、有名でございますが……」

静乃がいった。

「有名とは、お恥ずかしい。これも、子供のまねごとじゃよ」

乃木が笑いながら答えた。

「実は閣下の絵画がいただきたくて、色紙を持参いたしましたのですが」

静乃が紺の風呂敷に包んできた、色紙を出してテーブルの上に置いた。

「いや、これは弱りましたな」

「ぜひ、お願いいたします。主人が重い病で大学病院に入院しておりまして、閣下の絵を、ぜひ、ちょうだいしたいと申しております」

「ほう。どこが、お悪いのですかな?」

「脊椎《せきつい》カリエスでございます」

「そうですか。それは、お気の毒に。そうですか。ご主人の闘病に、わしの絵が少しでも励みになるなら描きましょう」

「ありがとうございます」

「で、どんな絵が所望ですかな」

「はい。描いていただけるのでございましたら、もう、なんでも……」

静乃がいった。

「そうじゃなあ。それでは馬鹿のひとつ覚えだが、撫子《なでしこ》の花でも描かせてもらいますかな」

乃木は椅子から立つと、執務机の上の硯箱《すずりばこ》を取ってきた。蓋《ふた》を開けると、硯にはもう墨が溶いてあった。乃木は一番太い筆に墨を染み込ませると、慣れた手つきで一筆描きの撫子を色紙に浮かびあがらせた。みごとなできだった。左下に希典と署名する。

「まあ、すばらしい!」

静乃がいった。

「どうも、お恥ずかしい」

乃木は右手で、おでこに手をやり、今度は別の箱を持ってくると、中から落款《らっかん》を取り出して押した。

「わしは落款はめったに押さんことにしておるのだが、今日は気分がいいので特別じゃ」

「ありがとうございます。主人が、どれほどよろこびますことか」

「こんなもので、元気になってくれるなら、わしもうれしい」

乃木が硯箱と落款の入った箱を、片づけながらいった。

「さて、次の質問はなにかかな？」

龍岳と静乃が、学習院を辞したのは四時だった。門の外に出るなり、静乃がいった。

「龍岳先生、わたくし、どうかしているのでしょうか？」

「なぜ？」

「それが乃木閣下に、あの小島という男に感じたのと、そっくりのふしぎな宇宙磁気を感じたのです」

「閣下にですか⁉」

龍岳が、半信半疑の顔をした。

「はい。わたくしも、まさかと思ったのですが、あの宇宙磁気はまちがいなく同じものです。でも……」

静乃の心も混乱していて、まとまりがついていないようだ。

「うーん。それは、どういうことだろう。わかりませんねえ。乃木さんと小島に、なにか共通のものがあるのだろうか。静乃さんを疑うわけではないですが、それが事実なら大変なことです」

「まちがいならいいのですが……。ハリー彗星《すいせい》の時のように、なにかの影響でわたくしの知覚が狂っているのでしょうか」

「うーん。それは、ぼくには、なんともいえません。しかし、ふしぎですねえ。……静乃さん、どこか近くのカフェーにでも入って、考えてみませんか？」

龍岳がいった。

「ええ」

静乃が答えた。

ふたりは、学習院から五分ほどのところにある「カフェー・マルセイユ」に入った。時間がまだ早いので、店は空いていた。ふたりは一番奥の窓際に席を取り、コーヒーを注文した。運ばれてきたコーヒーに口をつけ、龍岳がいった。

「さて、どういうことなのか、見当がつきませんね」

「ほんとうに。わたしの第六感の、まちがいであればよろしいのですが……」

静乃も、コーヒーカップを手に取った。

「ですが、静乃さんが、まちがえることはないでしょうし……」

龍岳がいった。

「なにか、非常に冷たい感じのする宇宙磁気で、そう、強《し》いて似たものをあげれば、爬虫類《はちゅうるい》のような……。といっても、爬虫類そのものとは異なりますし。小島という人の時も、そうでしたが、なんとも説明できない、ほんとうに奇妙な宇宙磁気なのでございます」

静乃が、首をかしげかしげいった。

「爬虫類に似ているが、爬虫類ではないですか……。ん、待てよ」

龍岳がいった。

「どうなさいまして?」

静乃が、けげんそうな表情をする。

「爬虫類といえば、静乃さんは、数日前、山伏町の子供の皮膚の一部や手足の爪が蜥蜴《とかげ》のようになって死んだのをごぞんじですか」

龍岳がいった。

「いいえ、存じません」

静乃が首を振った。

「そうですか。実は、そういう事件がありましてね。鑑定人も原因が摑《つか》めず、丘浅次郎博士が調査に乗り出したのですが……」

龍岳が、事件の概要を説明した。

「すると、伊藤博文公や管野スガにも、同じような鱗《うろこ》のようなものがあったと?」

「ええ、小酒井君は、そういっています」

「それも、ふしぎな話でございますわね」

「伊藤公の暗殺事件や大逆事件の前に、静乃さんが感じられた胸騒ぎと、今度は、だいぶちがいますか?」

「はい。よく似ております。ただ、先日も申しましたように、今回のほうが強く感じますし……。そうおっしゃられれば、前の時にも爬虫類の宇宙磁気を感じたようにも……。どちらにいたしましても、その蜥蜴の話はなにか気になりますわ。そう、あの小島という人や、乃木さんから受ける宇宙磁気は、確かに爬虫類と関係がありそうです。どう関係があるのかは、わかりませんけれど」

静乃が、窓の外に目をやりながらいった。

「わたくし、あの小島という人を、もう少し調べてみます」

「だったら、ぼくは乃木さんを調べてみるといいたいところですが、これはむりですね。乃木閣下の身辺など探って、憲兵隊にでも目をつけられたら大変だ」

「どういうことなのでしょう」

静乃が、また同じことをいった。

「あれ、兄貴。あの男じゃねえかな」

ボロ布を積んだ大八車を引いている秋元勘太郎《あきもとかんたろう》が、芝区西応寺町の吉村器械工場の倉庫の前で、細身の白衣の男と立ち話をしている鼠《ねずみ》色の背広の男を目で示していった。

「なんだ、あの男って?」

車を押している町田仲吉が、たずねる。

「ほら、こないだ兄貴の隣りの家の坊主を連れ出した男だよ」

「なに!!」

仲吉の目の色が変わった。

「ほんとうか？　車を止めろ」

「ああ、たぶん、まちがいねえと思うけど」

仲吉の仕事を手伝っている勘太郎が、車を止めながらいう。

「おい、勘。俺は、のっぴきならねえ用事ができた。お前、ひとりで荷物を片山さんに渡してきてくれ」

「いいけどよ、兄貴。渡してきてくれって、もう片山さんの会社はすぐそこじゃねえか？」

「いいから、黙って、俺のいうようにしろ。いうこと聞かねえと駄賃《だちん》やらねえぞ」

「そいつは、困るよ。わかった、片山さんのところにいってくるよ」

「頼むぞ。片山さんには、俺は今日はどうしてもこられないって、謝っておいてくれ」

「うん」

勘太郎は答えて、ふたたび大八車を、ボロ布を納入している片山鉄鋼工場のほうへ引っ張っていく。

「それから、勘。それとなく、あの吉村器械工場にいる白衣の男の人は、だれですかと、片山さんに聞いてみてくれ。すぐ近くの同じ工場どうしだから、知っているだろう。ただ、あんまり、しつこくは聞くなよ。わからなきゃわからないでもいいんだ。それで、お前は荷物を納めたら、先に帰ってくれ。俺は、ちょっと、いくところがある」

そういって、伸吉は勘太郎に十銭玉を渡した。

「これは、特別の駄賃だ」

「ありがてえ。兄貴、すまねえ」

勘太郎は急に元気づき、重い車を機嫌よく引き始める。伸吉は電信柱の蔭《かげ》に身を隠して、鼠色の背広の男を見張った。と、その伸吉の行動と、ほとんど同時に話が終わったらしく、背広の男は芝園橋のほうへ歩き出した。白衣の男は吉村器械工場の倉庫に入った。伸吉は背広の男のあとをつけはじめた。

男は、伸吉の尾行にはまったく気がついていないようで、すたすたと歩いている。伸吉は十五メートルほどの距離をおきながら、一時も男から目を離すまいと必死だ。男は芝園橋の電車停留所に向かっているようだった。

「電車に乗るのか……」

伸吉は、呟くようにいった。

芝園橋の停留所にくると、男は電車を待った。伸吉は、停留所の男の立っているところとは反対の端に立った。やがて電車がきた。伸吉は、一番最後に乗り込む。男は日比谷《ひびや》停留所で乗り換えると桜田門で降り、宮城《きゅうじょう》に入っていった。残念だが、それ以上は伸吉にはあとをつけることはできない。

「黒岩の旦那《だんな》に電話だ！」

伸吉は、男が宮城内に消えていくのを確かめて、自働電話を探した。


龍岳が神楽坂の料亭〔笹川〕に到着した時は、もう〔天狗倶楽部〕の吉岡信敬壮行会の酒盛りはたけなわだった。例によって、座敷の真ん中で座り相撲に興じている者もあれば、でたらめな節《ふし》まわしで早稲田大学の応援歌をがなっている者もいた。中沢臨川は、得意の飲み眠りでうつらうつらやっているし、小杉未醒と倉田白羊は盛んに絵画論を弁じている。その中で禁酒中の春浪と天風、それに、こういう席では、ほとんど酒を飲まない黒岩と時子が、サイダーを飲みながら、なにやら、ひそひそ話をしていた。

龍岳は静かに襖《ふすま》を開けて、部屋に入った。春浪が、それに気づいて手招きした。

「どうだったね。取材の続きは?」

「はい。うまくいきました。ですが……」

龍岳が、周囲を見まわして声を落とした。

「ですが?」

春浪が聞き返す。

「静乃さんが、大変なことを……」

龍岳は、静乃が乃木から受けた宇宙磁気のことを説明した。

「なに、乃木さんのからだから小島と同じ……」

春浪が目を丸くした。

「そりゃ、どういうことじゃ」

天風もいう。

「静乃さんも、わからないといっています」

龍岳がいった。その時、仲居が部屋に入ってきて、黒岩の名を呼んだ。

「ああ、ぼくだ」

黒岩が答える。

「町田さんというかたから、電話が入っておりますが」

「わかった」

黒岩は席を立ち、階下の電話室に向かった。

「乃木さんと小島が、どうつながるのだろう。それと爬虫類か……」

春浪が下唇を噛《か》む。

「なにが、どうなっておるのか、さっぱりわからん」

「乃木さんが、どうして小島と同じ宇宙磁気を発しておるのじゃ。静乃さんの、まちがいではないのじゃろうか」

　天風がいった。

「だといいのですが……」

　龍岳も口をはさんだ。そこに、黒岩が緊張した表情でもどってきた。

「春浪さん。また、おかしな話です。あの山伏町で死んだ少年を誘い出した男を、伸吉君が見つけてあとを追ったところ」

　黒岩が、そこで唾《つば》を飲み込んだ。

「どうした？」

　春浪が先を促す。

「桜田門から、宮城に入っていったというのです」

「なんですって？」

「宮城にか!!」

　龍岳と春浪が、同時に大きな声を出した。しかし幸いにして部屋の中は、どんちゃん騒ぎで、その声に気づいた者はいなかった。

「ということは、宮内省に関係している者が、あの子供になにかしたというのか。伸吉君の見まちがいではないじゃろうな」

　天風がいう。

「見まちがいでないとすれば、宮城でなにかが起っておるにちがいない。原田君のいっていた怪しげな侍医の話といい……。やはり静乃さんの胸騒ぎは、このことにちがいない」

「その伸吉君の追った男、田上という侍医の可能性が高くないですか」

　龍岳がいう。

「うん。極めて高そうだな」

　春浪がうなずく。

「吉村器械工場とかいうところの男と、立ち話をしていたというが、それは何者だろう」

　黒岩がいった。

「何者でしょうね？」

　龍岳が首をひねる。

「話が、あれこれと広がってきたな。まあ、いい。さっきもいったように、明日の朝、なにはともあれ、俺は大隈さんと岡侍医頭に会ってくる。大隈さんは、快く頼みに応じてくれた。なにがどうなっているのか、できるかぎり探ってくるよ。宮内省が関係しているとなると、天下国家の一大事だ」

春浪がいった。

「ぼくは予定どおり、静乃さんと和田漢方診療所を訪ねていいですね」

黒岩がいった。

「うん。頼む。それから龍岳君と時子さんは、すまんが、例の電気電波輸送機を研究しておる変人科学者を取材してきてくれ。雑誌のほうの仕事もせんわけにはいかんからな。研究所は芝にあるとのことだ。正確な場所は、臨川君が知っている。もう、酔い潰《つぶ》れている。明日の朝にでも、聞いてくれ」

春浪がいって、臨川のほうを見た。臨川は、自分の膳《ぜん》の後ろのほうで、座蒲団《ざぶとん》を枕《まくら》に横になり軽い寝息を立てている。

「はい」

時子がうれしそうにいい、ちらっと黒岩のほうを見たが、春浪の指名だったせいか、黒岩はなにもいわなかった。その時、きゃっという仲居の声と男たちの喚声があがった。座敷の中央で、信敬十八番の裸踊りが始まろうとしていた。

7

自由気球

フワリ〳〵と北に向かって飛ぶ

中野気球隊に於《おけ》る繋留《けいりゅう》気球の長距離自由飛行は、十日以来連日風向き意の如くならざる為遷延し居たるが十一日午前十一時頃、四五米突《メートル》の南風吹き起りたれば、直ちに準備に着手せり、新帰朝の益田工兵大尉、長尾少尉搭乗し、出発の号令に連れて漸次砂嚢《さのう》を投下し、益田大尉は「サヨーナラ」の一語を残し、望遠写真機を携へて、十二時四十分フワリ〳〵と昇騰《しょうとう》し、百五十米突の高さにて次第に北に流され行き、やがて三百米突の高さに昇りたる頃、徳永隊長は直ちに自動車を駆りて追跡したるが、気球の針路は高崎方面を指しつゝあり。

（六月十三日〈東京朝日新聞〉）

午前十時、宮城《きゅうじょう》坂下門《さかしたもん》を入って、すぐのところにある宮内省応接室で、三人の男が会談をしていた。岡侍医頭《じいのかみ》、大隈重信《しげのぶ》伯爵、押川春浪の三人だった。

「その田上という医者を、岡さんが周囲の反対を押し切って、採用したと聞いておるんであるが……」

大隈がエジプト葉巻を、ぷかりぷかりと吹かしながらいった。

「いえ、それは閣下、誤解です。わたしは無理に、田上君を採用したりしてはおりません。田上君のほうから、長野病院長の推薦状を持って、わたしを訪ねてまいったのです。長野病院長とは古いつき合いですし、試しにと思って職員の治療にあたらせてみると、これがなかなか腕がいい。それで、正式の会議に諮《はか》って侍医寮に採用しようということになったのです。ですから、わたしが、ごり押しをしたというのはまちがいです。断じて、そのようなことはありません」

岡侍医頭が強く否定した。

「そうか。こういっちょるがね、春浪君」

大隈が、ソファの隣りに座っている春浪に声をかけた。

「そうですか。それならば、なにも、ぼくたちも文句をいう筋合いではないですが、たしかに、そういう噂《うわさ》は流れております。時が時ですから、ひとつ誤解のないように願いたいと思い、大隈伯のお手をわずらわせたような次第です」

春浪がいった。

「それは困りましたな。どこから、そういう噂が出てきたのでしょう」

岡が首をひねった。

「その田上という医者が、あまり名を知られておらんからではないのか」

大隈がいう。

「そうかもしれません。ただ、わたしは、おことばを返すようで恐縮ですが、名が知られていようといまいと、医者としての腕がよければ、それでいいのではないかと思っております」

岡がいった。

「それはそうである。わしも、その考えにはなんの異論もない。その医者は、それほど腕がいいんであるのであるか」

「はい。糖尿病、腎臓《じんぞう》病には、実に適切な処置をいたします」

「なるほど」

「であれば、なにも文句はなかろう」

「あるいは、わたしが以前からいる侍医をさしおいて、少しばかり田上君を重用しすぎたのが、原因かもしれません。それならば、これから注意するようにいたしましょう」

岡がいった。

「その田上という人は、聖上《せいじょう》陛下のご拝診を奉《たてまつ》っておるのですか?」

春浪が質問した。

「ええ、すでに三度ほど」

「しかし、それによって侍医のあいだの和が保たれんのなら、しばらくご拝診を控えさせてはどうです」

「それはいけません! 田上君は侍医療にとって、

欠かせぬ存在です。聖上も田上君を、高く信頼しておられます」

岡が、また強い口調でいった。

「ふむ。聖上が、そういうお気持ちであるんであれば、はずすわけにはいかんな」

大隈が、うんうんとうなずいた。

「どうかね、春浪君。聖上のご意志に、わが輩らが口を出す問題ではなかろう」

「そういうことになりますね。だが、これまでに、まったく無名の医者が侍医になるということはなかったのではないですか」

春浪が、ふたたび話題をもどした。

「たしかにありません。ですが、田上君は、われわれにとって必要な人材なのです。失礼だが、たとえ大隈閣下の紹介とはいえ、一介の小説書きに侍医寮のことについて口を出して欲しくはありませんな」

岡が、あからさまに春浪に敵意を示す発言をした。

春浪は岡の威圧的なことばに、むかっときたが、ここで怒鳴るわけにもいかない。怒りを押さえて、冷静な口調でいった。

「いや、どうも申しわけありません。出すぎた口を利きました。侍医頭が見込んだ人物なら、問題はないでしょう。ただ、わたしも、おかしな噂を耳にして、万一、玉体に変事があってはいけないという心配から参上いたしました。そのところは、ご理解いただきたいと思います」

「あなたの赤誠《せきせい》、よくわかります。ですが聖上の医療のことについては、わたしに、お任せください。ほかになにか、お聞きになりたいことがありますか?」

岡が、春浪の顔を見ていった。

「ひとつあります。宮内省関係者で、最近、山伏町に出入りした人はおりませんか?」

「どういうことですか、それは」

岡が、質問の意味がわからないという顔をした。

「いや、これも噂ですが、そんな話を耳にしたもので」

「あなたの話は、なんでも噂ですね。宮内省の者が、なにをしに山伏町にいくのです。断じてありえません」

岡が、憮然《ぶぜん》とした口調でいう。

「そうですか。しかし出入りしたからといって、罰があたるわけでもないでしょう」

春浪がいった。

「とにかく、ありえないことです」

岡は、あくまでも強く否定する。

「それでは、このへんで失礼しようか。侍医頭も、忙しいからだであるんであるから」

険悪な雰囲気を感じ取ったのか、大隈がステッキを手にして立ちあがった。春浪は、まだ聞きたいこともあったが、大隈が立ちあがったのでは、もう少しというわけにもいかない。

「本日は、わざわざ、閣下にはありがとうございました」

岡も立ちあがり、頭をさげた。春浪も、岡に会釈《えしゃく》する。岡も答礼したが、春浪は心の中で、なにか岡の態度に釈然としないものを感じていた。けれど春浪にも、それがなんであるのかは理解できていなかった。


山口辰之介の研究所は、前日、町田伸吉が怪しい男を見つけた、芝区西応寺町の吉村器械工場の材料置場の一角にあった。吉村器械工場は、電機製品や船具を製造する、百人の職工を抱える大きな工場だ。もっとも、この日は日曜日で、工場に職工の姿はなかった。

山口と工場主の吉村鉄之助との関係は、龍岳たちにもわからなかったが、山口はここに間借りのような形で研究室を構えていた。入口に〔山口電気研究所〕と、木の看板が掛かっている。伸吉が、田上という侍医ではないかと思われる男と話をしていた相手は、山口の可能性が高くなった。

それを踏まえて、龍岳と時子は午前十一時ちょうどに、この山口の研究室を訪問した。龍岳と時子が訪ねていくと、山口は前もって連絡もなしにこられたので、ちょっと、びっくりしたようだったが、中沢臨川から話を聞いてきたと説明すると、すぐになっとくし、うれしそうな顔をした。

「突然、おうかがいいたしまして、申しわけありません。大変お忙しそうなので、電話をして断られると困ると思い、いきなり押しかけてまいりましたが、お時間はおありでしょうか」

龍岳が、ていねいにいった。

「ええ、結構です。わたしの研究を記事にしてくださるというなら、大歓迎です。汚いところですが、さあ、どうぞ」

十畳ほどの研究所は壁に電線が張り巡らされ、高周波変圧機をはじめ、なんに使うのかわからない装置、各種のコイルなどが室内いっぱいに置かれていた。汚れた白衣の山口は、雑然と置かれている機械類や工具類のあいだから、丸椅子をふたつ運んできて、龍岳たちを座らせた。自らは、作業台の前の椅子に腰を下ろす。明かり取りの窓がなく、天井から裸電球がぶら下がってた。棚や机は黒く汚れ、油の臭《にお》いが鼻につく。

「臨川さんのお話だと、島津源蔵さんから山口さんの、ご研究のことをお教えいただいたそうで、大変、興味深いものだから、ぜひ、お話をうかがってはということでまいりました」

「なるほど。島津君が紹介してくれたのですか。わたしは、世間から変人科学者だの奇人だのと相手にされていないので、取材と聞いて、はてなと思ったのですが、島津君の紹介なら、よく事情がわかりました。なんなりと、ご質問ください」

山口が笑顔でいう。

「山口さんは、電気を電波輸送する機械を、ご製作だそうですが、どの程度まで進んでおいでなのですか？」

龍岳が質問した。

「いや、これが、なかなかでしてね。ごく短い距離では、二、三度成功もしているのですが、なにしろ遠いところに送ろうとすると、たちまち拡散してしまって成功せんのです。電波の波長を短くすれば、成功率が高いということは理論ではわかっておるのですが……。しかし、この装置が完成したら、世の中の進歩は画期的に変わります。地上においても電信柱や電線が不要になるのはもちろんのこと、飛行船や飛行機に直接、電気を送ることができれば、どれほど経済か」

山口が説明した。

「幸田露伴《こうだろはん》先生が、昨年〈実業少年〉に、電気の電波輸送はむりだと書いておられましたね」

時子がいった。

「ほほう。これは、驚きました。さすがは、編集記者さんですな。お嬢さんが、あの『滑稽《こっけい》御手製未来記』を読んでおられたとは。ですが、あの人は文士としては一流かもしれないが、科学者ではありませんからね。米国でもニコラ・テスラという人が、わたしと同じことを考えているようです」

「負けられませんね」

龍岳がいった。

「むろんです。向こうが、どれくらい研究を進めているか知りませんが、必ずや、わたしのほうが先に完成して見せます」

山口が、力強い口調でいった。

「あと、何年ぐらいかかりそうなのでしょう?」

時子がたずねる。

「一年といいたいが、三年はかかるでしょうね。というのも、ここへきて思わぬできごとが起こりましてね。いまは、そちらの研究に時間を取られているしまつです」

「思わぬできごと?」

龍岳が聞き返した。

「それは、どういうことなのですか?」

「いや、これは、ちょっと、お話しするわけにはいきません。わたし自身、そんなことがあるのかと半信半疑なのです」

「やはり、なにか発明品なのですか?」

時子がいった。

「そうです。というよりも、電気電波輸送機の実験が、わたしが考えてもいなかった結果をもたらしたというべきでしょう」

山口が、龍岳と時子の顔を見くらべていった。

「ぜひ、なにが起こったのか、お聞きしたいですね」

龍岳が食いさがった。

「いや、申しわけないが、まだ、なにもいえません」

山口が首を横に振った。

「そうですか。それでは機械が完成した時には、〈武俠世界〉の独占記事ということにしてくれませんか」

龍岳がいう。

「結構ですね。少なくとも、あなたがたは、わたしの電気電波輸送機を笑わなかった。たいていの記者は、馬鹿にして笑うのです。〈理学界〉や〈科学世界〉の記者にしてしかり、笑って帰りましたよ。もちろん、記事になどはしてくれませんでした。いまに見ていてください。いままでさんざん、わたしを笑った人間に、全部、頭をさげさせてやりますから」

龍岳と時子は山口の目に、ちょっと異常な執念を見たような気がした。

「しかし、これだけの研究を続けていると、資金も大変でしょう」

龍岳がいった。

「おっしゃるとおりですよ。親の遺産は食い潰してしまいました。お恥ずかしい話です」

山口が、照れ臭そうに笑った。

「おかげで、この歳《とし》になって妻もまらえません。もっとも妻《めと》を娶っても、研究が忙しくて、相手をしている時間もないでしょうが……。ですがこれでも、わたしの研究を認めてくれる人もありましてね。数年前から金を出してくれて、思うぞんぶん研究をしろという人が現れたのですよ。うれしかったですね。ようやく、わたしにもツキがまわってきたようです」

「ほう。それは、どういう関係の人ですか?」

龍岳がいった。

「それは内緒です。ですが、とにかく、わたしに金を出してくれるという人間は、そう多くはありませんからね。しかも機械が完成した暁《あかつき》には、買いあげてくれるというのですよ。こんな神さまみたいな人は、めったにいません」

山口は、ほんとうにうれしそうだった。

「それに対して、なんの条件もないのですか。失礼ですが、その機械を戦争の道具に使うとか……」

龍岳がいった。

「使うかもしれませんが、とにかく完成が第一ですよ。わたしは、思うように研究さえさせてもらえれば、もう、それで満足です。……原稿、うまく書いてくださいよ。山口辰之介は、もうじき世界中がおどろくような機械を完成するとね。やあ、今日は気分がいい」

山口は、龍岳のことばの含んでいるものを、まったく気にしていないようだった。だが龍岳も、それ以上、いい合う気はなかった。

「わかりました。話は変わりますが、山口さんは、田上というお医者さんを、ごぞんじですか?」

龍岳が探りを入れた。

「いや、知りません。その医者がどうかしましたか?」

山口は、なんの反応も示さずにいった。

「いいえ。ごぞんじなければ結構です。では、今日の取材、必ず記事にすることを、お約束します。時々、研究の進みぐあいを拝見しにきてよろしいですか?」

「もちろんですとも。いつでも、いらしてください」

山口が笑顔でいった。


侍医寮の田上の部屋に、岡侍医頭がきていた。ふたりは向かい合って椅子に座っているが、岡の目は、ぼんやりとして焦点が合っていない。

「それで押川春浪は、わたしのことを探りにきたのですか?」

田上が質問した。

「それもあるようだ。そして、わたしの行動を批難していた」

岡が、うつろな表情のまま答える。どうやら催眠状態に入っているらしい。

「なぜ、わたしのような者を侍医に取りたてたかというのですね?」

「そうだ」

「なんと答えたのです」

「長野病院の院長の、腕がいい医者だという推薦状を持参してきたからだと答えた。いけなかっただろうか」

岡が、抑揚のない口調でいう。

「それで結構です。また、同じようなことがあったら、同じように答えてください」

田上がいう。

「そうしよう」

「それで、大隈重信や押川春浪は、陛下のご体調が悪いことを知っていましたか？」

「わからん。なんとなく知っているようだったが、具体的には話題にのぼらなかった」

「なるほど。できるだけ隠しておいてください。陛下にも、ご病状はたいしたことはないと、いい続けてください」

「うん」

「ですが冒険小説家が、なぜ、わたしが侍医寮に入ったことを知ったのでしょうね？」

「わからんが、あの男は以前から、わたしのことを批難しておったから、どこからか情報を手に入れたのだろう。陛下が、ご病気になられた時、わたしが、いつも病状を隠すのが気に食わんというのだ。けれど、わたしは、ご病状を説明して、陛下が必要以上にご心痛になられてはいけないと思い、たいしたことはないと申しあげてきたのだ。国民にも知らせないほうがいいと思った。知らせれば、そのたびに国民は動揺する」

「そのとおりです。あなたの行動は正しい。信念を持って動くことです。それから、今後、どんな地位にある人間でも、わたしのことを調べにきたら、あなたの権限で拒否してください。これは重要なことですよ。いいですね」

「わかった。きみのことは、わたしが責任を持って守る」

「いいでしょう。頼みます。しかし、われわれのことを怪しむ者が出てきたとなると、そろそろ、次の手段を考えなくてはいけないかもしれない。なにか、考えましょう。……では、いままでの会話は、わたしが手をひとつ叩いたら、すべて忘れてください」

田上は、そういうと、ぽんと両手で音をたてた。とたんに、それまで、うつろだった岡の目に輝きがもどった。

「……田上君。それで、きみから見て陛下の、おからだはどうかね？」

岡がいった。

「そう、心配はいらないでしょう。ご公務が詰まっておられるので、少しお疲れになっているだけだと思います」

田上がいう。

「もし、きみに協力者が必要なら、大学病院から青山博士と三浦博士を呼ぼうと思っているが……」

「いや、両博士にご拝診願うのは、もう少しあとでいいでしょう。ここしばらくは、わたしがご拝診奉ります」

「そうか。ならば、きみにまかせよう。しかし、わたしの見るかぎりでは、今回の陛下のご容体は、これまでよりは、だいぶお悪いように思える。充分、注意をして誤診のないように頼むよ」

岡がいった。

「わかりました。全力でご拝診申しあげます。決して、侍医頭のご迷惑にはならないようにいたします」

「なに、わたしは、どうでもいいのだ。陛下さえ、お元気であらせられれば」

「わかりました」

田上が、深く頭をさげた。


「すると、こちらには、小島満なる漢方医はいないのですか？」

黒岩の顔が厳しくなった。午後一時。黒岩は春浪に頼まれた小島という医者の素性《すじょう》を確かめるために、静乃を伴って下谷区豊住町の和田漢方診療所を訪ねていた。そこは、ふつうの民家を改造した古ぼけた家屋で、お世辞にもきれいとはいえない質素な診療所だった。

もっとも江戸時代には盛んだった漢方医学も、明治になり政府が漢方を医学と認めない方針を取ってからは、衰退の一途を辿《たど》り、どこにも羽振りのいい漢方医などはいなかった。質素ながら、診療所を持っている和田などは、まだましなほうで、中には診察室もなく往診専門の漢方医も珍しくはなかった。

「おりません」

おそらく、その家の娘であろうと思われる受付嬢が、すまなそうにいった。黒岩と静乃が、顔を見合わせる。

「以前にも、おいでになりませんでしたか？」

静乃が質問した。

「はい。当診療所には、そういう人は……。和田は弟子を持ったことはございませんし。知人にも、小島というお名前は聞いたことがございません。詳しいことは、和田が外出しておりましてわかりかねます。ご返事が明日でよろしければ、聞いておきますが」

「そうですか。それでは、ぜひ、お願いいたします。そういう名前の知人がおられても、おられなくても、警視庁のほうに電話を入れてください」

黒岩がいった。

「わかりました。第一部の黒岩四郎さまでいらっしゃいますね」

受付嬢が、帳面に黒岩の名前を書込みながらいった。

「恐縮です。治療師でなくても、とにかく和田先生の関係者の中に小島という人がいたら教えていただきたいのですが」

黒岩が、ふたたびいった。

「承知いたしました。お昼ごろには、お知らせできると思います」

和田の教育がいいのか、黒岩が刑事であるためか、受付嬢の態度は極めて丁重だった。

「なにか、事件なのでございますか？」

「ええ。この診療所の治療師と称する男が、出没しているのです。いまのところ、被害者が出ているということではないのですが」

黒岩は、つい受付嬢の応対のよさに、いわないでもいいことをいってしまった。

「まあ！……そういうことでございましたら、和田と直接、お話しされたほうが、よろしいのではございませんか」

受付嬢が、ちょっと表情を変えた。

「そうですね。場合によっては、そうさせていただくつもりですが、まだ確実に、こちらの診療所の人間と名乗っているわけではなく、らしいという程度ですので、とりあえずは名前を調べていただくだけで結構です。ですから、この件は、しばらく和田さん以外には内密に願います。お話ししなければならない時は、わたしが直接、和田さんに面会させていただきます」

黒岩が、よけいなことをいってしまったことに気がつき、前言を打ち消すようにいった。

「わかりました。黙っております」

「では、よろしく頼みます」

受付嬢が答えた。

黒岩と静乃は頭をさげると、診療所を出た。

「ある程度、予測はしていましたが、いませんでしたね」

黒岩がいった。

「ええ。そうすると、ほんとうは何者なのでしょう」

静乃が、黒岩の顔を見あげる。

「それは、ぼくが調べましょう。その男が、いままでどおりの行動を取ってくれれば、正体を確かめるのに、それほど時間はかからないと思いますが、そろそろ警戒して潮風君やあなたに接触してこないとなると、少し、めんどうかもしれません。ですが、それを見つけるのが警察の仕事ですから。ところで、このへんには自働電話はありませんかね。春浪さんに報告しておきましょう」

黒岩がいい、あたりを見まわした。自働電話は見あたらない。けれど二十メートルほど離れたところに、電話線の通じている小さな酒屋が見えた。

「静乃さん。少し、待っててください。あの酒屋で電話を借りてきます」

黒岩は小走りに酒屋に向かうと、店の主人に警察手帳を見せ、電話を貸してくれと頼んだ。

「はい。どうぞ、お使いください」

店主は、刑事に警察手帳を見せられ一瞬おどろいたが、電話を借りにきたと聞いて、ほっとした表情で答えた。黒岩がハンドルをまわす。交換嬢が出る。

「何番、何番?」

黒岩は、春浪の家の電話番号をいった。まもなく、春浪が出た。

「春浪さんですか。いま静乃さんと和田漢方診療所を調べてきたのですが、小島という名前の治療師は見あたりません」

「やはり、そうか。俺も、そうではないかと思っておったのだ。となると、どうするかだね」

春浪がいう。

「潮風君のところへ、しばしば出没しているようですから、大学病院に部下を張り込ませましょうか」

「いや、これは黒岩君のところで話を止めておいてもらいたい。といっても、きみに、いつ出てくるかわからん相手の見張りをさせるわけにもいかんね。もし時間があるようだったら、これから俺の家にきてくれんか。あの田上という侍医のことも含めて、今後の対策を検討しよう」

「わかりました。では、すぐにうかがいます。たぶん静乃さんも、一緒になると思います」

黒岩がいった。

「すまんね。俺の勝手ばかりいって」

「いいえ。ぼくも、事件に興味が湧いてきましたよ。それじゃ」

黒岩は電話を切った。


電話が終わるのを待っていたかのように、春浪の家の玄関で、大きな声がした。

「ごめんください。春浪さん、ご在宅ですか。阿武です」

「はーい」

茶の間から亀子が返事をした。

「ああ、いい。俺が出る」

まだ廊下の電話機の前にいた春浪が、茶の間に声をかけ玄関に出た。春浪が錠をはずすと、季節には少しばかり早いパナマ帽に夏背広姿の天風が立っていた。その後ろに、茶色の背広の原田政右衛門もいる。

「おお、原田君も一緒か。久しぶりだね」

「お久しぶりです」

原田が帽子を取って、会釈した。

「まあ、あがりたまえ」

「突然、うかがってすまんです。仕事のじゃまにならんですか」

「なに、かまわん。さっそく、今朝の話を聞きにきたのかね」

春浪がいった。

「ええ。それで春浪さんは、田上という男に会えましたか？」

天風がいった。

「いや、岡侍医頭のご機嫌は極めて斜めで、さすがに俺も、それはいい出せなかった」

「それなら、やっぱり、訪ねてきてよかった。そのことに関して、見せたいものがありまして」

天風がいった。

「ほう。とにかく、玄関では話にならん。向こうにいこう」

春浪が、ふたりを客間に案内する。

「おーい、亀子。天風君と原田君だ。茶を頼む」

「はい」

茶の間から、すぐに返事があった。

三人は客間に入ると、テーブルを前にして座った。

「で、見せたいものとは？」

「実は原田君が、例の侍医寮に入った出上という医者の写真を手に入れてくれたのです」

天風がいった。

「これですが……」

原田が手札版の写真を、背広の内ポケットから出して春浪に渡した。美髯《びぜん》を蓄えた端正な顔の三十四、五と見える男だった。

「ふむ。これを見るかぎり、ふつうの男だね。なかなか男っぷりもいい。しかし、よく写真が手に入ったね」

「近衛《このえ》連隊の友人に、手をまわしてもらいまして」

原田が答えた。

「なるほど。この男が熊本で行方不明になり、侍医寮に採用されたわけか。岡侍医頭は、長野病院の院長に推薦されたといっておったが……」

春浪が先を続けようとすると、原田がそれをさえぎった。

「その長野病院の院長ですが、ぼくが調べたところ三週間ほど前に死亡しているのです」

「なに、死んでいる？　変死か」

「いえ、これは、まったく怪しいところのない持病の心臓発作だということです」

「そうか。それにしても侍医頭は、そんなことはいわなかったぞ」

春浪が顔をしかめた。

「あの男、大隈伯を前にしてまで、なにかを隠したのだろうか。岡侍医頭の受け答えは、なにか、ふつうではないものを感じたのだが、それを隠しておったのかな……。その医者が、長野病院にいなかったことも、たしかなわけなのだろう」

「ええ。ただ、院長が死んでしまったので、よくはわからないのですが、長野病院には勤務していなかったものの、院長と知り合いで、その紹介という可能性はないわけではありません。いま、なんとか田上の戸籍を調べようと思っています。宮内省には、当然、採用の時の謄本《とうほん》があると思うのですが……。熊本の親族にも、適当な理由を作って確認してみるつもりです」

原田がいった。

「どういうことがあったのか、なにか手がかりが摑《つか》めることを期待しておるよ。それにしても、もし、この男がにせ医者だとすると、世の中、にせ医者だらけだな」

「ほかにも、にせ医者がいたのですか？」

天風が質問した。

「いらっしゃいませ。なにもありませんが、お茶をどうぞ」

襖《ふすま》が開いて、お茶とカステラを乗せたお盆を持った亀子が入ってきた。

「おじゃましております」

天風がいった。

「こちらこそ。どうぞ、いただきもののカステラなんですけれど。原田さんも、お久しぶりですわね」

亀子が、茶とカステラをテーブルの上に並べながらいった。

「すっかり、不義理をいたしまして」

原田がいった。

「原田君は、いま大作に取りかかっておるのだよ」

春浪がいった。

「まあ、それでは、お忙しいですわね。……どうぞ、ごゆっくり」

亀子は軽く会釈をして、部屋を出ていった。

「まあ、食ってくれ。それで、なんの話だったかな」

「にせ医者の話です」

天風が、湯呑《ゆの》み茶碗《ぢゃわん》に手を伸ばしながらいった。

「そうそう、ついいましがた黒岩君から電話があって、潮風君に近づいてきた小島という漢方医を調べたところ、本人がいっていた和田漢方診療所にはおらんことがわかった。こやつは、まず、にせ医者だろう。そのことで、もうすぐ黒岩君と静乃さんが、ここにくることになっている」

「田上以外にも、怪しげな医者ですか？」

事情を知らない、原田がいった。

「あっ、この人!!　この人が小島という治療師です」

挨拶《あいさつ》もそこそこに春浪の家の客間に通された黒岩と静乃は、原田の手に入れた田上章道という侍医の写真を見せられた。と、静乃が写真を手にするなり息をのんでいった。

「なに⁉　これが小島!!」

春浪が叫ぶ。黒岩や天風たちも、思わず静乃の顔を見た。

「静乃さん、よく見てくれ！　それは、まちがいないのかね」

「まちがいありません。まぎれもなく、あの人です」

静乃が、春浪にきっぱりといい切った。

「いったい、どうなっておるのだ。静乃さん、これは、いまも原田君が説明したように、最近、宮城の侍医寮に入った田上という医者の写真だよ。……これが小島だとすると、同一人物ということになるわけだが」

「はい。たしかに、あの人です」

「いよいよ、怪しい男だ。偽名を使い、漢方医と称して潮風君に近づいていたとは」

天風がいった。

「なにを、たくらんでいるのだろう?」

原田がいった。

「こうなったら、のんびりはしていられません。至急、皇宮《こうぐう》警察に連絡を取って、戸籍謄本《とうほん》を確認させましょう。が、おそらく、その謄本も偽造ではないでしょうか」

黒岩がいった。そして続けた。

「原田君、この男の戸籍謄本は、岡侍医頭が持っているのかい?」

「たぶん、そうではないでしょうか。ぼくにも宮内省や宮城の内部のことは、よくわかりません」

原田が答えた。

「どちらにしても皇宮警察部長に連絡を取れば、すぐにわかるでしょう。春浪さん、電話をお借りします」

「ああ、いいとも。だが黒岩君、慎重にやってくれ。今朝、俺が探りを入れてあるから、これがなんらかの事件なら、向こうも警戒していると思うよ。侍医頭は、見せないというかもしれない」

春浪がいった。

「わかりました。では、警視庁の太田部長ないしは総監のほうから手をまわしてもらいます。それでしたら、岡侍医頭も拒否できないでしょう」

黒岩が立ちあがり、廊下の電話のほうに急ぎ足で歩いていった。

「でも、いったい、この人は、なにをしようとしているのでございましょう?」

静乃がいった。

「それが、皆目わからん。なぜ聖上陛下に近づき、なぜ潮風君に近づいたのか？　わかるかね、天風君、原田君」

　春浪が、ふたりの顔を見る。

「いいえ。なんとも……」

　天風が首を横に大きく振った。

「なにか、陰謀の匂《にお》いがしますね。大元帥陛下に接近したということは、どこかの国の手先になって、間諜《かんちょう》を務めているのかもしれません」

　原田がいう。

「その線が一番強いね。俺も間諜説を考えておったのだ。しかし間諜が宮内省に近づくのはわかるとしても、なぜ潮風君にまで近づくのだろう。たとえ病気が治ったとしても、かれが他国の間諜の手伝いをするはずもない。仮に岡侍医頭をたぶらかして、侍医療に入り込んだのだとしたら、それだけ頭のある人間が潮風君の性格を見抜けないはずはない。それと静乃さんの感じる、奇妙な宇宙磁気というやつは、なんなんだ。考えれば考えるほど、混乱してくる」

　春浪がいい、口をへの字に曲げた。

「その奇妙な宇宙磁気が、乃木さんにも感じられるというのも、不可思議な話ですな」

　天風がいった。

「ほんとうに」

　静乃がうなずいた。

　そこに、黒岩が電話を終えて帰ってきた。

「太田部長が、すぐ皇宮警察に連絡を取って、調査してくれるそうです」

「そうか。もし偽造の戸籍謄本で侍医になったとすれば、これは立派な犯罪だろ。逮捕できるな。逮捕したら、一度、その男に会ってみたい。なにをしようとしていたのか、どうしても真相を知りたいよ」

　春浪がいった。

「そうですね」

　黒岩がうなずく。

「逮捕した時は、会えるように動いてみましょう」

「そうしてくれるか。……ところで、問題は乃木さんだが」

「閣下には、一か月ほど前にお会いしましたが、変わられたようすはありませんでしたが」

乃木を崇拝している、原田が静乃の顔を見ながらいった。

「それが、原田さま。龍岳先生や時子さんもいっておられましたが、閣下には小島とちがって、お会いしても変わったところはなにもないのです。お優しいお爺《じい》さまという感じで……。ですが宇宙磁気だけが、小島とそっくりで」

静乃がいった。

「乃木さんが、陰謀を企てるわけはないしな。どちらにしても、その田上という男を捕まえれば、乃木さんとの関係もわかるのではないだろうか」

春浪がいった。

「なんの関係もないことを、祈るばかりです」

原田がいった。


田上は通信機の入った大きな鞄《かばん》をさげ、侍医寮を出ると皇宮警察の横を通り、桜田門のほうに向かっていた。その時、反対方向から一台の黒塗りの馬車がゆっくりと走ってきた。乗っているのは白い髭《ひげ》の老人だった。田上は、直接、会うのは初めてだったが、それは乃木大将だった。馬車と田上がすれちがうところまできた。その瞬間、田上の全身に、電流のような衝撃が走った。それは、まちがいなく、田上が探し求めていた敵の間諜だった。訓練された間諜にだけ感じ取れる勘だが、田上には自信があった。

(敵は、乃木大将だったのか!!)

田上の足が止まった。乃木のほうも田上を見てなにかを感じたらしく、御者に命じて馬車を止めさせた。田上と乃木の目が合った。田上がおじぎをした。

「貴君は?」

乃木がいった。

「田上章道と申します。一か月ほど前に、侍医寮に採用されました内科医でございます」

田上が、興奮を押さえて冷静な口調で答えた。

「乃木じゃ。以後、見知りおきを頼む。陛下の、ご健康の管理、お願いしますぞ」

乃木の態度は、いかにも落ちついている。

「はい」

田上がいった。乃木は、ふたたび馬車を進めようとする。田上が、あわてていった。

「閣下、近く、お時間をいただけないでしょうか?」

「うむ。結構じゃ。学習院のほうに電話でもしてくれれば、予定を決められる」

「わかりました。それでは明日にでも、連絡を取らせていただきます」

「承知した」

乃木が答え、御者に馬車を動かすように合図した。田上は頭をさげて、馬車が通りすぎるのを待った。田上の心は揺れていた。敵の間諜が乃木になりすましているとは、考えてもいなかったからだ。ただ奇妙なのは乃木は自分に会っても、少しも動揺したようすを見せないことだった。田上には敵の間諜が自分と接触し、まったく冷静でいるのが信じられなかった。

(向こうは、気づかなかったのだろうか……。それとも、知っていながら知らぬふりをしたのだろうか。もし、そうだとしたら、敵は自分より間諜としての手腕がずっと上だ。とにかく、明日にでも対決しよう……)

田上は馬車を振り返り、歩き出した。が、実際は乃木も、なにも感じていないわけではなかった。田上の姿を見た瞬間、なにか大きな衝撃を心に受けた。だが、それがなんであるか、どうしても思い出せない。極めて、重要なことであるような気がする。

「いかんな。このごろ、もの忘れが激しい」

乃木が、声を出していった。

「はっ?」

御者が振り返った。

「きみ、いまの男に、なにか感じなかったかね」

乃木がたずねた。

「いえ。わたくしは、なにも気がつきませんでした。申しわけございません」

御者がいった。

「謝ることはないが、そうか……。なんじゃろうな。いまの気持ちは。まあ、いい。どうせ、近く会うことになりそうだ。今日は馬車を北御車寄《みくるまよせ》に着けてくれ。陛下にご拝謁《はいえつ》する前に、皇太后陛下に、ご挨拶《あいさつ》申しあげていく」

乃木がいった。

「はい！」

御者が、馬車の向きを少し変えた。


時子は、もう一時間も赤坂新坂町の乃木邸近くの電信柱の横で、隠れるように邸内を監視していた。芝に山口辰之介を訪ねたあと、龍岳と別れて、ひとりで乃木邸にきたのだ。ほんとうは龍岳に一緒にきてもらいたかったが、その行動を話したらぜったいに反対するに決まっていたし、もし問題が起こった時、龍岳を巻き込むことになる。そこで、ひとりできたのだった。

時子のやろうとしていることは、乃木邸の女中に接触して、ある質問をすることだった。前夜、「天狗倶楽部」の酒宴の席で聞いた、静乃が得たという情報が気にかかってならなかった。乃木大将のからだから出ているという宇宙磁気のことだ。

しかし一時間たっても、西洋ふうのコンクリート造り、変則三階建ての屋敷からは、だれも出てこない。

(なんの理由もなく、お屋敷に乗り込むわけにもいかないし、日をあらためたほうがいいかしら)

そんなことを思っている時、玄関の扉が開く音がし、続いて敷石の上を歩く下駄《げた》の響きがして、門扉《もんぴ》が開いた。出てきたのは、十六、七歳と思われる、買物籠《かご》を下げた少女だった。女中にちがいない。少女は、時子の隠れている電信柱のほうには、目をやろうともせず、赤坂の一ツ木通りのほうに足早に歩いていく。買物にいくようだ。時子は少女のあとを追った。

一ツ木通りは、両側に商店が、びっしりと並んでいる繁華街だった。少女は魚屋と八百屋で用事をすませ、豆屋の前で立ち止まり、懐《ふところ》から自分のがま口を出して中を調べていた。夫人に頼まれたもの以外の、おやつを買おうとしているのだということが、時子には、すぐわかった。それを見て、時子が少女に近づいた。

「ちょっと、あなた」

「はいっ」

少女が、突然、背後から声をかけられ、びくっとした表情で振り返り、時子の顔を見た。

「あなた、乃木閣下のお家《うち》のかたね」

時子がいった。

「はい、そうです」

少女が答える。

「わたし、警視庁の刑事の妹で、女子高等師範の学生です」

時子は、いきなり警視庁刑事ということばを出した。ちょっとずるいやりかただったが、このくらいの歳《とし》の少女には、刑事とか憲兵ということばに、うむをいわせない威圧感があるのを知っていたからだ。案の定、少女が身を固くした。

「そんなに固くならないでいいのよ。ちょっと、教えていただきたいことがあるの」

「なんですか？」

少女が、不安そうな口調をした。

「いま、わたし、卒業論文を書いているのですけれど、乃木閣下のことで知りたいことがあるの。少し時間をくださらない。すぐ、そこの甘味処《かんみどころ》に入りましょう。あんみつ、ごちそうするわよ」

時子は、三、四軒先にある、甘味処を目で示した。

「ほんとうですか！」

少女が目を丸くした。が、すぐに思い直したようにいった。

「でも寄り道していたら、奥さまに叱《しか》られます」

「だいじょうぶよ。ほんの十分。それならいいでしょ」

時子は少女の手を引いて、甘味処に入った。食べ盛りの少女は、あんみつの誘惑に抗しきれなかった。店の椅子に腰を降ろすと、時子は、すぐに、あんみつをふたつ注文した。少女は、やはり気がとがめるのか、無言で下を向いている。

「だいじょうぶよ。決して、このことはだれにも話さないわ。それでね、教えていただきたいことというのは、最近、閣下の生活にお変わりがないかということなの。どんな細かいことでもいいのだけど」

「旦那《だんな》さまの変わったところですか？」

「ええ」

「そういえば、この一年ぐらい、夜中にうなされてお目をお醒《さ》ましになることが多いと、奥さまがいってらっしゃいました」

「ご病気かしら？」

「わかりません。奥さまは、旦那さまが働きすぎで、お疲れになっているのだといわれましたが」

「そう。ほかには？」

「ほかにですか……。一昨日、旦那さまがお風呂に入られた時、おからだをお流ししましたら、背中に一寸五分ほどの丸い皮膚病のようなものができておりました。なんだか、蛇の鱗《うろこ》みたいになっていて……。でも旦那さまは、痛くもかゆくもないと笑っておられました」

少女がいった。そこへ、あんみつが運ばれてきた。

「さあ、いただきましょう。それ以外には？」

時子が、スプーンを手にして質問した。

「あとは、気がついたことは、なにもありません」

少女も、あんみつを口に運ぶ。

「乃木閣下は、その皮膚病の治療はされているの？」

「学校の医務室で、ヨードチンキをつけているから、じきに治るだろうって。奥さまは、ちゃんとしたお医者さまに診《み》ていただくようにいってらっしゃるそうですが、旦那さまが、いうことを聞かれないそうです。旦那さまは、頑固ですから……。あっ、そんなことを、わたしがいったって書かないでくださいね」

少女が心配そうな顔をした。

「だいじょうぶ。さっきもいったように、あなたから聞いたとは、決していわないわ。それに、せっかく教えてもらったけれど、いまのお話は卒業論文の役にはたたないみたい」

時子は、笑顔を作って少女にいった。

「おいしい、あんみつね」

「はい」

少女が初めて、にっこりと笑った。

「鶍沢さん、時ちゃんから電話だよ」

時子と別れ、豊多摩《とよたま》郡渋谷宮益町《しぶやみやますちょう》の下宿にもどり、山口辰之介の電気電波輸送機についての原稿執筆に取りかかろうとしているところに、下宿の主である杉本フクが、階下から龍岳を呼んだ。

龍岳の仕事が、最近、急激に増えたため、もう少し便利な場所の一戸建ての家にでも引っ越して、電話を引いたらどうだと春浪たちがすすめたが、龍岳は、どうせ近々、結婚することでもあり、それまでは作家になる前から世話になっている、この下宿に住むと答え、その代わり電話だけを取りつけることにした。

けれども、それも自分の部屋には取りつけず、これまでのお礼替わりにフクが使いやすいよう、母屋と廊下でつながっている階下の壁につけたのだった。

「はーい!」

龍岳は答え机の前から立って、階段を駈《か》け降りると受話器を手に取った。

「もしもし、鶍沢です」

「あっ、龍岳さん。時子です。大変なことがわかりました」

時子の声は、うわずっている。

「どうしました?」

龍岳も、ただごとではないと緊張して質問した。

「わたし、龍岳さんと別れてから、乃木さんのお屋敷を探りにいったんです。静乃さんのいわれた宇宙磁気のことが気になって」

「なんと、無謀な! そんな……」

「お話ししたら、きっと、そういわれると思って、ひとりでいったんです」

時子が龍岳のことばをさえぎった。

「それで、出てきた女中さんに、最近、乃木さんになにか変わったことはないかと聞きましたら、なんでも一年ほど前から夜中に、うなされることが多いというんです」

「なるほど」

「で、それよりも大変なのは、その女中さんが数日前、乃木さんがお風呂に入った時、からだを流したら、背中に大きさ一寸五分ぐらいの、蛇の鱗のような皮膚病ができていたというんです！」

「なんだって‼　それは事実かい⁉」

龍岳が大声を出した。

「わたしが見たわけじゃありませんけれど、その女中さんは自分の目で見たといっていますし、乃木さんはヨードチンキを塗っているから、すぐ治ると笑っていたと……」

龍岳が大きな声を出したので、かえって時子の口調が冷静になった。

「そういえば、先日、取材にいった時、医務室で背中のできものに薬を塗っていたといってたね」

龍岳が、最初の取材の日の乃木のことばを思い出していった。

「ええ、わたしも、それを思い出しましたの……。それで、わたし、その皮膚病というのは、あの山伏町の少年にあったものと同じではないかと思うのですけれど……」

「大いに可能性はあるよ。しかし乃木さんまでが、そんな皮膚病にかかっているとは……」

「いま、わたし、一ツ木通りの自働電話からかけているのですけれど、これから、どうしたらいいでしょう。春浪先生にも、お知らせしましょうか？」

時子が、どうしたらいいかわからないという声を出した。

「……いや、ちょっと待って時子さん。これは、とてつもなく重大なことだ。春浪さんに隠すわけではないけれど、まだ、うかつにはしゃべらないほうがいい。とりあえず、黒岩さんと相談しよう。いま五時だね。遅くとも六時までに、ぼくが時子さんの家にいくよ。だから、時子さんも家に帰って。黒岩さんは、今日は家にいるのかい？」

「兄は静乃さんと、あの小島という漢方医を調べにいってますけど、夜にはもどるでしょう」

「ああ、そうか。そうだったね。あの小島の話も気になるが……。それとも、どうしても時子さんが、春浪さんに話したいというなら……」

「いいえ。わたし、それにはこだわりません。龍岳さんのいうとおりにします」

「ありがとう。だったら、やはり、まず黒岩さんと話をしよう。そのほうが、これからどう行動したらいいか名案が出そうな気がする」

「わかりました。じゃ、わたし、これから家に帰ります」

「うん。気をつけて」

「はい」

時子が答え、電話が切れた。龍岳も受話器を掛ける。そして母屋の奥に向かって、怒鳴った。

「おばさん、すみません！　急に出かけることになってしまいました」

「おやおや、今夜は一緒にご飯が食べられると思ったのに」

フクが、前垂れで手を拭《ふ》きながらいった。

「ほんとうに、すみません。ぼくも久しぶりに、おばさんの手料理が食べられると思ってたんですけれど」

龍岳が、申しわけなさそうにいった。

「まあ、いいわよ。時ちゃんと会うんでしょ。わたしも、時ちゃんのお料理には勝てないわ」

「いやだなあ。そんなんじゃないんですよ。ちょっと仕事のことで困ったことが起きましてね。ひょっとすると、今夜は帰れないかもしれません」

「わかったわ。じゃ帰れない時は、電話してちょうだい。最初はなんだか使うのが怖かったけれど、慣れると電話って便利なものだわね。鵜沢さんが取りつけてくれたんで、ほんとうに助かるわ」

フクがいった。

「わかりました。電話します。それじゃ、ぼく、支度してすぐ出かけますから。もし出版社から電話があったら、どこにいるかわからないといってください。春浪さんや天風さんだったら、黒岩さんのところにいると」

「はい、はい。いってらっしゃい」

「いってきます」

龍岳は、そういって階段を昇った。

「話は時子から聞いたよ」

龍岳が黒岩の家に着き、卓袱台《ちゃぶだい》の前に座ると黒岩がいった。

「どうしましょう?」

「俺も、さっきから、それを考えているんだが……。いや、俺はさっきまで春浪さんの家にいたんだよ。静乃さんと調べたところ、小島は和田漢方診療所の人間ではなかったんだ。それを春浪さんに報告にいったら、原田君と天風君がきていて、原田君が手に入れた写真で、例の田上という侍医が小島と同一人物だったことがわかってね。大騒ぎだ」

黒岩が、いささかくたびれたという口調でいった。

「小島と田上が、同一人物だったんですか!?」

龍岳が、あっけに取られたような顔をした。

「これも春浪さんたちと、田上を、すぐ逮捕するのがいいかどうか迷った。いままでのところ、これといって悪いことはしておらんからね。しかし警視庁から皇宮警察に連絡を取った結果、偽名を使って行動した人間が天皇陛下のご拝診をしたのは重大な罪だということで、逮捕に踏み切ることになった」

「もう、逮捕したのですか?」

「いや、警視庁と皇宮警察で相談したのだが、場合によれば岡侍医頭も逮捕せねばならんことになる。そうなったら、宮内省内は大混乱を呈するだろう。そこで、まず田上を宮城外で逮捕することにした。明日には、逮捕されるだろう」

「そうすると、事件は一挙に解決ですね。あの田上という男が、なんの理由で陛下に近づいたのかも、逮捕すればわかることでしょう」

龍岳がいった。

「でもないよ。まだ、山伏町の少年のことがある」

黒岩がいった。

「ああ、そうでした。それについて、手がかりはあるのですか?」

「それなんだがね。俺は、その少年を連れ去った男というのも、田上ではないかと考えているのだ。それで、さっき部下に原田君からもらった写真を伸吉君のところに見せにやった。おっつけ、連絡がくるころだ。それで、はっきりした段階で、きみのいうように田上を逮捕すれば、話はだいたい解決するのではないかと思っていたところに、今度は時子が乃木さんの話を持ってきた。これで話は、また複雑になった……」

黒岩が、憂鬱《ゆううつ》そうな顔をする。

「時子さんは、どちらへ?」

龍岳は、家にあがった時から時子の姿が見えないので、ちょっと気にしていた。

「心配するな。近くの蕎麦《そば》屋まで天丼《てんどん》を頼みにいった。今日は、時子に飯の支度をさせるのもかわいそうなので、店屋《てんや》ものでがまんしてくれ」

「そんなことは、もちろん、かまいませんが……」

龍岳がいう。

「ただいま」

時子の声が、勝手口から聞こえた。

「お帰り」

黒岩がいった。

「お帰りなさい」

龍岳もいった。

「あら、龍岳さん。きておいででしたの。お夕食、天丼を頼んでしまいましたけれど、よかったですか」

時子が龍岳の顔を見て、うれしそうな表情をしていった。

「うん。食べられれば、なんでも」

「あら、お兄さま、お茶も出さないで」

「いいんだよ、時子さん。茶ぐらい、飲みたければ自分で入れるよ」

「でも、とにかく、お茶を入れますわ」

時子が、ガスコンロにマッチで火をつけ、やかんをかけた。電話が鳴った。素早い動作で、黒岩が立ちあがった。廊下の電話機のところに走っていく。

受話器をはずすと、黒岩の部下の山本刑事の声がした。

「黒岩さん。どうやら、まちがいないようです」

山本の声は緊張していた。

「やはり、そうか。そばに伸吉君はいるのか？」

「はい、おります。町中を駈けまわって協力してくれました」

「ちょっと、代わってくれ」

「はい」

「もしもし、黒岩の旦那ですか。伸吉です」

伸吉の声がした。

「やっぱり、あの男だったか？」

「まちがいありやせん、この写真の男です」

「そうか。大手柄だぞ。伸吉君！」

黒岩がいった。

「そうですかい。俺っちは、なにもしてませんや。たまたま見かけたもんで、あとをつけただけなんですが……」

伸吉が照れたようにいう。

「俺っちだけでは心配なんで、隣りの坊主を連れていくのを目撃したという連中にも見せたんですが、みんな、ぜったいとはいえないけれど、たぶん、この男だといってます」

「そうか。助かった。恩に着るよ。で、その男が吉村器械工場の山口という科学者と、しゃべっていたというのも、確実なんだね」

「ええ。その時は、その人が科学者とも、山口という名前だとも知らなかったんですが……」

「わかった。この礼は、必ずあとでする。それから、昨日はあわてていて祝いのことばもいわなかったが、結婚したんだそうだね。おめでとう。事件がかたづいたら、祝いにいくよ」

「いいですよ、旦那。いまさら結婚なんて、みっともねえだけだ」

伸吉が、いかにも恥ずかしそうにいった。

「刑事さんに、代わりますよ」

「うん」

「それで、黒岩さん。ぼくはこれから、どうしたらいいでしょうか」

山本刑事がいった。

「手伝い賃として、伸吉君に一円ばかり渡してくれ。

それから、あとは太田部長の指示をあおいでもらいたい。どうやら、これは殺人事件に発展しそうだ」

「わかりました。では、部長に連絡を入れます」

「ごくろうだった」

黒岩が受話器を掛けた。すぐに、居間にもどる。

「俺の声が聞こえていたと思うが、伸吉君のいうには、少年を誘拐したのは田上にまちがいないそうだ。逮捕の理由も、これで強固なものになった」

「やっぱり。すると山口氏に金を出しているのも、その田上という男ですね。山口氏は答えてくれませんでしたが」

「おそらく、そうだろう」

「でも、あの山口という人は、たしかに変人のようではありましたけど、悪い人には見えませんでしたわ」

時子がいった。

「田上に、利用されているだけなのかもしれないが、そうなると電気電波輸送機が、田上とどうつながるのだろう？　なんのために金を出して、研究に協力しているのか。ぼくいまから、もう一度、山口氏のところにいってきましょうか」

「いや、それは、ちょっと待とう。その山口という発明家は逃げる心配はなさそうだから、田上を逮捕してからでいいだろう」

「その田上という人が、少年を蜥蜴《とかげ》のようにして死なせたのでしょうか」

時子が卓袱台の上に、お茶を置きながらいった。

「まず、まちがいない。なにかを少年に試みたんだ。白羊さんが助けた少年を追っていたのも、おそらく田上だろうね。とすれば、特殊な薬品でも注射したのだろう」

龍岳がいった。

「これで、今度の事件の中心人物は田上だとわかったが、問題はその目的と、乃木さんがどうからんでいるかだ。山伏町の少年がなにか実験をされて、蜥蜴のような鱗や爪になったのだとしたら、乃木さんもやられたのかもしれない」

黒岩が腕組みをした。

「ですが、そうなると田上が乃木さんと同じ、奇妙な宇宙磁気を出しているというのがわかりませんね。田上は加害者であっても、被害者とは思えませんよ。それとも、さらに田上を操っている人物がいるのでしょうか？」

龍岳がいう。

「いまのところ、そんな人物は思いあたらんな。やはり、春浪さんに知らせるべきかな。頭数が多いほうが、話がわかってくるかもしれない」

「そうですね」

龍岳がいった。

「ちわあ〜。黒岩さん、〔楓庵《かえであん》〕ですが、出前お持ちしました」

勝手口で、若い男の声がした。

「は〜い」

時子が答えた。


田上は宮城《きゅうじょう》を出ると、湯島天神近くの貸席〔山岡〕に入った。一階の一番奥の四畳半を借り、運ばれてきた茶を飲むのもそこそこに鞄《かばん》の蓋《ふた》を開けた。中には赤や緑色のボタン、スイッチ、レシーバーのついた通信機が入っていた。田上はレシーバーを耳にあて、いくつかのボタンを押した。すぐに相手が出たようだった。

「長官ですか？　緊急通信二点です。まず、ひとつは、自分が宮城の侍医寮に入ったことが、疑われ始めたようです。今朝、自分のことを岡侍医頭を通じて調べにきた者があります。……いえ、その場は、うまく切り抜けました。侍医頭の意識下催眠は解けておりませんから、どんな事態になっても自分を弁護はいたします。ですが、このまま侍医寮に留まるのは危険かもしれません。それに昨晩も申しあげましたように、例の処置は、やはりむりです。今日も診察しましたが、強引に処置を試みれば死期を早めるばかりです。だとすれば、わたしは、もう侍医寮を出たほうが、いいのではないかと思いますが……」

田上は、そこでひと息つき、少しだけ茶をすすった。そして、ふたたび話しはじめた。

「もうひとつは、敵の間諜の所在がわかりました。

なんと、乃木大将になりすましておりました。乃木というのは、もっとも天皇の信頼の厚い軍人です。そうです。まさか、こんなに近いところに潜入しているとは、思いもよりませんでした。ですが奇妙なのは、敵も自分を確認したはずですのに、まったく動揺したようすも、おどろいた動作もしなかったことです。これが、わかりません。向こうは、自分の存在を、ずっと知っていたのかもしれません。ただ知っていたのなら、例の処置をしようとした時、阻止したはずだと思うのですが、妨害はありませんでした。どうも奇妙です。はい。ことばは交わしました。近く、訪ねてもいいかと申しますと、かまわないといいます。敵の余裕でしょうか。……それで前回の通信の続きになりますが、皇帝陛下は、戦略ではなく、ほんとうに和解工作を進めておられるのですか？　なるほど、そこまで……。だとすると、敵はそれを前提にして行動しているので、あれほど冷静でいられるのかもしれませんね……」

田上は、また湯呑み茶碗に口をつけた。

「……そうすると、とりあえずは、もう、こちら側の協力者も不要というわけですか。ええ、そういうことです。わかりました。では目をつけていた男にも、接近するのはやめにします。……それで、自分はこれから、どう行動すればいいのか、ご指示をいただきたいのでありますが。……えっ、なんといわれたのですか⁉……それは、……それは、あまりにも冷たいおことばではありませんか‼　そのことは、もちろん承知しております。前回も申しましたように、覚悟の上のことでございます。しかし……。そちらで和平条約が結ばれるから、お前は、いいようにしろというのは、いくらなんでも……。皇帝陛下が、そういっておられるのですか？　そちらでは、そんなに急速に和解の話がまとまりつつあるのですか。……そうですか。少しも知りませんでした。それについては、感謝いたしております。ですが、自分も命を投げ打って、いままで、この任務を遂行してきたのです。どちらにしましても、あと一年の命ですから惜しいとは思いませんが、こんな姿になってまで、尽くしてまいりましたのに、ただ残念です……」

田上は悔しそうに、唇を噛《か》みしめた。その動作も、こちらにきて覚えたものだったが、いまでは自然に現れてきて不自然さはない。

「……長官、どうか自分を、見捨てないでください……」

通信機に、すがりつくようにして田上がいった。

静乃が病室に入っていくと、潮風が待ちかねていたという笑顔を見せた。隣りの老人は、面会室にでもいっているのか、ベッドは空《から》だった。

「どうだった？」

潮風がいった。

「それが、はっきりしたことは、わかりませんでした。黒岩さんと下谷の診療所を訪ねたのですが、だれもおいでにならなくて」

静乃は嘘《うそ》をついた。ほんとうのことをいえば、潮風が興奮するのがわかっていたからだ。小島と田上が同一人物で、天皇陛下の拝診をしていたことを知ったら、どれほど激昂《げっこう》するか。興奮することが、からだにいいわけがない。静乃は、わかってきたことを、日を追って少しずつ説明するつもりだった。

「そうか。残念だったな。でも春浪さんや黒岩さんたちが協力してくれるので、ぼくも安心だ」

潮風がベッドの上に、半身を起こしていった。

「ええ、今日も暑い中、黒岩さんが親切にしてくださって。また近々、お見舞いにいくから、よろしくといっておられました」

「それは、うれしい。ところで彰子は？」

「それが先程、雪枝さんのところに迎えにいきましたら、義彦ちゃんに、すっかりなついて、まだ帰らないというんです。それで雪枝さんが、それじゃ、お見舞いを兼ねて、こちらに連れてくるからと……」

「そうか。そんなに義彦君に、なついてくれたとは、ありがたいね。だけど雪枝さんには、申しわけないなあ。昨日も時子さんと寄ってくれたのに」

潮風が、前日、ふたりが持ってきてくれた花菖蒲《しょうぶ》を差してある、窓際の花瓶《かびん》に目をやりながらいった。

「わたくしも申しわけないので遠慮したのですが、近いからといって。それに彰子が、どうしても義彦ちゃんから離れないものですから」

静乃がいった。

「しかし父親の顔を見るのより、義彦君のほうがいいというのは、いささか寂《さび》しい気もするね」

潮風が苦笑いをした。

「いえ、連れてこようと思えば連れてこられたのですが、雪枝さんもきてくださるというので、お願いしたんです」

静乃が潮風の気持ちを察して、あわてて弁解した。

「いや、いいんだよ。彰子には、まだ、ぼくのからだのことは、わかるはずがないからな。義彦君も、きてくれるのかな」

「たぶん、一緒でしょう」

「そうか。義彦君に会うのも久しぶりだね」

「先日、黒岩さんの家で、お食事をごちそうになった時、算術の勉強をしていましたが、とっても利発なのでおどろいてしまいました。彰子も、あれぐらい利発な子になってくれれば、いいのですけれど」

「お前に、似てくれればなるさ。ぼくに似ると、本ばかり読む子になるかもしれないが」

潮風がいった。潮風は子供のころから読書好きで、早稲田大学に入っても、授業に出るより図書館にいるほうが多いぐらい本を読みまくり、白ら図書館得業と称しているほどだった。

「どうも、遅くなりました」

病室の入口で、女性の声がした。鰹縞《かつわじま》の紬《つむぎ》の着物に山吹色の綴織《つづれお》りの帯を締めた、色白の女性が立っていた。白鳥雪枝だった。その後ろに義彦少年が、バナナの入った竹籠《たけかご》を右手に持ち、彰子と左手をつないで立っている。

「これは、どうも雪枝さん。彰子がめんどうをかけます」

潮風が、顔を雪枝のほうに向けていった。

「とんでもありません。こちらこそ静乃さんには、お世話になって……」

雪枝がいった。

「雪枝さん、どうぞ、こちらへ」

静乃が、ベッドの横の椅子から立ちあがっていった。

「はい」

「おじさん、こんにちは。これ、お見舞いだよ」

義彦が、手にしていたバナナの入った籠を、潮風に渡した。

「やあ、どうもありがとう」

潮風は義彦にいい、それから雪枝に目をやった。

「雪枝さん。ほんとうに恐縮です。昨日もお見舞いをいただいているのに……」

「いいえ。もう少し、ましなものをと思ったのですが、適当なものが思いつかなくて」

「いや、ぼくはバナナは大好物ですから」

「そうですか。そういっていただけると、うれしいのですけれど。ところで潮風先生、小島満という人をごぞんじですか?」

雪枝がいった。

「知っていますが、その小島がどうかしましたか?」

潮風が、緊張した顔でいった。

「はい。わたしたちが家を出た時、その小島という人が近寄ってきまして、もう自分の使命は終わったので、二度と河岡さんの前には姿を現さないと伝えてくださいといって、立ち去っていかれました」

「そうですか」

潮風が、静乃と顔を見合わせた。

「その時、彰子ちゃんが、その小島という人の顔を見るなり、蜥蜴のおじちゃん、といったのですが」

「蜥蜴のおじちゃん! じゃ彰子にも……」

静乃が、びっくりした口調でいった。

「彰子は、わたしの性質を引き継いでいるのでしょうか。それにしても、蜥蜴のおじちゃんとは……。そうですわ。まさに、あの人は蜥蜴から……。彰子のことばで、正体がわかったような気がします」

静乃が、潮風と彰子の顔を見くらべた。

「蜥蜴か? それは、どういうことだ……」

潮風が考え込むようにいったが、雪枝がいるので、ふたりはその話をそこでやめにした。雪枝は、ちょっと興味ありげな顔をしていたが、なにもいわなかった。

「義彦君、バナナ食べようか。彰子も食べようね」

潮風がいった。籠の中のバナナを、二本もいで義彦と彰子に渡した。

「うん」

彰子がうれしそうに答えた。

「わたしたち、ちょっと面会室のほうに、いってまいります。彰子ちゃんもいきましょう」

雪枝がいった。それは明らかに潮風と静乃に、気を利かせて席をはずすためだった。

「はい。いこう、彰子ちゃん」

義彦が、また彰子の手を引いた。三人は病室を出ていく。

「さっきの蜥蜴というのは、なんだい?」

三人の姿が見えなくなると、すぐに潮風が、からだを乗り出すようにして質問した。

「はい。わたしが、あの小島という人から感じた宇宙磁気ですが、どうも、はっきりわからないと申しましたね。なんとなく、爬虫類《はちゅうるい》の磁気のような感じがするけれども、それともちがうと……」

「うん」

「それが、彰子に蜥蜴のおじちゃんといわれるまで、考えもしていませんでしたが、いわれて、ずんと心に響きました。これは、あくまでも、もしもの話ですが、あの小島という人が人間ではなく、人間に似た蜥蜴というか爬虫類なら、まさに、説明がつきそうな宇宙磁気なのです。彰子のいうように、蜥蜴人間とでもいうような生物が存在するなら、まさしく、それです」

静乃が説明した。

「だが、そんな蜥蜴人間なんてものが、この世の中に存在するのか!」

潮風が、静乃の顔を見つめる。

「わたくしも、もちろん、いままで出会ったことはありません。でも、あなた、わたくしのことを考えてください。わたくしとて……」

「それはいわないでくれ、静乃。お前は、別だ」

「いいえ。わたくしのような者が、存在するのですから、蜥蜴人間の存在も、ぜったいにありえないとはいえないのではないでしょうか」

「しかし、それが事実なら、なにか、とんでもないことが起ころうとしているにちがいない。その蜥蜴人間は、どこからやってきたのだ。宇宙空間か？」

「残念ながら、そこまではわかりかねます」

静乃が、残念そうな表情をした。

「もう一度、会えばわかるかもしれませんが……」

「どこからきたにしろ、なんのために、ぼくに接近してきたのだろう。わからんなあ」

潮風が、困惑の表情をした。

「わたくし、明日にでも春浪先生にお話ししてきます」

静乃がいった。

「それがよさそうだ。ぼくが自分で、調べることができたらなあ」

潮風が、いかにも悔しそうな口調でいった。

8

ヨットで世界一周計画＝横浜を発す

　元横浜ハンブルク・ホテルの支配人カピテン・ホッス氏は、今回廿五呎《フィート》の小ヨットにて世界一周の大計画を立てしが、氏は数年前に新西蘭《ニュージーランド》より英国へヨットにて壮遊を試みし経験あり。今回の同乗者はスタンレー・ヴィンセント及びフレッド・ストーンの両氏にて、両氏ともアスレチック倶楽《クラ》部《ブ》員として冒険好の青年なるが、航路は横浜を八月一日に出帆し、南洋フヒジ島に赴き、夫《それ》より豪洲、支那南部、亜丁を経て、蘇士運河を超え、地中海に入り、欧洲の沿岸を週遊し大西洋上に出で、巴奈馬《パナマ》運河も開通すべき予定なれば、同運河を通過し桑港《サンフランシスコ》に赴き、開通紀念の博覧会を見物し、太平洋を横断して、横浜に帰着の筈《はず》、発程より帰来迄《まで》は四年の見込みなりと。

（六月十四日〈都新聞〉）

　田上は十三日の夜、侍医寮にもどらなかった。岡侍医頭《じいのかみ》には催眠暗示で自分を侍医寮に採用したことについて、よけいなことをしゃべらないようにと念を押したものの、〔天狗倶楽部〕の押川春浪が動き出し、乃木大将になりすました敵の間諜《かんちょう》に出会った以上、すでに宮内省には手がまわっていると推論した。それに前夜の母国の上官との通信によって、もう自分の役目は終わったことを悟っていた。そこで田上は、京橋区明石町《あかしちょう》の〔ホテル・メトロポール〕に、偽名を使って宿泊した。

　その行動は、田上にとっては正解だった。警視庁と皇宮《こうぐう》警察は乃木大将からはなんの連絡も受けなかったが、他の宮内省職員に極秘で、とりあえず岡侍医頭の身柄を拘束し、田上の本格的な身元調査にかかった。その結果、田上は偽造した戸籍謄本《とうほん》、医学博士取得証書で侍医寮に採用されたことを確認し、また夜になっても帰寮しないことから、逃亡を企てたものとみなし行方を追っていた。したがって田上が侍医寮にもどろうとしていれば、非常警戒中の警官に直ちに逮捕されていたはずだった。

もっとも、自分の置かれた状況を的確に判断している田上には、もはや逃亡の意志はまったくなく、すでに自決を覚悟していた。長官に自分を見捨てないでくれとはいってみたものの、冷静に考えれば、いわれた長官にもどうしようもないことはわかっていた。田上に残されている途《みち》はただひとつ、いかに見苦しくなく、自分が存在した痕跡《こんせき》を残さずに死ぬかということだけだった。

けれども、その前にどうしても、しておきたいことがあった。それは敵間諜との話し合いだった。話をしたい理由の半分は、その敵の謎の行動を明解にすること。残りの半分は、たとえ敵とはいえ、同じ世界の人間であるということに対してのなつかしさからだった。

午前七時、意を決した田上は乃木が学習院に登校するのを待たず、ホテルから乃木邸に電話を入れた。そして、いますぐに会いたいといった。敵が受け入れるかどうか、一か八かの決断だったが田上は賭《か》けた。

が、この田上の申し入れを、いともかんたんに乃木は快諾した。電話に出た乃木の応対は、あいかわらず冷静だった。それが田上には、どうしてもなっとくできないのだ。

田上が、ホテルの自動車で乃木邸に到着したのは、七時半だった。乃木は、丁重に田上を迎えた。

「いや、昨日は失礼しましたな」

「こちらこそ、ろくな挨拶《あいさつ》もできませんで」

田上は頭をさげたが、部屋から女中が出ていくのを待って口調を変えた。

「……などと、よそよそしい会話はやめようじゃないか。今回の諜報活動に関しては、完全にぼくの負けだ。間諜どうしであるから名を名乗り合うのは礼儀として、よしておきたいが、いつからきみは乃木さんに転身していたんだ」

応接室に通され、長椅子に腰を降ろした田上がいった。

「なに!?　わしが間諜じゃと。転身とはなんのことか。貴君は、なんの話をしておるのじゃ！　わしが、なんの間諜をせねばならん‼」

　それまで穏やかな表情をしていた乃木が、間諜ということばを聞くと、真っ赤な顔で田上に向かって怒鳴るような口調でいった。興奮したせいか、ことばの端々に長州訛《なま》りが出ている。

「きみは本国と連絡を取っていないのか？　もう戦争は終わりだ。しかも、ぼくは完全に、きみに敗北を認めたのだ。そう、むきになることはないだろう。ざっくばらんに、話し合わないか。いまのぼくは、きみに会えてうれしい。前任者のあとをついで一年半、ぼくはぼくなりに、任務を忠実に遂行してきたつもりだが、たとえ敵対している身であっても、同じ世界の人間に出会え会話できるのは、こちらにきてから初めてのことだ。できることなら、こんな姿ではなく、ほんらいの姿で、われわれの世界のことばで話したいが、それはむりなことだ」

　田上は淡々とした調子でいい、テーブルの上に出されている茶をすすった。

「貴君のいわれることは、この乃木には皆目わからん。貴君は、なにをいおうとしておるのじゃね？」

　乃木が田上の態度に冷静さを取りもどして、柔らかい口調でいった。

「貴君は、陛下をご拝診奉《たてまつ》る侍医ではないのか」

「あくまで、きみは正体を隠すのか。もう敵も味方もなくなったというのに、胸を開いてくれないのか」

「胸を開けといわれても、この老骨、いまさら、なにも隠しておることはない。貴君は陛下のご診療で疲れておるのではないか。失礼じゃが、いささか精神が錯乱しておるように思える。わしは昨日、宮《きゅう》城《じょう》内で貴君に会うた時、妙に心を揺さぶられるものがあった。それが、なぜか、どうしてもわからなかったのじゃが……。いまは、なんとなく、わかるような気がする。わしも貴君と話をするのを楽しみにしておったが、さっぱり要領を得ん。ただ貴君のことばは、この乃木を愚弄《ぐろう》しているとも思えん。しばらく、休養をしてはどうじゃ。いい出しにくければ、わしが岡侍医頭に進言いたしてもよいが……」

乃木も茶をすする。乃木は、一見まともに見えるものの、田上という男が神経にきているると判断した。もしそうなら、そういう相手には、なるべく冷静に対処しなければならない。

「ありがたいことばだが、心配は無用。ぼくは、もう侍医寮には帰らないよ。当然、手がまわっているだろうから帰れないし、帰っても意味がない。だが、ぼくは、すでにきみが、ぼくの正体を皇宮警察に報告していると思っていた。それだけは見逃してくれたのだな。感謝する。それにしても、まったくきみは任務に忠実な人間だな。ここまで意志が固いのでは、ぼくが相手になるわけはない。失礼しよう。会えて、うれしかったよ。でも、もうふたたび、きみと会うこともないだろう。きみは向こうに帰る手段があるのかどうか知らないが、今度こそ、ほんとうに平和な世界がくるのを祈りたいものだ。……戦争はいやだな。あの戦争がなければ、ぼくも親子四人で幸せに暮らせたものを……」

田上が長椅子から、立ちあがった。乃木も立ちあがる。

「最後に、握手だけしてくれないか」

田上がいった。

「いいとも」

乃木が右手を差し出した。その手を田上が、両手で固く握りしめた。田上の目に、うっすらと涙が滲《にじ》んでいた。乃木の心に、また前日と同じような、なにか、いわくいいがたい、強い衝動が突きあげてきた。だが乃木には、どうしても、その理由がわからなかった。

「そうか。乃木さんにも、あの皮膚病ができておったのか……」

黒岩と龍岳の話に、うなずいていた春浪が、火鉢に突き刺した煙草の吸殻に視線をやったまま、呟《つぶや》くようにいった。牛込区矢来町の春浪の家。午前九時。前夜、時子から乃木大将の皮膚病の話を聞かされた黒岩と龍岳は、はたしてこれを、すぐ春浪に報告するべきかどうか迷った。だが結局、話をしようという結論に達し、翌朝、早々に時子を伴って春浪の家に向かったのだ。

「やはり、これは伝染病だよ。だれもが罹《かか》るものではないようだが、まだ、ほかにも感染している者があるかもしれん。死にいたる病だとすれば、早く、なんとかせんといかんぞ」

「すると、これは皮膚病ではなく、もっと悪質な病気で、発病すると皮膚が鱗《うろこ》状に変化し、その人間の身体から発せられる宇宙磁気が、特殊なものに変化するということになるのでしょうかね。だとすると、あの田上というにせ医者も、皮膚の変化はわからないものの、静乃さんが感じ取った宇宙磁気から考えて、病気に罹っていることになりますよ」

龍岳がいった。

「たしかに静乃さんの話では、潮風君を訪ねた田上は、自分の命はあと一年だといったということですから、田上がその病気に罹っていることは、まずまちがいないでしょう」

黒岩もいう。

「よし。そのことは、俺が電話で丘博士に聞いてみる。ただ、丘博士が宇宙磁気というものを信じてくれるかどうかが問題だな。俺がぜったいあると主張すると、静乃さんの素性《すじょう》を説明しなければならなくなる。それはできんから、まあ、なんとか、ごまかしながら聞いてみよう。……それはそれとして、田上の行方は、まだわからんのかね?」

春浪がたずねた。

「どうやら田上は、われわれの動きを察したらしく、昨夜は侍医寮には帰りませんでした。手がかりになるようなものも、なにも残しておらず、現在、警視庁と皇宮警察が全力をあげて、行方を捜査していますす」

黒岩が答えた。

「それにしても、これで、田上の宇宙磁気がふつうの人間とちがうという謎は解けたが、もうひとつの行動がわからん。同じことばを繰り返してばかりいるが、田上が侍医寮に潜入したり、潮風君に接近したのは、なんのためだったのだ。やはり、間諜か」

春浪が首をひねった。

「そこなんですが、その線が一番、可能性が大きいものの、もし間諜なら陛下に近づかれても、あまり意味はないのではありませんか。おそれおおくも殺害が目的ならば話は別ですが、そうであれば一か月も前に侍医寮に潜入し、すでに三度も陛下のご拝診をされたというのですから、機会は充分あったはずです。しかし、それはしていない。それに間諜だとしても、どこの国の間諜なのか、いくら推測してみても見当がつきません」

龍岳がいった。

「陛下の、ご病状を探るのが目的だったのかもしれませんわ」

時子がいった。

「探ってどうするのだ?」

黒岩がいった。

「もしものことがあらせられ、国内が動揺している時を見計らって、宣戦を布告してくるということですか」

龍岳が、時子に確かめるようにいった。

「はい」

時子がうなずく。

「うーむ。だが原田君や黒岩君の話では、田上はにせ医者だとしても、全力で陛下のご診療をしていたというじゃないか。そのあたりが、なんとも奇妙だ。それに、たとえ国民が動揺していても、いまのわが国に、突然、戦争をしかけてくる国があるとは思えん」

春浪が煙草に火をつけた。

「これは、とにかく田上を逮捕して、目的を白状させるしかありませんね」

黒岩がいった。

「田上が立ちまわりそうな場所というと、どこでしょうか」

龍岳がいった。

「わからないな。いまのところ戸籍も偽造だったから、どこの生まれで、どんな経歴の人間なのかも皆目わかっていない。東京を離れ、小さな旅館とか木《き》賃宿《ちんやど》にでも泊まられたら、探すのは極めて困難だ」

黒岩が、顎《あご》に手をやっていった。

「黒岩さん。あの山口氏を見張っていたら、田上が現れるかもしれませんよ」

龍岳がいった。

「それは、手配してある」

「そういえば、その変人科学者と田上の関係も、やはり、よくわからんな。なぜ田上が電気電波輸送機などという夢のような機械に、それほど肩入れをするのか。金を出しているのは、奇特な実業家ではなく、実際は田上なのだろう?」

春浪が龍岳の顔を見た。

「ぜったいとはいえませんが、状況から見てそうですね。ただ田上が間諜であるにしてもないにしても、何者かの手先であるとするなら、その背後の者が金を出しているのでしょう」

龍岳が答えた。

「もし、そうだとしたら、その背後の者とは、いったいだれなんだ。これまた、いくら考えてみても、これといった人物は浮かびあがってこない。わからんなあ。今度のことは病気のことも含めて、どうも、われわれが思っている以上の規模で、何者かが大陰謀を企てているような気がする。どう推測してみても、全部の謎が一点に集約せん。そう思わんかね。それとも電気電波輸送機と病気は、まったく無関係なのだろうか……」

腕組みをした春浪が、だれにいうとなくいった。

「わかってしまえば、なんだ、そんなことだったのかということになるのかもしれんが……」

「黒岩さん、やはり、ぼくたちで直接、もう一度、あの山口氏を訪ねてみましょうよ。ぼくには、今度の事件、——事件といっていいのだと思いますが、その鍵を握っているのが山口氏のような気がするんです。時子さんも、悪人とは思えないといっていたけれど、ぼくの会ってみた感じでも、あの人が田上の一味とは思えないんです。ですが、非常に気になる人物です。時子さん、どう思う?」

龍岳が時子の顔を見た。

「たしかに取材の時は、いまはいえないということばが多かったでしてよね。それを聞き出せば、手がかりが掴《つか》めるかもしれませんわ。変人で、世をすねているところがあるみたいですけど、うまく引き出せば、なんでもお話しになりそうではありましたわ」

時子がいった。

「なるほど。黒岩君、どうだ？　事態がこうなってしまったら、いつ田上を逮捕できるかわからん。とりあえず龍岳君がいうように山口氏を訪ね、なにか手がかりになりそうなものを引き出したほうがいいのではないかね」

春浪が黒岩にいった。

「そうですね、そうしてみましょうか。ですが、ぼくが刑事だというと警戒するかもしれません」

「だったら、〈武侠世界《ぶきょう》〉の編集記者ということにすればいい。……いや、それよりも警視庁で、ぜひ協力をして欲しいといって訪ねたほうが効果的かもしれないぞ。たとえば、そうだな。犯罪容疑者のいっていることが、ほんとうか嘘《うそ》かを見極める機械を作ってくれとかなんとかいってみては」

「そんな機械はとても……」

「できそうもないから、頼むのだよ。それが作れるのは、あなたしかおらんとでもいってみたまえ。変人科学者なら、きっと乗ってくると思うがね」

「さすが、春浪さんですね。それでやってみましょう。ぼくは、どうも現実的でいけません。それでやってみましょう。そうと話が決まれば、すぐに出かけたいところなのだが、今日は別件の会議で、どうしても午後三時か四時ごろまでは時間が取れないのだ。それまで、すまないが待ってくれ。その前に田上を逮捕できれば、話は、また別だが」

黒岩がいった。

「はい。ぼくは、何時でも時間を空けておきます」

龍岳がいった。

「お兄さま、わたしは？」

「お前は、学校に決まっているだろう。今日も、遅刻することは連絡してあるんだろうな」

「してありますけど……」

時子が、不服そうな顔をする。

「ともかく、今日はいかん。田上を捕まえることができるかどうかの、重大な時だ」

黒岩が、きっぱりといい切った。

「今回はがまんですな、時子さん」

春浪もいう。

「わかりました」

春浪にいわれては、さすがの時子も、それ以上は食いさがれなかった。

「では、なにかわかったら、小石川のほうへ連絡してくれ。今日は少し早めに出社して、書いてしまわなければならない原稿があるんだ」

「承知しました」

龍岳が答えた。


赤坂新坂町の乃木邸を出た田上は、たまたま通りかかった空の俥《くるま》を止め、車夫に一番近い貸席をたずねた。車夫は、それなら第一師団司令部のすぐ近くにある青山南町の「ちとせ」だと答えたが、そこまで乗せていってくれと頼むと、距離が近いのでいい顔をせず、人力車停車場以外の場所で客を取ると規則違反になると渋った。それに対して、田上は無言で五十銭玉を渡した。とたんに車夫の表情が変わり、田上を乗せて勢いよく走り出した。俥は、わずか十分ほどで「ちとせ」に到着した。

「ちとせ」も、まだ店を開けていなかった。しかし今度は五円札が、ものをいった。部屋にあがると、田上はすぐに山口辰之介に電話した。至急、きてくれという内容だった。それに対して山口は、すぐにいくと答えた。

山口が芝の研究所を出た時、見張りの刑事は、たまたま近くのミルクホールに朝食を取りにいっていた。刑事がもどってきて、ふたたび電柱の蔭《かげ》に身を隠すのと、山口が出かけたのは、わずか三分のずれだった。

山口が「ちとせ」に着いたのは、午前八時半。

「どうしたんだね、こんなに早く?」

田上の待っている六畳間に入ると、立ったまま山口がいった。

「突然だが、すべてが終わってしまったんだよ」

田上が山口を見あげ、複雑な表情でいった。

「どういうことだ⁉」

山口がテーブルに両手をつき、田上の正面に座りながら大きな声を出した。

「どこから、話をすればいいかな。……まず、わが母国の皇帝陛下が敵と和平条約を結ばれることになり、戦争が終わったということだ」

「戦争が終わったのか？」

「ああ、すでに休戦態勢に入り、まもなく和平条約が結ばれるらしい。その工作は、かなり前から進んでいたようだが、ここへきて一気に進捗《しんちょく》したのだそうだ。長官はそれを知りながら、わたしには昨日までなにも知らせてくれず、予定どおりの任務を遂行させていた。寂《さび》しい話だ。それが、わたしの使命といえば使命だから、別にうらみごとをいう気はないがね」

田上がいった。

「したがって、わたしの間諜として、また、この世界への先遣隊員としての役目も終了した。和平条約には、今後のこちらの世界への不可侵項目も盛り込まれているという」

「ああ」

山口が、返事にならない返事をした。

「それと敵間諜は、なんと乃木大将に転身していたことが昨日判明したが、判明しても、もう敵対関係ではなくなったのだから、なんの意味もない。きみの機械も必要がなくなった」

田上が、柔らかな口調で説明する。

「なんだって！　和平条約はいいが、わたしの機械までが必要なくなるなんて、そんな馬鹿な……」

それまで静かに話を聞いていた、山口の顔が歪《ゆが》んだ。

「そう興奮しないでくれ。まったく、そんな馬鹿なだよ。いままで、われわれがやってきたことは、いったいなんだったのだろう。……結局、われわれは不要になれば、じゃま者にされる捨て駒《ごま》にすぎなかったということなんだな」

「なんてことだ。もう少し、ほんのもう少しで、世間のやつらを見返してやれるところだったのに。……わたしも、どうやら運のない星の下に生まれたようだ」

一瞬、興奮した山口だったが、すぐに冷静さを取りもどした。

「それでも、まだきみには希望が残っている。わたしが今度の作戦に使うつもりだった資金は、すべてきみに進呈する。だから、きみは元の電気電波輸送機の研究を続けたまえ」

田上がいった。

「きみは、どうするのだ？」

「自決する以外に、なにが残っている。どこの世界でも、不要になった間諜の使い途など、なにもない」

「死ぬのか……。危険性は高いが、どうせ死を覚悟しているのなら、帰れるかどうか機械の実験をやってみようか」

「いや、いいよ。また何人も犠牲者が出るかもしれないし、たとえ帰れても、もう元の姿にもどれるわけじゃない。妻子にも会えないだろう。会えても、わたしの素性を明かすことはできず、しかも一年の寿命だ。向こうに帰ることは、未練を残すだけにしかならない。それなら、こちらで間諜として潔《いさぎよ》く死ぬほうがずっとましだ」

「子供はふたりだといったな」

「三人目が、数日前に誕生したそうだ」

「その乃木大将に転身している、敵間諜はどうするつもりだろう」

「わからない。いましがた会ってきたところだが、あくまでも間諜としての態度を崩さず、悠然と構えていた。わたしより、一枚も二枚も上手《うわて》だ。しかし敵とて、そう長くは、こちらでは生きていられまい。結局は、わたしと同じ途を選ぶしかないはずだ」

「きみも敵の間諜も、気の毒なことだ。わたしには、それしかことばがない。慰めようにも、慰める方法がわからない」

山口が、じっと田上の顔を見つめた。

「それで結構。慰めは間諜には似合わんよ」

田上が微笑した。

「これから、どうするのだ？」

「すでに警察や〔天狗倶楽部〕が動いているのは、まちがいない。このままでは、逮捕されるのは時間の問題だ。その辱《はずかし》めだけは受けたくないし、きみにも迷惑がかかる。だから、できるだけ早く自決する。ただ、岡侍医頭の催眠暗示は解いてやらねばならない。そこで、きみを待っているあいだに、催眠解除の方法を書いておいた。これを、きみから侍医頭に近く、催眠術のできる人間に渡してくれないか。それがむりなら、いずれ、きみのところにも警察がくるだろうから、その警察官に渡してもらってもいい。ただし、その場合はその警察官がこの書きつけを、どう判断するかだが……」

田上は背広の内ポケットから、手帳二ページを破ったと思われる、びっしりと文字の書き込まれた紙片を山口に渡した。

「催眠が解除されないと、侍医頭はどうなるのだ」

山口はそれを受け取り、ちらっと目をやっただけで、背広の胸のポケットにしまった。

「たぶん意味のわからないことをしゃべり、わたしのことを隠し続けるから、わたしを侍医寮に採用した責任を問われ、罰を受けることになる。きみも警察がきたら、すべて事実を語るほうがいい。変に隠すと、怪しまれるぞ。むろん事実を語っても怪しまれるだろうが、その時は、すでにわたしは存在しないのだから、警察としてもきみを罰することはないだろう。また、罰する理由もない。わたしたちが、こちらの世界に手を伸ばしかけたのは、ほんとうに偶然だったのだからね」

「敵のことも話していいのか」

「いや、それはしないでくれ。かれも筋金《すじがね》入りの間諜だ。それなりの身の処しかたを、自分で考えているだろうさ。この期《ご》におよんで密告めいたことはしたくない。それが間諜同士の礼儀だ」

「承知した。聞かれても、知らないと答えよう。それにしても、乃木大将に転身していたとはな」

「わたしも、まったく予測していなかった。おどろいたよ。それはそれとして、忘れないうちに渡しておこう」

田上は、脇に置いてある旅行鞄《かばん》を開けた。通信機は入っておらず、百円札の束がふたつ入っていた。

「四千円ある。研究費に使いたまえ。これだけあれば、かなり研究は進むだろう」

田上が札束を、山口の前に置いた。

「すまん。遠慮せずにもらう」

山口は、札束を左右のポケットに、ひとつずつねじ込んだ。

「成功を祈るよ」

「ありがとう」

「ところで少し時間が早いが、鰻《うなぎ》飯でも食べないか。鰻屋なら、もうやっている店もあるだろう。取り寄せてもらおう。この世界で最後の飯だ、つき合ってくれないか」

「ああ、よろこんで」

「それにしても、きみとは妙なつき合いだったな」

田上が笑った。

「まったくだ」

山口が笑顔を返した。


学習院の院長室に入った乃木は、なんともいえない焦燥感を拭《ぬぐ》い去れないでいた。もちろん原因は、朝がた屋敷を訪ねてきた、あの田上章道という侍医のせいだった。乃木は田上の奇異な言動を、陛下のご診療に疲れて精神状態が不安定になっているのだと判断した。そこで、宮内省に電話を入れた。田上をしばらく侍医からはずさないと、陛下のご診療に問題が起こると、岡侍医頭に進言するつもりでいた。

が、宮内省に連絡すると、侍医頭は前夜より体調を崩し自宅で伏せているという返事だった。陛下のご病状が、いまひとつはっきりしない時に、侍医頭が自宅療養するというのは、乃木には解《げ》せないことだった。しかし侍医寮では、そのほかの侍医が二十四時間態勢で待機しているので、問題はないという。

ほっとした乃木は、田上という侍医について、どういう経歴の人物であるかと質問した。それに対して宮内省から帰ってきた返事は極めてあいまいであり、岡侍医頭に聞かねば、詳細はわからないものの、田上は前日、辞表を提出して侍医寮を去ったらしいという答えだった。

（陛下の、この大事な時に、宮内省はなにをやっておるのか……）

電話を切った乃木は執務机に両肘《ひじ》をつき、掌を両頰にあてて朝の田上とのやり取りを思い出していた。なにか、心の中にひっかかるものがある。田上と関係のあることで、極めて重大なことを忘れていて、どうしても思い出せないような気がした。乃木は校医のところにいこうと椅子から腰をあげたが、ふと思い直して、ふたたび座り直した。そして、給仕を呼ぶと武俠世界社の押川春浪に電話を入れさせた。

「つながりました」

給仕が、受話器を乃木に渡していった。

「すまん。用事があったら、また呼ぶ」

給仕が部屋を出ていくのを待って、乃木は送話器に向かっていった。

「押川春浪君かね。乃木じゃ」

「これは閣下。過日は、おもしろい談話をありがとうございました」

受話器の奥から、春浪の緊張した声が返ってきた。

「なに、あんなことでよければ、いくらでもお話しする。ところで、春浪君。きみに折入って頼みがあるのじゃが」

「なんでございましょう？」

「きみ、催眠療法のうまい人間を知らんかね」

「心あたりはございますが、閣下が受けられるのでございますか」

「うむ。このところ、夜中に悪夢で目を覚ますことが多いのと、なにか頭の中がもやもやしておって、もの忘れが激しい。もう歳《とし》じゃから、もうろくしたのだといってしまえばそれまでじゃが、なんとか、そのもやもやが消えんものかと思ってな」

乃木がいった。

「しかし閣下。それでしたら大学病院か衛戍《えいじゅ》病院にいかれて、専門家の医者に診察していただいてはいかがです。所詮《しょせん》、催眠療法は民間医療ですから」

春浪が答えた。

「うむ。きみのいうとおりじゃ。それは、わしにもわかっておるのだが、医者はどうも苦手でな。それに、ことを大きくしたくない。いま、わしが精神科の医者にかかったと世間に知れると、また新聞紙や雑誌が書き立てる。乃木も、いよいよ惚《ぼ》けてしまったのかと騒がれては心外じゃ。それに今度の悪夢や頭のもやもやには、なんとなく催眠療法がいいような気がする。根拠はないのじゃがね。先日の取材の時も、そんな話が出たのを思い出して、きみに相談しようと思ったのじゃ。めんどうとは思うが、きみ、ひとつこの惚け親爺《おやじ》のために骨を折ってくれんか」

「惚け親爺などと、なにをいわれます。不肖のわたくしに、ご相談をいただきまして、光栄この上もございません。承知いたしました。では、さっそく適当な人物を、お探ししましょう。日にちは、いつごろがよろしゅうございますか」

「きみのほうが夜でよければ、今夜でも明日でもかまわんのじゃが、どうせなら、なるべく早いほうがいいのう。家でやると家内が心配するといかんので、この院長室ではどうかな」

乃木がいった。

「わかりました。段取りができしだい、ご連絡いたします」

春浪が答えた。

「すまんね。よろしく、頼むよ」

乃木はそういい、電話を切った。


「おじゃまいたします」

まだ春浪が、受話器を手にしている武俠世界社の編集室に、静乃が入ってきた。静乃は前夜の病院での彰子のことばによって、田上がこの世界の人間ではないと確信したことを知らせにきたのだった。

「やあ、おはようございます」

春浪がいい、受話器を置いた。とたんに、また電話が鳴った。春浪が、受話器を取りあげる。

「春浪さんですか！　龍岳です。先程はどうも失礼しました。それで春浪さんの家を出たあと、カフェーで黒岩さんと山口氏訪問の段取りを決め、ぼくは神保町《じんぼうちょう》で本を買ってから社のほうにいこうとしていましたら、まったく幸運としかいいようがありませんが、飯田町停留所のところで、電車から降りてくる田上を発見しました」

「なに、ほんとうか!?」

「はい。まちがいありません。それであとをつけたところ、中央線飯田町駅の駅舎に入り、いま待合室におります。どうしますか？　黒岩さんとは別れたばかりで、まだ警視庁に着いていないと思いますが、太田部長にでも電話を入れますか！」

　龍岳が、早口で説明した。

「いや待て！　偶然とはいえ、田上を発見したというのはまさしく天の味方だ。しかし、ここで田上に出会うというのは、まるでご都合主義の小説のようだな。きみのふだんの行いがいいから、天が奇跡を与えてくれたんだよ。飯田町駅にいるということは、どこかに逃亡する気だろう。次の列車は何時発だ？」

　春浪がたずねる。

「ええと、十一時十五分です」

「いま十時半。充分、間に合うな。よし、俺もいく。しっかり見張っていてくれ。どこへいくつもりか、尾行しよう。警視庁には、まだ知らせるのはやめよう。追い詰めてからでも、いいだろう」

「はい！」

　龍岳が答えた。春浪は受話器を置いた。

「静乃さん、龍岳君が田上を見つけましたよ！　あとを追うことにしましたが、静乃さんの用件は？」

　春浪が立ったまま、龍岳との電話のやりとりを聞いていた静乃にいった。

「はい。それが、田上のおおよその正体がわかりかけてきましたので、お知らせしようと……」

　静乃がいった。

「なんと！　あの男の正体がわかったのですか!?　こちらも、大変な情報だ！」

　春浪が帽子掛けから、愛用のハンチング帽を取ろうとする手を止めていった。

「ぜったいとはいえませんが、たぶん、そうではないかということが……。彰子のことばで確信を持てました」

「それで、何者なのです、あの男は？」

「信じられないような話ですが、おそらく、地球の人類とはまったくちがう生物です」

「地球の生物ではない⁉」

春浪が、呆然《ぼうぜん》と静乃の顔を見つめた。

「はい。どこからきたかはわかりませんが、あれは爬虫類《はちゅうるい》から進化した生物だと思われます」

静乃が冷静にいった。

「爬虫類から進化した生物ですと……」

春浪が絶句した。

「そんなことが……。まったく信じられんような話だが、静乃さんがいうのなら、まちがいありますまい。しかし、ちょうどいいところへきてくれました。飯田町駅に龍岳君が待っているのです。一緒に田上のあとをつけましょう。時間はありますか」

「ええ。ぜひ、ご一緒させてください」

「よかった。尾行して、どこにいくのかを確かめれば、正体もなおはっきりするでしょう。静乃さんのお話は道々、お聞きします！」

「はい」

静乃が答えた。


田上は春浪、龍岳、静乃に尾行されているとも知らず、飯田町駅から予測していたとおり中央線に乗り込み、境《さかい》駅で降り深大寺《じんだいじ》に向かった。畑道を進むと、昔の城跡である松林があり、その林を抜け山門に出た。門前には、七、八軒の農家が並び、門の左には二筋の滝が龍頭の口から滔々《とうとう》と漲《みなぎ》り落ちている。正面の石段を昇ると真ん前に本堂が見える。深大寺は天平《てんぴょう》時代に開かれ、江戸時代にはかなり賑《にぎ》わった寺だが、いまは寺も荒れ境内《けいだい》にも人影はなかった。あたり一帯には樹木が多く、深山の奥といった観がある。

むろん田上は参詣《さんけい》などせず、寺の裏側に進んでいった。寺の裏は、木立のあいだに熊笹《くまざさ》が密生し幽寂《ゆうじゃく》を極めている。そのさらに奥の小さな丘からは、清水が滾々《こんこん》と湧《わ》き出して、幅一間ほどの小川になっていた。田上は、その小川のほとりまで入り込むと、注意深く周囲を見まわし、背広のポケットから一枚の自然色写真を取り出した。それは奇妙な写真だった。三人の人物らしきものが写っていたが、明らかに人間ではない。

頭がひとつ、手脚は二本ずつ、全体的には人間と同じような姿をしていて、見慣れぬ銀色の筒袖《つつそで》の上着にズボンをはいていたが、顔は南洋の島にいるイグアナという蜥蜴に似ており、鱗状の皮膚は茶色だった。さらに人間との大きなちがいは、長い尾があることだった。その生物は、もちろん地球上のものではない。強《し》いて呼ぶなら、蜥蜴人間とでもいうべき生物だった。中央に大きい蜥蜴、左右に小さい蜥蜴が二体写っている。小さいのは、子供のようだ。尾行している三人には、その写真の被写体までは見えない。

「写真を見ているようだな。……どこから見ても人間だが、あれが爬虫類から進化した生物とは……」

十メートルほど離れた雑木の蔭《かげ》に身を隠し、田上の行動を見守っている春浪が、信じがたいという表情でささやくようにいった。

「何度も申しましたように、ぜったいとはいいきれませんが、まず、まちがいありません。あの人が、爬虫類の進化した人間なら、からだから奇妙な宇宙磁気が出ているのも、説明がつきます」

静乃がいった。

「そんな生物が、われわれ人間の中にまぎれ込んでいたとは、想像もできなかった……」

龍岳が、もう何回目になるか、同じことをいい田上の行動を見つめる。

田上が取り出した写真を水平にすると、被写体が立体的に浮かびあがった。今度は、それが春浪たちにも見えた。

「不可思議な写真だな!」

春浪がいう。

「外国の科学小説などに出てくる、自然色の立体写真というやつですよ」

龍岳が説明した。

「たしかに、あんなものは、まだ人間は発明していない」

春浪がうなずいた。

三人に見張られていることも知らず、田上は五分も、その立体写真を見つめていた。涙が瞳に溢《あふ》れ頬を伝ったが、拭《ぬぐ》おうともしなかった。やがて田上は意を決したように、その写真を両手で破った。細かく細かく破り小川の中に投げ捨てた。紙片はゆっくりと下流に流れていく。

「捕まえましょうか?」

龍岳がいった。

「いや、もう少し、ようすを見よう」

春浪が答える。

田上は、しばらくのあいだ、破った写真が流れていくのをぼんやりと見ていたが、やがて背広を脱ぎ始め、続いて靴を脱ぎ、下着を脱いで全裸になった。

静乃が、ちょっと顔をそむける。田上のからだのあちらこちらには、鱗状の斑点があった。

「やはり、からだに鱗のような斑点がある」

龍岳がいった。

「うむ」

春浪がうなずいた。

それは、いま破って小川に投げ捨てた写真に写っていた生物の顔や手足の鱗に酷似していた。田上は脱いだ背広のポケットから、小豆《あずき》粒ほどの黒い薬品と思われるものを取り出すと、靴や帽子と一緒に、その背広を革の鞄の中に詰め込み錠をかけた。

「あの男、死ぬ気ではないでしょうか。いま、捕まえないと……」

龍岳が、緊張した声を押し殺していう。

「そうだな。死なれては、すべてがわからなくなる」

春浪と龍岳が、木の蔭から飛び出そうとした。

「待ってください。春浪先生、龍岳先生!」

静乃が、押さえた声でいった。

「ほんとうは、わたしのような者が、口にできる筋合いではないのですが、むりなお願いを承知で申しあげます。あの人を捕まえないでいただけませんでしょうか？」

「えっ⁉」

春浪と龍岳が、同時に静乃の顔を見た。ふたりには、静乃のことばの意味がわからなかった。

「ご不審は、ごもっともですが、あの人、いえ、あの生物が自殺をするというのなら、黙って死なせてやっていただけないでしょうか。あの人は人間の姿形はしていますが、お話ししましたように、たしかに、この世界の生物ではありません。どこからきたのか知りませんが、わたくしと似たような運命を背負った生物のように思えます。ここで捕まることが、どれほど辛《つら》いことか……」

静乃は外見ばかりでなく、体内の組織・器官も、少しも変わるところはないが、実は地球人類ではなかった。犬狼星の第二遊星から、地球生物を観察するために飛来した知性探査体なのだ。地球侵略ではなく、友好目的で飛来したのだが、数千年、数万年も生きることのできる有機体人造人間だった。それを知っているのは、春浪や龍岳たち、ほんの数人にすぎない。

静乃は、いま目の前で死を選ぼうとしている、人類に擬態した正体不明の生物に自分の置かれた立場を重ね合わせていた。静乃も、ほんとうならば地球人に正体を知られた時点で、命を捨てなければならないように設計されていた。だが春浪たちによって命を救われ、潮風と結婚をし子供までもうけている。その幸せを思うと、たとえ田上が間諜を働いた未知の世界の生物であったとしても、それを捕えその行動を責める気になれなかった。せめて人知れず死ぬことぐらいは、認めてやりたかった。

「しかし、静乃さん。あの男が死んでしまったら、すべての謎が……」

龍岳がいいかけたことばを、春浪がさえぎった。

「……いや、いいよ、龍岳君。静乃さんのいうとおりだろう。ここで死ぬというのなら、静かに死なせてやろうじゃないか。あの男が死ぬことによって、もし事件の全貌《ぜんぼう》がわからなくなるなら、それはそれでいいだろう。あの男がどこからきた生物かは知らないが、間諜としての自尊心があるからこそ、死を選ぼうとしているのだ。追い詰められた間諜が自決するというのなら、われわれも武士の情けで見逃そう」

春浪がいった。

鞄に衣服を詰め込んだ田上は、やり残したことはないかと周囲に目を配り、それから、おもむろに手にしていた黒い小豆状の薬品を口に入れ、ごくんと喉の奥に飲み込んだ。三十秒たつかたたないうちに、全裸の田上の全身から白い霧とも靄《もや》ともいえない、煙状の気体が流れ出した。それが合図であったかのように、田上は小川の中に足を踏み入れた。川の深さは田上の膝《ひざ》ほどしかなかったが、水に触れた部分の白い煙の発生が極度に激しくなり、しゅうしゅうと音をたてながら足が溶け始めた。

みるみるうちに溶けていく足は、茶色のコールタールのようになって水に流される。しかし田上は、顔色ひとつ変えなかった。膝から下が溶けてしまったところで、田上は立っていられなくなり、小川の中に仰向けに倒れ込んだ。それから先は、瞬《また》く間だった。

田上は白い煙と、からだが溶けていく音を残して茶色のゼリー状に変化し、水の中に姿を消した。あとには、歯の一本、骨の一片すら残らなかった。わずか一分間で、田上は完全に、この地球上から消滅した。

龍岳は重苦しく、同時に、あまりにももの悲しい感情を胸に抱きながら飯田町駅にもどると、武侠世界社に帰る春浪、大学病院に向かう静乃と別れ、警視庁の黒岩に電話を入れた。話はすぐにまとまり、ふたりは三時に芝園橋停留所で待ち合わせをし、山口の研究所を訪ねることになった。

黒岩と龍岳が、〔山口電気研究所〕の扉をノックしようとしていると、電信柱の蔭から、ひとりの若い男が飛び出してきた。

「おい。お前たちは、山口辰之介を訪ねてきたのか?」

若い男が、横柄《おうへい》な口調でいった。

「そうだが、きみは?」

黒岩がいった。

「芝警察署の柴田刑事だ。お前たちは、何者か?」

若い刑事は、威圧的な態度でいう。

「ぼくは、警視庁本庁第一部の黒岩だが」

黒岩は警察手帳を出した。

「はっ、これは本庁の刑事殿でありましたか。失礼いたしました」

柴田刑事は、あわてて黒岩に敬礼した。さっと、表情が緊張する。

「いや、見張りごくろうさん。で、山口さんはいるのかね?」

「はい。朝、工場のほうから中に入っていきまして、以後、ずっと見張っておりますが、外には出てまいりません」

「そうか。だれか、訪ねてきた者は?」

「ありません」

「なるほど。ということは、田上はここには現れていないということだな」

「はい」

「わかった。ぼくたちは、山口さんに聞きたいことがあって訪ねてきた。きみは、ごくろうだが張り番を続けてくれ。そして、もし田上が現れたらぼくに知らせてくれ」

黒岩がいった。黒岩はすでに田上が自決したことを、まだ知らないのだ。龍岳は黒岩に黙っていることが辛かったが、春浪と龍岳、静乃は、田上が人間ではなく、自決するところを目撃したことを、時がくるまではだれにもしゃべらないと約束していた。

「承知いたしました」

柴田刑事はふたたび敬礼をして、電信柱の蔭に姿を隠した。黒岩と龍岳は、〔山口電気研究所〕の扉の前に立った。黒岩がノックをする。が、中から反応はない。三度ほど繰り返したが、返事はなかった。

「仮眠でもしているのでしょうか?」

龍岳が黒岩の顔を見た。

「そうかもしれんね」

黒岩が答え、扉の把手《とって》をひねった。錠はかかっておらず、扉がすっと開いた。

「ごめんください、山口さん！」

黒岩が大きな声を出したが、やはり返事はない。ふたりは研究所の中に足を踏み入れ、内部を見まわした。機械油の匂いが鼻をつくだけで、人の姿は見えない。

「いないじゃないか！　ここは窓も裏口もないのだろう？　あの見張りの刑事は、なにをやっていたのだ」

めったに怒りを表情に現さない黒岩が、珍しくきつい口調でいった。

「おい、きみ‼」

黒岩は表に出ると、十メートルほど離れた電信柱の蔭にいる柴田刑事を手招きした。

「はい！」

柴田刑事が走ってくる。

「きみは、ほんとうに、ずっと見張りをしておったのか。山口さんは、おらんぞ」

黒岩がいった。

「まさか⁉　わたしは朝の四時から、見張っておりますが……」

柴田刑事が、ややうろたえながらいった。

「たしかに、一時《いっとき》も目を離していないのか？」

「はい。あ、いえ。午前八時ごろ、十分ほど近くのミルクホールに朝食を取りにまいりました」

「それだ。そのあいだに、山口さんは外出したんだ」

「だとすると、見張りに気がついていたのでしょうか？」

龍岳がいった。

「どうなのだろう……。あるいは、田上から電話でも入っていたのかもしれんな」

黒岩が顔をしかめる。

「申しわけありません。わたしの失態であります」

柴田刑事が、いまにも泣き出しそうな顔をする。

「まあ、しかたがない。朝の四時から見張っていれば、腹も減るだろう。だが、どこにいったのか。もう四時だな」

黒岩がポケットから、懐中時計を取り出して時間を確かめた。その時だった。

「わたしに、ご用ですか？」

三人の背後から、男の声がした。振り返ると、青い背広の男が立っていた。

「あっ、山口さん！」

数日前に取材をして、顔を知っている龍岳がいった。

「やあ、きみは〈武侠世界〉の鵜沢君、というよりも、売れっ子科学小説家の鵜沢龍岳君。先日は、〈武侠世界〉記者・鵜沢純之助《じゅんのすけ》などという名刺を出すから、龍岳君とは思わなかった。そういってくれれば、よかったものを」

山口が、にこやかにいった。

「いえ、実際、記者も兼ねていますので」

龍岳が答えた。

「それで、今日はなんです？」

「ちょっと、お願いがあってまいったのです。わたしは警視庁第一部の黒岩四郎といいます」

黒岩が警察手帳を見せた。

「警視庁第一部といえば、殺人や強盗の係ですな。そこの刑事さんが、わたしに頼みとは……」

山口が、けげんそうな顔をした。

「中で、お話できますか」

「ええ、どうぞ、どうぞ」

山口が研究所の扉を開けた。

「じゃ、柴田君」

黒岩が、目で見張りを続けるように合図した。

「はい」

柴田は山口が現れてくれたので、いかにもほっとしたようすで、また電信柱のほうに歩いていく。黒岩と龍岳は、山口について研究所に入った。

「山口さん、さっそくですが、強盗や殺人の容疑者のいっていることが、真実か嘘かを見極める機械というのは作れないものでしょうかね」

椅子に座ると、黒岩が切り出した。

「いや、これは突然、難問を持ち込まれましたな。外国には、そういう機械を考案している人もあると聞きますが……。それを、わたしに研究しろというのですか？」

山口がいった。

「ええ、もし、できるものなら、考えてもらえないかと思いましてね。この龍岳君とは友人なのですが、ちょっと、そんな話をしたところ、それなら山口さんに相談してみてはどうかといわれて、訪ねてきたようなわけです」

「なにしろ、山口さんは電気電波輸送機などという機械の研究をしている人ですから、頼むとしたらほかにはいないと思って……」

龍岳がいった。

「うむ。しかし、電気電波輸送機と真実か嘘かを見極める機械というのは、まるっきり方向がちがいますからな」

「電気電波輸送機は、もう完成寸前と聞きましたが」

黒岩が、たくみに話題をずらした。

「いや、まだまだですよ」

「そのほかにも、なにかおもしろい機械を研究中だとか」

「ああ、あれは研究中止になりました」

「えっ、研究を止められたのですか？」

龍岳がいった。

「そうです。いま、そのことで外出していたのです」

「それは、どういう機械なのですか？」

今度は、黒岩が質問した。

「少しばかり、説明の難しい機械でしてね。正式な名前はないのですが、仮に別空間往来機とでもいいましょうか。この世界と別宇宙空間の通行を可能にする機械なのです」

山口がいった。数日前に龍岳が取材にきた時は、まだ話す時期ではないと拒否した山口だったが、黒岩の質問に対しては、なんの躊躇《ちゅうちょ》もなく答えた。

「別宇宙空間とは、なんですか？」

黒岩が、さらに質問する。

「これが、わたし自身、うまく説明できないのですが、われわれが住んでいる宇宙空間と並列に存在する異なった宇宙空間です。わかっていただけますかな」

山口がいった。

「いや、わたしには、どうもわかりかねますが……。龍岳君、わかるかい？」

黒岩がいう。

「はい。大雑把《おおざっぱ》な概念としましては」

龍岳が答えた。

「では、それについては、あとでゆっくり、きみから聞こう。山口さん、話を続けてください」

「わかりました。それでですな。ほんらい、この別宇宙空間とわれわれの住む宇宙空間には、見えない壁があり、物理学的に考えても行き来はできないはずなのですが、それが偶然にも、わたしの研究していた電気電波輸送機の実験で壁に穴が開き、ふたつの宇宙空間が一瞬、つながってしまったのです」

「ほう」

黒岩が、うなるようにいった。

「で、どうなったのです？」

「こちらの宇宙の人間が、別宇宙空間に飛び込んでしまいました」

「それは、いつのことですか？」

龍岳がいった。

「一番最初は、いまから五年ほど前のことですよ。先程、偶然といいましたが、その別宇宙空間の人間は、もうずっと以前から、こちらの宇宙空間の存在を知っていて、なんとかこちらにこられないかと研究をしていたのですな。わたしはそんなことは知らないから、自分の機械の実験をしていたところ、たまたま向こうの機械の実験とぶつかり、おたがいに反応し合って壁に穴が開き通路ができたのです。しかしそれは、あくまで偶然でして、ほんとうの往来機ではありません。そこで別宇宙空間のある勢力が、資金はいくらでも出すから、危険がなく双方が自由に通行できる完全な往来機を完成してくれと、わたしに頼んできたのです。これが完成すれば、電気電波輸送機以上の大発明ですよ。それで、これはやってみる価値がありそうだと研究を始めたのですが、なかなかうまくいかない。いままで百回ほど実験をして成功したのは、わずか五、六回ですかな」

山口がおどろくべき内容の話を、なんでもないことのように説明した。

「もしかすると、その実験でこちらの世界にやってきたのが、あの田上章道という人物ですか？」

龍岳が質問した。

「そうです」

山口が答えた。

「しかし、それは話がおかしくありませんか。田上という医者は、もともと熊本に実在していた。だのに数年前に別宇宙空間からきたというのは、どういうことです」

黒岩がいった。

「それが、さっきいいましたように、わたしの機械の実験で向こうの世界に飛び込んでしまった人間のひとりに、田上氏がいたわけです。わたしは、この研究所で実験しましたから、まさか熊本の人が巻き込まれていたとは思いもよらなかった。そのほかにも実に申しわけないとは思うのですが、これまでに日本中で二、三十人の人が、わたしの実験のとばっちりを受けて、向こうの世界に飛び込んでしまっているのです。その人たちの中には田上氏のように、神隠しに遭《あ》ったと噂《うわさ》されたり、突然、行方不明になって警察に失踪《しっそう》届けが出されている人も、たくさんおります」

「なるほど。そういうことですか。それで田上は、またこちらの世界にもどってきた」

「が、もどってきた時は、ふつうの人間ではなくなっていたわけですね」

龍岳がいった。

「おっしゃるとおりです。というより、こちらに帰ってきた田上氏は、向こうの宇宙空間の生物が田上氏に転身した、擬態といってもいいかと思いますが、にせ者だったのです。あれは人間ではありません」

山口が、淡々とした口調でいう。

「人間ではない？」

黒岩が、眉根にしわを寄せた。

「ええ。あの男は外見こそは人間ですが、ほんとうは爬虫類から進化した生物、いってみれば蜥蜴人間でしてね。そのへんのことは、動物学者ではないので、わたしにもよくわからないのですが、どういうわけか別宇宙空間に住んでいる人間は、みんな蜥蜴人間なのだそうですよ」

「蜥蜴人間？　そんな生き物が」

黒岩が、思わず龍岳の顔を見た。山口は田上の正体を知っていた。やはり静乃のことばどおり、田上は爬虫類から進化した生物だったのだ。龍岳は田上の自殺を目撃したにもかかわらず、まだあまりに信じがたい事実であるため、心の底のどこかに、わだかまりを残していたのだが、山口の説明でもう静乃のことばを否定できなかった。しかも、その蜥蜴人間は、別宇宙空間の生物だという。徐々に真相が判明してくるのと、判明することによって、ますます話が複雑になっていくのを、龍岳はなんとか頭の中で整理しようとしていた。

「つまり、こういうことですか。われわれ地球人類は哺乳類《ほにゅうるい》から進化して、いまのように知能を持ったが、その別宇宙空間の生物は、爬虫類から進化して知能を持った」

龍岳がいった。

「そういうことのようです。しかも別空間往来機こそ完成していないものの、蜥蜴人間たちの知能は地球人類よりずっと高いようで、こちらにやってくるにあたっては、生物学的技術を駆使し、こちらから向こうに飛び込んでしまった人間そっくりの姿に転身してやってきたのです」

「すると、ほんものの田上氏は？」

黒岩がいう。

「まだ向こうの世界にいるか、それとも死んでしまったかは、わかりません」

山口が答える。

「別宇宙空間の蜥蜴人間は、なぜあなたに往来機を完成させ、人間に化けてこちらの世界にこようとし、なぜ急に中止することになったのです？」

「これが、また話がややこしいのです。というのは、別宇宙空間の世界にはふたつの強大な勢力があって、もう数百年間にわたって戦いを続けているのです」

「数百年間ですか……」

「そうです。われわれの戦争とは、規模がちがうようです。長い戦争ですから、当然、双方に厖大《ぼうだい》な数の死傷者が出て、被害は増える一方です。そこで蜥蜴人間たちは、われわれの世界の人間を征服し、兵隊に育てあげ戦争の駒として使おうと考えたわけですが、それが片方だけでなく、両勢力が同じことを考えていたのです。それで、わたしの電気電波輸送機の実験に、敵対する両軍が研究中の別空間往来機が反応し、こちらの人間が向こうに飛び込んでしまった。これ幸いと向こうの蜥蜴人間たちは、田上のようなにせ者の地球人を造り、間諜としてこちらに送り込んでくることになった。ですがすべてが成功したわけではなく、機械の不完全さで、何十回となく失敗を繰り返し犠牲者を出しながら、ようやく数人がこちらの世界にきました。その中で、もっとも最近、こちらの世界に運よく間諜としてやってくることができたのが、あの田上でした。その時、田上の敵の間諜もひとり、こちらにきています」

「なんということだ！　田上が間諜らしいことはわかっていたが、別宇宙空間の間諜だったのか!!」

山口の説明を聞いた黒岩が、思わず叫んだ。

「田上の敵の間諜は、どこにいるのです？」

龍岳が質問した。

「それは、わたしにもわかっていません。田上も必死で探していたようですが」

山口が首を横に振った。

「実験の犠牲者は、どうなってしまったのです。そんなにたくさんの変死体が発見されたという話は、聞いていないが」

黒岩がいった。

「まだ原因はわかっていませんが、失敗した場合は、地球人も蜥蜴人間も蒸発してしまうようです。とにかく、あとに死体が残ることはありません。ですから、これまで死体が発見されることはなかったのです」

「うむ」

黒岩が呻《うめ》いた。山口の数々の説明は、黒岩の理解能力を超えていた。

「それにしても、あなたはわれわれ地球人類が、別宇宙空間の蜥蜴人間に征服され、戦争に駆り出されるということに抵抗はなかったのですか？」

頭を抱えている黒岩に変わって、龍岳が質問した。

「あなたがたは怒るかもしれないが、正直、申しまして抵抗感はありませんでしたなあ。それよりも研究資金を出してくれるという、よろこびのほうが先でしたよ」

山口が平然と答えた。このあたりが、山口が変人科学者と呼ばれるゆえんでもあろう。自分の研究を成功させることになると、ほかのことには考えが及ばなくなってしまうようだ。

「で、それほど蜥蜴人間たちが熱心に、開発を進めようとした別宇宙往来機の研究が中止になったのはなぜです？」

龍岳が続けて質問する。

「なにがあったのか知りませんが、別宇宙空間の両軍が、ここへきて急に戦争を中止し和平条約を結ぶことになったからです」

山口がいった。

「では、われわれが蜥蜴人間に征服される危機は去ったのですか」

黒岩がいった。

「まあ、そういうことになるのでしょうね。いままでの話は、すべて田上から聞いたことですから、すべて事実かどうかは保証できません。ですが田上によれば、双方とも今後こちらの宇宙空間を侵略しないという項目が、和平条約に含まれているということです。よかったですなあ。征服されないで」

山口が、また、まるで人ごとのように答えた。

「山伏町で死んだ少年は、蜥蜴のような姿になっていましたが、これは蜥蜴人間と関係があるのですか？」

「あれは、田上が実験に失敗したのです。別宇宙空間の生物たちは、地球の人間を征服するにあたり、その姿を自分たちと同じ姿に転身させようとして、あの少年を使い実験をしたのです」

「なぜ、そんなことを」

「われわれから見れば蜥蜴人間は怪物ですが、逆に蜥蜴人間の立場から見れば、われわれ地球人は醜《みにく》い生物です。そこで、こちらの宇宙空間の侵略に成功した時を想定して、体内の各器官までは同じにすることはできなくても、なんとか外見だけは、自分たちと同じ姿にしたいと思ったのです。一種の同化計画ですな」

「伊藤博文公や安重根、管野スガらも、皮膚の一部が鱗状になっていたといいますが」

龍岳がいった。

「それは、田上以前に、こちらにきた蜥蜴人間たちのやったことです。なぜ、あんな行動を取ったのかは、わたしも詳しくは知りません。ただ田上が今回、天皇陛下に接近したのは、あの少年の場合と同じように、陛下のお姿を蜥蜴人間のようにしようとするためです。まず万世一系の日本の国家元首である陛下を同化して味方につけ、こちらの世界の征服の足がかりにしようとしたのです。実際には陛下はおからだが悪く、田上は一度だけなにかしたようですが、お命に危険があるとわかったため、全力でご病気回復に努力し、それからあらためて実験するつもりだったようですが……」

「乃木大将の背中にも、皮膚が鱗状になっているところがあると聞いていますが、それについては?」

黒岩がいった。

「乃木大将のことは、わたしは知りません」

「われわれは、伝染病ではないかと思っていたのだが」

龍岳がいった。

「伝染病の話は聞いていませんな。ただ蜥蜴人間たちは転身技術がまだ完全でないため、運よくこちらの世界にこられても、長くは生きられないのです。そして死期が近づいてくると、皮膚の一部が、ほんらいの姿である鱗状に変化するようですよ」

「すると、乃木さんも田上と同じ蜥蜴人間の化けた間諜というわけか。信じがたいことだ……」

黒岩がいった。

「では、乃木さんのことは乃木さんのこととして、田上が病身の河岡潮風君に接近したのは？」

龍岳がたずねる。

「その人の名前は、わたしはいま初めて聞きましたが、たぶんわたし以外に、こちらの世界で手足となって働く人間が欲しかったのでしょう。いまもいいましたように、まだ蜥蜴人間たちの転身技術は完全ではなく、転身すると、せいぜい二、三年の命なのです。田上も、もう一年持てばいいほうだといっていましたから、病気を治す交換条件で間諜活動を手伝わせようとしたのかもしれません。わたしも田上のやることを、全部、知っているわけではありませんがね」

山口が説明する。

「だとしたら、潮風君に目をつけたのは完全に失敗だ。かれは殺されても、蜥蜴人間の間諜の手先になどなる人間じゃない」

龍岳がいった。そして続けた。

「それにしても蜥蜴人間たちは、なぜこの宇宙空間の中で地球を、それも日本を最初の征服目標にしたのですか。こちらの宇宙空間にも、地球以外に生物のいる遊星はいくらでもあるはずなのに」

「それは、わたしの機械が向こうの機械と反応して、まず日本に通路ができたためでしょう。ほかの遊星より距離が近いということも、あったかもしれません。それに日本は天皇陛下を中心にして、団結心が強く政情も安定している反面、長い鎖国状態の続いた国ですから、日清・日露の戦役は乗り越えたとい え、外からの圧力に対して抵抗力も少ない。別宇宙空間の文明を導入させるのには、ちょうどいい見本になると考えたのではないですかな」

「なんにしても、そんな恐るべきことが、この日本に起こっていたとは……」

黒岩が、また呻くようにいった。

「それで田上は、いまどこにいます？」

「もう、いないでしょう」

山口が答えた。

「向こうに帰ったのですか？」

「いや、和平条約が締結されることになり、間諜としての任務は終わったので自決するといっていました。どこで死ぬかは知りません。あれも考えてみれば、気の毒なやつですよ。向こうの世界の地球征服計画のために、長い命ではないことがわかっていながら、地球人に転身させられて送り込まれ、あげくのはてに平和になったからといってお払い箱ですからね。まあ、蜥蜴人間に同情することもないのだが、わたしにとってはいいやつでしたよ」

「……それにしても、山伏町の少年の姿を見ていなければ、とうてい信じられないような話だ。こんな話が、現実にあるなんて……」

黒岩が、ほんとうに、なにがなんだかわからないという表情でいった。

「そうそう、田上からこれを警察の人に渡してくれと頼まれていた。岡侍医頭の催眠を解く方法が、書いてあるそうです」

山口は、そういいながら、田上から受け取った手帳を破った紙を黒岩に渡した。

「侍医頭は、催眠術にかかっているのですか？」

「らしいですな。田上が侍医頭に催眠薬を飲ませて、自分を侍医寮に採用させたということです」

「そうか。田上は岡侍医頭を催眠にかけ、宮内省に潜入したのか……。それで侍医頭は、田上を弁護していたのだ。こうして話を聞いていくと、たしかに謎は次々と解けていくが……。頭の中が、まだ整理できない。水を一杯いただけませんか」

黒岩がいった。

潮風と静乃は、大学病院の面会室で話をしていた。寝巻姿の潮風の膝の上には彰子が乗って、お手玉で遊んでいる。

「そうか。あの小島の手がかりは、依然としてなしか。それにしても、あの男はほんとうに、お前や彰子がいうように、どこからかきた蜥蜴の進化した生物だったのか……」

潮風がいった。

「それは、まちがいありません。なんの目的かわかりませんが、この世界の間諜活動をしていたようです」

静乃がいった。だが小島が田上と同一人物で、侍医寮に潜入していたということは、あえて説明しなかった。説明すれば、潮風が興奮するのは目に見えている。病身の夫を興奮させるべきではないと、ここでも静乃は判断した。

「信じがたい話だ。まるで最低の科学小説を読んでいるような気分だ。ぼくも春浪さんや龍岳君を真似て、下手《へた》な科学小説を書いたことがあるが、それよりまだひどい」

潮風が首を横に振り、腕組みをした。と、彰子がお手玉で遊びながら、潮風の顔を見あげていった。

「父ちゃま。蜥蜴のおじちゃん、さっき死んじゃったよ」

「えっ?」

潮風と静乃が、思わず彰子の顔を見た。

「そういえば、ずっとわだかまっていた胸騒ぎが、なんとなく弱くなったような……」

田上の死を目撃している静乃が、とりつくろうようにいった。

「彰子のことばは、きっと事実ですわ。この子は、やはり、わたくしより強い第六感を持っているにちがいありません」

「どうして死んだのだろう。警察が撃ち殺したのか。それとも、もう逃げられないと思って自殺したか……。どちらにしても、やつは、ぼくになにを手伝わせようとしたのだろう」

潮風が、ややいらついた口調でいい、坊主頭の後頭部を二、三回叩いた。静乃は田上の自決、そして乃木大将の話もしたかったが、潮風の心を混乱させるだけだと思い、ぐっとこらえた。

「もう少し、待っていてください。春浪先生や黒岩さんも協力してくださっているのですから、まもなく真実がわかると思います。いらいらするのは、神経にさわりますわ」

静乃がいった。

「うん。わかってはいるんだがね。病院を出られないので、もどかしくてしかたないのだ」

潮風がいいながら、膝の上の彰子の頭をなでた。

「蜥蜴のおじちゃん、とけちゃったの」

彰子が、またいった。

「溶けちゃったか。氷みたいなやつだな。でも、あんな男は溶けてしまったほうがいいんだよ」

潮風が、静乃の顔を見て笑った。静乃もそれに応えて微笑したが、自分より強い精神感応術や透視力を持っているらしい彰子のことばにおどろきを隠せないでいた。

「なんにしましても、あなたやわたくしに、近づいてこなくなっただけでも、よかったではありませんか」

静乃がいった。

「そうだな。いや実のところ、彰子を人質にでも取られたらどうしようかと、心配していたのだ。雪枝さんの話では、向こうから近づかないと宣言したそうだから、それだけでも、ほっとしていたんだ。実際、死んでしまったのなら、もうなんの心配もない」

潮風がいった。


自分で目撃したことと、黒岩と龍岳から山口辰之介の語った内容の、すべてを聞いた春浪の心の中は、龍岳と同じように重く垂れ込めた雲に包まれているようだった。春浪たち、いや春浪たちだけでなく、日本中、世界中の人間が山口を除いて、だれひとり知らないところで、思いもよらない大陰謀が画策されていたなどと信じたくはなかった。だが、どう否定しようとしても、田上の自決場面を見ている以上、事実は事実として認めないわけにはいかない。

しかしそれが、わかっていても、また春浪は黒岩たちに聞かされた話が、変人科学者の山口の作り話であって欲しいと願っていた。田上の想像を絶する死にかたも、いままで知られていない病気のせいだと思いたかった。春浪は、心身共に疲れきっていた。できれば、家に帰って「健脳丸《けんのうがん》」でも飲んで寝てしまいたかった。が、それはできない。春浪は黒岩、龍岳、時子と学習院に向かっていた。

乃木大将に知られざる秘密があることは、静乃や時子の報告、そして乃木自身のことばで理解してはいたが、山口は乃木と田上の関係については、なにも知らないという。乃木と田上は、はたしてどこかでつながっているのか？　関係があるとすれば、どう関係しているのか？　考えたくないことだが、静乃の感じた宇宙磁気、そして鱗状に変化した皮膚からすれば、乃木も田上どうよう、別宇宙空間の蜥蜴人間である確率はかなり高い。

（だが、なぜ乃木大将が……）

春浪の頭の中の重く垂れ込めた雲の下では、疑問がぐるぐると渦を巻いていた。

乃木に催眠療法を頼まれた春浪は、あれこれ考えた結果、かつて静乃の閉ざされた心を開くことに成功した渋江保《たもつ》に、施術してもらうことにした。一時期は春浪に対抗するような形で、盛んに冒険小説や科学小説を書いた先輩作家で、現在は催眠術や心霊学の研究をしている渋江なら、どんな結果が出てもあわてることはないだろうし、外部に洩《も》らす心配もなかったからだ。

春浪が渋江に頼むことを決めたのは、まだ黒岩たちから山口の話を聞く前だったが、話を聞いて春浪は渋江に頼んでおいてよかったと思った。万一、催眠状態になった乃木大将の口から、山口のしゃべったことと同じような話が飛び出してきたら、ふつうの催眠術者では、対応できるとは思えない。

渋江とは、四谷区仲町の学習院すぐ近くのミルクホールで待ち合わせていた。四人が店に入ると、渋江は、もう先に到着して待っていた。春浪たちの姿を見て席を立とうとする渋江に春浪がいった。

「今日はまた、突然、大変なお願いをして申しわけありません。電話でも申しましたように、乃木閣下が、ぜひ催眠療法を試みてくれといわれるので、これは渋江さんにお頼みするしかないとお願いしたわけですが、実は、その後、とんでもない話が舞い込んできまして……」

春浪は渋江に山口の話を、かいつまんで説明した。

「なるほど。あっても、おかしい話ではないね」

渋江は、黙って春浪の話を聞いていたが、聞き終わるとおどろいたようすも見せず、うなずいた。さすがは、科学小説を何十冊も書いた人間だ。

五人が学習院の門をくぐり、院長室に入ったのは午後七時半だった。

「たくさんで、押しかけて恐縮です」

春浪が挨拶《あいさつ》した。

「なんの。今日はむりをいってすまんかったのう」

乃木――正解には乃木に転身しているかもしれない男は、五人を笑顔で迎えた。乃木は春浪たちの訪問に、少しも疑問を抱いているようには見えなかった。春浪は事実が判明するまでは、あくまでも乃木を、自分がいままで知っている乃木希典大将として応対することにした。

まず渋江を紹介し、黒岩を時子の兄で刑事だが、催眠術に興味を持っており、渋江の助手役だと説明した。乃木に嘘をつきたくはなかったが、まさか正体を探りに同行させたとはいえない。

「そうですか。よろしく頼みます」

乃木は、渋江と黒岩に軽く会釈《えしゃく》した。そして渋江の質問に、夜、うなされることや、田上と会った時に感じた、いわくいいがたい感情のことなどを丁寧に説明した。

「わかりました。おそらく閣下の胸のつかえは、催眠術で解明されるでしょう」

渋江がいい、施術の準備にかかった。部屋のカーテンを閉め、施術中は第三者の出入りはもちろんのことノックも禁じた。

渋江は乃木を執務机の前の椅子に座らせ、春浪たちを来客用のソファに腰かけさせた。それから、ミルクホールでの打合せどおり、黒岩に鞄を運ばせ、中から蠟燭《ろうそく》を取り出すと、乃木の正面五十センチほどのところに立てマッチで火をつけた。

「では閣下、ただいまより施術に入ります。できるだけ気持ちを楽にして、電灯を消したら、蠟燭の明かりを見つめ、数を百から九十九、九十八と少ないほうに数えてください」

渋江がいい、黒岩に目で合図する。黒岩は入口の横にある電灯のスイッチを切った。部屋が暗くなり、執務机の上の蠟燭の周辺だけがぼんやりと明るい。

「では、あなたは、いまから催眠に入ります。蠟燭の明かりを見つめて、数をかぞえましょう。ゆっくり、ゆっくり、かぞえてください」

「百、九十九、九十八、九十七、九十六、九十五……」

乃木は渋江のことばどおりに、数をかぞえ始めた。春浪たちは息を飲んで、蠟燭の明かりの中に浮かぶ乃木と渋江を凝視する。

「九十二、九十一、九十……」

「あなたは、だんだん眠くなります。瞼《まぶた》が重くなって、目が開けていられなくなります。数が八十になると、もう完全に眠ってしまいます」

渋江は低く柔らかい声で、優しくいう。

「八十五、八十四、八十三、八十二、八十一、八十」

そこで、乃木の声がとまった。両目が閉じられ、かすかにからだが前後に揺れている。

「そう。それで結構です。あなたは、もう眠っています。ぐっすり、眠っています」

渋江がいった。そして、春浪たちのほうを振り向いた。

「閣下は、催眠状態に入られた。なんでも質問して、かまわんよ。……まず、ぼくから質問しようか?」

春浪がうなずいた。それを確認して、渋江は乃木にいった。

「では、目を開けてください。でも、心は眠っています。いいですね。あなたの名前は、なんといいますか?」

「乃木希典」

乃木が、はっきりとした口調で答えた。

「それは、ほんとうの名前ですか?」

渋江が、いきなり事件の核心に触れる質問をしたので、春浪は思わず、ごくりと唾《つば》を飲み込んだ。

「ほんとうも嘘もない。わしは乃木希典じゃ」

乃木の口調は、変わらない。

「そうでしょうか。あなたは乃木希典の名前をかたっているだけではありませんか？　事実をいわなければいけません」

渋江が、少し声を大きくした。

「なにをいうか。わしが乃木でなくては、ほかのどこに乃木がいるというのじゃ」

乃木の声も、大きくなった。

「あなたは、田上という男を知っていますね」

渋江が質問を変えた。

「知っておる。宮内省の侍医じゃ」

「その田上は、地球の人間ではありませんでした。田上とあなたは、どういう関係ですか？」

「知らん。いや、わからんのだ」

「あなたも田上と同じように、別宇宙空間からきた生物ではありませんか？　そして、ふたりで間諜活動をしていませんでしたか？」

渋江が、ずばりと切り込んだ。

「馬鹿をいうではない。別宇宙空間とは、なんのことであるか！　わしが間諜活動をしたじゃと。くだらんことをいうと、ただでは、すまさんぞ！　きみは、この乃木を愚弄《ぐろう》する気か‼」

乃木が、ふだんの口調からは想像できない、荒々しい調子でことばを吐いた。

「いかん。興奮状態を呈してきた。ふつうなら、当然かかるはずの暗示が完全にかかっていない。これ以上、施術すると危険だ。催眠を解く。閣下の意識下には、なにか非常に強い障害がある。あるいは、特殊な記憶忘失かもしれない」

乃木の予想外のことばに、渋江がちょっと動揺したようすで、春浪たちのほうを見ていった。

「いまから催眠を解きます。わたしが、数を五つ数えます。すると、あなたは催眠中の記憶をすべて忘れ、覚醒《かくせい》します。心が静まり、気分はよくなります。いいですか、五、四、三、二、一！　はい。目が醒《さ》めました」

乃木のからだが、びくっと動いた。渋江が蠟燭の火を吹き消し、カーテンを開けた。黒岩が、電灯のスイッチを入れる。部屋が一瞬にして明るくなった。部屋の中の緊張感がゆるんだ。

「なにか、わかったかね？」

乃木が、柔らかい調子でいった。もう、いましがたの興奮状態は嘘のように消えている。渋江とのやりとりは、まったく覚えていないようだ。

「いえ、隠さずに申しあげますが、なにもわかりませんでした。閣下には記憶の一部に、忘失がおありになるようです」

渋江がいった。

「ふむ。記憶忘失か……。そうなのじゃ。春浪君にも説明したのだが、なにか、だいじなことが思い出せんような気がしてしかたがない。それを催眠療法で、思い出させてもらおうと考えたわけじゃが、これでもむりか」

乃木が顔をしかめた。

「それが閣下の場合、忘失した記憶に非常に厚い壁ができており、どうしても表に出てまいりません」

「わしも、頑固者じゃからなあ。心の底まで、頑固なのか。弱ったものだ」

乃木が苦笑いした。

「しかし、記憶忘失は時間さえかければ、ほとんど思い出すことができるものですから、いずれは、おわかりになると思います」

渋江がいった。

「じゃが、わしも、もう歳だ。生きているうちに思い出せるかのう。あの世で思い出しても、遅いじゃろう」

乃木が小声で笑った。そして続けた。

「まあ、わからんものはしかたがない。せっかくきてもらったのに、すまんことじゃ。気が乗らんが衛戍病院にでも、いってみるかな……」

「それが、よろしいかと」

春浪がいった。

「しかし、わしが衛戍病院にいくということは、内緒じゃぞ。……そうじゃ、催眠療法はだめだったが、せっかくのこの機会だ。貴君らに、教えてもらいたいことがある」

乃木が話題を転じた。

「貴君らの中で、蓄電池に詳しい者はおらんかね。

実は京都の島津製作所から陸軍省を通して、これまでのものより、ぐんと蓄電力が大きく、性能のいい新型電池の試作品ができたので、見てくれと送ってきたのじゃが、わしには、なにが新型で、どこが性能がいいのやら、まったくわからんのだよ。電気や科学のことは恥ずかしながら、さっぱりでなあ」

乃木は、そういいながら椅子から立ちあがり、執務机の横に置いてある蜜柑《みかん》箱ほどの木箱に近寄って、しゃがみ込んだ。そして箱の中から、その新型蓄電池を引っ張り出そうと両手を突っ込んだ。その瞬間だった。

バシッ!! バシッ!!

空気を裂くような乾いた音が室内に響いて、乃木の手元でオレンジ色の火花が四方に散った。

「うっ!!」

乃木が叫び声をあげ、弾《はじ》かれたように一メートルほど吹っ飛び、背中から床に倒れ込んだ。春浪たちには、乃木がなにをしたのか見えなかったので、原因は不明だったが感電したのはまちがいなかった。

「閣下!」

全員が息をのみ、椅子から立ちあがったが、壁際に立っていた黒岩が最初に乃木のもとに駆《か》け寄った。乃木の軍服の右袖《そで》口が焦げて、白い煙をあげていたが火は消えている。乃木は目を閉じ、仰向けに倒れたままだ。黒岩が、とっさに乃木の胸に耳をあてた。

「だいじょうぶか!?」

椅子を蹴って飛んできた春浪が、怒鳴る。

「だいじょうぶです」

黒岩が、心音を確かめていった。とはいうものの、乃木は目を閉じたきりだ。気絶をしているようだ。

「閣下、閣下!!」

黒岩が乃木の上半身を起こし、乱暴に顔を揺さぶった。

「うっ……」

五、六回、揺さぶられると、乃木が苦しげな表情で目を開けた。時子が、足早に部屋の出窓の、あじさいの花を活《い》けてあった花瓶《かびん》のところにいき、中の水をハンカチに湿らせてきて黒岩に渡した。黒岩が、ハンカチを乃木の額にあてる。

「閣下、お怪我はございませんか?」

春浪がいった。

「うむ……」

乃木が呟《つぶや》き、黒岩にからだを支えられて院長の椅子に腰をかけた。濡《ぬ》れたハンカチを黒岩から受け取り、自分で目のあたりを押さえる。

「給仕さんを、呼んでまいりましょうか?」

時子がいった。

「いや、だいじょうぶじゃ。ちょっと、からだがしびれただけだ……」

乃木は、そういうと、ハンカチを顔から離し、それからゆっくりと部屋の中を見まわし、春浪たち、ひとりひとりに視線をやった。乃木の瞳が輝き、表情に変化が起こった。その顔は、春浪たちには、やや興奮しているように見えた。

乃木は自分の両手を見つめ、そっと軍服の胸のあたりを触った。そして、もう一度、部屋の中を見まわした。

「そうか……。そうだったのか。わかったぞ、春浪君……」

「なにがですか?」

春浪が質問した。

「いままで、どうしても思い出せないでいたことがじゃ」

乃木が、うれしそうにいった。

「ほんとうでございますか?」

「うむ。すべて、思い出したよ。わしが何者であるかもな……」

「それは、どういうことですか?」

春浪がいった。春浪は乃木が、乃木の姿をしているものの、おそらく田上と同類の蜥蜴人間であることを予測していたが、そんなことはおくびにも出さず、冷静に質問した。

「貴君らが信じるかどうかは、貴君らしだいじゃ。だが、わしはこの地球の人類ではない。別宇宙空間からきた生物だ」

乃木は、執務机の周囲に集まってきている全員の顔を、また見わたしながら、いきなり春浪たちが探ろうとしていた問題に触れる発言をした。

「それは、事実ですか？」

春浪がいう。

「まぎれもない、事実じゃ」

乃木が答えた。

「では、やはり、あの山口氏の電気電波輸送機が原因で、こちらの宇宙空間にこられたのですか」

龍岳がいった。

「そのとおりじゃよ。いま受けた蓄電池の感電の衝撃のおかげだろう。忘失していたことを、なにもかも思い出した。……そこでたずねるが、貴君らは今度の事件のことを、いったい、どこまで知っておるのかね？」

乃木が龍岳の目を見ていった。

「山口氏から聞いたのは、この宇宙空間のほかに別の宇宙空間があり、そこでふたつの勢力の爬虫類から進化した生物が、壮絶な戦いを続けていた。そして、こちらの宇宙空間のわれわれ地球人類を、戦争の駒として使おうとした。しかし、このほど和平条約が結ばれることになり、戦争は終わったと……」

龍岳が山口から聞いた話を、すべて語った。

「……そうか。さすがは〈天狗倶楽部〉の諸君じゃ。すでに、そこまで知っておるなら話はかんたんじゃな」

乃木がうなずいた。

「真実を、お聞かせいただけますか？」

春浪がいった。

「ああ、話そう。催眠療法が成功しておれば、どうせ、わかることだったのじゃから、隠すこともない」

乃木がいった。五人は無言で、乃木を見つめる。

「いま、龍岳君がいったが、わしらは長い戦争で厖大な数の戦力を失い、争ってこちらの宇宙空間の住民を自分たちの支配下に入れようとして、間諜を送った。わしも、そのひとりじゃ。もっとも、わしは敵が陛下を転身させて支配し、まず、この日本を征服するのを阻止するために送り込まれたのじゃが、精神移植が完全ではなく記憶忘失してしまい、いままで、その仕事をなし遂げることができんかった」

「精神移植とは、なんですか？」

春浪が質問した。これは、山口の話にも出てこないことばだった。

「われわれの精神を地球人類の頭の中に、移植させることじゃ。そして、ふだんは、その移植した人類の意識の蔭に隠れ、必要な時だけ現れて、その人間を支配する。敵は転身と呼ばれる肉体改造法、すなわち、からだ全体を地球人類に似せる擬態で、こちらの世界に潜入した。それに対して、われわれは精神移植法を用いたのじゃ」

乃木は静かに説明する。

「閣下は、いつ精神移植されたのですか？」

「一年ほど前じゃ。習志野《ならしの》での演習中に、あの山口という男の機械の実験に巻き込まれ、数人が向こうの世界に飛び込んでしまった。その中のひとりがわしであり、敵陣営に捕獲された中に田上という医者がいた。敵は捕獲した地球人類を見本にして、何人かの間諜を転身させ、こちらの世界に送り返そうとした。味方が捕獲した人間は、精神移植でこちらにもどされた。けれども、どちらの転送機も完全ではなく、ぶじに、こちらにもどることができたのは、わしと田上だけだった。じゃが、もどったことはもどったが、精神移植も転身も、まだ研究段階で不完全なため、わしらは、こちらの宇宙空間では長くは生きておられん。わしのからだには、元の姿である爬虫類の鱗が広がり出している。うまく生き延びても、あと半年の命じゃろう」

「山口氏には、聞きそびれてしまったのですが、別宇宙空間との連絡は、どうしていたのですか？」

龍岳が質問した。

「敵は山口の協力を得て、これもまだ完全ではないが、とりあえずは、向こうの宇宙空間と連絡ができる空間通信機を使っていたようじゃが、われわれは夢を利用して、通信する方法を開発していた。いうなれば、精神感応術の一種じゃ。ところが、わしは転送された際に記憶忘失をしてしまったので、その通信がくるたびにうなされた」

乃木がいった。

「閣下が別宇宙空間の間諜だったなどと、まったく信じがたい話ですが、信じるしかありませんね。あの山口という変人科学者の話とも、一致します。ですが伊藤博文公や管野スガは、この事件と、どう関係してくるのです」

　春浪がいった。山口の説明では、これは解明されていない問題だった。

「あれは敵のしわざじゃ。敵の間諜はあくまでも陛下を支配することを狙って、岡侍医頭と同じように、陛下に信任の厚い伊藤公を自分たちの駒にしようとした。しかし、むりな作戦のため失敗した。われわれの間諜が、その事実に気がつき、安を使って伊藤公を殺害したのだ。安には気の毒だったが、ああするより、あの時点ではしかたなかったのじゃ。そこで敵は、次に管野スガを使い、今度は陛下の殺害を計画した。陛下を殺害することによって、日本国民がどう反応するか、この宇宙空間全体を征服支配するにおいての、ひとつの実験見本にしようとしたのだ」

　乃木が、山口と同じ答えをした。

「幸いにして、これもわれわれの間諜が阻止した。じゃが断っておくが、われわれとて敵の手から陛下を、そして日本を守ろうとしたわけではない。わしには詳しくは知らされておらんが、われわれはわれわれで、敵とは異なった方法で、この世界の征服を狙っていた。なるべく、こちらの世界の文明を尊重しながら、徐々に同化していこうという方法じゃ。だから、敵のやりかたを阻止する必要があった。強《し》いていうなら、敵の地球人類征服計画は、われわれの計画より少しばかり乱暴だったというにすぎん。やろうとしたことは同じだ」

　乃木が、また長い説明をした。

「敵の間諜は、いま、どこにいるのですか？」

　時子が初めて口を開いた。時子も、田上がすでに自決していることを知らされていなかった。

「もう、いまごろは生きてはおるまい。今朝、わしのところに会いにきて、自決するといっておった。

その時のわしには、なんのことかわからなかったがね。和平条約が結ばれれば、間諜の役目は終わりじゃ。ましてや別宇宙空間に送った間諜など、無用の存在だよ」

乃木が、自嘲《じちょう》ぎみに口許《くちもと》をゆるめる。

「では、閣下も……」

春浪がたずねた。

「そう、ほかに途《みち》はないじゃろうね。とくに、わしの場合は記憶忘失で、なにひとつ間諜の仕事ができなかったのじゃからな。敵間諜が侍医寮に入り込み、陛下に同化実験を試みたのも、山伏町の少年が実験されたのも、阻止できなかった。完全に敵に敗れた。戦争が終わらなければ、地球は敵の手に落ちていたかもしれん。和平条約が結ばれることになったのは、きみたちばかりではなく、わしにとっても幸運じゃった。こんな失格間諜は、母国にはじゃまになるだけじゃ。それに敵もそうじゃったろうが、向こうに帰る手段もないし、帰ってもわずかな命だ。こちらで死ぬのが、残された最善の途だ」

乃木が大きな、ため息をついた。

「閣下の世界の医学をもってしても、助かる方法はないのですか？」

龍岳がいった。

「ない。……そこで、貴君らに頼みがある。いまもいったように、わしもこの世界では、もう長い命ではない。だが、どうせ間諜活動に失敗して死ぬのなら、わしのほんらいの姿である地球人類としての乃木、天皇陛下の臣民としての、大日本帝国陸軍大将・乃木希典として死にたい。乃木希典は長年にわたり、陛下には格別の恩恵を賜った。わしが別宇宙空間の生物の間諜にされたことをお知りになったら、陛下が、いかほどお嘆きになることか。これは、地球人類の乃木としていっておる。……わしも、いずれ自決する。決して、嘘はつかん。じゃから、それまでわしに命を預けてくれんじゃろうか。……わしが、別宇宙空間の生物に精神移植された人間であることを、だれにもいわんでもらえんじゃろうか。この世界を、地球人類を征服するために潜入した間諜のいい分としては、図々《ずうずう》しすぎるかもしれん。しかし、間諜にも間諜なりの望みがあるのじゃ。だれにも迷惑をかけることはしない。頼む、乃木希典、一生に一度の願いじゃ……」

乃木が頭をさげた。口を開く者はいない。だが五人は、乃木のことばを拒否したのではなかった。答えることばを、見つけられなかったのだ。

「……それから、いまひとつ話しておきたいことがある。あの田上という敵の間諜、あれは、向こうは、死ぬまで知らないでいたが、実は運命のいたずらから、敵と味方に別れて戦っていた、わしの実の弟なのじゃ。地球人としてのわしは、日露戦役で、ふたりの息子を失なった。そして、今度は弟じゃ……。どこの世界でも、戦争とはむごいものだ。二度と戦争はしたくない」

乃木が淋《さび》しそうに笑った。

「田上が閣下の弟……」

春浪がいった。

「そう、わしが記憶忘失をしていなければ、今朝、訪ねてきた時、ひとことなりとも弟と呼んでやれたのじゃが……。もう、それもできん」

乃木がまた、ふうっと、大きなため息をついた。

「まさか俺は、夢を見ているのではないだろうな……」

春浪が武侠世界社応接室のソファの背に、いかにも疲れたという表情でもたれかかりながらいった。壁に掛けられた時計の針は、もう十一時を差している。

「ぼくも、今度の事件が現実にあったこととは、とても思えません」

龍岳がいった。

「でも、現実にあったことでしてよね」

時子が、龍岳の顔を見る。

「春浪さんがいわれるように、いま、こうしているのが夢や幻でなければね。できれば、夢であってほしいけれど……」

龍岳が答えた。

「ぼくは現実的な人間だから、はっきりいうが、これは夢でも幻でもないよ。厳然たる事実だ。ただ、あまりにもその尺度が大きすぎて、なにが起こっていたのか、起ころうとしていたのか、いまだに理解できない。別の宇宙空間とか蜥蜴人間などといわれても、皆目、見当がつかないのだ。山口氏や乃木さんの、話を聞いてもだ」

黒岩がいった。

「むりもないよ、黒岩君。俺だって、まだ頭の中はぐちゃぐちゃで、なにをどうしたらいいものやら、ひとつも整理がついておらん。この事件を世間に公表したとしても、信じる者など、ひとりもおるまい。科学小説だといっても、あまりに荒唐無稽《こうとうむけい》だと笑う連中のほうが多いのではないかな」

春浪が煙草の煙を、大きく吐いていう。

「いまは、すっかり、わたくしの胸の中の不安感も消えましたが、ほんとうに、もう二度と蜥蜴人間たちが、こちらの世界にやってくることはないのでしょうか」

春浪たちが、学習院から帰ってくるのを待っていた静乃がいった。

「ないことを祈るしかないでしょうな。山口氏の研究が、これからどうなるのかわからんが、もしまた気が変わって、向こうの宇宙空間から蜥蜴人間が攻めてきたとすれば、われわれは抵抗できんでしょう」

春浪がいった。

「怖い話ですわ」

時子がいった。

「乃木さんは、どんな形で決着をつけるつもりなのだろう?」

黒岩が、龍岳と春浪の顔を見た。

「どうするのだろうね。それなりの覚悟は、固めていたようだが……」

春浪が、煙草の灰を灰皿に落とした。

「なんにしても、当分、仕事が手につかないような気がしますね。三日間ぐらい、寝て暮らしたいですよ」

龍岳が、ため息をついた。

「ああ。できれば俺も、そうしたいよ。……それにしても現実の世界は大きいなあ。それにくらべて、なんと、われわれの小さいことか……」

　春浪がいった。

「ぼくは無神論者ですが、こういう事件を体験すると、どこかに世界創造の神がいて、ぼくたちを、その掌の上で、もて遊んでいるような気持ちになります……」

　龍岳がいった。

「まったくだ。所詮、ちっぽけなわれわれ人間には、創造主の考えていることは理解できん。黒岩君は、これは夢じゃないというが、俺も龍岳君と同じで、むりにでも夢だと思いたいよ」

　春浪が煙草を、灰皿の中で潰した。

「夢なら、いくら謎が残っても、矛盾が解決できんでも、なんの説明もいらんからな……」

エピローグ

日本力士の奇縁

熊風新五郎米国美人と結婚

日本の相撲取り熊風新五郎なる男が、米国ニウヨルク市に於《お》いて米国評判の美人ヴアンダ、ロード嬢と結婚したと云ふ事件は、さながら暴風の如くに米国の社交界を震動した。

ロード嬢はニウヨルク市西五十七丁目四百六番地に住し、寄席に現はれる舞妓《まいこ》で、熊風も亦《また》米国の寄席に現れ、此《こ》の美人ロード嬢と初めて握手したのは二年前の事だが、嬢は日本語を解せず、熊風は英語を解せざるが為めに、両人の間の恋愛は容易に成熟しなかつた。

熊風は結婚の申込みをなさんと決意したが、何分にも英語が出来ないので某友人なる玉木と云ふ日本人を通弁に頼んで、「君は必ず僕の言ふ所を一言半句の誤りなく先方へ通弁しなくてはならぬ、若しも君が少しでも誤り、それが為めにロード嬢の感情を害するが如《ごと》きことが有つたなら、直に窓から往来へ投げ出すぞ」と威嚇した、之《これ》には流石《さすが》の玉木も驚いた、ロード嬢が万一此の結婚を謝絶するなら自分の生命はない物と思ふてブル〳〵震えながら同行したが、熊風の熱心は嬢に通じたりと見えて、嬢は快よく結婚を承諾した、米国新聞の記する所に依《よ》ると結婚の後は新郎新婦相携へて日本へ帰る予定と記して居る。

（大正二年十月五日〈東京朝日新聞〉）

牛込区肴町の料亭〔川鉄〕の大広間は、もう大騒ぎだった。いつもの〔天狗倶楽部〕の酒宴と、少しも変わらない。わずかに違っているのは、床の間に蓬莱《ほうらい》の対幅画が掛けられ、床違い棚には松竹菊の活け花が飾られている。その前に黒無地五ツ紋の羽織《はおり》、袴《はかま》姿の黒岩四郎、学生服姿の義彦、丸髷《まるまげ》に縮緬詰《ちりめんつめ》袖《そで》八掛寸五ツ紋の雪枝が並んでいる。その隣りは、やはり黒紋付の鵜沢龍岳と、束髪に茜染《あかねぞめ》の総絞り振《ふり》袖《そで》姿の時子が座り、さらに、その左側に押川春浪夫妻がいた。

この日の午後、黒岩と雪枝、龍岳と時子は渋谷宮益町の御嶽《みたけ》神社で、ふた組そろっての結婚式をあげた。予定より一年ほど遅れたのは、前年の七月三十日に薨去《こうきょ》された明治天皇の、喪明《もあ》けを待っていたからだった。結婚式は古式にのっとり厳粛に行った四人だが、華燭《かしょく》の饗宴《きょうえん》は堅苦しいものはいやだと、それぞれの数人の身内の者と「天狗倶楽部」のメンバー五十人ほどに集まってもらい、服装も略式での宴会となった。

仲人役の春浪が、ぶじ式を終えたことを報告し、四人が頭をさげたあたりまでは出席者たちも神妙にしていたが、三十分もたたないうちに、饗宴はだれのためのものだかわからなくなっていた。

だが、それは黒岩や龍岳たちが望んでいた形の宴で、黒岩の上司・同僚、雪枝の親族、龍岳の下宿の主人・杉本フク、黒岩兄弟を親同様にめんどうを見てくれた松谷為吉、カツ夫妻などは、その桁《けた》はずれの大騒ぎに多少おどろいたようだが、それもすぐに慣れてしまい顔をしかめる者もいなかった。

山伏町の長屋を出て、小石川に店を構えた町田伸吉、藤夫妻、魚屋の新公こと三矢新太郎、原田政右衛門もいる。彰子を連れた河岡静乃の姿もあった。義彦はタマまで連れてきていた。その場にいなければならない人々は、先帝陛下に先だって倒れた河岡潮風以外は、すべてそろっていた。

「やあ、ほんとうに、めでたい」

一年志願兵もぶじ務めあげ、いまは、〈読売新聞〉の記者となっている吉岡信敬が、春浪の前に徳利《とっくり》を持ってきていった。

「雪枝さんも時子さんも、今日はひときわ美しい。こういう美人とだったら、ぼくも祝言《しゅうげん》をあげてもいいですなあ」

「信敬君、きみ、自分の顔を鏡で見たことがあるかね？」

春浪がいった。

「やっ、それは侮辱ですぞ、春浪さん」

信敬がいう。

「なにが侮辱だ。俺は、ただ顔を見たことがあるかといったただけだぞ。しかし、それを侮辱と受け取るということは、信敬君は、よく自分を承知しておる。偉い！」

春浪が笑いながらいう。

「そんなことを褒められても、少しも、うれしい気がせんですよ」

信敬が、まじめな顔で答えたので、龍岳たちをはじめ、ふたりのやりとりを聞いていた人々がどっと笑った。

「これでは、祝いのことばをいいにきたのか、笑われにきたのか、わけがわからん」

信敬は、ぶつぶついいながら、黒岩や龍岳たちに酒を注ぐと、そそくさと自分の席にもどろうとする。

「信敬君、せっかくきたのだから、ゆっくりしていきたまえ」

春浪が、また、からかう。

「いや、結構です。これ以上、ここにいたら、なにをいわれるかわかりません。春浪さんが、あんまり、ぼくをいじめるから、ひとつ例のやつをやりましょうか」

「例のやつ？　もしかして、あの裸踊りか。それだけは、かんべんだ。この饗宴の席で、あれをやられたら、仲人としての押川春浪の顔は丸潰れだ。俺が悪かった」

春浪が、ぺこりと頭をさげた。

「そう。わかればいいのです、わかれば」

信敬が得意そうにいって、原田や天風たちのほうに移っていった。

「裸踊りで、おどかされるとは思わなかった。だが、〈読売新聞〉もよく信敬君を採用したものだね。会社の宴会でも、裸踊りをやっておるのかな……。しかし、潮風君が倒れ、信敬君も腰弁になったし、きみや黒岩君も世帯《しょたい》を持った。明治天皇がお隠れになり、あの乃木閣下も殉死された。いろいろなことがあったなあ」

春浪が、どこか遠いところを見るような目でいった。龍岳の頭の中にも、春浪との出会いからの、数々の思い出が走馬燈《そうまとう》のように現れては消えていった。

その時、ひとりの仲居が春浪のそばにやってきて小声でいった。

「押川さま、電話がかかっております」

「だれからだ？」

春浪が、立ちあがりながら質問した。

「さあ、お名前は申されませんでした」

仲居がいった。

「そうか。ちょっと失礼する」

春浪が廊下に出ていく。

「なんでしょう」

龍岳と黒岩が、顔を見合わせた。春浪は三分ほどで、もどってきた。深刻な顔をしている。そして席につくと、おもむろに口を開いた。

「尾崎愕堂先生からだった」

「なにがあったのですか？」

さすがに、この日は、それまで神妙にしていた時子がたずねた。

「こら、時子！」

黒岩がたしなめる。

「これから、愕堂先生、大隈伯、それに俺の親父が、ここへ駆けつけてくるそうだ」

春浪がいった。

「それは……」

龍岳が緊張した表情で、呟《つぶや》きながら春浪の顔を見た。

「またもや、大事件だよ」

春浪が、相変わらず重い口調でいう。

「わたし、新婚旅行は取り止めにしましてよ。ねえ、龍岳さん」

時子が目を輝かせて、龍岳にいった。

「いや、その必要はありませんよ、時子さん。ひっかかりましたな」

春浪の声が明るくなり、笑顔になった。

「愕堂先生たちは、ぜひ黒岩君と龍岳君の結婚を、われわれと一緒に祝わせてくれとのことです。時子さんは、また首無美人の死体発見でも期待しておったのでしょう」

「そんなこと、ありませんでしてよ」

みごとに、心の中を見抜かれた時子が、顔を赤くしてうつむいた。義彦の腕の中のタマが、時子の顔を見あげた。そして、目を細めて優しく鳴いた。

「みゃうん」

「とにかく新婚旅行《ホネムーン》は、ゆっくりと楽しんでいらっしゃい。その代わり、時子さんが帰ってくるまでに、飛びきりの怪事件をふたつ、三つ用意しておきましょう。化け猫女に、蝦蟇《がま》男、骨無し怪人なんてのは、どうです？」

春浪が笑いながらいった。

「あなた、おめでたい席で、それが仲人のいうことですか！」

亀子が春浪をにらみつけた。

「うむ。忘れていた。もうひとつ、恐怖の山の神という、それは恐ろしい怪物がおったな。まず、最初に、こいつを退治せんといかん」

春浪が、亀子の顔を見ないようにしていった。

「まあ、ひどい」

亀子がいう。

春浪夫妻のやりとりに、笑いをこらえていた龍岳が思わず吹き出すと、それにつられて、あたりに明るい笑い声が響き渡った。

『風の月光館』初刊時あとがき

押川春浪、鵜沢龍岳、黒岩時子シリーズの第三弾『風の月光館』を、お贈りいたします。本書は、先に双葉社から刊行していただいた『時の幻影館』『夢の陽炎館』の姉妹篇にあたりますが、この作品集で、短篇二十一、長篇二という、ぼくの作品の中では最も長いシリーズになりました。

二長篇以外は、すべて〈小説推理〉に連作として掲載されたものですが、はじめる時は、まさか、これほど長く続くとは思っていませんでした。いまでは、まぎれもなく、ぼくの明治SFの代表作のひとつです。

この作品をはじめとして、明治SFや明治世相史、スポーツ史を書くための資料として、古本、新刊問わず、この数年間に百冊を越える明治の研究書を買いました。明治に関係のあるものならなんでもと、ブラジル移民の人たちのための、コーヒー農園作業会話集とか、海軍兵学校の入学試験問題集、日露戦争当時の手旗信号のやりかた、芸者さんの日常生活紹介などというものまで買ってしまいましたが、こんなものを買って、なにか役に立つことがあるのでしょうか?

ひとついえることは、もし、なにか事件が起こって、ぼくが明治時代にタイムスリップしてしまっても、どうにか生活はしていけるだろうということです。手旗信号もできますし、芸者さんとも仲良くなれそうです。ただ、海軍兵学校は試験がむずかしくて入れそうもありません。仕事が忙しくて、頭の中がぐちゃぐちゃになっている時など、ブラジルのコーヒー農園にいくのも悪くはないなと、会話集をひっぱり出してきて読んでいます。でも、結局は鵜沢龍岳のように、科学小説作家になるのが一番いいようです。なにしろ、平成五年の世界のことを、そのまま描写すれば、明治の世界では、それだけで未来小説になるわけですから楽なものです。

ところで、すっきりしないことが、ひとつあります。それは、その道の大家と呼ばれている人たちの現代に書かれた明治関係資料の内容が、あまりにも整っていないことです。杜撰な資料が少なくなく、どれが真実なのか、わからなくなって混乱してしまったことも、何度もありました。

明治時代と現在では、情報管理システムも異なりますし、社会体制もちがいますから、昭和、平成の歴史が混乱してしまうことはないと思いますが、たった七、八十年前のことが、こんなに、わからなくなってしまうものか、そして正しい歴史を構築し直すことが、こんなに大変なものかと、あらためて認識しているしだいです。

愚痴はともかく、このシリーズの、〈小説推理〉での連作は、とりあえず、この二十一篇をもって終わりといたしますが、長篇のほうは、まだ同設定のシリーズを数篇用意しており、そのうちの一篇は現在、執筆中です。その次も、だいたいのストーリーは完成しています。

いつもどおり、PRをしますが、『夢の陽炎館』から、この『風の月光館』のあいだに、また二冊の参考書ノンフィクションを刊行しました。『熱血児　押川春浪―野球害毒論と新渡戸稲造』(三一書房)、『「天狗倶楽部」快傑伝』(朝日ソノラマ)です。どちらも、このシリーズの背景を知っていただくのには最適の書と自負しています。ぜひ、ご一読ください。手抜き作品でないことは、著者のぼくが保証します。

最後になりましたが、長いあいだ、このシリーズを掲載させてくださった〈小説推理〉の歴代編集長、担当編集者、単行本担当編集の高畑勇、三冊の書、いずれにも、すばらしい装画、装幀で内容を引き立ててくださった北見隆の諸氏に、感謝いたします。

そして、なによりも、このシリーズを、お読みくださり、応援してくださった読者のみなさまに、心より、お礼申しあげます。ほんとうにありがとうございました。今後とも押川春浪、鵜沢龍岳、黒岩時子、それから横田順彌を、よろしくお願いいたします。

平成五年十一月

横田順彌

『惜別の祝宴』初刊時あとがき

本書『惜別の宴』は、『星影の伝説』『水晶の涙』に続く、押川春浪、鵜沢龍岳、黒岩時子シリーズの長篇第三話です。前二話はシリーズではあるものの、それぞれ完全に独立した一個の作品として書きましたが、本書は意識的に、少しだけ、前二話をお読みいただいていないと、わかりにくい部分を入れて書きました。

のみならず、このシリーズの短篇連作集『時の幻影館』『夢の陽炎館』『風の月光館』（いずれも双葉社刊）、さらには番外長篇『冒険秘録　菊花大作戦』（出版芸術社刊）をも、読者が読んでくださっているという前提で書いた個所があります。

といっても、はじめて本書を手にしたかたにも、独立した作品として充分、楽しんでいただけるよう構成したつもりですから、前述のシリーズ諸作を、すべて読んでくださいという気はありませんが、読んでいただければ、より、この作品の背景が鮮明になることは確かです。

このシリーズは本書を含め、長篇四話、短篇二十二話、計二十五話の、ぼくのいわゆる明治時代ＳＦ（鏡明氏命名）の中では最大のシリーズですが、本書で一応の完結とすることにしました。

しかし、あくまでも一応であって、チャンスがあれば、ぼく自身も、もっとも愛着のあるシリーズですので、今後も書き続ける用意はあります。すでに番外の番外という形で、昨年十一月に刊行された書下しアンソロジー『日本SFの大逆襲！』（徳間書店）には「蟬時雨」という短篇を書いています。

それにしても、このシリーズは、某編集者氏との雑談の中から、ほんの弾みのような形で、まず短篇でスタートしたのですが、ぼく自身、これほど長く続くとは考えてもいませんでしたし、書くことが楽しく、また読者諸兄姉氏から予想をはるかに上回る好評を得られたのは、望外のよろこびです。

たったひとりの登場人物の経歴がわからず、それを調べるために一か月も時間をかけたり、明治時代の古書を十冊も買ったりするという苦労も日常茶飯事でしたが、いずれも、この作品だけでなく、明治という時代を理解するための資料となり、知識となりました。

このシリーズを書いたことで、どれだけ、知識が増えたかわかりません。そういう小説の書きかたは邪道だという人もいるかもしれませんが、ぼくはそれでいいと思っていますし、これからも、そのつもりでいます。

このシリーズにかぎらず、ぼくの明治時代SFは、当時の品物や人名、事件などに、一切説明をつけず、擬似リアルタイム小説という形を取り続けてきました。そのため、読者から、よくわからない部分がある、不親切だという指摘も受けました。でも、それがぼくの明治時代SFのスタイルなのです。

しかし、近く、今度は説明をする作品を書いてみようとも思っています。その書きかたが成功するかどうかはわかりませんが、なにがなんでも、ひとつのスタイルに凝り固まり、こだわり続けるつもりはありません。どんなに苦労して書いても、読者によろこんでいただけなければ、意味はありません。

それはともかく、いずれどこかで、ふたたび、このシリーズの登場人物たちと、出会う機会がありましたら、またよろしく、お願いいたします。その時は、きっと登場人物も作者も、いまよりずっと成長していることと思います。

ほんとうに、長いあいだ、おつきあいくださいまして、ありがとうございました。

横田順彌

復刊あとがき

　先に刊行された「明治小説コレクション」の最終巻——第三巻『風の月光館　惜別の祝宴《うたげ》』をお送りいたします。長篇の『惜別の祝宴』は、シリーズ第一巻、第二巻をお読みくださった読者には、今回はどんな事件＋ロマンスが描かれているのだろう？　どんな悪人が登場するのだろう？——と期待されたかたもおいでだったでしょうが、ぼくもそれほど馬鹿ではありません。冒頭から、ほとんど説明なくいきなり不可思議な事件が始まり、あまり谷はなく山ばかりで、ひたすら突っ走っていく構成にしてみました。女性陣は第一巻『星影の伝説』、第二巻『水晶の涙雫《なみだ》』、全巻通してのヒロイン三人が揃い踏みして事件の解決に当たります。悪人もそれほど強烈な人物は登場しませんが、意外な人物が真相の鍵を握っています。おもしろく読んでいただけると確信しています。読んでいて休む場面が少ないので、少し疲れるかもしれませんが、一気に読破せず、ゆっくり読んでください。読み終わっても未読の人に、内容をばらさないように。

　この作品の初刊時のタイトルは『惜別の宴』でしたが、これも初刊の編集部で、ぼくに相談なく命名してしまったもので、今回は『惜別の祝宴』と改題しました。短篇を含めて三巻とも、このアイデアは誰かの作品で読んだみたいだと感じた人もおありかもしれません。でもいずれもアイデアは似ていても、どこかでひとひねりがしてあり、そっくりではないはずです。星新一《ほししんいち》さんや小松左京《こまつさきょう》さんにも、これは、あの作家の作品と似ているぞ、というものは何作かあります。それに、ぼくのこのシリーズ三巻、長篇三、短篇二十一は、いまから約二十五年〜三十年前に執筆したもので、その辺も充分に考えてあります。ぼくは、これらのシリーズを準リアルタイム小説と位置づけて書いていますので、若い読者にも古さは感じられないと思います。これを古いと思われるかたは九十歳前後になります。それらご高齢の人々は、もう明治時代のことは忘れているので心配はありませんね（笑）。それに、ここに書かれている、あるいは起こった事件は明治時代ですから、星さんや小松さんより、ぼくのアイデアが先だということになります（詭弁）。とにかく、おもしろい作品です。あまり固いことはいわないように。

シリーズ三巻まとめて読みますとおもしろさは、五倍から十倍になります。第一巻、第二巻をお読みでないかたは、ぜひ読んでください。今回のあとがきは、かなり強気ですが、著者のぼくがおもしろいというのですから、だまされたと思ってだまされてください。だまされた人は、諦めてください。人生とは、そんなものです。

話は変わりますが、校正の段階でいくつかの疑問が生じました。最新の大辞典を見ても、わかりません。そこで、明治四十三年刊の辞典を開きましたら、ちゃんと項目があり疑問は解消されました。持つべきものは古書ですね。さらに嬉しかったのは、今回の復刊企画の提案と編集に携わってくださり、望外のお褒めの編者解説を書いてくれた日下三蔵氏の存在で、改めてお礼申しあげます。また、復刊刊行をご英断くださった柏書房社長の富澤凡子氏はじめ、本書にかかわってくださった全てのかた、とくに編集を担当してくださった村松剛氏には、数々の助言をいただきました。心より深謝いたします。それから感謝しなければならないのは、芦澤泰偉氏の装丁と、装画担当の影山徹氏の素晴しい作品群です。これが、また内容を引き立ててくれました。ありがとうございました。

なお、このシリーズに興味を持たれたみなさんには、同シリーズの出版芸術社刊行長篇『冒険秘録菊花大作戦』、短篇集『押川春浪回顧録』を、お勧めいたします。絶版でしたら、どこかの出版社に復刊してくれるようメールをしてください。このシリーズは、ぼくの作品（数ではなく作家としての心の中）で五十パーセントを占めています。それだけ愛着があります。

若い読者には、ハチャハチャSFのヨコジュンにも、こんな作品があったということをわかっていただければ幸いです。ではまた、作品を読んでいただける日を期待しております。ほんとうに、ありがとうございました。本シリーズをお読みくださったかただけに、幸せが訪れることを祈念して筆をおきます。ああ、それから、裏話ですが龍岳＝時子さん、黒岩＝雪枝さんの結婚を祝って、日下氏、村松氏、ぼくで、過日、寿《ことほ》ぎの祝宴を催しました。ぼくと日下氏は、ひたすら食べ続け、村松氏はひたすら飲んでおりました。以上です。

平成二十九年九月吉日

横田順彌

編者解説

日下三蔵

昭和末期の一九八八年ごろから明治ＳＦを書き始めた横田《よこた》順彌《じゅんや》は、それまでの表看板だったハチャハチャＳＦから、急速に仕事の比重を明治ものに移していくことになる。それにともなって次々に発表されるようになったのが明治をテーマにしたノンフィクションであった。

そのさきがけとなったのは、第九回日本ＳＦ大賞を受賞した押川春浪の評伝『快男児 押川春浪 日本ＳＦの祖』（87年12月／パンリサーチ出版局／會津《あいづ》信吾《しんご》と共著）だが、それ以降も堰《せき》を切ったように明治ノンフィクションが書かれている。

明治バンカラ快人伝　89年3月　光風社出版　→　96年2月　ちくま文庫
早慶戦の謎　空白の十九年　91年7月　ベースボール・マガジン社
熱血児押川春浪　野球害毒論と新渡戸稲造　91年12月　三一書房
〔天狗倶楽部〕快傑伝　元気と正義の男たち　93年8月　朝日ソノラマ
百年前の二十世紀　明治・大正の未来予測　94年11月　筑摩書房
明治不可思議堂　95年3月　筑摩書房　→　98年3月　ちくま文庫
明治「空想小説」コレクション　95年12月　ＰＨＰ研究所

明治はいから文明史　97年6月　講談社
明治ワンダー科学館　97年12月　ジャストシステム
明治おもしろ博覧会　98年3月　西日本新聞社
明治の夢工房　98年7月　潮出版社
雲の上から見た明治　ニッポン飛行機秘録　99年3月　学陽書房
快絶壮遊「天狗倶楽部」　明治バンカラ交遊録　99年6月　教育出版
明治ふしぎ写真館　00年6月　東京書籍
明治時代は謎だらけ　02年2月　平凡社
嗚呼!!明治の日本野球　06年5月　平凡社
近代日本奇想小説史　明治篇　11年1月　ピラールプレス
近代日本奇想小説史　入門篇　12年3月　ピラールプレス

押川春浪を取り巻く「天狗《てんぐ》倶楽部《クラブ》」のメンバーの評伝を書き、春浪が巻き込まれた野球害毒論争から日本における野球史の始まりを調べ、古典ＳＦからスタートした著者の明治研究は、完全に明治という時代そのものへと興味の対象が広がっていく。これらのノンフィクションの中には、作者の肩書が「明治文化史研究家」となっているものまである。

ハチャハチャＳＦ、古典ＳＦ研究、明治ＳＦとともに、明治ノンフィクションは横田順彌の活動の中でも大きな位置を占めるようになる。そして、明治ＳＦと明治ノンフィクションは、ちょうど同じ幹から伸びた二つの枝のように、互いに影響しあって成長を続けてきたのだ。

双葉社版カバー
（装丁装画・北見隆）

本シリーズの読者には、文庫化もされて入手しやすい『明治バンカラ快人伝』『明治不可思議堂』あたりを併読することをお勧めしておきたい。前者を読めば、中村春吉《なかむらはるきち》、吉岡信敬《よしおかしんけい》ら明治ＳＦでもお馴染みの快人物たちの詳しい来歴が分かるし、細かいエピソードを大量に紹介した後者を読めば、明治という時代を身近に感じること間違いなしだ。

横田さんはシリーズ開始当初、登場人物のうちの誰が実在で誰が架空なのかを、あえて明かさなかった。特に主人公格のひとり鵜沢龍岳《うざわりゅうがく》については、固く沈黙を守っていた。だが、ある時、「鵜沢」という姓が横田さんの母方の旧姓であると聞いて、アッと思った。

ここで第一巻の解説に書いておいた横田さんのプロフィールを、もう一度確認していただきたい。法政大学を卒業後、印刷会社に就職するが、ＳＦ作家になるために退職。これは作中で披露されていた鵜沢龍岳の経歴とまったく同じではないか！　つまり龍岳は、横田さん自身の分身であり、もし自分が大好きな押川春浪の弟子だったら、という夢想を小説の形で実現するために生まれたキャラクターなのである。このシリーズは究極の願望充足を目的とした連作であり、作者の筆が常に楽しげであるのも当然であった。

そして明治ＳＦシリーズが優れているのは、並の作家であれば独りよがりのストーリー展開に陥りかねないところを、読者にも「春浪たちの仲間になって、いろいろな事件に遭遇できたら楽しいだろうなあ」と思わせてしまうところ。要するに、このシリーズでは、「作者個人の夢」が「読者全員の夢」になってしまっているのだ。読んでいて心地よい理由も、そこにある。

本書の前半に収めた『風の月光館　新・秘聞●七幻想探偵譚』（93年12月／双葉社）は双葉社の月刊誌「小説推理」に発表された短篇シリーズの三巻目。各篇の初出は、以下の通りである。

骨　「小説推理」　92年6月号
恩　「小説推理」　92年9月号
福　「小説推理」　92年12月号
奇　「小説推理」　93年3月号
妖　「小説推理」　93年7月号
虚　「小説推理」　93年9月号
雅　「小説推理」　93年12月号

相変わらずの面白さだが、「雅」事件の天女のお告げで、龍岳が早く時子と結婚するように、と勧められたところで「小説推理」における短篇シリーズは、いったん幕を閉じることになる。

後半の長篇『惜別の祝宴《うたげ》』は九五年三月に『惜別の宴』のタイトルで徳間文庫の書下し作品として刊行されたもの。前巻の『水晶の涙雫《なみだ》』と同様、今回の再刊にあたって、ご覧の形に改題された。

徳間文庫版カバー
（装丁・池田雄一／装画・百鬼丸）

刊行ペースが一年以上あいているのは、その間に番外篇的な長篇『冒険秘録　菊花大作戦』（94年3月／出版芸術社）が出ているためである。この作品では明治天皇誘拐という大事件が勃発。しかし、事が事だけに公にすることは出来ないため、尾崎咢堂《おざきがくどう》（行雄）は「天狗倶楽部」のメンバーに秘密裡に事件の解決を依頼するのだ。

　番外編と位置づけたのは、これがタイトルにあるとおりの冒険小説で、ＳＦ的な事件が起こらないため。したがって今回のコレクションからも外さざるを得なかったが、無類に面白い長篇なので、いずれ復刊の機会を作りたいと思っている。

　ちなみに『惜別の祝宴』の中に、吉岡信敬が二週間の慰労休暇をもらった、というくだりが出てくるが、これは『菊花大作戦』事件での手柄のおかげである。

　その『惜別の祝宴』だが、これまでシリーズを通して読んできた人へのご褒美《ほうび》のような、オールスター総出演の作品となっているのがうれしい。冒険旅行で世界を飛び回っている中村春吉など、わずかな例外を除いて、過去の長篇や短篇シリーズに顔を出した人々が再登場しているのだ。

　エピローグの大宴会は、まさにシリーズの掉尾《とうび》を飾るにふさわしい大団円となっているが、元版の著者あとがきにもあるように、これはあくまで第一期の一区切りであった。その後も井上雅彦《いのうえまさひこ》編のアンソロジー《異形コレクション》を中心に新作が発表され、『押川春浪回想譚』（07年5月／出版芸術社／ふしぎ文学館）としてまとまっている。

以前からシリーズを愛読していた人も、今回の復刊で初めてその存在を知った人も、作者自身と同様に、既に押川春浪と「天狗倶楽部」の面々の仲間なのだ。近年、小説よりもノンフィクションの執筆の方がメインになってきて、横田さんは「ぼくのことをＳＦ作家だと知らない読者もいるんじゃないかな」などと言っているが、仲間たちからの要望さえあれば、《押川春浪＆鵜沢龍岳》シリーズは、いつでも復活する可能性がある。今回の復刊が、そのきっかけとなることを願ってやまない。

本書は、『風の月光館』（一九九三年・双葉社）と『惜別の宴』（一九九五年・徳間文庫）を底本とし、若干の加筆・表記統一をしたうえで一冊にまとめたものである。なお、今回の刊行に際し、『惜別の宴』を『惜別の祝宴』と改題した。

横田《よこた》順彌《じゅんや》 明治《めいじ》小説《しょうせつ》コレクション3

風《かぜ》の月光館《げっこうかん》 惜別《せきべつ》の祝宴《うたげ》

二〇一七年一一月一〇日 第一刷発行

著　者 横田《よこた》順彌《じゅんや》

編　者 日下《くさか》三蔵《さんぞう》

発行者 富澤凡子

発行所 柏書房株式会社
東京都文京区本郷二－一五－一三（〒一一三－〇〇三三）
電話（〇三）三八三〇－一八九一［営業］
（〇三）三八三〇－一八九四［編集］

印　刷 壮光舎印刷株式会社

製　本 小高製本工業株式会社

ISBN978-4-7601-4897-4